abc
LA COLLECTION

Réussite

Le BAC efficace
et un bon

SES Term

Delphine de Chouly

Fanny Le Gonidec

Fabienne Lepage

Nathan

Crédits photographiques couverture : Shutterstock

Crédits photographiques intérieur :

9 SHUTTERSTOCK / ITTIGAllery ; 11 SHUTTERSTOCK / Jirsak ; 19 ht MARC SOYEZ ; 19 bas Leemage / Effigie ; 26 SHUTTERSTOCK / Travel mania ; 31 SHUTTERSTOCK / Avigator Fortuner ; 33 Leemage ; 45 DR ; 47 CAGLE CARTOONS, INC / Nath Paresh ; 56 SHUTTERSTOCK / Tinnakorn Jorruang ; 65 DR ; 61 SHUTTERSTOCK / ricochet64 ; 83 SHUTTERSTOCK / Poring Studio ; 89 Kevin K. Kallaugher, The Economist ; 95 DR ; 104 SHUTTERSTOCK / jflin98 ; 109 SHUTTERSTOCK / Travelpixs ; 135 SHUTTERSOCK / Delpixel ; 137 SHUTTERSTOCK / Mayuree Moonhirun ; 147 AFP / Hans Lucas / Valentin Belleville ; 156 SHUTTERSTOCK / Monthira ; 161 SHUTTERSTOCK / Gorodenkoff ; 163 Rue Des Archives / Tallandier ; 171 © Hachette littérature, 1984 ; 182 SHUTTERSTOCK / EQRoy ; 187 SHUTTERSTOCK / Everett Collection ; 206 SHUTTERSTOCK / Brocreative ; 211 SHUTTERSTOCK / Juice Flair ; 219 CHRISTOPHE L COLLECTION / Underwood Archives ; 232 SHUTTERSTOCK / RecCameraStock ; 239 SHUTTERSTOCK / Adrien Demers ; 251 © Les enfants du canal, 2017 ; 253 © Sébastien ORTOLA/REA ; 265 SHUTTERSTOCK / Boris15 ; 273 RMN-Grand Palais (Château de Versailles) / Franck Raux ; 275 ht CHRISTOPHE L COLLECTION / The Granger Collection, New York ; 275 bas GAMMA RAPHO / Frederic REGLAIN ; 293 SHUTTERSTOCK / matamorworks ; 297 Conception rédaction & Direction artistique : Nicolas Simon & Damien Coquet ; 309 SHUTTERSTOCK / Victor Lauer.

Direction éditoriale : Raphaëlle Mourey

Coordination éditoriale : Julie Langlais

Réalisation éditoriale : Nicolas Waszak

Conception graphique intérieur : Clémentine Largant

Couverture : Élise Launay

Schémas : COREDOC

Cartes mentales : Coline Girard

Iconographe : Juliette Barjon

Compositeur : Grafatom

Fabrication : Kévin Magar

ISBN : 978-209-157131-7

Mode d'emploi

Un ouvrage synthétique pour réviser et progresser avec méthode !

Cours

- Le cours est structuré en doubles-pages, pour faciliter les révisions. La page de gauche présente un **cours précis et concis**.
- La page de droite présente les **documents** associés au cours, ainsi que le **vocabulaire**.
- Une **double page *Révision Express*** résume les points importants à retenir, les mots-clés et présente un schéma récapitulatif.
- La rubrique « **apprendre autrement** » propose un lien vers une **ressource** qui complète le cours.

Méthode

- Cette rubrique présente de manière simple la résolution de questions classiques qu'il est indispensable de maîtriser en SES.
- Ces **fiches-méthodes** s'appuient sur des **cas concrets** et présentent la démarche à suivre de manière très détaillée grâce à un exercice corrigé.

Exercices

- Un **Quiz** permet de se tester rapidement.
- Des questions de **vérification des connaissances** vous permettent de voir si le cours est bien acquis.
- Variés, les **exercices d'entraînement** ont pour but de manipuler les notions du chapitre et de s'exercer à la méthode.

Corrigés

- Les corrigés sont accompagnés de petites « bulles » présentant des **conseils**, des **remarques**, des **astuces pour gagner des points**…

Sommaire

CHAPITRE 3 Comment lutter contre le chômage ?

CHAPITRE 4 Comment expliquer les crises financières et réguler le système financier ?

CHAPITRE 5 Quelles politiques économiques dans le cadre européen ?

Sommaire

Partie 2 • Sociologie et science politique

CHAPITRE 6 Comment la société française actuelle est-elle structurée ?

CHAPITRE 7 Quel rôle pour l'école ?

CHAPITRE 8 Comment rendre compte de la mobilité sociale ?

Sommaire

Partie 3 • Regards croisés

CHAPITRE 11 Quelle justice sociale pour les inégalités ?

CHAPITRE 12 Quelle action publique pour l'environnement ?

Cahier Spécial BAC

Partie 1

Science économique

Chapitre 1

Quels sont les sources et les défis de la croissance économique ?

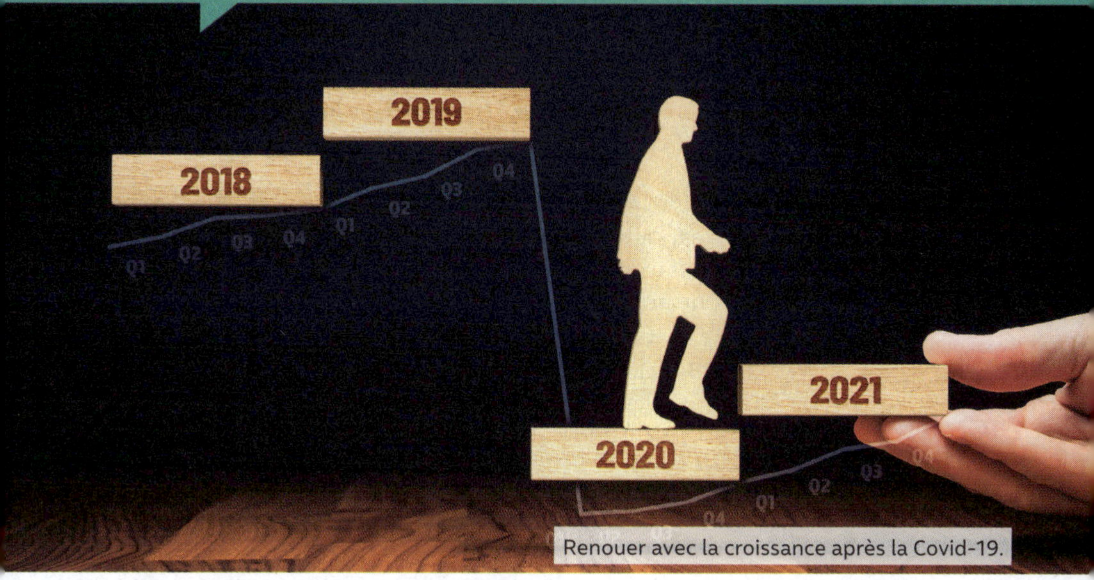

Renouer avec la croissance après la Covid-19.

FICHE 1

Les sources de la croissance économique

De quoi s'agit-il ?

La croissance économique, mesurée par le taux de croissance du PIB, est un objectif de politique économique. Quelles en sont les sources ?

1 Du PIB à la croissance

- Le **produit intérieur brut (PIB)** mesure la production d'un pays réalisée par les agents résidents sur le territoire national pendant une période donnée. En France, il est calculé par l'Insee (Institut national de la statistique et des études économiques).

PIB = somme des **valeurs ajoutées** = VA + TVA + droits de douanes – subventions à l'importation

- La **croissance économique** est l'augmentation continue de la production sur une longue période. Elle se calcule par le **taux de variation du PIB réel**, c'est-à-dire du PIB exprimé à prix constants, au prix d'une année de référence.

$$\textbf{PIB réel} = \frac{\text{PIB nominal}}{\text{Indice des prix}} \times 100$$

2 Facteurs de production et croissance extensive

- Les économistes **néoclassiques** considèrent qu'il existe deux principaux facteurs de production : le **travail** et le **capital**. La terre (facteur naturel) est parfois incorporée au capital.
- Le capital comprend le capital **financier**, le capital **physique** – composé du capital circulant et du capital fixe – et le capital **humain**.
- Les économistes néoclassiques se sont intéressés au rôle du capital fixe (biens d'équipement durables, bâtiments, logiciels...) dans une économie : l'**investissement** net permet l'augmentation du stock de capital fixe, donc l'**accumulation du capital**, qui est source de croissance.
- La **croissance**, lorsqu'elle s'explique principalement par l'augmentation des facteurs de production, est qualifiée d'**extensive**.

3 Les facteurs de production n'expliquent pas toute la croissance

- L'accroissement de la production est souvent plus que proportionnel à l'augmentation de la quantité de travail et de capital utilisée. La **croissance** est alors dite **intensive**, car elle résulte de l'augmentation de la **productivité globale des facteurs** (**Doc. 1** et **2**).
- La productivité globale des facteurs est la partie de la croissance économique qui n'est pas expliquée par l'augmentation du volume du capital et du volume du travail. Elle mesure l'efficacité de la **combinaison productive**, c'est-à-dire la manière dont on combine les facteurs de production.

LA BOÎTE À DOCS

Doc. 1 Les sources de la croissance économique

Une première approche de la croissance consiste à additionner les différents moyens contribuant à la production, les « facteurs de production », en prenant en compte leur productivité. Pour produire et vendre ses produits, une entreprise aura tout d'abord besoin de travail, c'est-à-dire de main-d'œuvre [...]. Ensuite, elle aura besoin de capital, c'est-à-dire des bâtiments, des terres, des machines, des équipements, des logiciels et autres immobilisations, matérielles ou immatérielles, utilisées dans le cadre du processus de production. [...]

Au-delà de la contribution de chacun des facteurs à la production, leur combinaison peut être plus ou moins efficace. La différence entre la croissance de la production et la contribution à cette croissance du capital et du travail est la productivité globale des facteurs (PGF). [...] Que représente ce résidu ? Il peut tout d'abord être attribué au progrès technique, qui permet une meilleure combinaison des deux facteurs de production. Il faut comprendre le progrès technique dans son acception la plus large : il s'agit à la fois du progrès des technologies, mais également de l'efficacité de leur usage et de l'organisation du processus de production.

A. Bergeaud, G. Cette, R. Lecat, *Le Bel Avenir de la croissance*, Odile Jacob, 2018.

Doc. 2 Croissance du PIB et contributions à la croissance, en 2017

PAYS	TAUX DE CROISSANCE (EN %)	CONTRIBUTION À LA CROISSANCE (EN POINTS DE %)		
	PIB	Travail	Capital	PGF*
Allemagne	2,1	0,9	0,4	0,8
Corée du Sud	3,0	–0,7	1,3	2,4
États-Unis	2,2	0,8	0,7	0,7
France	2,2	0,6	0,7	0,9
Nouvelle-Zélande	2,5	3,2	0,8	–1,5

OCDE, 2019.
* Productivité Globale des Facteurs.

En France en 2017, le PIB a augmenté de 2,2 %. Sur ces 2,2 % de croissance, 1,3 point s'expliquait par l'augmentation des facteurs de production et 0,9 point par l'augmentation de la PGF. La croissance française était plutôt extensive.

Vocabulaire

- **Produit intérieur brut (PIB) :** mesure de la richesse d'un pays.
- **Valeur ajoutée :** richesse créée par une entreprise ou un secteur au cours d'une période donnée. Elle est égale à la différence entre la production et les consommations intermédiaires.
- **Facteur travail :** ensemble des activités permettant la production de biens et/ou de services.
- **Facteur capital :** ensemble des biens intervenant dans le processus de production.
- **Investissement :** acquisition de biens de production. Flux qui augmente le stock de capital.
- **Productivité globale des facteurs :** rapport entre le volume de production et l'ensemble des facteurs qui ont servi à le réaliser.

FICHE 2

Progrès technique, croissance et inégalités

De quoi s'agit-il ?

Le progrès technique est source de croissance économique. Perçu d'abord comme exogène, il est aujourd'hui considéré comme endogène. Outre son action sur la croissance, le progrès technique agit aussi sur les inégalités.

1 Le progrès technique, facteur exogène de croissance

- Le **progrès technique** a été identifié comme troisième **facteur de croissance** par l'économiste Robert Solow. Il a développé un modèle de croissance qui intègre ce nouveau facteur, en plus des facteurs capital et travail.
- Dans ce modèle, le progrès technique est considéré comme **exogène** (**Doc. 1**), c'est-à-dire indépendant du comportement des agents. Il a un caractère aléatoire, apparaissant au gré des découvertes ou des **innovations** réalisées par les entrepreneurs. La **croissance intensive** provient de l'amélioration de la **productivité globale des facteurs** de production, liée au **progrès technique** et à une meilleure organisation du travail.

2 Le progrès technique, facteur endogène de croissance

- Selon les théories de la **croissance endogène**, le progrès technique est endogène à la croissance, qui apparaît alors comme un phénomène cumulatif et auto-entretenu.
- Pour Paul Romer, le progrès technique dépend du niveau des connaissances des travailleurs, de leur capacité à inventer des produits et des procédés. La croissance permet en retour une augmentation du **stock de connaissances** générateur d'**externalités positives**.
- La croissance permet de financer des dépenses éducatives et de santé. Or, Robert Lucas considère que l'**accumulation du capital humain** est le principal facteur de croissance. Il montre que chacun bénéficie du savoir accumulé par l'ensemble de la société, sans en avoir soi-même payé le prix. Tout investissement dans l'éducation se traduirait ainsi par un taux de croissance plus élevé que celui des dépenses éducatives.

3 Progrès technique et inégalités

- Le progrès technique est souvent présenté comme l'un des principaux moteurs des **inégalités de revenus.** Ainsi, les innovations, et notamment l'automatisation, entraînent une **baisse** des emplois nécessitant des qualifications intermédiaires et une hausse de la demande de travail qualifié. Les emplois les moins qualifiés, souvent dans le tertiaire, sont aussi ceux pour lesquels il est le plus difficile de substituer du capital au travail (**Doc. 2**).
- Le progrès technique **augmenterait alors les inégalités**, puisque le marché du travail se polariserait entre des emplois très qualifiés, dont la rémunération est élevée, et des emplois peu qualifiés et peu rémunérés.

LA BOÎTE À DOCS

Doc. 1 Croissance avec progrès technique exogène et endogène

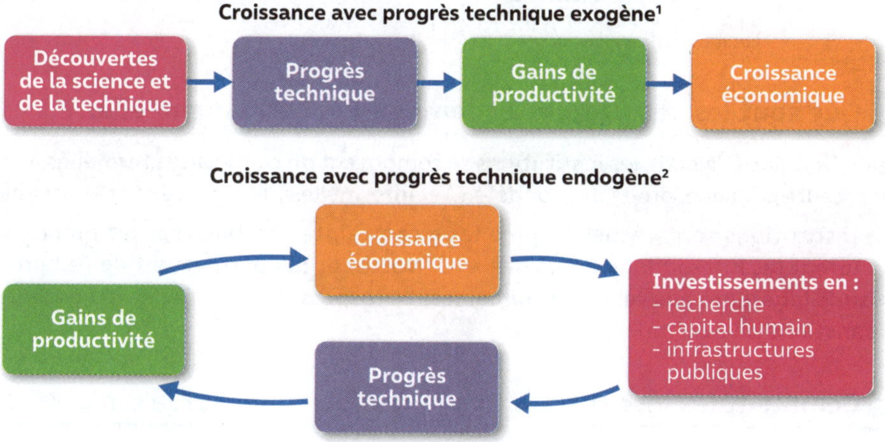

1. Dû à des causes externes 2. Dû à des causes internes

Doc. 2 Évolution des parts (en %) de l'emploi selon la qualification entre 1995 et 2015 dans les pays de l'OCDE

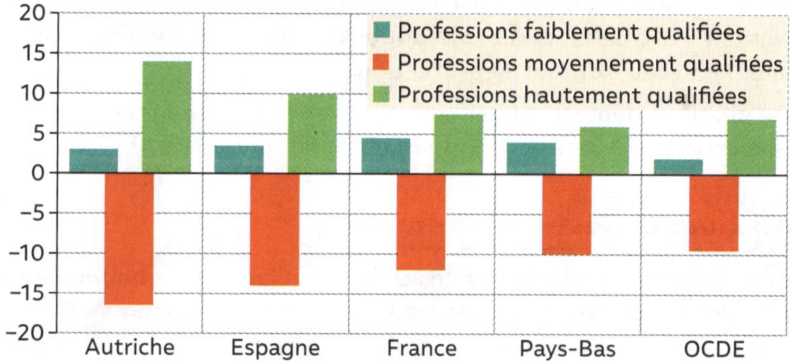

D'après H. Baudchon, « Polarisation de l'emploi en France : quelle ampleur ? », *Conjoncture*, sep. 2019.

Vocabulaire

• **Progrès technique :** ensemble des éléments permettant d'améliorer les méthodes de production et d'accroître la productivité.

• **Externalité positive :** effet créé par un agent lorsqu'il procure à autrui, par son activité, une utilité ou un avantage gratuit.

• **Capital humain :** capacités productives des individus, tenant compte de leurs aptitudes physiques et de leurs compétences.

FICHE 3 Croissance et institutions

De quoi s'agit-il ?

Pour certains économistes, les différences de croissance constatées au niveau mondial s'expliquent par les institutions qui organisent l'utilisation des ressources.

1 Que sont les institutions et comment fonctionnent-elles ?

- Selon Douglas C. North, les **institutions** se composent de **contraintes formelles** (constitution, cadre juridique, droits de propriété…) et **informelles** (religion, coutumes, morale…).
- Les institutions sont vécues comme les « contraintes établies par les hommes qui structurent les interactions humaines » (D. North) et qui permettent de **réduire l'incertitude inhérente aux relations humaines**. Le respect de leurs règles est garanti par des **sanctions** plus ou moins efficaces.

2 Comment les institutions peuvent-elles favoriser la croissance ?

- Le **système financier**, tant qu'il est en mesure de mobiliser l'épargne et d'orienter efficacement les capitaux vers les investissements les plus rentables, peut être **source de croissance**. Le système des **droits de propriété** constitue une forte **incitation** à la production, donc à la croissance. Les **brevets** permettent aux entrepreneurs de protéger leurs innovations. Cependant, la **diffusion** de l'information constitue une **externalité positive** favorable à la croissance. Les institutions publiques doivent donc être en mesure de déterminer le **niveau optimal de protection**.
- Le **système politique démocratique** semble *a priori* favorable à la création de richesses, puisque les libertés politiques et économiques y sont garanties.

3 Innovations et destruction créatrice

- Joseph Aloïs Schumpeter lie les **cycles de la croissance économique** à l'**apparition d'innovations majeures** qui modifient les structures de l'économie. Ces innovations arrivent par « grappes » (par exemple, l'ordinateur et les logiciels).
- L'**expansion** correspond à la période de **diffusion des nouvelles innovations**, grâce au financement à crédit (**Doc. 1**). Alimentée par le développement du crédit, la croissance économique est assurée car la demande – et donc la production – pour ce type de biens est forte. Les innovations détruisent d'anciennes activités devenues obsolètes.
- Progressivement, la **demande baisse**, les faillites d'entreprises sont plus nombreuses que les créations, et le cycle se retourne : l'économie entre en **récession**. Ainsi, au cycle correspondant à l'apparition des engins à vapeur, du fer et du coton a succédé le cycle lié au chemin de fer, puis celui associé à l'électricité et à l'automobile (**Doc. 2**). Le passage d'un cycle à l'autre se fait par un processus de **destruction créatrice**.

LA BOÎTE À DOCS

Doc. 1 Les dépenses intérieures de R&D (en % du PIB)

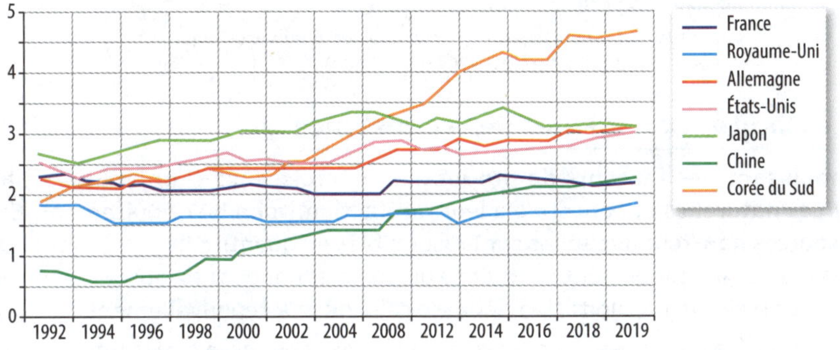

La recherche et développement (R&D) comprend la recherche fondamentale, la recherche appliquée et le développement expérimental. Elle accroît la somme des connaissances et leur utilisation.

Doc. 2 Le cycle de l'innovation selon Schumpeter

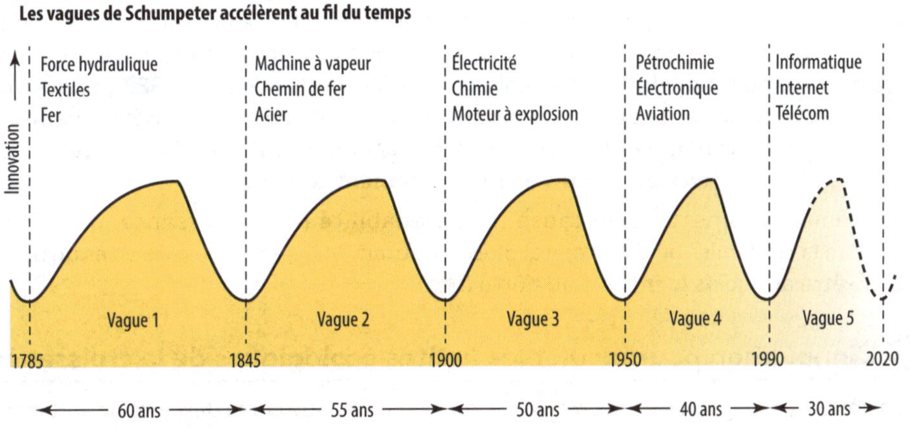

Vocabulaire

- **Institution :** ensemble des règles (lois, coutumes) organisant la société (le droit, la constitution) ou certaines de ses instances (institutions religieuses, économiques, familiales…).
- **Droits de propriété :** ensemble des règles juridiques permettant de détenir et d'utiliser un bien sous certaines contraintes.
- **Destruction créatrice :** pour Schumpeter, processus par lequel un nouveau modèle, porté par les innovations, se substitue au précédent.

FICHE 4

Contourner les limites écologiques de la croissance

De quoi s'agit-il ?

La croissance économique est confrontée à des limites écologiques que les innovations peuvent aider à reculer.

1 Les limites écologiques de la croissance

- En mobilisant des facteurs de production, la croissance économique utilise des **ressources naturelles** et contribue à leur raréfaction, voire leur épuisement. En effet, les ressources **non-renouvelables** sont disponibles en quantité finie et limitée. De plus, la croissance économique peut conduire à un épuisement des ressources **renouvelables** lorsque leur rythme d'exploitation dépasse celui de leur renouvellement.

- Ainsi, le modèle de croissance génère des **besoins sans cesse croissants**. La poursuite infinie de la croissance se heurte à la réalité d'une **planète « finie »**, c'est-à-dire à des ressources disponibles en quantité limitée.

- De plus, la croissance économique génère des **externalités négatives**. Les agents économiques, producteurs ou consommateurs, vont alors tenir compte de leurs coûts privés, mais ne tiendront pas compte des coûts sociaux. Il y a alors surproduction d'activités génératrices d'externalités négatives. La croissance économique est par exemple génératrice de pollution de l'air et d'émissions de gaz à effet de serre (GES), ce qui a des conséquences sur la santé de la population. Le groupe d'experts intergouvernemental sur l'évolution du climat (GIEC) a ainsi alerté à de nombreuses reprises sur les conséquences de la croissance en termes de **réchauffement climatique**.

- Ces éléments remettent en cause la **soutenabilité** de la croissance, qui devrait permettre la transmission d'un capital global assurant aux générations futures un niveau de bien-être au moins identique au nôtre (**Doc.**).

2 L'innovation pour reculer les limites écologiques de la croissance

- Les limites écologiques de la croissance font craindre que cette dernière ne soit insoutenable. Il faut alors, pour la rendre soutenable, préserver le stock de **capital naturel** et de **capital physique**. Cette conception est appelée **soutenabilité forte**.

- À cette dernière s'oppose la conception de la **soutenabilité faible**. Dans cette approche, grâce aux **innovations**, l'utilisation du capital naturel serait amoindrie. Par exemple, le recours à des moteurs moins énergivores, voire à d'autres sources d'énergies dites « propres », permettrait de limiter l'usage du pétrole.

- De plus, le capital naturel pourrait être remplacé par du **capital technologique**. La disparition des abeilles, liée à l'agriculture intensive et qui nuit à la pollinisation, pourrait ainsi être contrecarrée par le recours à des drones pollinisateurs.

LA BOÎTE À DOCS

Doc. La soutenabilité de la croissance

Joseph E. Stiglitz, né en 1943, est un économiste américain lauréat du prix Nobel d'économie en 2001.

Amartya Sen, né en 1933, est un économiste indien lauréat du prix Nobel d'économie en 1998.

La soutenabilité pose la question de savoir si l'on peut espérer que le niveau actuel de bien-être pourra être au moins maintenu pour des périodes ou des générations futures ou s'il est plus probable qu'il diminue. [...]

Nous sommes convaincus que la soutenabilité doit faire l'objet d'une mesure séparée. L'idée est la suivante : le bien-être des générations futures, en comparaison avec le nôtre, dépendra des ressources que nous leur transmettrons. [...] Le bien-être à venir dépendra du volume des stocks de ressources épuisables (capital naturel) que nous laisserons aux prochaines générations. Il dépendra également de la manière dont nous maintiendrons la quantité et la qualité de toutes les autres ressources naturelles renouvelables nécessaires à la vie. D'un point de vue plus économique, il dépendra en outre de la quantité de capital physique (machines et immeubles) que nous transmettrons et des investissements que nous consacrons à la constitution du « capital humain » de ces générations futures, essentiellement par des dépenses dans l'éducation et la recherche. Et il dépendra enfin de la qualité des institutions que nous leur transmettrons, qui sont une autre forme de « capital » (capital institutionnel) essentiel au maintien d'une société humaine fonctionnant correctement.

J. E. Stiglitz, A. Sen, J-P. Fitoussi, *Rapport de la commission sur la mesure des performances économiques et du progrès social*, 2009.

Vocabulaire

- **Externalité négative :** effet créé par un agent lorsqu'il procure à autrui, par son activité, une nuisance ou un désavantage sans contrepartie monétaire.
- **Soutenabilité :** synonyme de durabilité. Elle permet de répondre aux besoins du présent sans compromettre la capacité des générations futures à satisfaire les leurs.
- **Capital naturel :** ensemble des ressources naturelles servant à la production.
- **Capital physique :** bâtiments, machines et équipements techniques utilisés dans la production, auxquels s'ajoutent les stocks de matière première et de produits semi-finis et finis.

Révision Express

POINTS IMPORTANTS À RETENIR

- La **croissance économique** se calcule par le taux de variation du **PIB** réel. L'accumulation des **facteurs de production** (capital et travail), ainsi que la **productivité globale des facteurs**, en sont les sources.
- La productivité globale des facteurs mesure le **progrès technique** qui, d'abord analysé comme exogène, a ensuite été analysé comme endogène, faisant apparaître la croissance comme un phénomène cumulatif et auto-entretenu. La théorie de la croissance endogène montre en quoi l'**investissement** en **capital humain**, public, physique et technologique peut générer des **externalités positives** et être source de croissance. Le progrès technique entraîne toutefois des inégalités de revenus, du fait d'une polarisation du marché du travail.
- Pour D. North, la croissance économique s'explique avant tout par les **institutions** (fiscalité, législation, **droits de propriété**). Celles-ci se composent de contraintes et leur respect, garanti par un système de sanctions, favorise l'accumulation du capital, la technologie et le développement de l'entrepreneuriat.
- A. Schumpeter insiste quant à lui sur le rôle des **innovations** et en particulier sur le processus de **destruction créatrice**, qui serait à l'origine de cycles économiques.
- Les innovations peuvent aussi permettre de reculer les limites écologiques de la croissance. La production, en épuisant les ressources et en générant des **externalités négatives**, met en péril la **soutenabilité** de la croissance. Cependant, selon la thèse de la soutenabilité faible, les innovations permettraient de substituer du capital technologique au **capital naturel**.

APPRENDRE AUTREMENT

Croissance verte.
S'enrichir sans ruiner la planète :

Vidéo

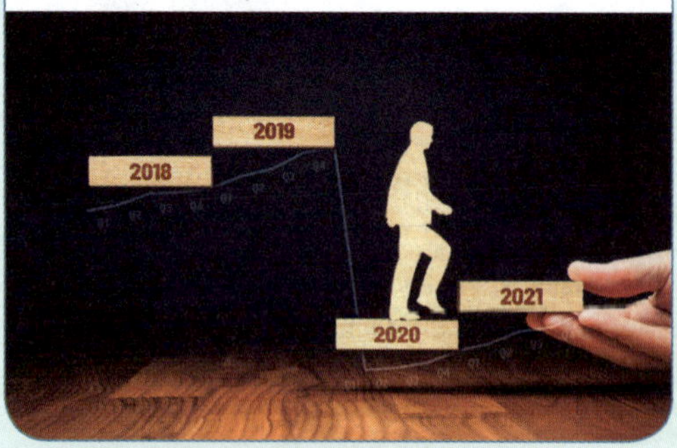

LE COURS EN 10 MOTS-CLÉS

- Croissance économique
- Produit intérieur brut
- Facteur travail/facteur capital
- Productivité globale des facteurs
- Capital naturel
- Institution
- Droits de propriété
- Innovation
- Destruction créatrice
- Soutenabilité

> Quels sont les sources et les défis de la croissance économique ?

CARTE MENTALE

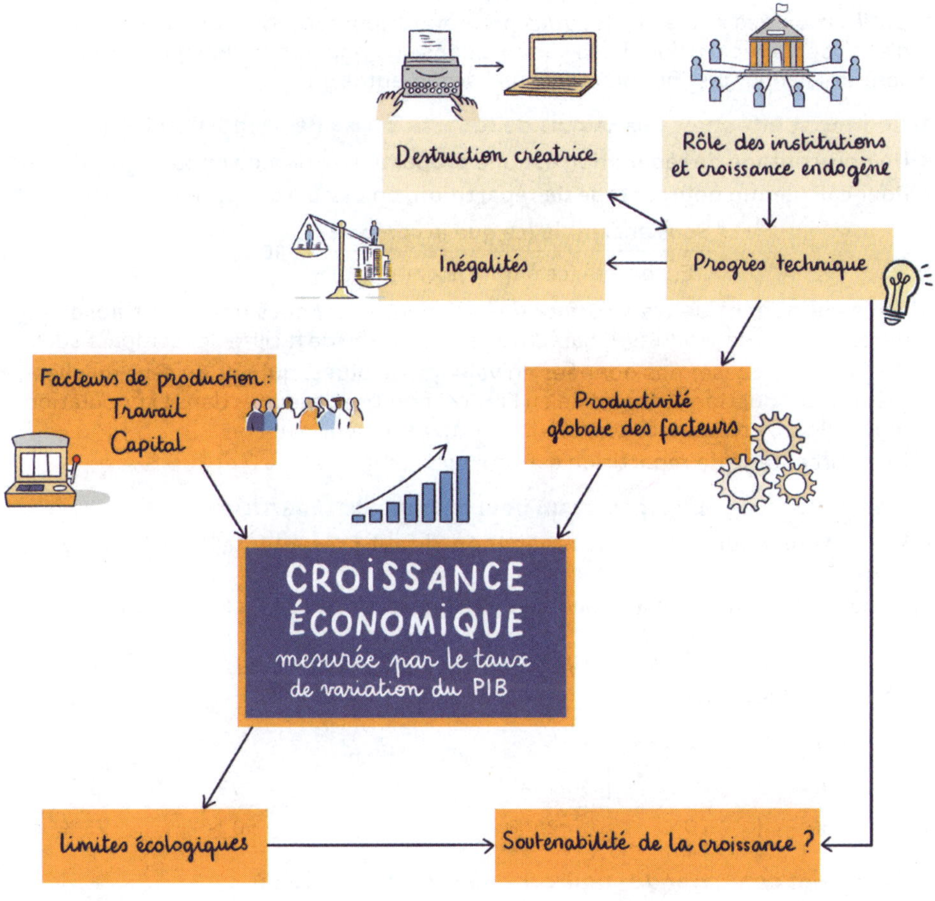

N'hésite pas à construire ta propre carte mentale

Calculer et interpréter des pourcentages de répartition

MÉTHODE

- L'utilisation des outils statistiques permet de comparer des données chiffrées, d'analyser la répartition d'une variable dans une population donnée. Ces calculs sont utiles pour justifier ou étayer une argumentation.

1. Comment effectuer des calculs de répartition ou de proportion ?

- Un **pourcentage de répartition** est une **proportion** exprimée en %.
- Pour **calculer un pourcentage de répartition**, on calcule un rapport.

$$\frac{\textbf{Sous ensemble (ce que je compare)}}{\textbf{Ensemble (ce à quoi je compare)}} \times \mathbf{100}$$

- Ce calcul permet de transformer des données exprimées en valeurs absolues (litres, milliers de produits, d'habitants, euros...), afin de faciliter les comparaisons.
- On fait donc passer des données en **valeurs absolues**, qui ont du sens en elles-mêmes (production automobile en France, nombre de jeunes dans la population mondiale...), en données en **valeurs relatives** (en %).
- Un pourcentage de répartition est toujours compris entre 0 et 100 %.

2. Comment lire et interpréter un pourcentage de répartition ?

- Pour **lire un pourcentage de répartition**, il faut présenter la date, le lieu et la source.
- La lecture doit inclure le résultat, en n'omettant pas de préciser l'ensemble : en % de quoi ?
- Il ne s'agit donc pas de dire « le pourcentage est de *x* % », mais « il y a *x* % du sous ensemble dans l'ensemble ».

3. Quelques équivalences pratiques

1/10	1/5	1/4	1/3	1/2	3/4
10 %	20 %	25 %	33 %	50 %	75 %

4. Comment comparer des pourcentages de répartition ?

- Pour **comparer des pourcentages de répartition**, on réalise une soustraction dont le résultat s'exprime en points.
- Par exemple, la part de filles dans un lycée en 2022 est de 56 %, alors qu'elle était de 49 % l'année précédente. On dira alors qu'entre 2021 et 2022, la proportion de filles dans le lycée a augmenté de 7 points (56 – 49).

ÉNONCÉ

Doc. **Le PIB en valeur et ses composantes en 2018**

	PIB en valeur (milliards d'euros)
Dépenses de consommation finale	**1 818**
Dont ménages	*1 221*
administrations publiques	*547*
institution sans but lucratif	*50*
Investissement (formation brute de capital fixe)	**540**
Variation de stocks	**13**
Solde des échanges extérieurs	**– 21**
Dont exportations	*737*
importations	*758*
Total	**2 350**

Insee, 2019.

1. Quelle est la proportion des dépenses de consommation finale dans le PIB ?

2. Quelles sont les principales composantes du PIB ? Justifiez votre réponse par des calculs de proportions.

3. Quelle est la part de la consommation des ménages dans la consommation finale ?

CORRIGÉ

1. Ici, le sous-ensemble est constitué de la consommation et de l'ensemble du PIB.

$$\frac{1\,818}{2\,350} \times 100 = 77{,}36\ \%$$

En 2018, selon l'Insee, les dépenses de consommation finale des ménages, des administrations publiques et des institutions sans but lucratif représentent près de 77,36 % de la valeur du PIB.

2. Il s'agit d'effectuer la même démarche qu'à la question 1.
La demande et l'investissement sont les deux principales composantes du PIB.
L'investissement représente 23 % du PIB :

$$\frac{240}{2\,350} \times 100 = 23\ \%$$

3. Ici, le sous-ensemble est constitué des dépenses de consommation des ménages et de l'ensemble de la consommation finale.

$$\frac{1\,221}{2\,350} \times 100 = 67{,}16\ \%$$

En 2018, selon l'Insee, la consommation des ménages représentait 67,16 % des dépenses de consommation finale des ménages.

Fiche test *Ce que je sais*

QCM

15 min

- ◯ À revoir
- ◯ Acquis

1 Cochez la bonne réponse.

1 Qu'est-ce que la croissance économique ?

- ◯ a. La quantité de richesses créée en une année par une entreprise.
- ◯ b. La somme des chiffres d'affaires de toutes les firmes.
- ☒ c. L'accroissement de la quantité de richesses créées sur une période et un territoire.
- ◯ d. La somme des valeurs ajoutées de toutes les firmes.

2 Les facteurs de production expliquent la totalité de la croissance.

- ◯ a. Vrai
- ☒ b. Faux

3 La croissance intensive est la croissance qui s'explique principalement par :

- ◯ a. l'accumulation du facteur travail.
- ◯ b. l'accumulation du facteur capital.
- ☒ c. l'accumulation des facteurs de production.
- ◯ d. la productivité globale des facteurs.

4 Le processus de destruction créatrice est causé par :

- ◯ a. l'État.
- ◯ b. les institutions.
- ☒ c. les innovations.
- ◯ d. les facteurs de production.

5 Les théories de la croissance endogène légitiment l'intervention de l'État.

- ☒ a. Vrai
- ◯ b. Faux

6 Dans la conception de la soutenabilité faible :

- ☒ a. le capital naturel se substitue au capital technologique.
- ◯ b. le capital technologique se substitue au capital naturel.

7 Plus les institutions sont de bonne qualité et fiables :

- ☒ a. plus cela favorise la croissance.
- ◯ b. moins cela favorise la croissance.

8 La croissance économique peut entraîner des dégradations environnementales.

- ☒ a. Vrai
- ◯ b. Faux

9 Les théories de la croissance endogène insistent :

- ◯ a. sur le rôle des externalités négatives dans la croissance économique.
- ☒ b. sur le rôle des externalités positives dans la croissance économique.

10 Le progrès technique menace fortement :

- ◯ a. les emplois peu qualifiés de services à la personne.
- ☒ b. les emplois routiniers dont les tâches sont manuelles, simples et répétitives.
- ◯ c. les emplois très qualifiés dont les tâches réclament réflexion et initiative.

SCORE : ___ / 10

EXERCICES D'ENTRAÎNEMENT

2 Texte à trous

À l'aide de vos connaissances, complétez le texte avec les termes suivants :
capital humain – externalités positives – capital public – productivité globale des facteurs (PGF) – capital technologique – capitaux – croissance endogène – capital physique

La .... est un modèle théorique dans lequel la croissance économique est auto-entretenue. Selon ce modèle, la .... n'est pas un « résidu ». Les agents économiques accumulent différentes sortes de ...., qui profitent à tous. On dit qu'ils génèrent des ....

Le .... (les machines, par exemple) va bénéficier à davantage de personnes qu'à ses seuls utilisateurs, puisque les qualifications et méthodes de travail requises vont se diffuser.

Le .... augmente lorsque l'État développe des infrastructures (aéroports, routes, communications…) qui vont directement ou indirectement bénéficier à tous.

Le .... s'incarne dans les innovations. Elles vont se diffuser et entraîner d'autres découvertes, pouvant ainsi bénéficier à de nombreux acteurs.

Cette accumulation de connaissances permet à une population d'être bien formée et bien soignée et donc d'augmenter son .... La main-d'œuvre sera plus productive et ses revenus seront plus élevés.

3 Associer chaque terme à sa définition

1. Croissance intensive
2. Facteurs de production
3. Progrès technique
4. Soutenabilité faible
5. Destruction créatrice
6. Croissance économique

a. Capital et travail.
b. Ensemble des innovations.
c. Augmentation durable de la quantité de richesses produites par une économie, mesurée par l'accroissement du PIB en volume.
d. Des innovations entraînent la disparition de certaines activités et en créent de nouvelles.
e. Lorsque la contribution de la PGF est supérieure à celle des facteurs de production.
f. Le capital technologique peut se substituer au capital naturel.

④ PIB et exportations mondiales

Doc. PIB mondial et exportations mondiales (en milliards de dollars courants)

	2010	2016	2018
PIB mondial	<u>65 906</u>	75 544	84 740
Exportations mondiales	15 403	16 055	19 480
Part des exportations mondiales dans le PIB (%)			

Banque mondiale, 2019.

1. Présentez le document.
2. Rédigez une phrase avec la donnée soulignée.
3. Effectuez les calculs afin de compléter la dernière ligne.
4. Rédigez une phrase avec votre résultat pour 2010.
5. Comment la part des exportations mondiales dans le PIB mondial a-t-elle évolué entre 2010 et 2018 ?

VERS LE BAC

5 Travailler la dissertation

Sujet Comment faire face aux limites écologiques auxquelles se heurte la croissance économique ?

Doc. 1 Évolution de la production mondiale de poisson et de la consommation humaine entre 1976 et 2030

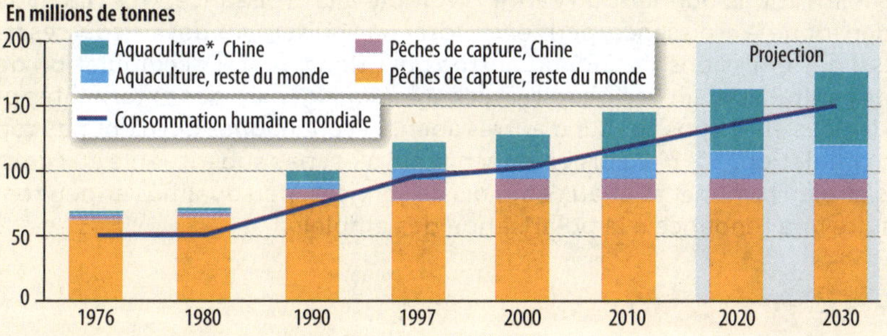

Note : Les notes sont tirées du rapport Global 1 ; elles sont en général confirmées par le rapport Global 2.

www.fao.org, 2019.

* Aquaculture : élevage commercial d'espèces aquatiques.

Doc. 2 Accord politique pour interdire la pêche électrique dans l'UE en 2021

Les États membres et les représentants de l'hémicycle européen ont décidé de mettre fin de manière définitive aux exceptions, qui permettaient surtout à une partie de la flotte de pêche néerlandaise de pratiquer la pêche à impulsion électrique. Une technique très décriée, accusée d'épuiser rapidement la ressource halieutique[1]. Les poissons sont littéralement décollés des fonds marins grâce à des champs électriques de faible intensité générés par les chaluts.

L'interdiction totale de la pratique de cette pêche n'interviendra qu'au 1er juillet 2021, le temps que les pêcheurs néerlandais, les principaux concernés en Europe, puissent se reconvertir. [...]

En réalité, la pêche électrique faisait déjà l'objet d'une interdiction, assortie d'exceptions en mer du Nord, mais pour seulement 5 % au maximum de la flotte de chalutiers à perche de chaque État membre. S'engouffrant dans cette brèche, les pêcheurs néerlandais ont profité à plein de ces exceptions, provoquant des réactions exaspérées, surtout chez leurs voisins français.

1. Halieutique : qui concerne la pêche.

C. Ducourtieux, « Accord politique pour interdire la pêche électrique dans l'UE en 2021 », *Le Monde*, 14 février 2019.

Fiche test Ce que je sais

1 **1. c.** L'accroissement de la quantité de richesses créée sur une période et un territoire se mesure par le taux de variation du PIB. **2. b.** La PGF explique une partie de la croissance. **3. d.** La croissance est dite extensive quand elle s'explique principalement par l'accumulation des facteurs de production (capital et travail) et est dite intensive quand elle s'explique principalement par la PGF. **4. c.** Schumpeter a ainsi identifié les innovations comme moteur de la croissance, ou plus exactement des fluctuations économiques. **5. a.** L'intervention de l'État permet d'accumuler du capital humain, du capital public et du capital technologique qui vont permettre à la croissance d'être auto-entretenue. **6. b.** Pour les partisans de la soutenabilité faible, il faut maintenir le stock global de capital, et donc le capital technologique peut remplacer le capital naturel. **7. a.** Les institutions donnent un cadre favorable à la croissance. **8. a.** La hausse de la production, donc la croissance, peut engendrer un épuisement des ressources naturelles mais aussi des émissions de GES ou autres pollutions. **9. b.** L'accumulation de capital public, de capital humain et de capital technologique génère des externalités positives, c'est-à-dire des effets positifs sur d'autres agents économiques qui n'ont pas contribué à cette accumulation. **10. b.** Le progrès technique n'est pas substituable aux emplois très qualifiés et bien rémunérés et aux emplois de services, peu qualifiés et peu rémunérés. Il en résulte une tendance à la polarisation des emplois.

EXERCICES D'ENTRAÎNEMENT

2 Texte à trous

La **croissance endogène** est un modèle théorique dans lequel la croissance économique est auto-entretenue. Selon ce modèle, la **productivité globale des facteurs (PGF)** n'est pas un « résidu ». Les agents économiques accumulent différentes sortes de **capitaux**, qui profitent à tous. On dit qu'ils génèrent des **externalités positives**.

Le **capital physique** (les machines, par exemple) va bénéficier à davantage de personnes qu'à ses seuls utilisateurs, puisque les qualifications et méthodes de travail requises vont se diffuser.

Le **capital public** augmente lorsque l'État développe des infrastructures (aéroports, routes, communications…) qui vont directement ou indirectement bénéficier à tous.

Le **capital technologique** s'incarne dans les innovations. Elles vont se diffuser et entraîner d'autres découvertes, pouvant ainsi bénéficier à de nombreux acteurs.

Cette accumulation de connaissances permet à une population d'être bien formée et bien soignée et donc d'augmenter son **capital humain**. La main-d'œuvre sera plus productive et ses revenus seront plus élevés.

3 Associer chaque terme à sa définition

1. d. – **2. a.** – **3. b.** – **4. e.** – **5. c.**

4 PIB et exportations mondiales

Doc. PIB mondial et exportations mondiales (en milliards de dollars courants)

	2010	2016	2018
PIB mondial	65 906	75 544	84 740
Exportations mondiales	15 403	16 055	19 480
Part des exportations mondiales dans le PIB (%)	23,37	21,25	22,9

Banque mondiale, 2013.

1. Ce document est un tableau élaboré par la Banque mondiale en 2019. Il nous présente, pour trois années (2010, 2016 et 2018), l'évolution du PIB mondial et des exportations mondiales. Les données sont exprimées en milliards de dollars.
2. En 2010, le PIB mondial s'élevait à 65 906 milliards de dollars.
3. Ici, le sous-ensemble est constitué des exportations et de l'ensemble du PIB.

$\frac{15\,403}{65\,906} \times 100 = 23{,}37\ \%$ $\frac{16\,055}{75\,544} \times 100 = 21{,}25\ \%$ $\frac{19\,480}{84\,740} \times 100 = 22{,}9\ \%$

4. En 2010, les exportations mondiales représentaient 23,37 % du PIB mondial.
5. La part des exportations mondiales dans le PIB mondial a diminué de 0,47 point entre 2010 et 2018.

VERS LE BAC

5 Travailler la dissertation

Introduction

La **croissance économique** est l'augmentation des richesses produites. Elle se mesure par le taux de variation du PIB.
En mobilisant des facteurs de production, elle utilise des ressources naturelles (eau, faune, flore, ressources énergétiques et minières...) et contribue à leur raréfaction, voire à leur épuisement. D'autre part, la croissance génère des externalités négatives. Ces dernières désignent l'effet créé par un agent lorsqu'il procure à autrui, par son activité, une nuisance ou un désavantage sans contrepartie monétaire. C'est le cas par exemple des émissions de gaz à effet de serre. Ce double constat nous permet d'affirmer que la croissance se heurte à des **limites écologiques**.

Définition des termes du sujet

Nous pouvons alors nous demander comment faire face aux limites écologiques auxquelles se heurte la croissance économique.

Reprise du sujet

Pour répondre à cette question, nous verrons dans un premier temps que les innovations peuvent permettre de reculer les limites écologiques à la croissance. Dans un second temps, nous verrons cependant que, selon la thèse de la soutenabilité forte, il faut préserver les ressources naturelles.

Annonce des axes développés

I. Les innovations peuvent permettre de reculer les limites écologiques de la croissance

Selon la conception de la soutenabilité faible, les limites écologiques de la croissance peuvent être contournées. Dans cette approche, ce sont les innovations et le progrès technique qui pourront remédier à la diminution du capital naturel.

Affirmation de l'idée générale

Par exemple, le recours à des moteurs moins énergivores, voire à d'autres sources d'énergies dites « propres », permettrait de limiter l'usage du pétrole.

Les menaces pesant sur certaines espèces pourraient aussi être réduites. C'est le cas par exemple du stock mondial de poissons. La consommation mondiale devrait tripler entre 1976 et 2030 (**Doc. 1**), entraînant une augmentation bien moindre des captures de poissons. En effet, le développement de l'aquaculture, c'est-à-dire le fait d'élever des espèces de poissons, permettrait de satisfaire la demande tout en maintenant stable la quantité de poissons sauvages pêchés (autour de 75 000 tonnes/an).

Exploitation du document en lien avec le sujet

De plus, le capital naturel, s'il venait à disparaître, pourrait être remplacé par du capital technologique. Ainsi, la disparition des abeilles, liée à l'agriculture intensive et qui nuit à la pollinisation, pourrait être contrecarrée par le recours à des drones pollinisateurs.

Les innovations, selon la thèse de la soutenabilité faible, permettent donc de contrecarrer les limites écologiques à la croissance. Néanmoins, une autre conception s'y oppose.

Conclusion de la partie et transition vers la partie suivante.

II. La thèse de la soutenabilité forte préconise de préserver les ressources naturelles

Les limites écologiques de la croissance font néanmoins craindre que cette dernière ne soit insoutenable.

Il faut alors, pour la rendre soutenable, préserver le stock de capital naturel et de capital physique. Cette conception est appelée « soutenabilité forte ».

Affirmation de l'idée générale

Pour préserver le capital naturel, des interdictions, c'est-à-dire des mesures contraignantes, sont prises. C'est ainsi le cas de l'interdiction de la pêche à impulsion électrique (**Doc. 2**). Ce type de pêche, très efficace pour les captures de poissons, fait peser le risque de la disparition de certaines espèces. Les pays membres de l'Union européenne ont donc signé un accord harmonisant les législations des différents États membres et rendant effectives les mesures règlementaires.

Exploitation du document en lien avec le sujet

Ainsi, seule la préservation des ressources permettra d'avoir une croissance durable, soutenable.

Conclusion de la partie

Conclusion

Pour faire face aux limites écologiques à la croissance, deux conceptions coexistent. La première, celle de la soutenabilité faible, mise sur les innovations afin de contourner ces limites. La seconde conception, celle de la soutenabilité forte, mise sur la préservation des ressources naturelles.

Bref bilan reprenant les idées principales

Chapitre 2

Quels sont les fondements du commerce international et de l'internationalisation de la production ?

Déchargement d'un porte-conteneurs en Corée du Sud.

FICHE 1

Avantages comparatifs et spécialisation internationale

De quoi s'agit-il ?

Suite aux travaux d'Adam Smith, David Ricardo a montré l'intérêt du libre-échange, même pour des pays ne disposant d'aucun avantage particulier, élaborant ainsi la théorie des avantages comparatifs.

1 La théorie des avantages absolus d'Adam Smith

- Dès 1776, dans *La Richesse des nations*, Adam Smith explique qu'un pays a intérêt à **se spécialiser dans la fabrication de produits** pour lesquels il dispose d'un **avantage absolu** – c'est-à-dire dont la production a, chez lui, un coût inférieur à tous les autres produits – et à abandonner la production des autres.
- Cette théorie justifie le **libre-échange** et la **spécialisation internationale**, mais semble exclure de l'échange les pays qui ne disposent d'aucun avantage.

2 L'analyse de David Ricardo

- En 1817, David Ricardo démontre que la spécialisation et l'ouverture aux échanges sont **sources de croissance** pour tous les pays selon la loi des **avantages comparatifs** : un pays a intérêt à se spécialiser dans les biens pour lesquels il dispose du plus grand avantage comparatif en termes de coût de production (ou de productivité), et à importer les autres. C'est la **division internationale du travail** (DIT).
- Le modèle de Ricardo repose sur des **hypothèses restrictives** : le travail est le seul facteur de production ; les facteurs de production sont parfaitement mobiles à l'échelle nationale et immobiles entre pays ; les avantages comparatifs sont durables ; les pays ont des techniques de production différentes. Ricardo raisonne dans le cadre d'un échange entre **deux nations de taille identique** et d'un **commerce interbranche**.
- La spécialisation selon les avantages comparatifs permet une **allocation des ressources plus efficace** au sein de chaque pays, ce qui favorise leur croissance : ils en retirent des **gains à l'échange** (**Doc.**). Ricardo suggère aussi que cela pacifie les relations entre les pays en créant des intérêts mutuels à la poursuite de l'échange.

3 Le modèle HOS

- Dans la première moitié du XXe siècle, la **théorie HOS** prolonge cette analyse en introduisant le **capital**. E. Heckscher, B. Ohlin et P. Samuelson montrent que la spécialisation des pays résulte de leur **dotation factorielle relative** et qu'il existe une tendance à l'égalisation du prix des facteurs de production.
- Chaque pays a intérêt à **se spécialiser** dans la production et l'exportation du bien qui utilise intensivement le **facteur de production** qui est relativement **abondant** et à importer les produits utilisant le facteur relativement rare.

LA BOÎTE À DOCS

Doc. Les bienfaits de l'échange international

Dans un système de parfaite liberté du commerce, chaque pays consacre naturellement son capital et son travail aux emplois qui lui sont le plus avantageux. La recherche de son avantage propre s'accorde admirablement avec le bien universel. En stimulant le travail, en récompensant l'esprit d'invention, et en tirant le meilleur parti des facultés particulières de la nature, cette recherche favorise la répartition du travail la plus efficace et la plus économe.

Dans le même temps, en augmentant la masse totale des productions, elle répand partout le bien-être, et réunit par le lien de l'intérêt et du commerce réciproque les nations du monde civilisé en une société universelle. C'est ce principe qui conduit à ce que la France et le Portugal produisent du vin, que l'Amérique et la Pologne cultivent du blé ou encore que l'Angleterre fabrique des ustensiles et des autres biens manufacturés.

En règle générale, dans un seul et même pays, les profits sont toujours au même niveau ; ils ne peuvent différer que dans la mesure où l'emploi du capital est plus ou moins sûr et opportun. Mais il n'en va pas ainsi de pays à pays. Si les profits du capital employé dans le Yorkshire devaient excéder ceux du capital employé à Londres, le capital se déplacerait rapidement de Londres vers le Yorkshire, et les profits s'égaliseraient ; mais si une diminution des rendements sur les terres anglaises, consécutive à un accroissement du capital et de la population, devait entraîner une hausse des salaires et une baisse des profits, il ne s'ensuivrait pas nécessairement un déplacement du capital et de la population de l'Angleterre vers la Hollande, l'Espagne ou la Russie, où les profits pourraient être plus élevés.

D. Ricardo, *Des principes de l'économie politique et de l'impôt* (1817), Flammarion, 1999.

David Ricardo (1772-1823) est un économiste anglais, fondateur des théories libérales de l'échange international qui montrent que le commerce est profitable à l'ensemble des nations qui y participent.

Vocabulaire

- **Avantage absolu :** avantage détenu par un pays lorsque, pour un bien, sa production par unité de facteur est supérieure aux autres pays.
- **Libre-échange :** pratique du commerce international où aucun obstacle ne règle ou ne freine les opérations commerciales.
- **Spécialisation internationale :** répartition des activités productives entre les différentes économies.
- **Avantage comparatif :** avantage détenu par un pays pour la production d'un bien dans laquelle son avantage vis-à-vis de ses partenaires est le plus important ou son désavantage le moins important.
- **Gains à l'échange :** revenus ou ressources (biens ou services) supplémentaires engendrés par la spécialisation et l'échange.
- **Dotation factorielle :** répartition entre les différents facteurs de production (ressources naturelles, capital technique, main-d'œuvre) dont dispose un pays.

FICHE 2

Les prolongements des théories du commerce international (1)

De quoi s'agit-il ?

La thèse de David Ricardo, qui a été le fondement des théories du commerce international depuis deux siècles, a depuis été approfondie, mais aussi remise en cause.

1 Les prolongements de l'analyse ricardienne

- Les **analyses néo-factorielles** considèrent le travail selon le degré de qualification et visent à montrer que la dotation en travail qualifié explique les flux commerciaux. Plus un pays investit dans l'éducation, plus sa dotation en travail qualifié augmente, ce qui se traduit (en vertu du théorème HOS) par un **avantage comparatif dans les produits intensifs en travail qualifié**. En conséquence, un tel pays doit exporter des biens intensifs en travail qualifié et importer des biens intensifs en travail peu qualifié.

- Cette approche permet d'expliquer en partie le commerce mondial Nord-Sud de biens manufacturés, puisqu'on constate dans les **pays développés** un **déclin relatif des exportations de produits industriels** au bénéfice d'exportations de services et de produits de haute technologie, c'est-à-dire de produits reposant davantage sur le capital humain que sur le capital physique.

2 Des remises en cause partielles de l'analyse ricardienne

- Pour Paul Krugman, les **avantages comparatifs** sont davantage la **conséquence** que la cause **des échanges internationaux**, et les gains du commerce international sont cumulatifs.

- Krugman préconise une **ouverture croissante des économies** et donc une **libéralisation** du commerce, tout en acceptant une politique étatique volontariste d'incitation à l'exportation (ou **politique commerciale stratégique**).

- Dans le modèle de Ricardo, les pays qui échangent et les produits échangés sont très différents. Or, on constate que ce sont surtout les **pays développés** qui échangent entre eux, et des **produits similaires**. Aujourd'hui, par exemple, près de 60 % des flux commerciaux sont réalisés entre pays industrialisés.

- Ainsi, les principaux **partenaires de la France** ne sont pas les pays qui lui sont complémentaires en termes de ressources, mais les **pays de l'Union européenne**, dont l'Allemagne, qui lui ressemblent en termes de dotations factorielles et ont un niveau de développement et une spécialisation comparables.

- Le commerce international est ainsi en grande partie un **commerce intrabranche** (**Doc.**). Les branches les plus exportatrices sont souvent les plus importatrices, comme c'est le cas en France pour l'automobile, par exemple.

LA BOÎTE À DOCS

Doc. Le commerce intrabranche par zones

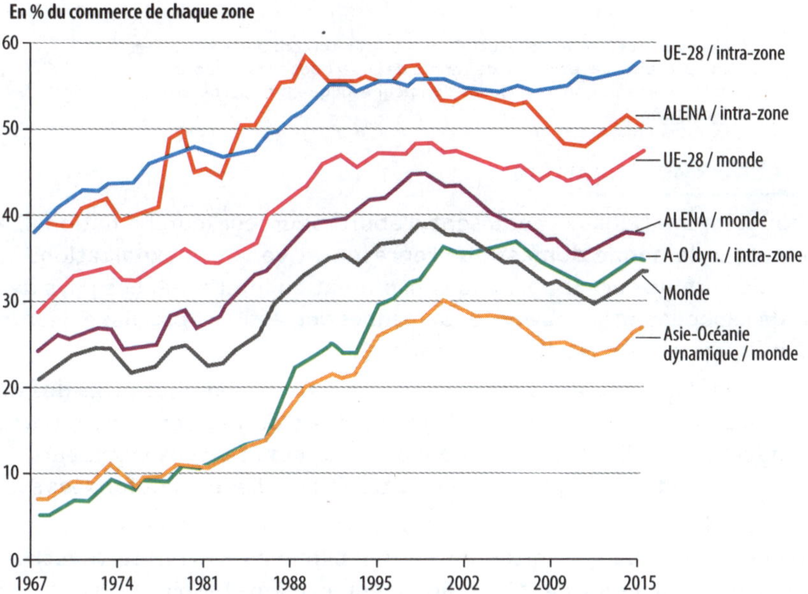

A. de Saint Vaulry et D. Ünal, « Commerce intra versus interbranches, regain de similitudes ? », *Carnets graphiques*, CEPII, 2018.

Les échanges intrabranches ont connu un essor considérable à partir du début des années 1980, pour atteindre leur apogée à la veille des années 2000. Depuis, avec l'émergence chinoise, cet échange de similitudes est entré dans une phase de déclin relatif au niveau mondial.
L'échange international fondé sur un « commerce de différences » s'est transformé, surtout entre les pays à haut revenu, en un « commerce de similitudes ».

Vocabulaire

- **Politique commerciale stratégique :** mesures pouvant être prises pour faire évoluer, au profit de la nation protectionniste, l'équilibre généré par la situation imparfaite du marché (oligopoles, voire monopoles).
- **Commerce intrabranche :** échange de produits similaires appartenant à une même branche, à une même industrie.

FICHE 3

Les prolongements des théories du commerce international (2)

De quoi s'agit-il ?

Le commerce international est de plus en plus un commerce entre pays comparables. La recherche de variété de la part des consommateurs et la fragmentation de la chaîne de valeur expliquent en partie cette évolution.

1 La recherche de variété

- Les producteurs nationaux produisent d'abord pour leur marché national, afin de satisfaire une « **demande domestique représentative** ». Les exportations sont un commerce de surplus par rapport à la consommation intérieure. Les pays de même niveau de développement vont avoir des demandes domestiques proches et leurs surplus exportables porteront sur les mêmes produits.
- Cependant, **la demande est différenciée** : un même bien peut avoir des qualités différentes : il existe alors des **fenêtres d'opportunité d'échange** entre deux pays. L'analyse est fondée sur la taille du marché intérieur et les goûts des consommateurs, qui vont structurer la **demande**, alors que les analyses traditionnelles étaient fondées sur l'offre.
- Bernard Lassudrie-Duchêne montre que les consommateurs expriment une « **demande de différence** ». Les échanges intrabranches s'expliquent alors par cette **recherche de variété** des consommateurs. Les biens répondent au même besoin, mais ils se différencient par leur qualité (réelle ou supposée), la marque... Les échanges internationaux s'expliquent alors par la **différenciation des produits** eux-mêmes.
- Pour Kelvin Lancaster, chaque produit est défini par un ensemble de **caractéristiques demandées** par le consommateur. Chaque consommateur a un produit idéal. Or, le marché national offre un nombre limité de variétés, plus ou moins proches de cette **variété idéale**. Comme il est trop coûteux de produire un bien « sur mesure », les consommateurs doivent se contenter de la variété la plus proche de leur variété idéale.
- En augmentant la taille du marché, **plus de variétés** peuvent être produites. Chaque consommateur a donc plus de chance d'obtenir une variété plus proche de sa variété idéale.

2 La fragmentation des chaînes de valeur

- La mondialisation a provoqué une **fragmentation des chaînes de valeur**. Cela signifie que les diverses opérations de conception, de logistique, de production et de services nécessaires à la fabrication d'un produit final peuvent être réparties dans un très grand nombre de pays.
- Les **avantages comparatifs** (**Doc. 1**) jouent un rôle clé dans ce processus. C'est en effet pour en tirer le maximum d'avantages que les entreprises tendent à localiser des segments de leur chaîne de valeur dans des pays différents (**Doc. 2**).

LA BOÎTE À DOCS

Doc. 1 Les avantages comparatifs

Chaque pays est considéré comme un « bloc de facteurs »

Les coûts du capital et du travail sont identiques

Les facteurs sont mobiles dans chaque pays mais pas entre les pays : seules les marchandises circulent

→ **Deux nations** produisent le même bien mais le prix dans un pays est inférieur au prix de l'autre : pourquoi ?

→ Le pays qui a **la technologie** la plus efficace, donc la productivité du travail la plus élevée, a le coût de production le plus bas

Doc. 2 Composants du Boeing 777

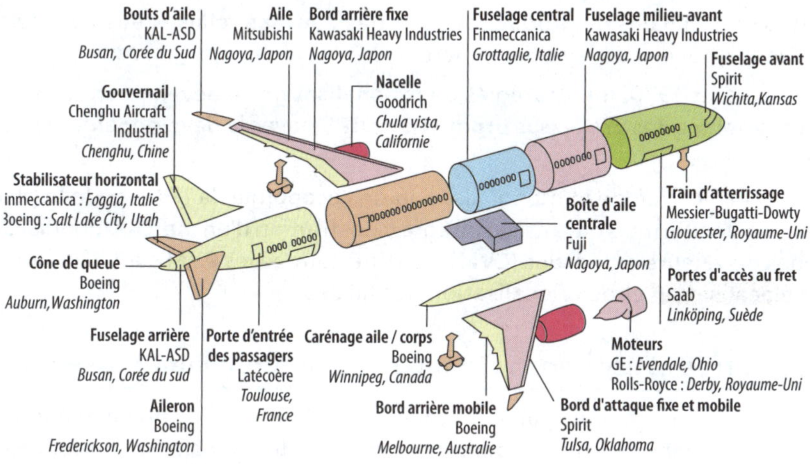

Source : © 2015 Boeing.

La fragmentation des chaînes de valeurs peut se faire entre pays comparables afin de bénéficier du savoir-faire de chacun. Ainsi, les différentes parties du Boeing 777 sont fabriquées dans des pays développés tels que la France, le Royaume-Uni, le Japon ou la Corée du Sud, puis assemblées aux États-Unis.

Vocabulaire

- **Différenciation des produits :** ensemble des actions par lesquelles une entreprise s'efforce de s'approcher d'une situation de monopole en rendant ses produits différents de ceux offerts par ses concurrents directs (qualité, image de marque, apparence…).
- **Chaîne de valeur :** ensemble des activités productives réalisées par les entreprises en différents lieux géographiques au niveau mondial, pour amener un produit ou un service du stade de la conception au stade de la production et de la livraison au consommateur final.

FICHE 4

L'internationalisation de la chaîne de valeur

De quoi s'agit-il ?

Le processus de mondialisation conduit à une réorganisation géographique de la production. Les firmes multinationales sont l'un des acteurs principaux de ce phénomène.

1 Stratégies des firmes multinationales

- Jusqu'au début du XXe siècle, les **firmes multinationales (FMN)** avaient une **stratégie d'approvisionnement**. Les **investissements directs étrangers (IDE)** étaient **verticaux**, les filiales de production étrangères étant situées en amont dans la filière de production.
- Au XXe siècle, des **stratégies de marché** se développent. Les firmes décident d'implanter des filiales de production sur les territoires où se trouve la demande. Les **IDE** sont alors **horizontaux** : les filiales de production sont des « **firmes relais** », elles produisent les mêmes biens que ceux de la société-mère.
- Dans les années 1970, les stratégies de **rationalisation** se développent : c'est la **division internationale des processus productifs (DIPP)**, avec le développement des **filiales ateliers**.
- Avec l'intensification de la mondialisation de l'économie, la DIPP cède la place à un processus analogue, mais davantage intégré (constitution d'un marché mondial unique) : les **chaînes de valeurs mondiales (CVM)**. La DIPP comme les CVM sont liées aux processus de **délocalisation** et de **relocalisation** des filiales.

2 Les autres causes de la fragmentation des chaînes de valeur

- Selon Michael Porter, une chaîne de valeur se définit comme un **enchaînement des différentes fonctions** de la firme, qui contribue à la valeur du bien ou du service mis sur le marché. À chaque étape de la production, de la **valeur ajoutée** est créée.
- Les chaînes de valeur ont été éclatées au niveau mondial afin de mieux tirer parti des avantages comparatifs des territoires en termes d'écarts de coûts de main-d'œuvre, de disponibilité du capital, par exemple. On parle alors de « **commerce de tâches** » pour évoquer la désintégration des chaînes de valeur entre différentes zones économiques spécialisées sur certains maillons.
- Les **tâches à haute valeur ajoutée** sont faites dans les pays développés et les **tâches à plus faible valeur ajoutée** sont réalisées dans les pays en développement, à faible coûts de main-d'œuvre.
- Après s'être allongées dans les années 2000 grâce aux progrès des NTIC, les CVM ont, depuis la crise de 2008, tendance à se raccourcir (**Doc. 1**). On assiste à un phénomène (encore marginal) de **relocalisation des activités productives**. Ces chaînes de valeurs peuvent aussi être un **facteur de fragilité**, comme l'a montré la crise de la Covid (**Doc. 2**).

LA BOÎTE À DOCS

Doc. 1 La courbe du sourire

Répartition de la valeur tout au long des chaînes de valeur mondiales

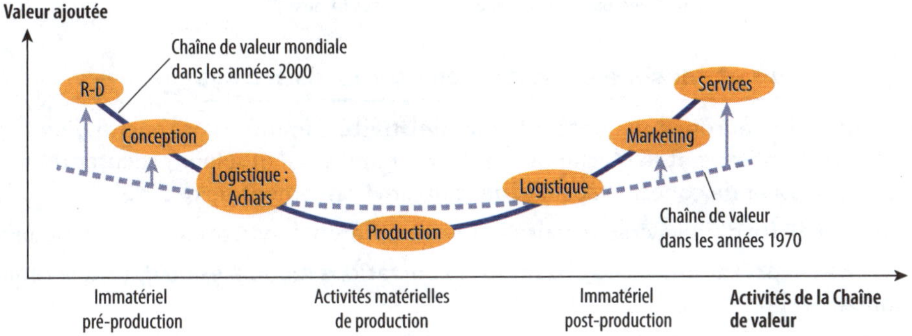

« Économies interconnectées : Comment tirer parti des chaînes de valeur mondiales », OCDE, 2013.

Doc. 2 Crise de la Covid et chaînes de valeur

Les « chaînes de valeur internationales », c'est-à-dire les processus de production des biens et services localisés dans plusieurs pays, sont un des aspects les plus marquants de la mondialisation. Les biens intermédiaires (des biens utilisés dans la production d'autres biens, par exemple l'acier) représentent environ la moitié du commerce international de biens. Les échanges internationaux de services, plus difficiles à mesurer, jouent également un rôle important dans la production globale.

Or, la crise de la Covid-19 a conduit à fragiliser [les chaînes de valeur]. Les mesures sanitaires introduites dans différents pays ont conduit les entreprises à ralentir ou arrêter leur production, ce qui a, par conséquent, impacté la production de leurs clients. Elles ont aussi réduit la demande qu'elles adressent à leurs fournisseurs. Dans les filières, c'est donc l'ensemble de la chaîne de valeur, en amont comme en aval, qui est impacté par cette crise.

« Comment la crise du Covid-19 impacte-t-elle les chaînes de valeur internationales ? », *covid19-economie.banque-france.fr*, 18 mai 2020.

Vocabulaire

- **Firme multinationale (FMN) :** firme qui exerce ses activités productives dans plusieurs pays. Elle est composée d'une société-mère, qui se situe le plus souvent dans le pays d'origine, et de filiales détenues ou contrôlées par cette société-mère. On parle aussi de firme transnationale.
- **Investissements directs étrangers (IDE) :** prise de contrôle d'au moins 10 % du capital d'une nouvelle filiale créée (croissance interne) ou d'une entreprise existante rachetée (croissance externe).
- **Délocalisation :** pratique des entreprises consistant à fermer des usines sur le territoire national pour s'implanter là où les conditions de productions sont plus avantageuses.

FICHE 5 La compétitivité des nations

De quoi s'agit-il ?

La notion de compétitivité des nations fait débat, un pays n'étant pas une firme. Mais on peut considérer que la compétitivité d'une nation dépend au moins en partie de la productivité de ses firmes.

1 Définition et mesure de la compétitivité d'un pays

- La Commission européenne définit la **compétitivité** comme « la capacité d'un pays à améliorer durablement le niveau de vie de ses habitants, et à leur procurer un haut niveau d'emploi et de cohésion sociale, dans un environnement de qualité ».
- La compétitivité d'un pays se mesure à travers différents **indicateurs**, en particulier :

– la **part des exportations** du pays dans les exportations mondiales ou dans une région du monde ;

– le prix comparé des exportations et des importations (**termes de l'échange**) ;

– le **taux de couverture** (rapport entre la valeur des exportations et la valeur des importations).

- À partir de ces indicateurs, des **classements** sont élaborés. Selon les critères privilégiés, le classement peut varier. Cependant, quel que soit le classement, la France n'apparaît pas dans les dix nations les plus compétitives. Elle est classée 17e par le World Economic Forum en 2018 et 31e par l'Institute for Management Development en 2019 (**Doc. 1**).

2 Des performances différentes entre les nations

- La plupart des indicateurs de la mesure de la compétitivité des nations prennent en compte la compétitivité prix et la compétitivité structurelle des firmes.
- La **compétitivité prix** est la capacité à produire des biens et des services à des prix inférieurs à ceux des concurrents pour une qualité équivalente. La **compétitivité hors prix** (ou structurelle) est la capacité à imposer ses produits ou services indépendamment de leur prix.
- La **faiblesse de la compétitivité** d'une nation peut s'expliquer par une **moindre productivité** de ses entreprises. Celle-ci peut être due à un investissement productif insuffisant et à l'obsolescence de l'outil de production, à un manque de recherche et développement, mais aussi à une insuffisante qualification de la main-d'œuvre.
- La **France** (**Doc. 2**) souffre d'un **positionnement moyen de gamme** qui la rend plus sensible à la concurrence des pays émergents et à une éventuelle appréciation de l'euro qui, toutes choses égales par ailleurs, dégrade la compétitivité prix.
- Les États cherchent à **soutenir la compétitivité** des pays par des **politiques structurelles**, telles que le soutien à la recherche et développement par exemple.

LA BOÎTE À DOCS

Doc. 1 Les nations les plus compétitives

Le Forum économique mondial (FEM en français), souvent appelé forum de Davos, est une fondation à but non lucratif et une organisation de lobbying dont le siège est à Genève.

L'IMD business school (International Institute for Management Development) est un institut de management indépendant situé à Lausanne, en Suisse, dont la mission principale est de former les dirigeants des grandes entreprises internationales.

	RANG SELON LE WEF (2018)	RANG SELON L'IMD (2019)
États-Unis	1	3
Singapour	2	1
Allemagne	3	17
Suisse	4	4
Japon	5	30
Chine	7	2

World Economic Forum, 2018 ; Institute for Management Development, 2019.

Doc. 2 Atouts et faiblesses de la France

Le système économique français s'illustre par son réseau internet, la qualité de ses instituts de recherche, ses publications scientifiques, l'espérance de vie, la qualité des routes ou encore la fiabilité du réseau de distribution d'eau.

[Mais] la France affiche de piètres performances sur le plan de la fiscalité du travail, des pratiques d'embauches et de licenciement, sur la mobilité des travailleurs, la complexité des barrières commerciales ou encore le poids des réglementations gouvernementales.

À cela s'ajoute le risque d'attaques terroristes, loin d'être négligeable. Résultat : pour Eight International, « la France n'est pas parvenue jusqu'à présent à exprimer ses pleins potentiels. Pour autant, la dynamique affichée par sa progression dans les différents classements est positive et n'avait pas été observée depuis de nombreuses années ». Le chemin est encore long.

« La compétitivité française se redresse progressivement », *www.lesechos.fr*, oct. 2019.

Vocabulaire

- **Compétitivité :** pour une entreprise, capacité à maintenir ou à accroître ses parts de marché, aptitude à faire face à la concurrence.
- **Productivité (des facteurs de production) :** rapport entre une quantité produite et les moyens mis en œuvre pour l'obtenir (capital et travail). Elle mesure l'efficacité des facteurs de production et de leur combinaison.

FICHE 6 Les effets du commerce international

De quoi s'agit-il ?

Depuis la fin du XVIIIe siècle, la plupart des économistes affirment que l'insertion dans le commerce international profite à tous. Cependant, le libre-échange peut aussi créer des inégalités.

1 Des effets positifs...

- Depuis la fin de la Seconde Guerre mondiale, les échanges internationaux de biens et de services se sont considérablement **développés**, profitant notamment d'avancées dans le domaine des **transports** (amélioration des réseaux, diffusion du conteneur, temps de transport réduits...) et de la **communication** (nouvelles technologies, diminution des coûts...).
- Les échanges internationaux sont **favorables à la croissance** car ils favorisent la spécialisation et les gains d'efficacité. Les consommateurs ont ainsi pu profiter de produits à prix plus bas.
- L'élargissement et l'ouverture des marchés ont aussi facilité la circulation des savoir-faire (**transferts de technologie**) et apporté un ensemble d'**externalités positives** favorables au développement. La mondialisation a probablement contribué à réduire les **inégalités** entre pays riches et pays en développement, bien que celles-ci restent encore très importantes (**Doc. 1**).

2 ... à nuancer

- **La mondialisation** des firmes met en concurrence les territoires, donc les salariés. Or, si les salaires s'élèvent au fur et à mesure dans les pays en développement pour se rapprocher de ceux des pays développés, les écarts de coûts salariaux restent encore bien supérieurs à l'écart des productivités.
- Par ailleurs, on observe un creusement des **inégalités intra-territoriales**, au sein des pays développés ainsi qu'au sein des pays émergents et en développement. En effet, la concurrence Nord-Sud, qui est source, dans les pays développés, de **désindustrialisation**, de délocalisations et de réallocation des emplois vers les services, a un **impact négatif** sur les salaires et les emplois des travailleurs de **qualification basse et moyenne**.
- Inversement, en haut de la distribution (**Doc. 2**), les **travailleurs les plus qualifiés** et les détenteurs de patrimoine tirent profit de la mondialisation.
- Le commerce international est enfin en partie responsable de la **dégradation de l'environnement** en contribuant, directement ou indirectement, aux émissions de CO_2 et à la déforestation.

LA BOÎTE À DOCS

Doc. 1 L'évolution historique des inégalités mondiales de revenus

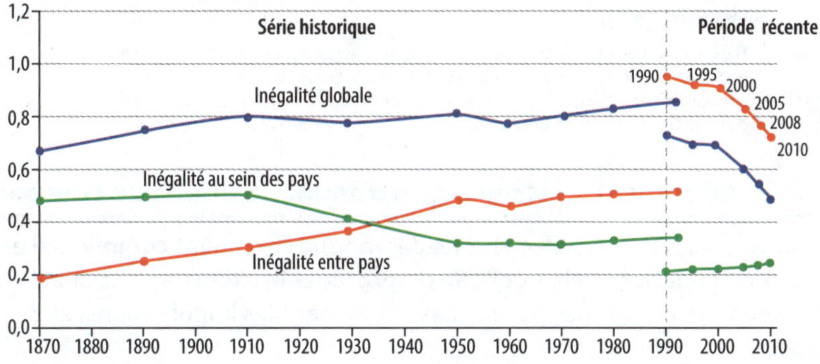

F. Bourguignon, *La Mondialisation de l'inégalité*, 2012.

Après presque deux siècles de hausse continue des inégalités entre les citoyens du monde à la suite de la révolution industrielle, ce processus s'est ralenti, puis de nouveau renversé depuis une vingtaine d'années.

Doc. 2 Les 10 % les plus riches captent près de 80 % de la richesse mondiale en 2021

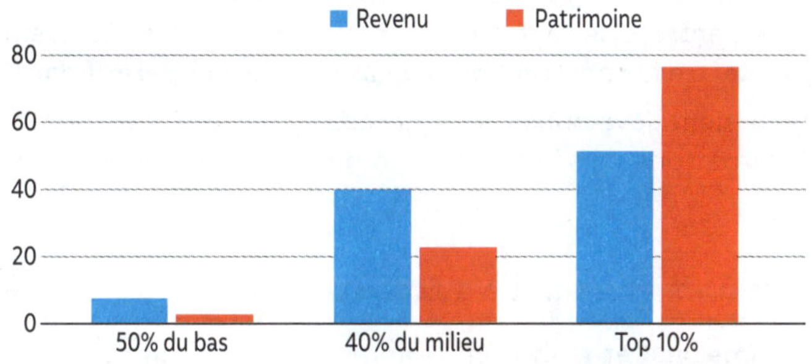

Laboratoire des inégalités mondiales, 2022.

Alors que les inégalités de revenus ont baissé entre les pays ces 40 dernières années, les écarts de patrimoine restent particulièrement criants, selon le dernier rapport planétaire codirigé par l'économiste T. Piketty.

Vocabulaire

- **Externalité :** effet créé par un agent lorsqu'il procure à autrui une utilité, un avantage gratuit (externalité positive), ou une désutilité, un dommage, sans compensation monétaire (externalité négative).
- **Inégalité :** différences entre individus ou groupes sociaux portant sur des avantages ou des désavantages économiques et qui fondent une hiérarchie entre ces individus ou entre ces groupes.
- **Désindustrialisation :** destruction d'emploi industriel, recul de l'activité manufacturière, ou encore, de manière générale, recul de la place relative occupée par l'activité industrielle dans la société.

FICHE 7 Le débat entre libre-échange et protectionnisme (1)

De quoi s'agit-il ?

Il existe un relatif consensus sur le fait que le libre-échange est source d'avantages, notamment pour les consommateurs. Cependant, certaines situations économiques particulières semblent justifier des pratiques protectionnistes.

1 Le protectionnisme a longtemps dominé la politique commerciale

- Les **mercantilistes** (XVIe-XVIIIe siècle) considèrent que l'**excédent commercial** est **source de richesse** pour la nation. Cela implique de protéger les activités nationales contre la concurrence des autres grandes puissances, en limitant les importations, et de promouvoir les exportations.
- Au milieu du XIXe siècle, l'économiste allemand Friedrich List a défendu l'idée d'un **protectionnisme sélectif** et **temporaire** destiné à défendre les industries allemandes naissantes face aux concurrentes anglaises, déjà solidement installées sur le marché (protectionnisme **éducateur**) (**Doc. 1**).
- List ne condamne pas le libre-échange en tant que tel (il est le but à atteindre), mais il souligne qu'une production en grande série entraîne des économies d'échelle impossibles à atteindre pour les entreprises entrant sur le marché. Le protectionnisme peut donc se justifier pour **permettre la construction d'un avantage comparatif** dans une branche.
- Les pays actuellement développés et les grands émergents, qui sont tous insérés dans les échanges internationaux, se sont pour la plupart développés à l'abri de **barrières protectionnistes**.

2 Le protectionnisme tend à s'accentuer en période de crise

- Le **protectionnisme** peut être **offensif** : le libre-échange est instauré au sein d'une zone commerciale privilégiée, mais cette zone est protégée du reste du monde. L'économiste Jean-Marcel Jeanneney préconise ainsi un protectionnisme à l'échelle européenne.
- Mais le **protectionnisme** est le plus souvent **défensif** (**Doc. 2**) : Nicholas Kaldor a ainsi montré qu'il protège l'emploi et facilite la reconversion des industries vieillissantes face à la concurrence internationale. Il vise aussi à lutter contre les pratiques de ***dumping***, voire de *dumping* social, et de **sous-évaluation monétaire**. Ce protectionnisme défensif est à l'œuvre dans les mesures prises par l'administration de Donald Trump à l'encontre de la Chine et de l'UE par exemple.
- **Maurice Allais** est aussi favorable à un protectionnisme à l'échelle européenne. Il montre que le commerce entre pays de niveaux de développement différents risque d'accroître les inégalités et la pauvreté car les modèles sociaux des pays développés sont déstabilisés par l'absence de protection sociale dans certains pays concurrents.

LA BOÎTE À DOCS

Doc. 1 La théorie protectionniste

Au XIXe siècle, Friedrich List, véritable économiste du développement avant la lettre, dans son *Système national d'économie politique* (1841), va systématiser la théorie protectionniste avec son célèbre argument des industries naissantes. Une protection modérée, temporaire, et limitée à l'industrie, doit permettre le développement du pays en retard. Pour List, le libre-échange ne peut que favoriser les pays avancés : « Dans l'état actuel du monde, la liberté du commerce enfanterait, au lieu de la République universelle, l'assujettissement universel des peuples à la suprématie de la puissance prépondérante ». Ainsi les États-Unis et l'Allemagne, laquelle va en plus réaliser son unité, développeront leur économie au XIXe siècle en se protégeant de l'Angleterre, le pays industriel le plus avancé à l'époque.

J. Brasseul, C. Lavrard-Meyer, *Économie du développement. Les enjeux d'un développement à visage humain*, Armand Colin, 2016.

Friedrich List (1789-1846) est un économiste allemand qui a théorisé le « protectionnisme éducateur », imaginé comme une phase dans le développement industriel des nations. Il fut partisan du Zollverein, l'union douanière allemande mise en place en 1833.

Doc. 2 Un protectionnisme furtif

Mais des formes nouvelles de protectionnisme sont possibles. Le protectionnisme de normes par exemple, qui consiste à refuser la vente d'un bien dans un pays au prétexte de sa dangerosité. Ou ce que Dominique de Villepin appelait, quand il était Premier ministre, le « patriotisme économique », reprenant sans le savoir une formule d'Alphonse Allais. Ainsi, il ne faut pas oublier qu'à l'origine, la fusion Suez GDF en France avait été conçue comme un moyen astucieux d'interdire à l'électricien italien Enel de mener une OPA sur Suez. Quant aux Américains, ils ont empêché en 2006 que les ports de Baltimore, Philadelphie et New York soient rachetés par des intérêts de Dubaï, opposition qui s'est concrétisée en 2007 par une loi spécifiant que « tout achat ou implantation d'entreprise aux États-Unis par des fonds étrangers peuvent être interdits dès lors qu'ils mettent en cause la sécurité nationale ».

J.-M. Daniel, « Leçon 7. Les ambiguïtés du protectionnisme », *8 leçons d'histoire économique. Croissance, crise financière, réforme fiscale, dépenses publiques*, Odile Jacob, 2012.

Vocabulaire

- **Protectionnisme :** ensemble des mesures visant à protéger un pays de la concurrence étrangère.
- ***Dumping*** : pratique consistant à vendre à perte pour s'introduire sur un marché, accroître sa part de marché ou éliminer ses concurrents. Le *dumping* social est une action qui vise à tirer avantage des différences de réglementation et de coût du travail entre différents pays.

FICHE 8 Le débat entre libre-échange et protectionnisme (2)

De quoi s'agit-il ?

Il existe un relatif consensus sur le fait que le libre-échange est source d'avantages notamment pour les consommateurs. Le protectionnisme peut en effet présenter certains inconvénients.

1 Les inconvénients du protectionnisme

- La **supériorité du libre-échange** est souvent mise en avant par les économistes et par les **grandes organisations internationales** telles que l'**Organisation mondiale du commerce** (OMC) ou le Fonds monétaire international (FMI). En effet, le protectionnisme présente un certain nombre d'inconvénients.
- Il peut être un **frein à l'innovation** en prolongeant la durée de vie d'appareils de production obsolètes et en protégeant les industries nationales de la concurrence étrangère.
- Il peut être un **facteur d'inflation** si, malgré la hausse du tarif, le volume des importations ne diminue pas (phénomène des **importations incompressibles**, telles que les matières premières ou le pétrole). Le pouvoir d'achat diminuant, les consommateurs vont réduire leur consommation, entraînant un ralentissement économique, donc du chômage.
- Enfin, le protectionnisme peut mener à la **non-satisfaction des besoins** des consommateurs en termes de qualité, de diversité et de prix ; mais il peut aussi mener à une non-satisfaction des producteurs, qui paieront leurs biens intermédiaires plus cher, du fait de la fragmentation des chaînes de valeur.

2 Les tensions liées au protectionnisme

- La mise en place de mesures protectionnistes peut se traduire par des **mesures de rétorsion** (représailles) de la part des partenaires commerciaux, et donc par un frein des exportations (**Doc. 1**).
- Cependant malgré ces inconvénients et le discours globalement libre-échangiste des dirigeants, on constate une **résurgence du protectionnisme** (**Doc. 2**), notamment après la crise des *subprimes* de 2008 puis avec l'arrivée au pouvoir de l'administration Trump. Cette dernière a mené une politique protectionniste à l'encontre de la Chine mais aussi de l'Union européenne.
- Pendant la pandémie de la Covid-19, la mondialisation numérique s'est accélérée. L'OMC s'inquiète du **protectionnisme numérique**. Au cours des derniers mois, les conflits se sont multipliés dans ce domaine. L'OMC observe que la circulation des données est limitée par des réglementations nationales en matière de protection de données personnelles ou de cybersécurité. Elle a demandé aux pays d'harmoniser leurs standards afin d'éviter la multiplication des politiques restrictives.

LA BOÎTE À DOCS

Doc. 1 Les mesures protectionnistes de l'administration Trump

Les mesures protectionnistes prises par l'administration Trump risquent d'avoir *in fine* des effets négatifs sur l'économie américaine.

Doc. 2 La remise en cause du libre-échange

Aux États-Unis, la controverse est vive depuis plusieurs années déjà sur la mondialisation et ses conséquences, dans un contexte marqué par la montée des inégalités et par la stagnation, voire le déclin, du pouvoir d'achat des classes populaires et moyennes depuis le début des années 1980. Plusieurs travaux ont notamment montré le rôle joué par le choc de l'émergence de la Chine dans la désindustrialisation des États-Unis, qui a elle-même alimenté la polarisation du marché du travail américain, c'est-à-dire la baisse significative des emplois à qualification et rémunération intermédiaires, au profit des emplois très qualifiés mais également, dans une moindre mesure, de ceux qui ne le sont pas du tout. [...]

S. Jean, « Le Commerce international en crise systémique », *L'Économie mondiale 2020*, La Découverte 2019.

Vocabulaire

• **Organisation mondiale du commerce (OMC) :** organisation internationale qui assure le développement du libre-échange et du multilatéralisme dans les échanges commerciaux entre les pays membres.

Révision Express

POINTS IMPORTANTS À RETENIR

- Adam Smith, puis David Ricardo, ont théorisé les effets bénéfiques de la division internationale du travail. Chaque pays a intérêt à se **spécialiser** dans la production des biens pour lesquels son **avantage comparatif** est le plus grand. Plus tard, Heckscher, Ohlin et Samuelson ont montré que les pays devaient se spécialiser selon leurs **dotations factorielles** (théorème HOS).
- Les nouvelles théories du commerce international ont montré le rôle de la demande dans l'explication des échanges internationaux entre pays similaires : la demande de variété, la **différenciation des produits**, le développement des échanges de biens intermédiaires lié à la **fragmentation des chaînes de valeurs** expliquent les échanges intrabranches.
- La fragmentation des chaînes de valeurs résulte en partie de l'activité des **firmes multinationales** (FMN). La multinationalisation des firmes a pour conséquence le développement du commerce intrafirme et des **délocalisations**. Ces firmes cherchent à tirer parti des avantages comparatifs de chaque territoire d'implantation, ce qui les pousse à les mettre en concurrence.
- Une nation est compétitive si elle parvient à accroître durablement le bien-être de ses habitants. La **compétitivité** d'un territoire est souvent liée à la productivité de ses firmes, mais aussi à son attractivité (capacité d'attirer des activités sur son sol).
- Il existe un certain consensus sur les effets positifs du **libre-échange** en termes de croissance et de réduction des inégalités entre pays. Cependant, certains effets pervers du libre-échange (montée des inégalités intra-territoriales par exemple) conduisent des pays à adopter des mesures **protectionnistes**.

APPRENDRE AUTREMENT

Comment le mythe du libre-échange s'est-il imposé ?

Vidéo

LE COURS EN 10 MOTS-CLÉS

- Spécialisation
- Avantage comparatif
- Dotation factorielle
- Différenciation des produits
- Fragmentation des chaînes de valeur
- Firmes multinationales
- Délocalisation
- Compétitivité
- Libre-échange
- Protectionnisme

CARTE MENTALE

> Quels sont les fondements du commerce international et de l'internationalisation de la production ?

MONDIALISATION DES ÉCHANGES ET DE LA PRODUCTION

Déterminants des échanges internationaux

- **Entre pays différents :**
  - Avantages absolus (A. Smith)
  - Avantages comparatifs (D. Ricardo)
  - Dotations factorielles (H.O.S)
- **Entre pays similaires :**
  - Différenciation des produits (horizontale/verticale)
  - Fragmentation et internationalisation de la chaîne de valeur

Effets du commerce international

- **Positifs :**
  - Baisse des coûts et des prix sous l'effet de la concurrence
  - Hausse du pouvoir d'achat
  - Transferts de technologie
  - Convergence des niveaux de vie et réduction des inégalités entre pays
- **Négatifs :**
  - Hausse des inégalités internes
  - Marginalisation de certains pays en voie de développement
  - Désindustrialisation

Productivité des firmes et compétitivité des nations

- Compétitivités prix et hors-prix des nations
- Division internationale des processus productifs (DIPP) selon les avantages comparatifs des pays

Débat libre-échange/protectionnisme

- **Remise en cause des avantages du libre-échange :**
  - Protectionnisme éducateur
  - Protectionnisme défensif
- **Inconvénients du protectionnisme :**
  - Frein au progrès technique
  - Moins de variétés
  - Mesures de rétorsion
  - Possible facteur d'inflation

N'hésite pas à construire ta propre carte mentale

1 Calculer et interpréter des taux de variation et des coefficients multiplicateurs

MÉTHODE

- Taux de variation et coefficient multiplicateur sont des outils statistiques qui permettent de faire des comparaisons chiffrées dans le temps ou dans l'espace. Ces calculs sont utilisés pour justifier ou étayer une argumentation.

1. Le taux de variation (T)

- Le **taux de variation** (parfois appelé taux de croissance) permet de calculer en pourcentage l'écart entre une valeur de départ (V_d) et une valeur d'arrivée (V_a). Il exprime une évolution, c'est-à-dire une hausse (taux de variation positif) ou une baisse (taux de variation négatif).

$$\text{Taux de variation (T)} = \frac{V_a - V_d}{V_d} \times 100$$

- **Interprétation** d'un taux de variation :
- Si T < 0, la variable a diminué.
- Si T > 0, la variable a augmenté.
- Si T = 0, la variable est restée constante.

2. Le coefficient multiplicateur (CM)

- Le **coefficient multiplicateur** permet de calculer le rapport entre la valeur d'arrivée (V_a) et la valeur de départ (V_d). Il permet de savoir par combien a été multipliée la valeur de départ. Il n'a pas d'unité.

$$\text{Coefficient multiplicateur (CM)} = \frac{V_a}{V_d}$$

- **Interprétation** d'un coefficient multiplicateur
- Si 0 < CM < 1, la variable a diminué.
- Si CM > 0, la variable a augmenté.
- Si CM = 1, la variable est restée constante.

ÉNONCÉ

1. **Calculez, avec les deux outils, la variation relative des exportations tous produits confondus entre 2014 et 2018, pour la France.**

2. **À l'aide de coefficients multiplicateurs, comparez les exportations des autres pays par rapport à la France pour l'année 2018.**

Doc. **Exportations de marchandises tous produits confondus (en millions de dollars courants)**

	2014	2018
Allemagne	1 498 158	1 557 176
Chine	2 342 293	2 494 230
États-Unis	1 619 743	1 665 992
France	566 656	568 449
Japon	690 217	738 189
Royaume-Uni	511 145	487 069

Trade Map, International Trade Statistics, 2019.

CORRIGÉ

1. À l'aide d'un taux de variation :

$$T = \frac{V_a - V_d}{V_d} \times 100 = \frac{568\,449 - 566\,656}{566\,656} \times 100 = 0{,}31\ \%$$

Les exportations françaises de marchandises tous produits confondus ont augmenté de 0,31 % entre 2014 et 2018.

À l'aide d'un coefficient multiplicateur :

$$CM = \frac{568\,449}{566\,656} = 1{,}0031$$

Les exportations françaises de marchandises tous produits confondus ont été multipliées par 1,0031 entre 2014 et 2018.

2. Ici, il ne s'agit plus de faire une comparaison dans le temps, mais dans l'espace. On choisit alors la France comme valeur de base.

	2018
Allemagne	2,64
Chine	4,13
États-Unis	2,85
France	1
Japon	1,21
Royaume-Uni	0,9

L'Allemagne a exporté 2,64 fois plus que la France en 2018. Le Japon a exporté 21,8 % de plus que la France. Les exportations britanniques étaient environ 10 % inférieures aux exportations françaises.

2 Calculer et interpréter des indices simples

MÉTHODE

- L'indice simple est un autre outil statistique de comparaison dans le temps et dans l'espace.

1. L'indice simple (I)

- L'**indice** permet d'exprimer l'évolution d'une valeur dans le temps ou dans l'espace à partir d'une même base (V_d).
- Pour calculer un indice de variation, il faut donc définir au préalable la **valeur de base** (ou indice de base) à laquelle on attribue le plus souvent, par convention, la valeur 100. Les indices des années suivantes s'obtiennent en divisant la valeur de l'année étudiée ($V_{(t)}$) par la valeur choisie comme base (V_b) et en multipliant par l'indice de base.

$$\text{indice (I)} = \frac{V_{(t)}}{V_b} \times \text{indice de base} = \frac{V_{(t)}}{V_b} \times 100$$

- Un **indice de répartition** permet, à un instant donné, de comparer une ou plusieurs données à une donnée de base. On divise alors chaque donnée par la donnée de base et on multiplie par 100.

2. Relations entre les trois outils de calculs de variations

- **Entre indice et coefficient multiplicateur :**

$$I = CM \times 100 \quad \text{ou} \quad CM = \frac{I}{100}$$

- **Entre taux de variation et indice :**

$$T = I - 100 \quad \text{ou} \quad I = T + 100$$

- **Entre coefficient multiplicateur et taux de variation :**

$$CM = \frac{T}{100} + 1 \quad \text{ou} \quad T = (CM - 1) \times 100$$

ÉNONCÉ

1. **Faites une phrase avec les données entourées.**
2. **Complétez le tableau**

Doc. **PIB au sein de l'Union européenne en 2020 (en milliards de dollars courants, indice base 100)**

Pays	PIB	Indice
Allemagne	3 846	146
France	2 630	100
Hongrie	155	
Italie	1 888	
Pays-Bas	913	

Données Banque mondiale, 2022.

CORRIGÉ

1. En 2020, le PIB de l'Allemagne était de 3 846 milliards de dollars, ce qui correspondait à un indice de 146 (indice base 100 France), selon les données de la Banque mondiale.

2.

Pays	PIB	Indice
Allemagne	3 846	146
France	2 630	100
Hongrie	155	5,89
Italie	1 888	71,78
Pays-Bas	913	34,71

Pour la Hongrie :

$$I_{(\text{Hongrie})} = \frac{155}{2\,630} \times 100 = 5{,}89$$

Pour l'Italie :

$$I_{(\text{Italie})} = \frac{1\,888}{2\,630} \times 100 = 71{,}78$$

Pour les Pays-Bas :

$$I_{(\text{Pays-Bas})} = \frac{913}{2\,630} \times 100 = 34{,}71$$

Les indices étant tous en dessous de 100, cela signifie que les PIB de ces pays représentent une fraction plus ou moins importante du PIB français.

Fiche test *Ce que je sais*

QCM

15 min

- ◯ À revoir
- ◯ Acquis

1 Cochez la bonne réponse.

1 La théorie des avantages comparatifs prévoit que chaque pays se spécialise là où il est meilleur que les autres.

- ◯ a. Vrai
- ◯ b. Faux

2 La demande de diversité explique le commerce entre pays similaires.

- ◯ a. Vrai
- ◯ b. Faux

3 Chaque segment de la chaîne de valeur rapporte autant de valeur ajoutée.

- ◯ a. Vrai
- ◯ b. Faux

4 La compétitivité d'une nation provient en partie de la capacité de ses firmes à produire à moindre coût.

- ◯ a. Vrai
- ◯ b. Faux

5 Le commerce international a permis :

- ◯ a. de réduire les inégalités au sein des pays mais les a augmentées entre pays.
- ◯ b. d'augmenter les inégalités au sein des pays mais les a réduites entre pays.
- ◯ c. de réduire les inégalités au sein des pays et entre pays.

6 Dans le modèle HOS, un pays importe les biens dont la production utilise intensivement le facteur de production dont il est abondamment doté.

- ◯ a. Vrai
- ◯ b. Faux

7 Une politique commerciale stratégique et efficace suppose l'intervention de l'État.

- ◯ a. Vrai
- ◯ b. Faux

8 L'ouverture aux échanges permet aux consommateurs de se procurer plus de variétés.

- ◯ a. Vrai
- ◯ b. Faux

9 La décomposition de la chaîne de valeur :

- ◯ a. se fait toujours entre pays de niveaux de développement différents.
- ◯ b. peut se faire entre pays et au sein d'un seul pays.
- ◯ c. ne se fait qu'au sein d'un même pays.

10 Le protectionnisme peut avoir des effets positifs.

- ◯ a. Vrai
- ◯ b. Faux

SCORE : ___ / 10

EXERCICES D'ENTRAÎNEMENT

2 Questions courtes

1. Distinguez les avantages absolus des avantages comparatifs.
2. Quels sont les avantages du libre-échange ?
3. Qu'est-ce que la compétitivité ?
4. Comment peut-on expliquer la fragmentation des chaînes de valeur ?
5. Expliquez le rôle des dotations factorielles dans le commerce international.

3 Le taux d'ouverture commerciale mondiale

Doc. **Taux d'ouverture commerciale mondiale**

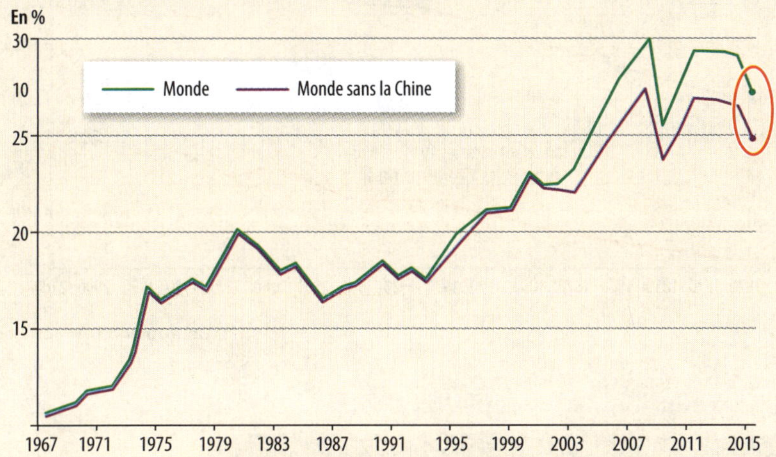

S. Jean, in *L'économie mondiale dévoile ses courbes*, I. Bensedun et J. Couppey-Soubeyran (éd.), CEPII, 2018.

1. Taux d'ouverture = $\frac{\text{(Exportations + Importations)/2}}{\text{PIB}}$

1. Rédigez une phrase avec les données entourées.
2. Mesurez l'évolution du taux d'ouverture commerciale mondiale depuis 1967.
3. Commentez et expliquez l'évolution de l'ouverture mondiale depuis 1967.

VERS LE BAC

4 Expliquer un graphique à partir de ses connaissances

Sujet Comment peut-on expliquer le retournement des inégalités mondiales à partir de 1990 ?

Doc. Évolution de l'inégalité mondiale de 1820 à 2006

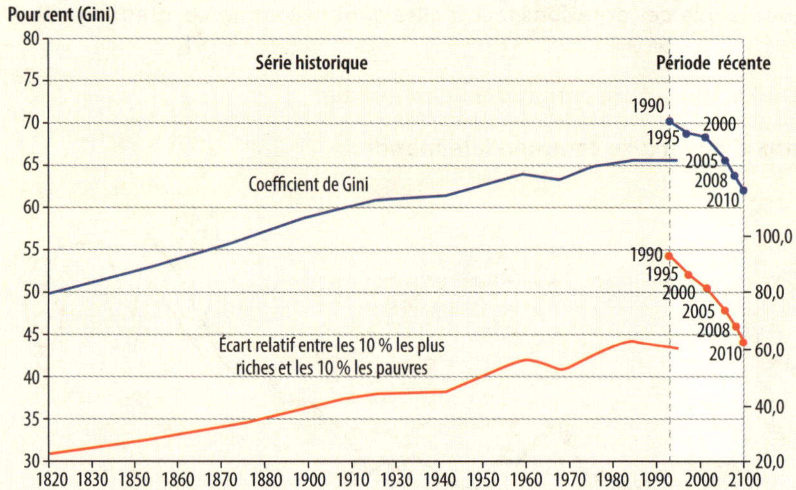

Bourguignon et Morisson, 2002.

Remarque
Un changement de base opéré à la fin des années 1980 conduit à une rupture dans la série. Cette rupture ne remet pas en question le retournement de tendance.

Fiche test — Ce que je sais

1 1. b. La théorie des avantages comparatifs prévoit que le pays se spécialise là où ses coûts comparatifs sont les plus faibles.

2. a. Les échanges entre deux pays similaires, mais ne produisant pas exactement la même qualité, permettent aux consommateurs d'avoir accès à des produits proches, mais différenciés.

3. b. Les segments situés aux deux extrémités de la chaîne (conception, logistique, marketing…) créent plus de valeur que ceux du milieu de la chaîne (assemblage).

4. a. Mais pas seulement : la productivité peut aussi être structurelle et dépendre de la capacité des firmes à produire des biens de meilleure qualité ou bénéficiant d'une meilleure image de marque.

5. b. Il a augmenté les inégalités au sein des pays mais les a réduites entre pays.

6. b. C'est l'inverse : il doit se spécialiser dans cette production et exporter ce bien.

7. a. L'État peut par exemple subventionner la recherche et développement de certains secteurs jugés stratégiques (aéronautique par exemple).

8. a. En augmentant la taille du marché, le nombre de variétés disponible augmente, permettant au consommateur de se rapprocher de sa variété idéale (au sens de Lancaster).

9. b. La fragmentation de la chaîne de valeur peut aussi se faire au sein d'un seul pays ou entre pays de niveaux de développement équivalents (exemple d'Airbus).

10. a. Il peut avoir des effets positifs s'il est temporaire et qu'il permet aux nouvelles entreprises d'atteindre un niveau de productivité suffisant pour faire face à la concurrence des entreprises déjà installées sur le marché.

EXERCICES D'ENTRAÎNEMENT

2 Questions courtes

1. Selon **A. Smith**, une nation doit produire tout ce pour quoi elle est plus efficace que les autres, c'est-à-dire les biens pour lesquels elle détient un **avantage absolu**. Ce qui pose bien sûr le problème des nations les moins avancées qui pourraient être amenées à ne rien produire et à tout importer. Ce problème est identifié par **D. Ricardo** qui corrige l'intuition en proposant « la loi de **l'avantage comparatif** » : un pays doit se spécialiser dans les secteurs où il est vraiment plus efficace, c'est-à-dire là où son avantage comparatif est le plus fort (ou son désavantage comparatif le plus faible). Pour ces deux auteurs, le libre-échange est avantageux.

2. Le libre-échange, en favorisant le commerce international, génère des effets économiques favorables pour les consommateurs et les producteurs. En effet, d'une part, il offre des gains liés à la spécialisation lorsqu'elle s'est faite selon les avantages comparatifs (baisse des coûts de production et des prix, meilleure allocation des ressources disponibles) ; d'autre part, il permet aux entreprises de vendre davantage et de bénéficier des économies d'échelle. La baisse des coûts de production qui en résulte permet de baisser les prix et profite aux consommateurs, dont le pouvoir d'achat augmente.

Par ailleurs, le libre-échange permet aux consommateurs d'accéder à des biens étrangers. Le commerce international accroît donc la diversité des produits, le choix des consommateurs et leur satisfaction (ils peuvent satisfaire leur goût pour la variété).

Enfin, il semblerait que le libre-échange ait permis la réduction des inégalités entre pays, même si celles-ci restent très importantes.

3. La **compétitivité** représente la capacité d'une entreprise, d'un secteur ou d'une économie à faire face à la concurrence étrangère, tant sur les marchés extérieurs que sur son marché interne. La compétitivité prend deux formes principales : **la compétitivité-prix** et la **compétitivité hors-prix** (ou compétitivité structurelle). La compétitivité-prix est la capacité de produire des biens et des services à des prix inférieurs à ceux des concurrents. Elle dépend des niveaux de coûts de production, du comportement de marge des producteurs et du niveau du taux de change. La compétitivité structurelle correspond à la capacité de vendre des biens et des services pour d'autres motifs que leur prix. Elle dépend de la qualité, de l'innovation, de l'image de marque, de la qualité des services associés au produit.

4. La décomposition internationale du processus productif explique la fragmentation des chaînes de valeur. Chaque partie d'un produit peut être fabriquée séparément des autres. Les entreprises ont fractionné les étapes de production nécessaires à une production donnée. Elles ont ensuite distribué ces étapes entre différents pays pour minimiser leurs coûts de production, en s'appuyant sur les avantages comparatifs de ces pays.

Les firmes multinationales ont arbitré entre les lieux possibles de chaque segment de leur chaîne de valeur. Ainsi, Apple conçoit ses produits en Californie, mais ils sont physiquement assemblés en Chine, à partir de pièces provenant du monde entier, en particulier des autres pays du sud-est asiatique.

Cette fragmentation a été rendue possible par la baisse des coûts de transport et le développement des nouvelles technologies. Elle a eu pour conséquence le développement des échanges de biens intermédiaires (pièces détachées, composantes, etc.), utilisés comme consommations intermédiaires.

5. Les dotations factorielles correspondent aux différents facteurs de production (ressources naturelles, travail qualifié/non qualifié, capital technique) dont dispose un pays. Le commerce international prend donc en compte ces dotations qui peuvent expliquer l'avantage comparatif et la spécialisation des pays.

Lorsqu'un pays est fortement doté dans un facteur de production donné (la main-d'œuvre par exemple), le coût de ce facteur est relativement plus faible. Le pays dispose alors d'un avantage comparatif dans la production du bien qui utilise intensément ce facteur de production. Il va pouvoir se spécialiser dans cette production. C'est ce que montre la théorie HOS (Heckscher, Ohlin et Samuelson) : chaque pays a intérêt à se spécialiser dans la production et l'exportation du bien qui utilise intensivement le facteur de production qui est relativement abondant, mais aussi à importer les produits utilisant le facteur relativement rare. Cette spécialisation explique l'existence du commerce interbranche : la France importe des produits textiles intensifs en main-d'œuvre et exporte des biens intensifs en capital et en main-d'œuvre hautement qualifiée (Airbus par exemple).

3 Le taux d'ouverture commerciale mondiale

1. En 2015, le taux d'ouverture de l'économie mondiale (hors Chine) était de 25 %, c'est-à-dire que la demi-somme des exportations et des importations représentait un quart du PIB mondial. Si on inclut la Chine, le taux d'ouverture s'établit à 27 % du PIB mondial.

2. Entre 1967 et 2015, le taux d'ouverture de l'économie mondiale (Chine comprise) est passé de 11 % à 27 %, soit une augmentation de 16 points de pourcentage.

> **Rappel**
> La différence entre deux pourcentages s'exprime en points de pourcentages.

3. À partir du milieu des années 1960, le commerce international s'est considérablement intensifié. De 11 % en 1967, le taux d'ouverture mondial dépassait 20 % en 1980.

Après une relative stabilité durant les années 1980, une nouvelle phase s'est ouverte à partir de 1993. Politiquement, elle est marquée par la domination des États-Unis, l'ouverture de la Chine et celle des pays de l'ancien bloc soviétique.

> **L'astuce du prof**
> Lorsque vous commentez une évolution, pensez à repérer les différentes périodes.

La libéralisation des capitaux dans la seconde partie des années 1980, la création de l'Organisation mondiale du commerce (OMC) en 1995, la multiplication des accords de libre-échange, la révolution des technologies de l'information et de la communication, ont favorisé cette évolution. Le taux d'ouverture est passé de 18 % en 1993 à 30 % en 2008, sur une période marquée par le développement des chaînes de valeur mondiales, c'est-à-dire d'une fragmentation des processus de production entre différents pays.
La crise financière de 2007-2008 a marqué la fin de cette phase de croissance effrénée du commerce mondial. L'ouverture commerciale a depuis régressé, pour atteindre 27 % en 2015.

VERS LE BAC

4 Expliquer un graphique à partir de ses connaissances

Constat

Après pratiquement deux siècles de hausse continue des inégalités internationales (entre les pays), à la suite de la révolution industrielle, ce processus s'est ralenti, puis renversé depuis une trentaine d'années. En effet, le coefficient de Gini est passé de 0,5 en 1820 à 0,66 à la fin des années 1980. Depuis le changement de base opéré à la fin des années 1980, ce coefficient a fortement diminué (de 0,7 en 1990 à 0,62 en 2010). L'écart en pourcentages entre le revenu moyen des 10 % les plus riches et le revenu moyen des 10 % les moins riches (échelle de droite) a suivi la même évolution : de 1820 à 1980, l'écart entre les 10 % les plus riches du monde et les 10 % les plus pauvres a été multiplié par 3. Il a été divisé par 1,7 depuis 1990.

> **Remarque**
> Le coefficient de Gini, ou indice de Gini, est une mesure statistique permettant de rendre compte du niveau d'inégalité de la répartition d'une variable (salaire, revenus, patrimoine...) au sein d'une population. Il varie de 0 (égalité parfaite) à 1 (inégalité parfaite).

Explications

La réduction des inégalités internationales (entre pays) est due à la croissance exceptionnelle des pays émergents, notamment asiatiques. Un processus de rattrapage s'est engagé à la fin du XXe siècle en Chine, en Inde, en Indonésie, au Brésil, au Chili... et s'est étendu à une grande partie des pays en développement, y compris l'Afrique subsaharienne.

Les facteurs qui expliquent ce rattrapage sont l'ouverture internationale, l'insertion dans la division internationale du travail et l'accès aux marchés et aux technologies des pays du Nord. Ces facteurs ont permis une amélioration du revenu moyen par tête depuis 1990 (+ 8 % par an en Chine, + 4 % par an en Inde). Cette croissance, très rapide comparée à la croissance des pays riches (2 % par an), explique un écart relatif et une inégalité décroissante entre la population des pays riches et la population des pays pauvres dans leur ensemble. Du fait de leur poids très important dans la population mondiale, la Chine et l'Inde contribuent très largement, par leur essor économique, à la réduction des inégalités entre les habitants de la planète.

> **Astuce du prof**
> N'hésitez pas à nourrir votre réflexion par des exemples chiffrés concrets, ce sera toujours valorisé par le correcteur.

Cependant, cette diminution de l'inégalité mondiale masque des évolutions moins favorables qu'il ne faut pas négliger : par exemple, la faible croissance ou la diminution depuis une vingtaine d'années du niveau de vie par habitant de pays pauvres, de plus petite taille, situés pour la grande majorité en Afrique.

Chapitre 3 Comment lutter contre le chômage ?

Pôle emploi est, depuis 2008, un établissement public chargé de l'emploi en France.

FICHE 1

Chômage et sous-emploi

De quoi s'agit-il ?

Le chômage est un phénomène difficile à cerner et relativement récent. Pour pouvoir l'identifier, il existe une condition préalable : l'existence du salariat.

1 L'apparition du chômage comme catégorie statistique

- À la fin du XIXe siècle, on assiste à la transformation très progressive du « **rapport salarial** », qui va progressivement se stabiliser aussi bien en Angleterre qu'en France.
- La relative **stabilisation du salariat** va s'accompagner, en particulier en France, d'une construction juridique. À la conception du droit civil, qui fait du contrat de travail un simple contrat d'échange entre deux individus, va succéder celle du **droit du travail**, qui inscrit la relation de travail dans la durée, et qui en fait un **lien de subordination** entre un individu et une entité collective, l'entreprise.

2 La mesure du chômage et de l'emploi

- Les **trois critères universels** de la définition du chômage sont : être sans emploi, disponible (immédiatement) pour travailler, à la recherche d'un emploi.
- Un **chômeur au sens du BIT** (Bureau international du travail) est une personne de 15 ans ou plus, n'ayant pas eu d'activité rémunérée lors d'une semaine de référence, disponible pour occuper un emploi dans les 15 jours et qui a recherché activement un emploi dans le mois précédent (**Doc. 1**).
- Au sein des demandeurs d'emploi inscrits un mois donné à **Pôle emploi**, la catégorie A (la plus proche de celle du chômage au sens du BIT) regroupe les personnes sans emploi au cours du mois, tenues d'effectuer des actes de recherche d'emploi.
- Le **taux de chômage** officiel est calculé en rapportant les chômeurs de la catégorie A sur l'ensemble de la population active.

$$\text{Taux de chômage} = \frac{\text{Nombre de chômeurs}}{\text{Population active}} \times 100$$

- Le **taux d'emploi** donne la proportion de la population en âge de travailler qui est effectivement employée ou travaille de façon indépendante (**Doc. 2**).

3 Le sous-emploi et le halo du chômage

- Le sous-emploi inclut essentiellement des personnes à temps partiel souhaitant travailler davantage et disponibles pour le faire.
- Les frontières entre emploi, chômage et inactivité sont parfois floues. L'Insee a ainsi défini un **« halo du chômage »** : ce sont des personnes sans emploi qui souhaiteraient travailler, mais qui ne sont pas classées parmi les chômeurs.

LA BOÎTE À DOCS

Doc. 1 Taux de chômage au sens du BIT depuis 1975

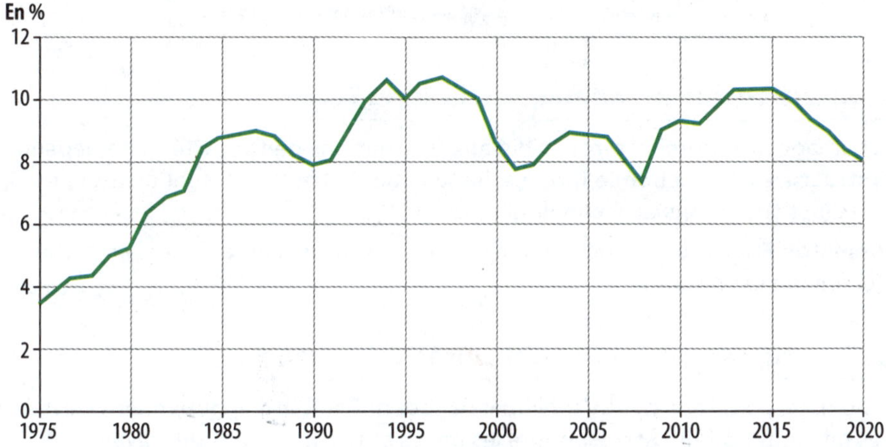

Insee, enquête Emploi 2020, séries longues sur le marché du travail.

Entre 1975 et 2020, le chômage en France métropolitaine a augmenté de 4,6 points, passant de 3,4 % de la population active à 8 %.

Doc. 2 Taux d'emploi par âge en France depuis 1975

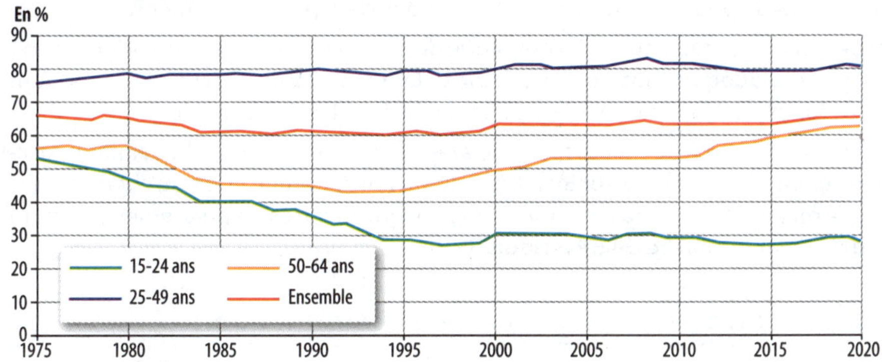

Insee, enquête Emploi 2020, séries longues sur le marché du travail.

Vocabulaire

- **Salariat :** statut défini par l'existence d'un contrat entre un salarié et un employeur. Le salariat est né et s'est développé à partir de la révolution industrielle au XIXe siècle.
- **Taux de chômage :** proportion de chômeurs dans la population active totale.

FICHE 2 Le chômage structurel et ses causes

De quoi s'agit-il ?

On peut décomposer le chômage en une partie structurelle et une partie conjoncturelle. Il existe plusieurs explications au chômage structurel.

1 Qu'est-ce que le chômage structurel ?

- Le chômage structurel est insensible aux fluctuations de l'activité. Il ne dépend que de la **structure de l'économie** (population en âge de travailler, qualification, etc.), de **facteurs institutionnels** et **technologiques**.
- Pour **Milton Friedman**, tout chômage relève du refus de laisser jouer le marché, donc **tout chômage est naturel**.

2 Chômage structurel et difficultés d'appariement

- Le chômage structurel peut s'expliquer par des **difficultés d'appariement**, c'est-à-dire par les difficultés à faire correspondre les offres et les demandes de travail.
- Le **système productif** est **en continuelle recomposition** : il détruit des emplois et en crée de nouveaux, mais cette réallocation permanente se fait aux dépens de certaines qualifications ou de certains secteurs d'activités. Ainsi, malgré un chômage élevé, des postes restent vacants. Par ailleurs, une longue période de chômage peut entraîner une **déqualification** des demandeurs d'emploi, ce qui réduit leur employabilité et renforce les problèmes d'appariement quand les créations d'emplois reprennent.
- L'inadéquation entre l'offre et la demande de travail trouve aussi son origine dans des problèmes d'**inadéquations spatiales** : ainsi, la main-d'œuvre peut manquer dans les zones en forte croissance et être surabondante dans les zones en déclin.
- La baisse d'efficacité du processus d'appariement peut aussi s'expliquer par l'existence de **rigidités institutionnelles** sur le marché du travail (indemnisation du chômage, niveau du salaire minimum, taux de cotisations, etc.). Les difficultés d'appariements sont mises en évidence par la **courbe de Beveridge** (**Doc.**).

3 Chômage structurel et asymétrie d'information

- Le chômage structurel peut s'expliquer par une **asymétrie d'information**. Les employeurs ne connaissant pas la productivité future de leur salarié, il peut être plus intéressant pour eux de fixer un salaire plus élevé que le salaire d'équilibre sur un marché du travail parfait.
- Ce **salaire d'efficience** doit permettre d'augmenter la productivité en attirant les travailleurs les plus productifs, puis de les fidéliser, de les inciter à accroître leur productivité... Mais il réduit les embauches et augmente le chômage.

LA BOÎTE À DOCS

Doc. Le déplacement de la courbe de Beveridge

Une courbe de Beveridge très éloignée de l'origine des axes traduit un profond dysfonctionnement du marché du travail, sur lequel l'offre a du mal à rencontrer la demande.

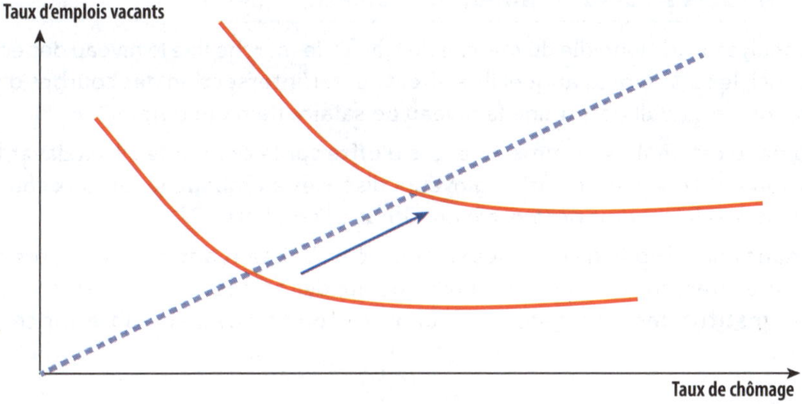

En France, entre 2013 et 2017, la courbe de Beveridge s'est déplacée vers le haut, ce qui traduit une détérioration des mécanismes d'appariement sur le marché du travail français. De plus, la pente de la courbe est devenue plus forte, ce qui signifie qu'une amélioration de l'emploi conduit plus rapidement que par le passé à des tensions sur le marché du travail.

William Beveridge (1879-1963) est un économiste et homme politique britannique. Son « Rapport » de 1942 fournit les bases de réflexion à l'instauration de l'État-providence d'après-guerre.

Vocabulaire

- **Courbe de Beveridge :** courbe qui établit une relation entre le taux d'emplois vacants et le taux de chômage.
- **Asymétrie d'information :** situation dans laquelle deux agents économiques, dans le cadre d'un rapport d'échange, disposent d'une inégalité d'information.
- **Salaire d'efficience :** théorie selon laquelle le salaire peut être supérieur au salaire d'équilibre, pour stimuler la productivité du travail.

FICHE 3 Institutions et chômage structurel

De quoi s'agit-il ?

Le modèle néoclassique considère que le marché du travail s'auto-équilibre. Mais l'existence d'institutions peut avoir des effets sur cet équilibre.

1 Le modèle néoclassique du marché du travail

- Dans l'analyse traditionnelle du marché du travail, le marché fixe le niveau des échanges et le prix (ici, le salaire réel) auquel ils s'effectuent. L'intersection des courbes d'offre et de demande de travail détermine le **niveau de salaire de plein emploi** (Doc. 1).
- Le chômage est analysé comme un **excès d'offre sur la demande** : il y a davantage de salariés voulant travailler que d'employeurs disposés à embaucher au prix courant. La **flexibilité** des salaires doit permettre un retour à l'équilibre.
- Ainsi, dans une période de crise, les salaires réels baissent afin que l'équilibre se rétablisse. Toute intervention empêchant la flexibilité des salaires retarde le retour à l'équilibre. Des **institutions** modifient cependant les **conditions d'équilibre** sur ce marché particulier.

2 Des institutions de marché créatrices de chômage

- Pour les économistes libéraux, une **réglementation inappropriée** freine les transferts de main-d'œuvre des secteurs en déclin vers les secteurs en expansion. Des **mécanismes de fixation des salaires trop rigides**, du fait de l'existence de **conventions collectives** et de syndicats (Doc. 2), bloquent les variations de salaires relatifs.
- De même, dans un monde incertain, une entreprise qui ne peut licencier qu'avec difficulté ou pénalités sera réticente à créer des emplois. Elle préférera soit ne pas augmenter son activité, soit remplacer les emplois par des machines, soit encore délocaliser ses sites de production et de décision à l'étranger. Une **forte protection** de ceux qui ont un emploi empêcherait ainsi les chômeurs d'en trouver un.
- Une entreprise n'embauche que lorsqu'un employé lui rapporte plus qu'il ne lui coûte. Un **salaire minimum** et des charges sociales élevés seraient facteur de chômage. Enfin, un niveau d'**allocations chômage** trop généreux désinciterait les chômeurs à accepter des emplois moins bien rémunérés.

3 Les effets positifs des institutions de marché sur le chômage

- Il ne semble cependant pas que le chômage soit plus élevé dans les pays où les **négociations syndicales** dans le processus de **fixation du salaire** sont Importantes.
- Par ailleurs, les institutions peuvent favoriser la stabilité, ce qui aurait un effet positif sur le chômage.

LA BOÎTE À DOCS

Doc. 1 Le marché du travail

Un salaire minimum fixé au-dessus du salaire d'équilibre serait responsable du chômage.

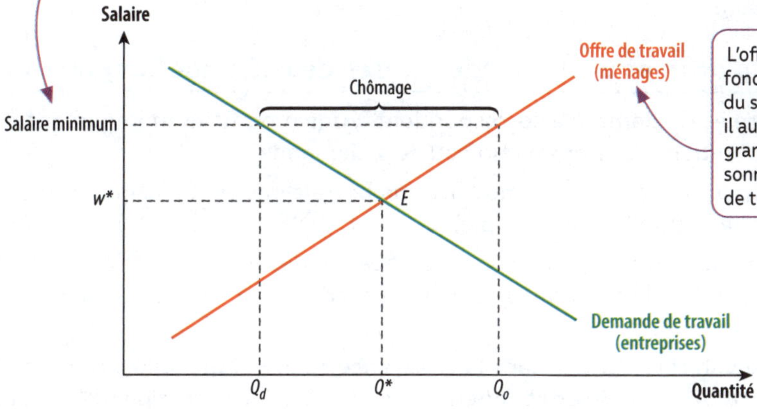

L'offre est une fonction croissante du salaire réel : quand il augmente, un plus grand nombre de personnes sont désireuses de travailler.

En l'absence de rigidité, le marché s'autorégule. Si le salaire minimum est supérieur au salaire d'équilibre (w^*), l'offre de travail reste durablement supérieure à la demande de travail et du chômage apparaît.

Doc. 2 Une lecture libérale du chômage

On est ainsi conduit à cette conclusion, qu'à partir du moment où les prix ont été stabilisés en Angleterre, c'est d'une part la puissance traditionnelle des syndicats anglais, obstacle à l'adaptation des salaires aux conditions nouvelles nés de l'appréciation monétaire, d'autre part la politique de secours aux chômeurs, condition nécessaire du maintien de la discipline syndicale, qui ont été la cause profonde de la subsistance en Angleterre d'une crise qui ne paraît pas en voie d'atténuation.

J. Rueff, « Les Variations du chômage en Angleterre », *Revue Politique et Parlementaire*, 1925..

Jacques Rueff fait ici une lecture très libérale du chômage en Angleterre dans les années 1920.

Vocabulaire

- **Institution :** du point de vue économique, ensemble des règles, des conventions et des normes de comportement qui structurent les relations entre agents économiques.
- **Convention collective :** accord signé par une ou plusieurs organisation(s) syndicale(s) et un employeur (ou un groupement d'employeurs), fixant les conditions d'emploi, de travail, les grilles salariales et les garanties sociales.

FICHE 4

Fluctuations et chômage conjoncturel

De quoi s'agit-il ?
Le chômage conjoncturel est lié à la conjoncture économique et aux fluctuations de la croissance. Il augmente lorsque la croissance ralentit.

1 Les chocs d'offre et de demande, causes de chômage conjoncturel

- Les chocs d'offre et de demande correspondent à une modification importante et inattendue des conditions de la production ou de la demande.
- Un **choc d'offre** peut provenir d'une modification brutale des actifs (usines détruites par une catastrophe naturelle, par exemple).
- Un **choc de demande** peut provenir d'une modification des dépenses de consommation, le ralentissement de la croissance pouvant se traduire par une baisse du pouvoir d'achat des consommateurs.
- La **demande** joue un rôle moteur dans la **croissance économique**. Elle détermine le montant de l'investissement. En effet, les entrepreneurs décident du montant de leurs dépenses d'investissement en fonction du niveau de la demande qu'ils prévoient. Ils ajustent leurs capacités de production à la **demande anticipée**, et investissent en conséquence. C'est donc la demande anticipée qui influence l'**investissement**.
- Lorsque la **demande anticipée** est **faible**, les entreprises n'investissent pas et n'embauchent pas, puisque leurs capacités de production suffisent à satisfaire toute la demande prévue. Ces anticipations pessimistes se traduisent donc par une **montée du chômage**.
- À l'inverse, lorsque la **demande anticipée** est **forte**, les entreprises investissent et embauchent pour pouvoir élever leur niveau de production et satisfaire toute la demande qu'elles prévoient. Le **chômage diminue** alors.

2 Ralentissement de la croissance et chômage

- Arthur Okun, un conseiller du président américain John F. Kennedy, a mis en évidence que, lorsque la croissance de la production d'un pays était élevée, le chômage tendait à diminuer. Cette relation, appelée depuis « **loi d'Okun** », est une relation empirique forte et stable dans la plupart des économies depuis la Seconde Guerre mondiale.
- On peut représenter **graphiquement** cette relation en mettant l'évolution du taux de chômage (axe des ordonnées) en fonction du taux de croissance de la production (axe des abscisses). Le cas de la Grande-Bretagne ci-après illustre cette relation entre croissance et chômage (**Doc.**).

LA BOÎTE À DOCS

Doc. Croissance du PIB et chômage au Royaume-Uni de 1875 à 2014

On constate que les phases de ralentissements du cycle économique sont associées à une hausse du chômage.

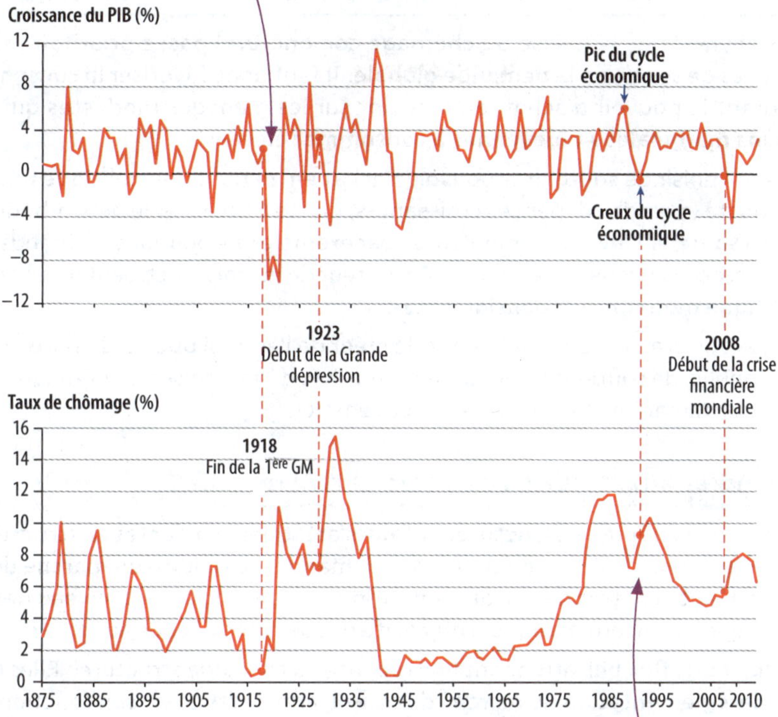

Dans le cycle économique du début des années 1990, le chômage a continué de croître pendant un moment malgré la hausse du taux de croissance, ce qui laisse supposer que l'augmentation du chômage avait des causes structurelles.

Vocabulaire

- **Demande anticipée :** montant de la demande de biens et de services que les entrepreneurs pensent devoir se réaliser.
- **Loi d'Okun :** relation entre les variations conjoncturelles du taux de chômage et le taux de croissance du PIB réel.

FICHE 5

Les politiques de lutte contre le chômage

De quoi s'agit-il ?

Face aux différentes formes de chômage (structurel et conjoncturel), des politiques spécifiques sont mises en place.

1 Les politiques macroéconomiques de soutien à la demande

- Pour les keynésiens, la baisse du **chômage conjoncturel** passe prioritairement par des politiques de soutien à la **demande globale**. Il faut donc favoriser la consommation en améliorant le pouvoir d'achat, en agissant sur les ménages modestes qui ont des **propensions marginales et moyennes à consommer** élevées.
- L'État peut choisir de soutenir le pouvoir d'achat en menant une **politique budgétaire expansionniste** (avec des dépenses croissantes, quitte à accepter le déficit budgétaire). Il peut aussi **soutenir l'investissement**, avec par exemple une politique de grands travaux venant renforcer l'investissement privé. Ce moteur de la croissance peut aussi bénéficier d'une **politique monétaire expansionniste**.
- Les keynésiens préconisent également de **créer de l'emploi public**, de faire de l'investissement public, de soutenir l'investissement privé, d'indemniser le chômage, etc., afin de soutenir la demande et donc de relancer l'emploi.

2 Remédier aux rigidités du marché du travail

- Pour réduire le **chômage structurel**, il faut s'attaquer aux facteurs structurels qui limitent l'adaptation de l'offre de travail à la demande. La **rigidité du marché du travail** est mise en avant : contrat de travail, législation sur le licenciement, niveau des allocations chômage, ou encore manque d'efficacité des services d'aides au retour à l'emploi.
- Les politiques de **flexibilisation** sont une réponse au chômage structurel. Elles ont pour finalité la **déréglementation** du marché du travail, afin de favoriser son fonctionnement et sa réactivité face aux chocs exogènes (**Doc. 1**).
- Les politiques de **réduction du coût du travail** (**Doc. 2**), à travers les allègements de charges sociales pour les employeurs, relèvent de cette logique. Elles visent surtout à restaurer la compétitivité des entreprises et reposent sur des exonérations ou des subventions aux entreprises qui embauchent des catégories sociales plus exposées au chômage (jeunes sans qualification, chômeurs de longue durée).
- Cependant, ces mesures sont coûteuses et créent des **effets d'aubaine**, ainsi que des « trappes » à bas salaires (les employeurs ne sont pas incités à augmenter les salaires parce qu'ils perdraient alors le bénéfice des mesures d'allègement). D'autres politiques, enfin, portent sur la **formation** et la **qualification** des travailleurs, une qualification afin d'améliorer l'adéquation entre l'offre et la demande de travail.

LA BOÎTE À DOCS

Doc. 1 Les facteurs exogènes du chômage structurel

Si l'on veut soutenir que le chômage structurel est élevé [en France] malgré l'absence de tensions inflationnistes, il faut faire intervenir des facteurs extérieurs, exogènes, qui expliquent l'un et l'autre.

Généralement, on commence par citer la mondialisation. La concurrence internationale [...] peut également provoquer des destructions permanentes d'emplois dans les pays « avancés » du fait de la délocalisation, d'une nouvelle division internationale du travail, de la disparition de certaines activités, ce qui expliquerait la hausse du chômage structurel.

Une deuxième explication est celle du progrès technique. Dès lors qu'elles induisent des gains de productivité, les innovations technologiques absorbent une partie des hausses de salaires et limitent les pressions inflationnistes. [...] Comme la mondialisation, le progrès technique peut se traduire par des pertes d'emplois du fait de l'automatisation des tâches.

T. Mercier, « À propos du chômage structurel en France », *Eco Flash*, 23 novembre 2017.

Doc. 2 Évolution du taux de prélèvement effectif à la charge des employeurs au niveau du SMIC

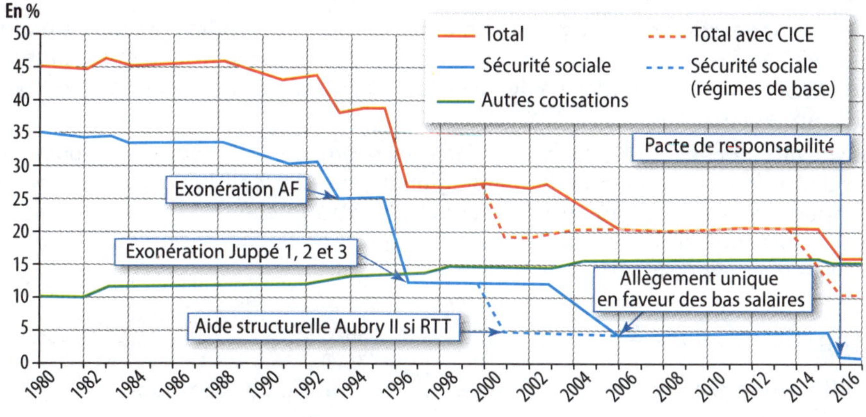

Direction de la Sécurité sociale, 2018.

Les cotisations sur les bas salaires ont été réduites afin d'inciter les employeurs à embaucher. Le risque est alors de créer des trappes à bas salaires mais aussi de limiter l'incitation à la formation des travailleurs, puisque l'État vient compenser leur faible productivité.

Vocabulaire

- **Demande globale :** consommation finale des ménages, investissement et exportations.
- **Propension marginale à consommer :** variation de la consommation consécutive à une variation du revenu.
- **Propension moyenne à consommer :** fraction du revenu consacrée à la consommation.
- **Effet d'aubaine :** avantage qui incite à faire une action qui aurait eu lieu sans cette incitation.

Révision Express

POINTS IMPORTANTS À RETENIR

- La notion de chômage naît avec le **salariat**. Le chômage, en France, se mesure de deux manières : celle du Bureau international du travail (BIT) et celle de Pôle emploi. Le sous-emploi concerne des personnes actives qui travaillent à temps partiel mais qui souhaitent travailler davantage et sont disponibles pour le faire. Le **taux de chômage** mesure la part des chômeurs dans la population active.
- Le **chômage structurel** dépend de la structure de l'économie, de facteurs institutionnels et technologiques. Il s'explique par des difficultés d'appariement : par exemple, les qualifications demandées par les entreprises ne correspondent pas à celles de la main-d'œuvre. Ces difficultés d'appariement sont mises en évidence par la **courbe de Beveridge.** Des **asymétries d'information** peuvent conduire à fixer un salaire supérieur au salaire d'équilibre (**salaire d'efficience**), d'où un chômage des travailleurs les moins productifs.
- L'effet des **institutions** sur le chômage est indéterminé : des institutions trop rigides devraient, selon les néoclassiques, augmenter le chômage structurel. Or, il ne semble pas que le chômage soit plus élevé dans les pays où les **conventions collectives** jouent un rôle important dans la fixation du salaire.
- Le **chômage conjoncturel** peut s'analyser comme le résultat d'une **demande anticipée** insuffisante, qui conduit les entreprises à limiter le niveau des quantités produites, et donc l'emploi. La **loi d'Okun** met ainsi en évidence le lien entre croissance et chômage.
- Jusqu'aux années 1970, la lutte contre le chômage (conjoncturel) repose sur des politiques de soutien à la **demande globale**, par des politiques budgétaires et monétaires expansives. Aujourd'hui, la lutte contre le chômage structurel passe par des politiques d'allègement du coût du travail, de **flexibilisation du marché du travail** et d'amélioration de la formation.

APPRENDRE AUTREMENT

Les différentes explications du chômage :

Vidéo

LE COURS EN 10 MOTS-CLÉS

- Taux de chômage
- Chômage structurel
- Courbe de Beveridge
- Asymétrie d'information
- Salaire d'efficience
- Convention collective
- Chômage conjoncturel
- Loi d'Okun
- Demande globale
- Flexibilisation du marché du travail

CARTE MENTALE

> Comment lutter contre le chômage ?

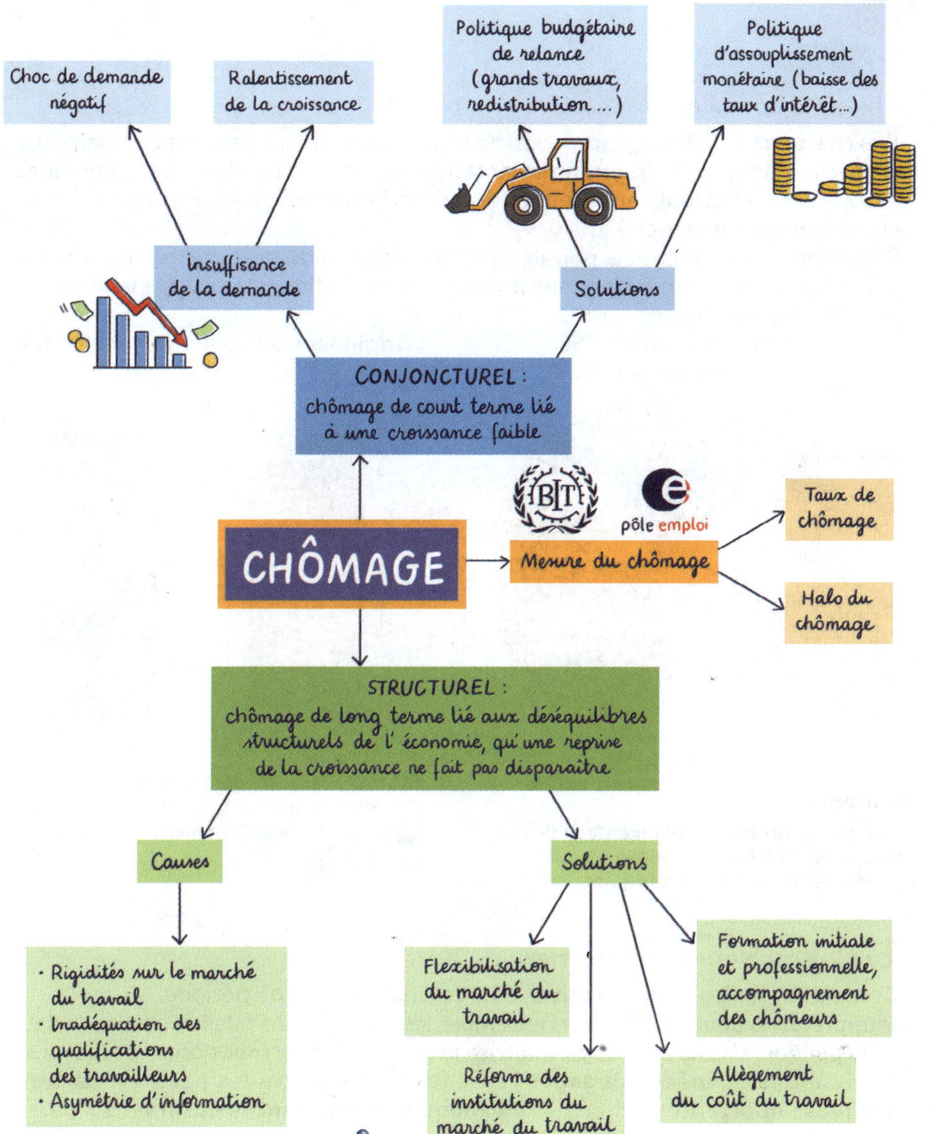

N'hésite pas à construire ta propre carte mentale

Lire et interpréter un graphique de répartition

MÉTHODE

1. Choisir la bonne représentation graphique

- Il existe deux types de graphiques de répartition : le **diagramme circulaire** (ou semi-circulaire) et le **diagramme rectangulaire** (ou en barres). Ces graphiques permettent de visualiser la répartition de différentes catégories au sein d'**un ensemble qui est ramené à 100 %.**
- Pour représenter une seule population statistique, le diagramme circulaire est le plus adapté. Pour comparer deux populations statistiques ou plus, il vaut mieux choisir le diagramme en barres.

Part des différentes CSP dans le chômage total

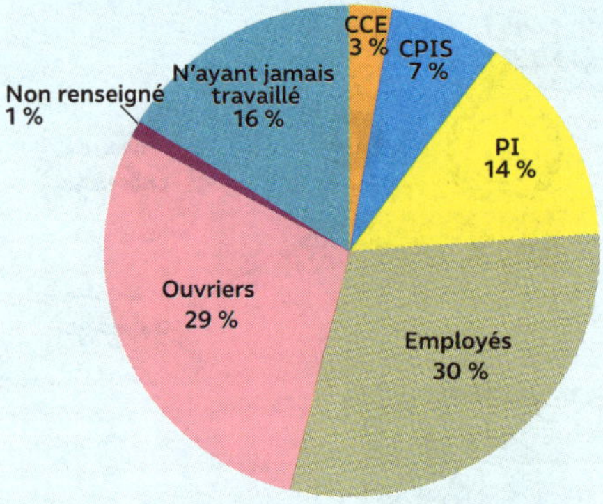

Origine de la production électrique (en %)

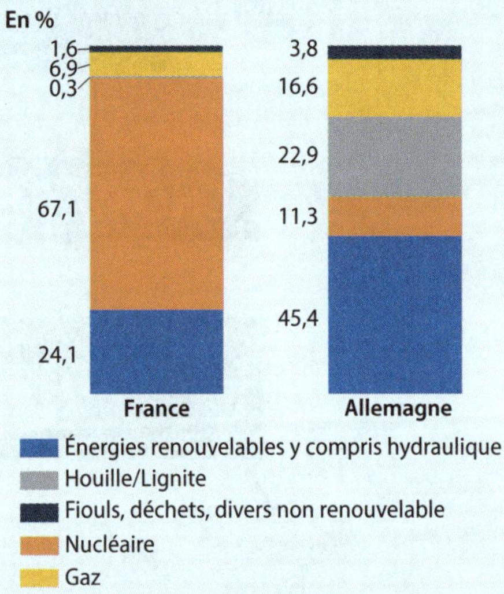

Remarque

Pour donner du sens au pourcentage de répartition, il ne faut pas oublier de faire apparaître l'ensemble de référence.

2. Lire le graphique de répartition

- Contextualiser les données : titre, source, champ, date ou période.
- Interpréter les données : repérer l'ensemble, les unités, les intitulés de parties, la date ou la période, **s'assurer que l'on maîtrise la compréhension des données chiffrées.**
- Analyser les données : **dégager l'essentiel**, interpréter les parts en partant des plus importantes ; chercher à **expliquer les tendances observées** à partir de ses connaissances ; **sélectionner les informations utiles** ; comparer les deux répartitions en repérant les proportions qui diffèrent le plus. Par exemple ci-dessus, 67,1 % de l'électricité produite en France est d'origine nucléaire contre seulement 11,3 % en Allemagne.

Méthode

ÉNONCÉ

Doc. **Situation précédant l'entrée au chômage des chômeurs en 2020**

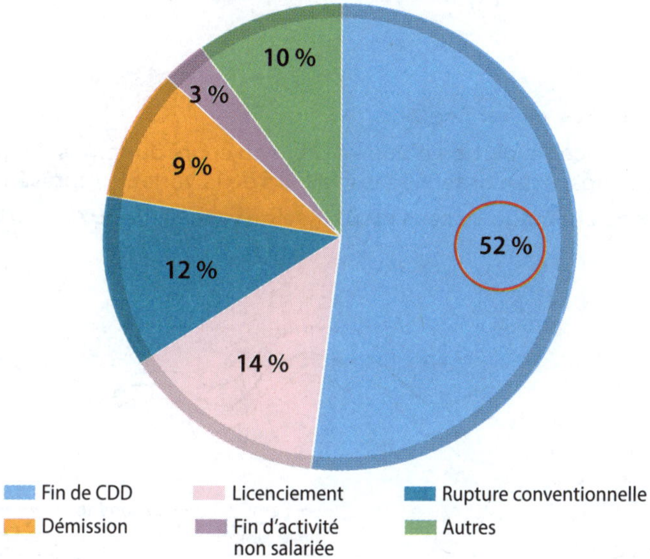

Insee, Enquête Emploi, 2020.

1. **Faites une phrase avec la donnée entourée.**
2. **Que vous apprend ce graphique ?**

CORRIGÉ

1. En 2020, en France, 52 % des chômeurs sont au chômage à la suite de la fin d'un contrat à durée déterminée, selon l'Insee.

2. Ce diagramme circulaire (graphique de répartition) met en évidence plusieurs causes d'entrée au chômage. La principale cause est la fin d'un contrat à durée déterminée : en effet plus de la moitié des chômeurs (52 %) sont dans cette situation du fait de la fin de leur CDD. En 2020, 13,8 % des chômeurs ayant déjà travaillé sont au chômage à la suite d'un licenciement, qu'il soit économique ou non. La rupture conventionnelle permet à l'employeur et au salarié en CDI de convenir d'un commun accord des conditions de la rupture du contrat de travail qui les lie. Elle explique 12 % des situations de chômage. Enfin, un peu moins d'un chômeur sur 10 est au chômage parce qu'il a démissionné de son emploi précédent.

2 Lire et interpréter un graphique chronologique

MÉTHODE

1. Lire un graphique chronologique

- Il met en évidence l'évolution d'une variable au cours du temps. En abscisse on retrouve le temps, et en ordonnée les valeurs de la variable représentée.

Taux de chômage au sens du BIT, selon le sexe, de 1975 à 2018

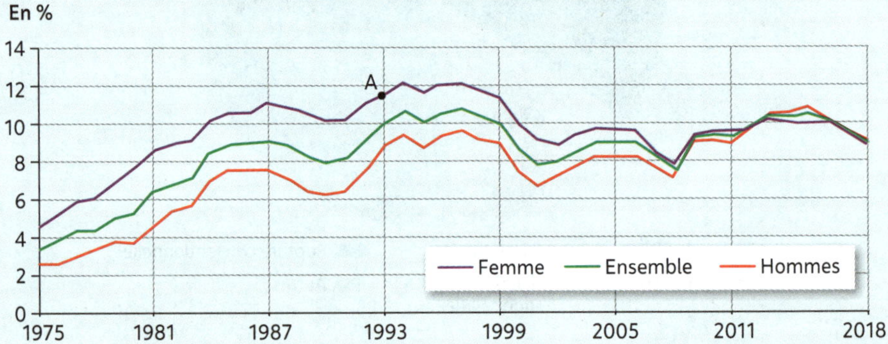

Champ : France hors Mayotte, population des ménages, personnes actives.
Insee, série longues sur le marché du travail, enquêtes Emploi.

- Pour lire une donnée du graphique, il faut prendre un point de la courbe et lire ses coordonnées sur l'axe des abscisses et des ordonnées. Au point A, le taux de chômage des femmes était de 11,5 % environ (axe des ordonnées) en 1993 (axe des abscisses).

2. Analyser un graphique chronologique

Pour analyser un graphique, il faut :

- **Dégager l'essentiel :** de quoi s'agit-il, quelle est la tendance générale observée ?
- Mettre en évidence les **points de rupture** et présenter le **rythme de l'évolution**.
- **Périodiser :** déterminer les périodes significatives situées entre deux points de rupture.
- **Relier le graphique** à l'objet étudié et aux autres documents du dossier.

Remarque

Sur une courbe, le rythme de l'évolution se repère facilement : il suffit d'observer la pente de la courbe.

ÉNONCÉ

Doc. Emploi à durée limitée, temps partiel et sous-emploi de 1990 à 2018

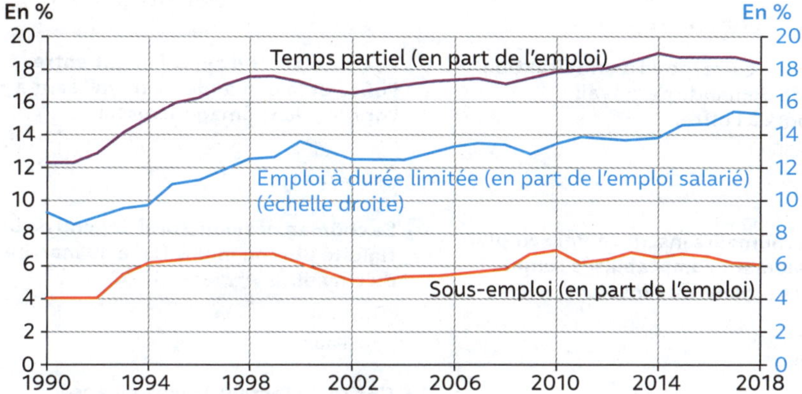

Note : L'emploi à durée limitée est donné en part de l'emploi salarié ; le temps partiel et le sous-emploi sont donnés en part de l'emploi.
Champ : France hors Mayotte ; population des ménages, personnes en emploi de 15 ans ou plus.

« Vue d'ensemble, Le marché du travil en 2018 », Insee Références, éditions 2019.

1. Faites une phrase avec les données de votre choix permettant de mettre en évidence l'information.

2. Dégagez les informations générales fournies par ce graphique.

CORRIGÉ

1. En 2018, sur 100 actifs en emploi salarié, un peu plus de 15 occupaient un emploi à durée limitée, c'est-à-dire qu'ils étaient employés soit avec un contrat à durée déterminée, soit en intérim ou en apprentissage. À la même date, 18,5 % des personnes en emploi étaient à temps partiel et 6 % étaient en situation de sous-emploi.

2. On peut distinguer trois périodes sur ce graphique.
- Entre 1990 et la fin des années 1990, les emplois à temps partiel et le sous-emploi progressent, passant respectivement de 12 % à environ 18 % de l'emploi, et de 4 % à 6,5 %. Sur la même période, l'emploi à durée déterminée a augmenté de 4,5 points de pourcentages.
- La décennie 2000 est marquée par une relative stagnation de ces trois formes d'emploi après une légère baisse.
- Depuis 2009, on constate une hausse de 5 points de la part des contrats à durée limitée dans l'emploi salarié. En 2018, près de 18,5 % des personnes en emploi sont à temps partiel. Cela correspond à une légère baisse par rapport à 2014. Quant au sous-emploi, il a tendance à baisser légèrement depuis 2009.

Fiche test *Ce que je sais*

VRAI FAUX

15 min

◯ À revoir
◯ Acquis

1 Cochez la bonne réponse.

1 Le chômage correspond à une situation d'excès de demande de travail par rapport à l'offre.

- ◯ a. Vrai
- ☒ b. Faux

2 Tous les chômeurs inscrits à Pôle emploi sont également comptabilisés comme chômeurs au sens de l'Insee.

- ◯ a. Vrai
- ☒ b. Faux

3 Le salaire d'efficience résulte d'une information parfaite sur le marché du travail.

- ◯ a. Vrai
- ◯ b. Faux

4 L'indemnisation du chômage est une cause de chômage selon l'analyse classique.

- ☒ a. Vrai
- ◯ b. Faux

5 Selon Keynes, le chômage résulte principalement d'un excès de la demande anticipée.

- ◯ a. Vrai
- ☒ b. Faux

6 Les politiques mises en œuvre depuis les années 1980 visent à accroître la flexibilité du marché du travail.

- ☒ a. Vrai
- ◯ b. Faux

7 L'existence d'un salaire minimum est toujours à l'origine de chômage.

- ◯ a. Vrai
- ◯ b. Faux

8 Les problèmes d'appariement entre l'offre et la demande de travail sont à l'origine du chômage structurel.

- ☒ a. Vrai
- ◯ b. Faux

9 Le chômage conjoncturel dépend de la rigidité plus ou moins forte du marché du travail.

- ☒ a. Vrai
- ◯ b. Faux

10 L'offre du facteur travail émane des employeurs.

- ◯ a. Vrai
- ☒ b. Faux

11 La variation de la consommation consécutive à une variation du revenu se nomme :

- ◯ a. la propension marginale à consommer.
- ◯ b. la propension moyenne à consommer.
- ◯ c. l'effet d'aubaine.

12 La loi d'Okun établit la relation entre les variations conjoncturelles du taux de chômage et le taux de croissance du PIB réel.

- ◯ a. Vrai
- ◯ b. Faux

13 Le modèle néoclassique considère que le marché du travail s'autoéquilibre.

- ◯ a. Vrai
- ◯ b. Faux

14 Une courbe de Beveridge très proche de l'origine des axes traduit un profond dysfonctionnement du marché du travail.

- ◯ a. Vrai
- ◯ b. Faux

SCORE : ___ / 14

EXERCICES D'ENTRAÎNEMENT

2 Schéma à compléter

Complétez le schéma ci-dessous à l'aide des termes suivants :

baisse de la demande globale – baisse du profit et du pouvoir d'achat – baisse de la production – baisse de la consommation et de l'investissement – baisse de l'emploi – baisse des débouchés des entreprises

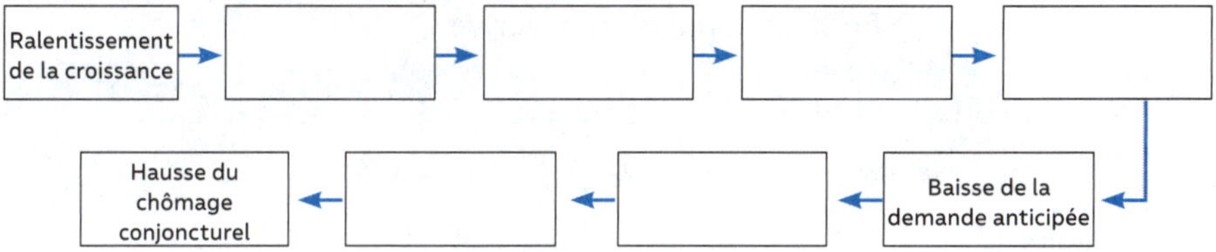

3 Question courte

Selon la théorie du salaire d'efficience, pourquoi le salaire s'établit-il à un niveau supérieur à celui que permettrait l'équilibre concurrentiel sur le marché du travail ?

4 Analyser un texte factuel

Doc. L'insertion professionnelle des jeunes

En 2016, un jeune non diplômé sur deux sortis de l'école en 2013 était au chômage, contre 10 % des Bac + 5, et 6 % des titulaires d'un doctorat. Une partie des diplômés connaît le chômage, mais beaucoup plus rarement que ceux qui n'ont pas de titre scolaire à valoriser sur le marché du travail.

Les jeunes connaissent des difficultés communes, mais celles-ci sont très inégales selon leur parcours scolaire. Face à la précarité, au chômage et aux bas salaires, le diplôme demeure un atout essentiel. Pour une partie des plus diplômés – notamment des filières généralistes de l'enseignement supérieur –, la situation n'est pas toujours facile et l'insertion souvent lente. Pour autant, leur situation n'a rien à voir avec les difficultés rencontrées par les moins qualifiés. Dans un pays où le titre scolaire est sacralisé, ceux qui ne sont pas dotés d'un diplôme passent en dernier. On s'inquiète beaucoup plus du déclassement des diplômés que du non-classement des jeunes peu diplômés, le plus souvent issus des milieux populaires. Une fois dans l'emploi, le faible développement de la formation professionnelle continue et des promotions internes font que le « ticket d'entrée » décide, encore dans de trop nombreux cas, de la suite du parcours professionnel.

« L'insertion professionnelle des jeunes : de fortes inégalités selon le diplôme », Observatoire des inégalités, 25 septembre 2018.

1. Pourquoi les diplômes protègent-ils contre le chômage ?
2. L'expérience professionnelle permet-elle de combler les inégalités face au chômage ?
3. En quoi l'apprentissage pourrait-il permettre de réduire le chômage des jeunes ?

VERS LE BAC

5 Mettre en relation des documents

À partir des deux documents suivants, peut-on affirmer que le coût salarial constitue une menace pour l'emploi ?

Doc. 1 Évolution du coût horaire de la main-d'œuvre[1], de la productivité horaire et du coût salarial unitaire[2] entre 2012 et 2016

En % de la population active

	FRANCE	ALLEMAGNE	ESPAGNE	ITALIE
Coût horaire du travail	1,3	3,0	0,4	0,4
Productivité horaire du travail	2,1	1,7	3,5	0,6
Coût salarial unitaire	- 0,7	1,3	- 3,0	- 0,2

Eurostat, Enquête ECMO 2012, ICT, Comptes nationaux trimestriels.

1. Salaires, charges et taxes nettes des subventions liées à la masse salariale ou à l'emploi.
2. Coût horaire/productivité horaire.

Doc. 2 Taux de chômage en 2012 et 2016

En % de la population active

	FRANCE	ALLEMAGNE	ESPAGNE	ITALIE
2012	9,8	5,4	24,8	10,7
2016	10,1	4,2	19,6	11,7

Eurostat, 2019.

Corrigés

Fiche test – Ce que je sais

1 **1. b.** C'est l'inverse. Il existe du chômage lorsque la demande de travail (qui émane des entreprises) est inférieure à l'offre (qui émane des travailleurs). **2. b.** Certains chômeurs inscrits à Pôle emploi ne correspondent pas aux chômeurs au sens de l'Insee. **3. b.** Le salaire d'efficience relève d'une situation d'information imparfaite. **4. a.** Pour les économistes libéraux, les allocations chômage sont une désincitation à travailler. **5. a.** Pour Keynes, le chômage est dû à une insuffisance de la demande anticipée. **6. a.** Depuis les années 1980, les politiques visent une flexibilisation du marché du travail. **7. b.** Pour les économistes keynésiens, le salaire minimum assure des revenus qui seront dépensés par les ménages, et qui contribueront à accroître la production et donc l'emploi. **8. a.** Les emplois offerts ne trouvent pas preneurs. **9. b.** La rigidité du marché du travail peut affecter le chômage structurel. **10. b.** Elle émane des travailleurs. Les entreprises offrent des emplois mais demandent du travail. **11. a. 12. a. 13. a. 14. b.**

Exercices d'entraînement

2 Schéma à compléter

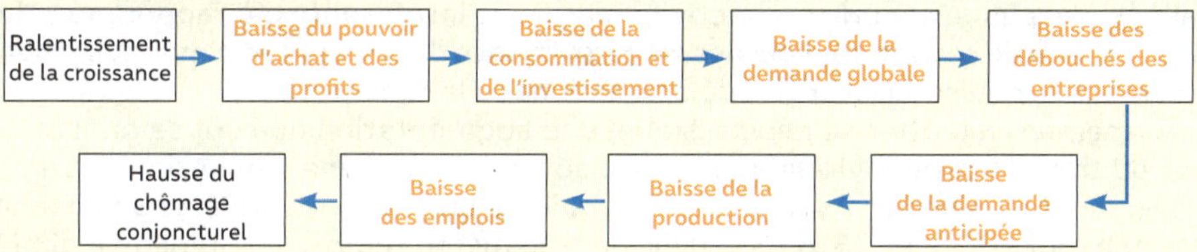

3 Question courte

Selon la théorie du salaire d'efficience, le taux de salaire peut influencer la productivité du travail – c'est l'inverse dans la théorie néoclassique traditionnelle. Devant la difficulté à connaître réellement la productivité et l'implication du salarié du fait d'une asymétrie d'information, un employeur peut faire le choix rationnel de fixer un niveau de salaire plus élevé (salaire d'efficience) supérieur au salaire d'équilibre, afin de sélectionner et de fidéliser les salariés les plus productifs. Cela explique qu'une partie des chômeurs ne trouvent pas d'emploi, alors qu'ils seraient prêts à accepter un emploi au salaire d'équilibre.

4 Analyser un texte factuel

1. Les diplômes et les compétences protègent contre le chômage car ils améliorent l'employabilité des demandeurs d'emploi, c'est-à-dire leur capacité à occuper un emploi. Ainsi, en 2016, les diplômés du supérieur étaient cinq fois moins touchés par le chômage que les non-diplômés, trois ans après leur sortie du système éducatif.

2. L'expérience professionnelle acquise au sein de l'entreprise ne permet de réduire qu'en partie les écarts, car ce sont les salariés les plus diplômés qui profitent le plus de la formation continue et des promotions internes. Le diplôme continue à jouer un rôle bien après la sortie du système éducatif, en particulier en France.

3. L'apprentissage consiste à alterner des périodes d'enseignement et des périodes de travail en entreprise. Il pourrait permettre de lutter contre le chômage des jeunes car il leur apporte un métier, des compétences, une expérience et un savoir-être dans l'entreprise. La réforme de l'apprentissage menée par le gouvernement Philippe cherche à développer l'apprentissage en favorisant l'information des jeunes, en repoussant l'âge auquel il est possible de bénéficier d'un contrat d'apprentissage, en simplifiant les systèmes d'aides et les contrats pour les entreprises et en assouplissant certaines obligations du droit du travail. Cette réforme cherche à adapter au mieux la formation aux besoins du marché du travail. On retrouve ici les politiques de lutte contre le chômage structurel (meilleure adéquation de l'offre et de la demande).

VERS LE BAC

5 Mettre en relation des documents

Selon la théorie néoclassique, sur un marché du travail parfaitement concurrentiel, la flexibilité salariale impose que les salaires s'adaptent tant que l'équilibre entre offre et demande de travail n'est pas atteint. Dans ce modèle, l'existence d'un chômage de longue durée ou le sous-emploi de certaines catégories de salariés, notamment les moins qualifiés, s'explique par une productivité marginale insuffisante par rapport au coût du travail (niveau de cotisations sociales élevé, existence d'un salaire minimum). La menace sur l'emploi se réalise à travers les délocalisations ou la substitution du capital au travail. Conformément à la théorie néoclassique, une augmentation du coût salarial unitaire (coût du travail/productivité) devrait donc se traduire par une diminution de l'emploi, et inversement. Ainsi, en Espagne, le coût salarial unitaire a diminué de 3 % par an en moyenne entre 2012 et 2016 (Doc. 1) et, dans le même temps, le chômage a diminué, passant de 24,8 % à 19,6 %, soit une diminution de 5,2 points (Doc. 2).
Cependant, cette relation ne se vérifie pas toujours. Ainsi, en France et en Italie, malgré la baisse du coût salarial unitaire, le chômage a augmenté entre 2012 et 2016. En Allemagne, malgré une augmentation du coût salarial de 1,3 % par an en moyenne sur la période (Doc. 1), le taux de chômage a diminué de 1,2 point (Doc. 2).
Le coût salarial peut donc sans doute être une menace pour l'emploi s'il augmente plus vite que la productivité. Cependant, d'autres variables explicatives sont à rechercher puisque, comme le montrent ces deux documents, la relation de causalité est loin d'être parfaite.

Chapitre 4

Comment expliquer les crises financières et réguler le système financier ?

La survenue de crises financières récurrentes a conduit à la mise en place d'instruments de régulation.

FICHE 1 Deux principales crises financières

De quoi s'agit-il ?

Différentes crises financières ont eu lieu au xxe siècle, dont les crises de 1929 et 2008.

1 La crise des années 1930

- Durant les années 1920, aux **États-Unis**, la **croissance économique** est forte. Les cours à Wall Street, la Bourse de New York, sont multipliés par quatre, mais ni les salaires ni les gains de productivité ne semblent refléter cette hausse.
- La **crise** des années 1930 fait suite à une période au cours de laquelle il y a une **surproduction** agricole, une **baisse du prix** des matières premières et une **désorganisation** du système monétaire international.
- Le jeudi 24 octobre 1929, qualifié depuis de « **jeudi noir** », un **krach boursier** (**Doc. 1**), c'est-à-dire un effondrement des cours de titres en Bourse, survient à Wall Street. Ce jour-là, treize millions d'actions sont offertes à la vente. L'offre étant très supérieure à la demande, les cours s'effondrent. La chute des valeurs boursières, qui se poursuit jusqu'en 1932, marque le début d'une récession économique mondiale. La période qui suit est qualifiée de « **grande dépression** ».

2 La crise de 2008

- La crise de 2008 a débuté aux **États-Unis** avec les difficultés rencontrées par des ménages à faible revenu pour rembourser leurs **crédits immobiliers** (**Doc. 2**). Ces crédits, dits « ***subprimes*** », étaient destinés à des emprunteurs qui ne présentaient pas les garanties suffisantes pour bénéficier des taux d'intérêt préférentiels.
- De plus, ces crédits étaient rechargeables : on prenait en compte la hausse de la valeur du bien, ce qui permettait aux emprunteurs de **se réendetter** du montant de la progression de la valeur de leur patrimoine, en contrepartie d'une **hypothèque** sur le logement acheté. Ces crédits ont souvent été accordés avec des **taux d'intérêt variables** qui, au démarrage, étaient très bas.
- À partir de 2004, la **Banque centrale américaine** a progressivement **relevé ses taux**, et les charges financières des emprunts se sont considérablement alourdies. Un nombre croissant de ménages n'a pu faire face.
- Parallèlement, les **prix de l'immobilier** se sont retournés **à la baisse** : la valeur des habitations est devenue inférieure à la valeur des crédits qu'elles étaient supposées garantir. La hausse des ventes de maisons hypothéquées du fait des défaillances des emprunteurs a accéléré la baisse des prix de l'immobilier.
- La crise immobilière a ainsi entraîné une **crise bancaire et financière**, car des établissements de crédit se sont retrouvés en difficulté.

LA BOÎTE À DOCS

Doc. 1 Le krach boursier de 1929

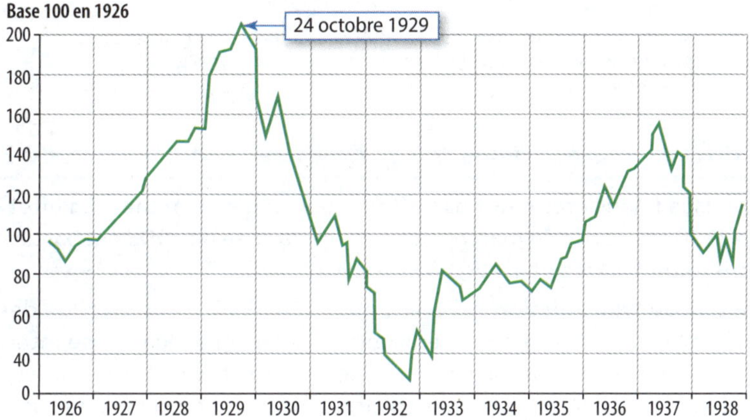

Doc. 2 La crise financière mondiale de 2008-2009

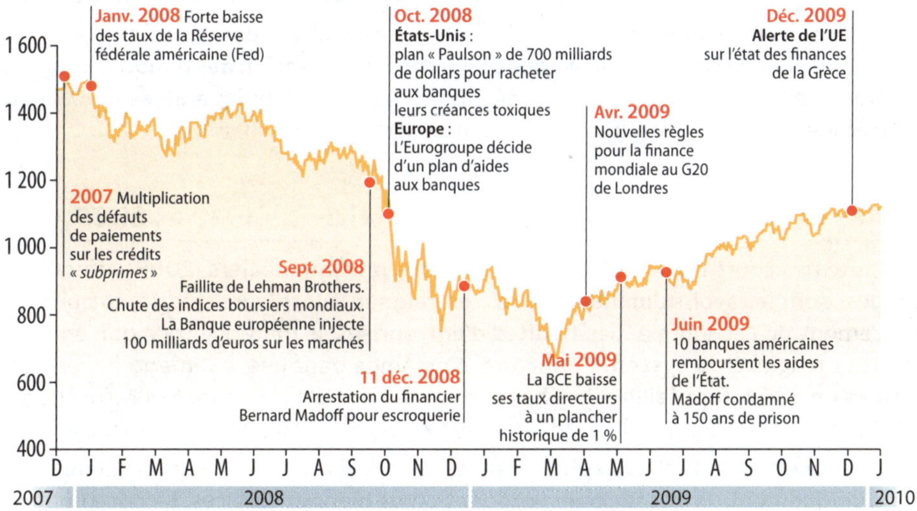

Vocabulaire

- **Crise :** processus de retournement du cycle économique en son point le plus haut, qui interrompt la phase d'expansion et précipite l'économie dans la dépression.
- **Crise financière :** altération de tout ou partie du système financier.

FICHE 2

Comparaison des crises financières de 1929 et 2008

De quoi s'agit-il ?

Malgré le temps qui sépare ces deux crises, elles présentent un certain nombre de caractéristiques communes mais aussi des points de différence.

1 Les différences entre les crises financières de 1929 et de 2008

- Ces deux crises financières **n'ont pas affecté les mêmes marchés**. En effet, si la crise des années 1930 est partie du marché des actions, la crise de 2008 est partie du marché des créances immobilières titrisées.
- Leurs **canaux de transmission** diffèrent aussi. En 1930, c'est le reflux des capitaux américains placés dans les banques européennes qui a rendu la crise internationale. En 2008, c'est l'accès des banques non résidentes, c'est-à-dire étrangères, aux titres douteux mis sur le marché américain (titrisation) qui a donné lieu à une crise mondiale.
- **L'ampleur et la durée** de ces deux crises sont aussi distinctes. Le Dow Jones avait perdu 90 % entre septembre 1929 et le creux de la dépression, contre 20 % en 6 semaines en 2008. L'effondrement durera 32 mois dans les années 1930 contre 5 mois en 2008.
- Les **conséquences** ont aussi été différentes. Les faillites bancaires ont été moins nombreuses lors de cette dernière crise du fait de **l'intervention des banques centrales**. Les conséquences sur l'emploi ont aussi été plus marquées dans les années 1930. Le taux de **chômage** américain atteignant 25 % contre 10 % en 2009 (**Doc.**).

2 Les caractéristiques communes des crises de 1929 et 2008

- La chute des cours boursiers (1929) et celle des prix immobiliers (2008) affectent les banques, dont les avoirs diminuent. Elles restreignent alors leurs crédits, ce qui nuit au financement de l'économie. Les **faillites d'entreprises** se multiplient ce qui, en retour, accroît la **fragilité du système bancaire**. Certaines banques, à l'image de Lehmann Brothers en 2008, font faillite. Les banques ne se font plus confiance et refusent de se prêter entre elles. La **crise**, d'abord boursière et immobilière, devient **bancaire**.
- La crise se diffuse aussi à la **sphère réelle**, c'est-à-dire la sphère de l'activité économique uniquement concernée par la production de biens et services. La crise financière devient ainsi **crise économique**.
- Les faillites d'entreprises entraînent des destructions d'emplois, et donc une montée du **chômage**. Les ménages et entreprises anticipent une période de récession et, de ce fait, réduisent leur consommation et investissement. La **demande globale** est freinée ce qui, au niveau microéconomique, entraîne à nouveau des faillites d'entreprises et, au niveau macroéconomique, fait baisser le PIB et engendre de la **déflation**.

LA BOÎTE À DOCS

Doc. Grande Dépression et Grande Récession

1. a. PIB réel

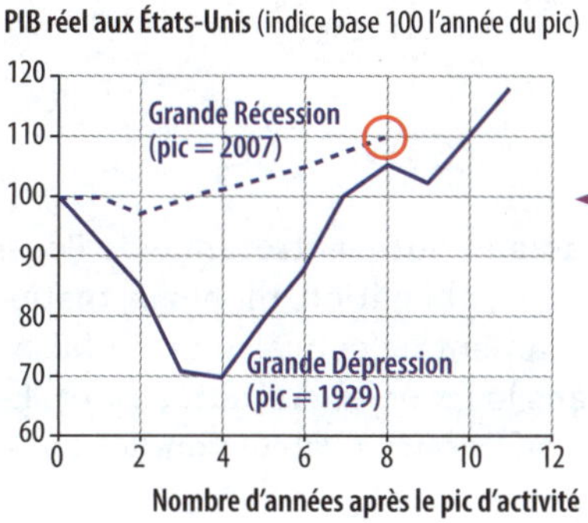

Selon le NBER, l'indice du PIB réel des États-Unis est passé de 100 en 2007 à 110 huit ans plus tard. Cela signifie que sur cette période de huit ans, le PIB des États-Unis avait augmenté de 10 %. Huit ans après 1929, le PIB américain n'avait augmenté que de 5 %.

Aux États-Unis, le PIB a baissé au maximum de 30 % lors de la Grande Dépression et au maximum de 3 % lors de la Grande Récession. Il a fallu 7 ans après la crise de 1929 pour que le PIB retrouve son niveau initial, contre 3 ans suite à la crise de 2008. Ainsi, la Grande Récession provoquée par la crise de 2008 s'est révélée être bien moins sévère que la Grande Dépression provoquée par la crise des années 1930, et la reprise a été plus rapide suite à la crise de 2008.

1. b. Taux de chômage

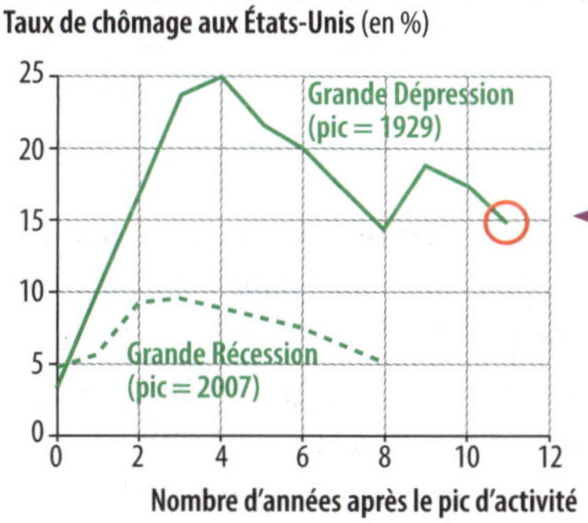

Selon le NBER, aux États-Unis, le taux de chômage a été multiplié par près de 8 au cours de la Grande Dépression. Il est en effet passé de 3 % des actifs à pratiquement 25 %. Lors de la Grande Récession, il est passé de près de 5 % des actifs à quasiment 10 %, si bien qu'il a presque doublé. Ainsi, l'impact sur le taux de chômage a été 2,5 fois plus important lors de la Grande Dépression que lors de la Grande Récession.

Données NBER, *Working paper*, n° 23216, mars 2017.

Vocabulaire

- **Chômage :** situation d'une personne sans emploi, disponible pour travailler et effectuant des démarches de recherche d'emploi.
- **Déflation :** baisse durable des prix.

FICHE 3

Formation et éclatement des bulles spéculatives

De quoi s'agit-il ?

Les bulles spéculatives ont été à l'origine des crises financières. Quels rôles jouent les anticipations et les comportements des agents économiques dans la formation de ces bulles ?

1 Les bulles spéculatives

- Une **bulle spéculative** est une augmentation durable et auto-entretenue de l'écart entre le prix et la **valeur fondamentale** d'un **actif** (action, obligation, monnaie, matière première, etc.). Pour un titre boursier, la valeur fondamentale est calculée en faisant la somme des revenus que ce titre peut apporter dans le futur, et en l'actualisant. Les bulles spéculatives portent généralement sur les actifs dont la valeur fondamentale est la plus **incertaine**.
- On peut citer des exemples de bulles spéculatives, comme celle qui a eu lieu au **Japon** au milieu des années 1980, ou la **bulle dite « d'internet »** vers la fin des années 1990. Dans ce dernier cas, la valeur des actions des entreprises du domaine des TICE était déconnectée de la valeur réelle de ces entreprises dont les technologies étaient parfois balbutiantes.
- Plus récemment encore, la bulle immobilière américaine a conduit à la **crise des *subprimes***. Enfin, certains observateurs redoutent que le prix du **bitcoin**, qui est une crypto-monnaie, soit l'objet d'une bulle spéculative.

2 Comportements mimétiques et prophéties auto-réalisatrices

- Il y a développement d'une bulle spéculative lorsque les **cours des actifs financiers** s'élèvent **au-delà de leur valeur fondamentale** du fait des décisions d'achat et de vente des opérateurs de marché, qui espèrent tirer des plus-values de leurs opérations.
- Cette bulle se développe à cause de **prophéties (ou anticipations) auto-réalisatrices** : tous les opérateurs de marché se procurent des titres en espérant qu'ils vont prendre de la valeur ; la demande augmente, et les titres prennent effectivement de la valeur. Il s'agit donc d'**anticiper l'évolution de l'opinion majoritaire**, ce qui peut conduire à anticiper ce que les autres vont faire.
- La **bulle** finit par **éclater** au moment où les investisseurs anticipent une baisse, ils vendent leurs titres, et la valeur de ceux-ci baisse effectivement. Les anticipations de la baisse se réalisent : un **krach** se produit.
- Ces effets sont amplifiés du fait de **comportements mimétiques** (**Doc. 1**) : les décisions des gros investisseurs et/ou des investisseurs les plus initiés sont généralement suivies par les plus petits ce qui entraîne un effet de contagion et la réalisation des anticipations (**Doc. 2**).

LA BOÎTE À DOCS

Doc. 1 Les comportements mimétiques

Les investisseurs opèrent [...] dans un contexte d'incertitude radicale où l'enjeu, pour eux, consiste à prévoir les prix futurs. Or cette évolution dépend du comportement de tous les autres opérateurs. Le problème de l'investisseur est donc de savoir comment les autres vont réagir à un événement donné. C'est cela qui importe pour lui et non ce qu'il pense du niveau des « vraies valeurs ». S'il estime que le marché va monter, il achète, s'il estime qu'il va baisser, il vend, indépendamment de sa propre conviction sur la surévaluation ou la sous-évaluation des actifs. Ce comportement mimétique qui consiste à s'aligner sur l'opinion moyenne est parfaitement rationnel individuellement, mais peut se révéler désastreux collectivement puisqu'il provoque des bulles, et que ces bulles finissent par éclater. Même l'acteur qui a parfaitement identifié une bulle a intérêt à la suivre tant qu'il ne prévoit pas le déclenchement imminent du krach. Le marché est donc intrinsèquement inefficient, puisque le jugement de chacun n'engendre pas un optimum collectif, comme le voudrait la théorie libérale.

D. Clerc, *Alternatives économiques poche*, n° 43, avril 2010 ©.

Doc. 2 L'effet de contagion

Kevin K. Kallaugher, The Economist.

Vocabulaire

- **Valeur fondamentale (d'un titre) :** prix théorique d'un titre déterminé en fonction de l'actif (trésorerie, immobilisation...), des résultats de la société et de ses perspectives.
- **Actifs financiers :** actifs (éléments du patrimoine) économiques possédés par les agents sous forme de monnaie et de devises, de titres échangeables sur les marchés financiers (par exemple les actions et les obligations, des devises) et de crédits octroyés à d'autres agents.
- **Prophétie auto-réalisatrice :** énoncé qui modifie des comportements de telle sorte que cet énoncé se réalise.
- **Comportement mimétique :** comportement par lequel un agent forme ses anticipations en imitant les autres agents dont il considère les comportements comme étant majoritaires.

FICHE 4

La propagation d'une crise bancaire

De quoi s'agit-il ?

Pour qu'une crise soit qualifiée de bancaire, il faut qu'elle touche l'ensemble du système bancaire. Quels en sont les mécanismes de diffusion ?

1 Les phénomènes de panique bancaire

- Lorsqu'un grand nombre de clients d'une banque craignent qu'elle devienne **insolvable**, ils peuvent être conduits à chercher à retirer leurs avoirs le plus vite possible. Pour désigner ce phénomène, on parle de **panique bancaire**, de ruée bancaire ou encore de course aux guichets.
- De manière générale, la panique bancaire vient d'un **manque de confiance** des agents économiques envers une (ou des) banque(s).
- Ces phénomènes de paniques bancaires entraînent des **prophéties auto-réalisatrices**, puisque les banques, faisant face à la ruée des déposants aux guichets, se retrouvent dans l'incapacité de fournir les **liquidités** ; ce qui les conduit à la **faillite**.
- Des mouvements de paniques bancaires ont aussi eu lieu lors de la **crise des années 1930** aux États-Unis, ou lors de la **crise des *subprimes*** en 2008. En février 2008, la banque britannique Northern Rock sera ainsi nationalisée pour lui éviter la faillite.

2 Les faillites bancaires en chaîne

- Il existe un **risque de contagion** lors d'une panique bancaire. Si les banques saines sont en général capables de résister à ce type d'événement, les **banques plus fragiles** se trouvent exposées. La fragilité ou la solidité d'une banque peut être mesurée par sa **solvabilité**, c'est-à-dire sa capacité à honorer ses dettes.
- Le risque de faillite bancaire en chaîne est toutefois accru du fait de l'**interdépendance des banques**, qui se prêtent de la monnaie à court terme. La défiance du système bancaire vis-à-vis d'une banque va alors la mettre dans une situation d'**illiquidité**.
- La **titrisation** renforce l'interdépendance des banques (**Doc. 1**). Cette technique utilisée par les banques pour accorder davantage de crédits a été à l'origine de faillites bancaires en chaîne et est souvent considérée comme l'élément principal à l'origine de la contagion de la crise à l'ensemble de la sphère financière.
- Du fait des interdépendances des acteurs du système bancaire et financier, il existe un **risque systémique** (**Doc. 2**). Le défaut de paiement d'un agent économique (une banque, un État) ou l'effondrement des cours sur un marché peuvent se propager à l'ensemble du système financier.

LA BOÎTE À DOCS

Doc. 1 Le mécanisme de titrisation de crédits

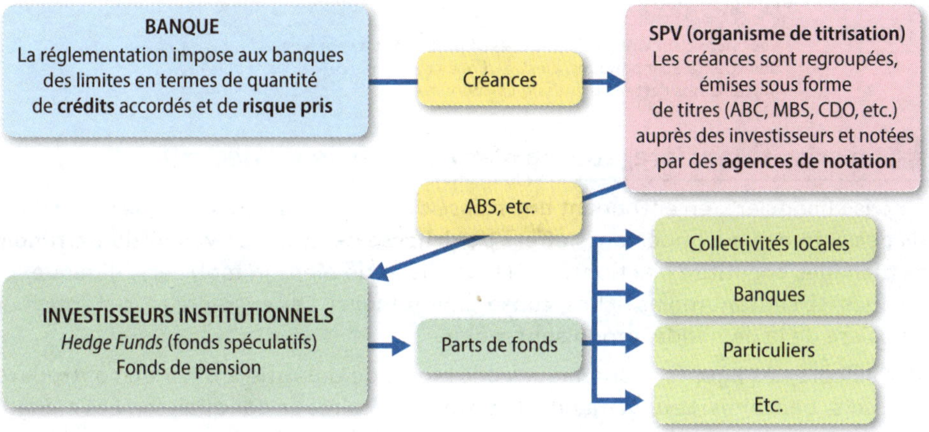

Doc. 2 Banques et risque systémique

Plus de dix ans après la faillite de Lehman Brothers, on identifie mieux les banques systémiques, c'est-à-dire celles dont la chute pourrait entraîner à peu près le même cataclysme. Combien sont-elles ? Vingt-neuf, selon la liste publiée en novembre 2018 par le Financial Stability Board (FSB), soit autant qu'en 2011, quand la première liste avait été rendue publique. Huit de ces banques sont américaines, huit autres font partie de la zone euro, dont quatre françaises, quatre sont chinoises, trois britanniques, trois japonaises, deux suisses, une canadienne.

On notera que les institutions internationales telles que le FSB, le FMI ou encore la Banque des règlements internationaux (BRI) attirent à juste titre l'attention sur la dangerosité de ces établissements, les comparant à de véritables réacteurs nucléaires. [...]

Si l'une de celles-ci venait à connaître de grandes difficultés, la laisserait-on tomber? Sans doute pas. C'est le fameux principe « *too big to fail* » que les réformes bancaires étaient censées enterrer. C'est bien d'ailleurs pourquoi les établissements bancaires ne sont pas du tout mécontents de figurer sur cette liste.

J. Couppey-Soubeyran, « Nos banques présentent encore un vrai risque systémique », *Capital*, Prisma média, 17 avril 2019.

Vocabulaire

- **Insolvabilité :** insuffisance structurelle de revenus pour honorer ses dettes.
- **Illiquidité :** insuffisance temporaire de liquidités.
- **Titrisation :** technique financière qui transforme des actifs peu liquides, c'est-à-dire pour lesquels il n'y a pas véritablement de marché, en valeurs mobilières facilement négociables.
- **Risque systémique :** risque qu'un événement particulier entraîne, par réactions en chaîne, des effets négatifs considérables sur l'ensemble du système, pouvant occasionner une crise générale de son fonctionnement.

FICHE 5

La transmission d'une crise financière à l'économie réelle

De quoi s'agit-il ?

Les crises bancaires et financières se propagent à l'ensemble des agents économiques, c'est-à-dire à l'économie réelle. Par quels mécanismes cette transmission s'opère-t-elle ?

1 La crise financière, source d'effet de richesse négatif

- La crise financière, en entraînant une baisse des cours des titres (prix de l'immobilier, prix des actions), a d'importants **effets de richesse négatifs**. La **valeur du patrimoine** des ménages constitué d'actions, d'obligations et de biens immobiliers, **diminue**. Les ménages, se sentant moins riches, **consomment moins**. Les entreprises, qui anticipent une baisse de la demande, **produisent moins**.
- Par ailleurs, les agents économiques ont moins de garantie à offrir en contrepartie des crédits bancaires. Leur **demande de crédits bancaires** va donc **baisser**. Les ménages peuvent aussi chercher à reconstituer la valeur de leur patrimoine en augmentant leur **taux d'épargne**, d'où là encore un recul de la consommation.

2 Baisse du prix du collatéral et ventes forcées

- La crise financière de 2008 (**Doc. 1**) a débuté avec l'**éclatement de la bulle immobilière** aux États-Unis. Lorsque les **taux d'intérêt** ont commencé à grimper, les ménages qui avaient souscrit des emprunts à taux variables sont devenus **insolvables** et conduits par leurs créanciers à la **vente forcée** de leur bien immobilier (**Doc. 2**).
- Ce bien immobilier était le **collatéral** du crédit (il servait d'**hypothèque**, c'est-à-dire de garantie). Or, avec la chute des prix de l'immobilier, la vente du bien ne suffisait pas à rembourser le crédit, aggravant la situation des banques mais aussi des ménages, qui se sont retrouvés sans toit. Enfin, ces ventes forcées ont alimenté la **chute des prix de l'immobilier**, puisque l'offre immobilière était de plus en plus élevée alors même que, du fait de la crise, la demande immobilière était en baisse.

3 La crise financière, à l'origine d'une contraction du crédit

- La **contraction du crédit bancaire** est aussi appelée « *credit crunch* ». Il y a, d'une part, un **rationnement du crédit** offert par les banques qui, face au risque, augmentent leur taux d'intérêts et resserrent les conditions d'obtention des crédits.
- Dans le même temps, la **demande de crédit bancaire diminue**. En effet, face au risque et à l'incertitude, les ménages et entreprises diffèrent leur consommation et investissement. Les **conséquences sur l'économie réelle** sont lourdes : baisse de la consommation et de l'investissement, faillite d'entreprises et montée du chômage.

LA BOÎTE À DOCS

Doc. 1 La crise financière mondiale de 2008-2009

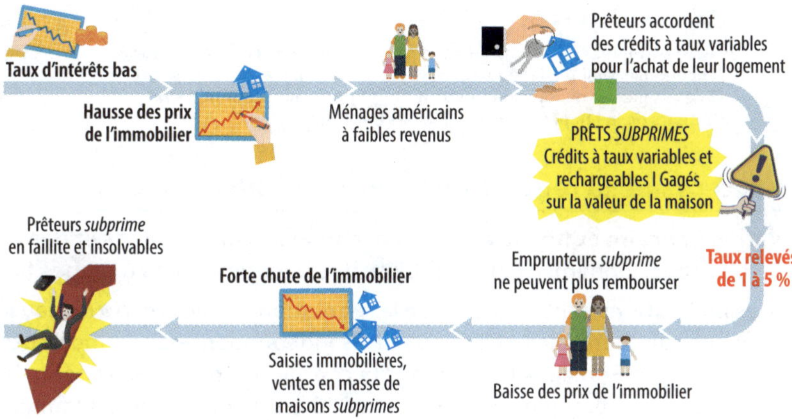

Doc. 2 Les ventes forcées de logements aux États-Unis

Environ 1,5 million de foyers perdront leur logement en 2007, incapables de rembourser leurs hypothèques. [...] D'après la Mortgage Bankers Association, environ 5 % de l'ensemble des emprunteurs sont défaillants. Ce taux grimpe jusqu'à près de 15 % pour les *subprimes* consentis aux ménages les moins solvables.

En 2007, [...] 1,5 million de foyers seront soumis à la vente forcée cette année. Soit deux fois plus que l'an dernier. [...] Mais les mises en vente forcées sont coûteuses, et peuvent causer de sérieux dommages collatéraux. Les prêteurs y abandonnent parfois jusqu'à 25 % du montant d'un prêt à risque en frais judiciaires et autres. La vente aux enchères peut prendre un an ou plus, pendant lequel les propriétaires défaillants ne sont guère incités à entretenir leur maison. Un stock de maisons invendues ne tire pas seulement les prix vers le bas, le risque de vandalisme est décuplé. Les maisons deviennent inhabitables, le voisinage devient peu sûr. Si l'on y ajoute les dommages humains causés par les évictions, il n'est pas surprenant de voir les hommes politiques se démener comme de beaux diables pour éviter les ventes forcées.

« Après la crise des *subprimes*, les saisies de logements doublent », *www. chalenges.fr*, oct. 2007.

Vocabulaire

- **Effet de richesse :** propension à dépenser de manière proportionnellement plus importante/faible au fur et à mesure que le patrimoine augmente/diminue.
- **Collatéral :** ensemble des actifs, titres ou liquidités, remis en garantie par un emprunteur à un prêteur, afin de couvrir le risque de crédit.
- **Contraction du crédit :** réduction de l'offre et de la demande de crédit à la suite d'une crise bancaire.

FICHE 6

La nécessité de réguler le système bancaire et financier

De quoi s'agit-il ?

Pour éviter les crises bancaires et financières et leurs conséquences sur l'économie réelle, une régulation du système financier est nécessaire. Elle est menée par diverses institutions et porte sur les principaux acteurs de la finance, en particulier les banques.

1 Les acteurs de la régulation bancaire et financière

- La **régulation bancaire et financière** est l'ensemble des **mécanismes** et des **règles** qui assurent le bon fonctionnement et la stabilité des banques et des marchés financiers.
- Différentes **institutions** sont chargées de la régulation financière. Au **niveau national**, les États, les banques centrales et des autorités indépendantes, comme l'Autorité des marchés financiers en France (AMF), en ont la charge. Au **niveau européen**, le Conseil européen du risque systémique a été créé en 2010 en réponse à la crise financière. Au **niveau international**, ce sont les banques centrales, le FMI et le Conseil de stabilité financière qui sont soumis à la régulation.
- Différents acteurs du système financier sont soumis à la régulation : les **banques**, mais aussi les **investisseurs institutionnels** et les **agences de notation**.
- Les **agences de notation** sont rémunérées par le demandeur de la notation, afin qu'elles estiment son risque d'insolvabilité. On leur reproche donc d'être à la fois « juge et partie », ce qui engendre un **conflit d'intérêt**. Enfin, on leur reproche, de par leur situation oligopolistique, d'avoir exacerbé les crises (**Doc. 1**).

2 Le rôle de prêteur en dernier ressort, source d'aléa moral

- Un **prêteur en dernier ressort** est une entité vers laquelle les **banques** peuvent se tourner pour **obtenir des fonds en urgence** après avoir épuisé toutes les autres possibilités.
- Ce rôle est justifié par le fait que la faillite d'une banque peut avoir des effets plus graves que ceux d'une autre entreprise : elle entraîne des pertes et, provoquant la méfiance des déposants et autres créanciers, peut entraîner des **faillites en chaîne**.
- Le prêteur en dernier ressort a donc pour vocation d'éviter qu'une crise localisée ne se diffuse à l'**ensemble du système financier** (**Doc. 2**). Toutefois, l'existence d'un prêteur en dernier ressort peut avoir un **effet pervers :** indemniser les banques qui ont pris de mauvais risques et ne pas les sanctionner.
- De plus, l'existence de ce « filet de sécurité » est susceptible de créer des effets d'**aléa moral** : sachant qu'elles seront sauvées en cas de faillite, les banques sont davantage incitées à prendre des risques.

LA BOÎTE À DOCS

Doc. 1 Agences de notation et conflits d'intérêts

En dégradant massivement les notations des crédits hypothécaires américains, les principales agences de notation – Moody's, Standard & Poor's et Fitch – ont été l'élément déclencheur de la crise financière qui a éclaté en 2007. [...] Dans un premier temps, les produits structurés du marché de l'immobilier américain ont largement été surnotés par les principales agences de notation. Les banques d'investissement, quant à elles, ont développé des produits de plus en plus compliqués sous l'égide des agences de notation, lesquelles ont privilégié leurs revenus par rapport à la qualité informative des notes de crédit. Dès lors, la question de l'indépendance des agences de notation face aux entreprises qui les paient pour être notées s'est posée de façon accrue. Récemment, un autre aspect a engendré de nombreuses critiques, à savoir l'attitude des agences de notation vis-à-vis de la dette souveraine de plusieurs États. Au sein de l'Union européenne, les principales agences de notation sont accusées d'avoir exacerbé la crise de la dette européenne. Tout particulièrement en 2010, elles ont dégradé la note de la Grèce, alors que les politiciens européens étaient sur le point de conclure un plan de sauvetage.

A. Darbellay, F. Partnoy, « Agences de notation et conflits d'intérêts », *Revue d'économie financière*, n° 105, jan. 2012.

Doc. 2 Le rôle du régulateur

Frédéric Hache / *Finance Watch*

Vocabulaire

- **Investisseur institutionnel :** organisme collecteur d'épargne et qui a des activités d'investissement importantes sur les marchés financiers.
- **Agence de notation :** organisme privé qui évalue la solvabilité des États, des entreprises, des collectivités publiques et des institutions bancaires et d'assurances à travers un système de notes.
- **Prêteur en dernier ressort :** organisme financier (Banque centrale, par exemple) qui, en cas de faillite bancaire, assure la liquidité et donc la survie d'une banque.
- **Aléa moral :** situation dans laquelle un agent économique risque de modifier son comportement s'il sait qu'il n'en paiera pas les conséquences.

FICHE 7

Les instruments de régulation du système bancaire et financier

De quoi s'agit-il ?

La régulation du système bancaire et financier passe principalement par la supervision des banques par la Banque centrale et par la mise en place de ratios de solvabilité.

1 La supervision des banques par la banque centrale

- La confiance envers les banques étant indispensable à la stabilité du système financier, un **contrôle des banques** est nécessaire. La Banque de France fournit ainsi des moyens à l'**Autorité de contrôle prudentiel et de résolution** (ACPR) pour assurer cette mission de supervision et de protection de la clientèle des banques.
- À l'échelle européenne, le **mécanisme de surveillance unique** (MSU) a été mis en place fin 2014. Dans ce cadre, la Banque centrale européenne (BCE) contrôle les plus grands groupes bancaires de la zone euro, les autres établissements étant contrôlés par les autorités nationales (**Doc. 1**).
- Ces institutions exercent une surveillance permanente pour **contrôler le respect des règles** édictées, afin de protéger les clients mais aussi de lutter contre le financement d'activités illégales. Elles peuvent aussi intervenir si une banque rencontre de graves difficultés susceptibles de menacer la stabilité financière. Il s'agit alors de la **résolution**, qui consiste à rechercher des **solutions de sauvetage** de la banque.

2 La mise en place de ratios de solvabilité

- Les autorités de supervision des banques participent aussi à l'élaboration de la **réglementation prudentielle**, c'est-à-dire de règles destinées à mesurer et limiter les risques, afin d'éviter les faillites de banques.
- Pour que les banques soient en mesure de pouvoir rembourser à tout moment les déposants, leur prise de risque est quantifiée et mesurée à l'aide de **ratios de solvabilité**.
- Dès la fin des années 1980, les **accords de Bâle** visent à contrôler l'activité bancaire et financière internationale en renforçant les **fonds propres** des institutions financières (**Doc. 2**). Le **ratio « Cooke »** est le rapport entre le montant des fonds propres et celui des en-cours de crédit. Il doit atteindre au **minimum 8 %**. En 2010, en réponse à la crise des *subprimes* qui a pointé la fragilité des banques, ces accords ont été modifiés et renouvelés par la réforme dite de « Bâle III ».
- « **Bâle III** » exige, d'une part (au numérateur), un renforcement du niveau et de la qualité des **fonds propres** des banques et, d'autre part (au dénominateur), une meilleure **prise en compte des risques**. D'autres modifications ont été apportées en 2017 : l'expression « **Bâle IV** » figure ainsi parfois.

LA BOÎTE À DOCS

Doc. 1 L'organisation de la supervision

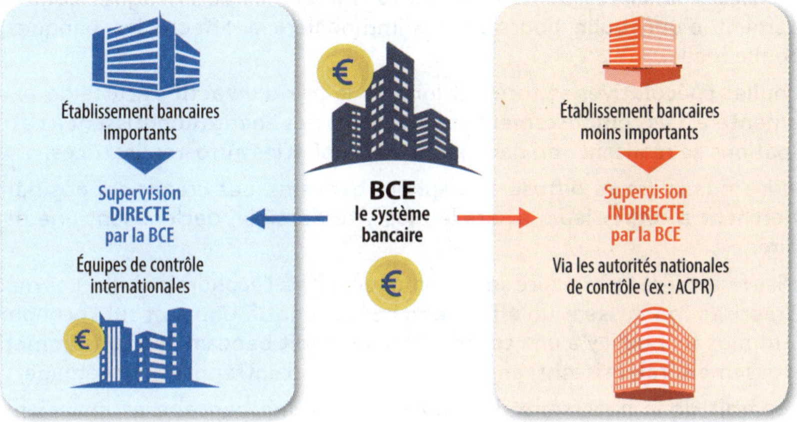

Doc. 2 Évolution du ratio CET1 des six grands groupes bancaires français

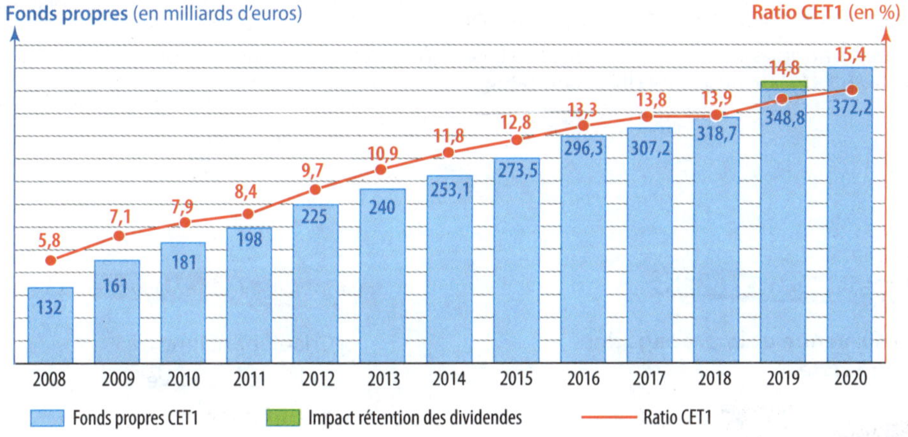

Vocabulaire

- **Règlementation prudentielle :** ensemble des règles qui encadrent la bonne conduite des banques, afin d'empêcher qu'elles ne fassent faillite.
- **Ratio de solvabilité :** relation obligatoire entre les fonds propres d'une banque et ses engagements, destinée à éviter les risques de crise bancaire.
- **Fonds propres :** ressources qui sont affectées de manière durable par les fondateurs ou associés.

Révision Express

POINTS IMPORTANTS À RETENIR

- Les **crises financières** de 1929 et 2008 ont des caractéristiques communes : l'éclatement d'une bulle boursière ou immobilière a affecté les banques, puis l'économie réelle.
- Les **bulles spéculatives** se forment lorsque le prix d'un **actif** s'écarte de sa valeur fondamentale. Les **comportements mimétiques** des agents aboutissent à ce que les anticipations se réalisent : on parle alors de **prophéties auto-réalisatrices**.
- La crise financière se diffuse à la sphère bancaire. Les créanciers des banques, qui cherchent à retirer leurs avoirs le plus vite possible, déclenchent une panique bancaire.
- La crise financière et bancaire se transmet ensuite à l'économie réelle. Les ménages et entreprises connaissent un **effet de richesse** négatif. L'impact sur l'économie est d'autant plus fort qu'il y a une **contraction du crédit** bancaire. La consommation et l'investissement ralentissent, engendrant faillites d'entreprises et chômage.
- Il apparaît donc nécessaire de réguler le système bancaire et financier. Cette régulation s'effectue au niveau de chaque État, mais aussi au niveau européen. Elle vise les **agences de notation**, les **investisseurs institutionnels** et les banques. Les banques sont toutefois les plus exposées, car l'existence d'un **prêteur en dernier ressort** peut créer des effets d'**aléa moral**.
- Les banques centrales élaborent et veillent notamment au respect de **ratios de solvabilité**, comme celui de « Bâle III ».

APPRENDRE AUTREMENT

La survenue et la propagation d'une crise :

Vidéo

LE COURS EN 10 MOTS-CLÉS

- Crise financière
- Bulle spéculative
- Actif financier
- Comportement mimétique
- Risque systémique
- Contraction du crédit
- Investisseur institutionnel
- Prêteur en dernier ressort
- Aléa moral
- Ratio de solvabilité

CARTE MENTALE

> Comment expliquer les crises financières et réguler le système financier ?

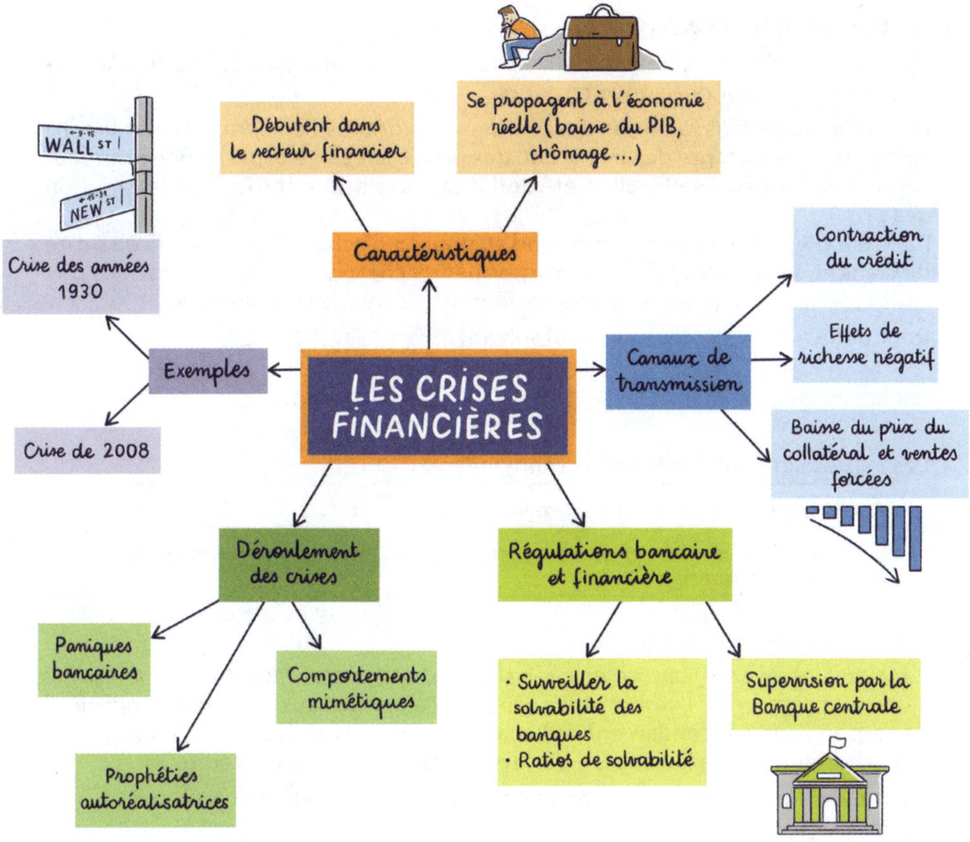

N'hésite pas à construire ta propre carte mentale

Lire et interpréter des valeurs nominales et des valeurs réelles

MÉTHODE

1. Distinguer valeur nominale et valeur réelle

- La **valeur nominale** d'une grandeur est exprimée en monnaie courante, c'est-à-dire selon sa valeur de l'année en cours.
- Pour comparer dans le temps des grandeurs exprimées en unités monétaires, il faut donc tenir compte de la variation des prix. C'est ce qu'exprime une grandeur exprimée en **valeur réelle**. Elle a été déflatée, c'est-à-dire corrigée de la variation des prix.
  Par exemple, le salaire réel correspond au pouvoir d'achat, c'est-à-dire la quantité de biens et de services que ce salaire permet d'acheter. Ainsi, si la hausse des prix est supérieure à la hausse du salaire nominal, le salaire réel diminue.
- Pour déflater, on effectue le calcul suivant :

$$\text{Valeur réelle} = \frac{\text{Valeur nominale}}{\text{Indice des prix}} \times 100$$

- Les expressions suivantes sont synonymes :

Avec effet-prix (non déflaté) = En valeur = Nominal = En monnaie constante
Sans effet-prix (déflaté, c'est-à-dire corrigé de l'inflation) = En volume = Réel = En monnaie courante

2. L'exemple des taux d'intérêt

- Le **taux d'intérêt** est le prix d'un capital prêté, un pourcentage du montant prêté versé au prêteur par l'emprunteur. On parle alors de taux d'intérêt débiteur. Il correspond aussi au rendement de l'épargne : dans ce cas, les intérêts sont versés par la banque à l'épargnant. On parle alors de taux d'intérêt créditeur.
- Le **taux d'intérêt nominal** correspond au taux décidé entre le prêteur et l'emprunteur.
- Le **taux d'intérêt réel** correspond au taux déflaté. Il permet de calculer le coût réel de l'emprunt (ou le rendement réel de l'épargne), compte tenu de la variation des prix.

$$\text{Indice du taux d'intérêt réel} = \frac{\text{Indice du taux d'intérêt nominal}}{\text{Indice des prix}} \times 100$$

- On peut aussi obtenir un résultat approché en effectuant le calcul suivant :

$$\text{Taux d'intérêt réel} = \text{Taux d'intérêt nominal} - \text{Taux d'inflation}$$

Méthode

ÉNONCÉ

Au début de l'année, une entreprise place 1 000 000 d'euros sur un compte bancaire au taux d'intérêt annuel de 2 %.

Au cours de cette année, l'inflation est de 1 %.

1. Le taux d'intérêt accordé par le banquier à l'entreprise pour son placement est-il un taux d'intérêt débiteur ou un taux d'intérêt créditeur ?

2. Le taux d'intérêt accordé par le banquier à l'entreprise pour son placement est-il un taux d'intérêt nominal ou un taux d'intérêt réel ?

3. Calculez le montant en euros courants du placement de l'entreprise au bout d'un an.

4. Calculez le taux d'intérêt réel.

5. En tenant compte de l'inflation, à combien le placement de l'entreprise s'élève-t-il au bout d'un an ?

CORRIGÉ

1. Le taux d'intérêt accordé par le banquier à l'entreprise est ici est un taux d'intérêt créditeur, puisqu'il rémunère le placement de l'entreprise.
2. Le taux d'intérêt accordé par le banquier à l'entreprise est un taux d'intérêt nominal.
3. Pour déterminer le montant du placement de l'entreprise au bout d'un an, il faut calculer le montant total des intérêts que l'entreprise va percevoir et l'ajouter au capital placé (1 000 000 d'euros), soit :

   (1 000 000 × 0,02) + 1 000 000 = 1 020 000 €

   (1 000 000 × 0,02) ↗ intérêts perçus ; 1 000 000 ↗ capital placé ; 1 020 000 ↗ valeur du placement au bout d'un an

4. *Méthode 1 :* Valeur approchée
   Taux d'intérêt réel = taux d'intérêt nominal – taux d'inflation
   Taux d'intérêt réel = 2 – 1 = 1, soit 1 %

   Méthode 2 : L'inflation est de 1 %, donc l'indice des prix est de 101. Les prix ont été multipliés par 1,01.

   $$\text{Taux d'intérêt réel} = \frac{102}{101} \times 100 = 1{,}0099, \text{ soit } 0{,}99\ \%$$

5. La valeur réelle du placement dépend du taux d'intérêt nominal, mais aussi du taux d'inflation (c'est-à-dire de la hausse des prix).

   $$1\,000\,000 \times 1 + \frac{0{,}99}{100} = 1\,009\,900\ €$$

   Le taux d'inflation diminue la rémunération du placement. Il diminue aussi le coût du crédit.

Fiche test *Ce que je sais*

QCM

15 min

◯ À revoir

◯ Acquis

1 Cochez la bonne réponse.

1 Les crises financières des années 1930 et de 2008 ont toutes deux débuté par une bulle immobilière.

◯ **a.** Vrai

◯ **b.** Faux

2 Des prophéties auto-réalisatrices signifient que :

◯ **a.** partout les banques anticipent une crise économique.

◯ **b.** partout les banques anticipent une reprise économique.

◯ **c.** partout les anticipations se réalisent.

◯ **d.** partout les anticipations ne se réalisent pas.

3 Les phénomènes de panique bancaire désignent :

◯ **a.** une ruée des déposants aux guichets pour retirer leurs avoirs.

◯ **b.** des banques qui refusent de prêter.

◯ **c.** des ménages et entreprises qui refusent d'emprunter.

4 L'aléa moral de la part des banques est :

◯ **a.** accru par le rôle de prêteur en dernier ressort.

◯ **b.** limité par le rôle de prêteur en dernier ressort.

5 Les comportements mimétiques entraînent :

◯ **a.** un suivi de l'opinion majoritaire.

◯ **b.** un refus de suivre l'opinion majoritaire.

6 Un ratio de solvabilité met en relation :

◯ **a.** les dépôts et les crédits de la banque.

◯ **b.** les engagements de la banque et ses fonds propres.

◯ **c.** les crédits *subprimes* et le total des crédits.

◯ **d.** les dépôts et les fonds propres de la banque.

7 Il y a un effet de richesse négatif lorsqu'une hausse de la valeur du patrimoine entraîne une baisse de la consommation et de l'investissement des ménages.

◯ **a.** Vrai

◯ **b.** Faux

8 La contraction du crédit entraîne :

◯ **a.** une diminution de l'épargne des ménages et de l'investissement des entreprises.

◯ **b.** une hausse de la consommation des ménages et de l'investissement des entreprises.

◯ **c.** une diminution de la consommation des ménages et de l'investissement des entreprises.

9 Lorsqu'un événement particulier entraîne par réactions en chaîne des effets négatifs considérables sur l'ensemble du système, on parle de :

◯ **a.** risque sismique.

◯ **b.** risque systémique.

◯ **c.** risque systématique.

10 On parle de « bulle spéculative » :

◯ **a.** lorsque l'offre d'un bien quelconque ne peut satisfaire la demande pour ce bien.

◯ **b.** lorsque l'engouement pour un actif fait grimper son prix de manière fulgurante.

◯ **c.** lorsque la conjoncture économique pousse les agents à investir leurs économies sur les marchés financiers.

◯ **d.** lorsque les ménages se mettent à placer leur argent en Bourse.

SCORE : ___ / 10

EXERCICES D'ENTRAÎNEMENT

2 Texte à trous

À l'aide de vos connaissances, complétez le texte avec les termes suivants :
réelle – régulation – aléa moral – solvabilité – risques – crises – prêteur en dernier ressort – accords de Bâle – banques – banques centrales

La .... bancaire et financière vise à éviter les .... bancaires et financières et leurs conséquences sur l'économie ....

Les principales instances de régulation du système bancaire et financier sont les ....

À l'échelle nationale ou européenne, elles supervisent les .... afin de réduire l'.. . En effet, du fait du rôle de ...., les banques peuvent être incitées à prendre des .... Afin de réduire la prise de risque des banques, dès les années 1980, avec les ...., des ratios de .... ont été adoptés.

3 Associer chaque terme à sa définition

1. Risque systémique
2. Aléa moral
3. Insolvabilité
4. Prophétie auto-réalisatrice
5. Contraction du crédit

a. Baisse de l'offre et de la demande de crédits bancaires.
b. Se sachant assuré, un agent économique adopte un comportement plus risqué.
c. Risque pesant sur l'ensemble du système économique.
d. Incapacité à honorer ses dettes.
e. Anticipation qui modifie des comportements, de telle sorte qu'elle se réalise.

4 Questions courtes

1. Quel est le rôle de l'immobilier dans le déclenchement de la crise des *subprimes* ?
2. Comment les comportements mimétiques peuvent-ils entraîner la faillite de banques ?
3. Quel est le rôle des prophéties auto-réalisatrices dans les bulles spéculatives ?

5 Analyser un graphique

Doc. Évolution du taux d'épargne brute des ménages[1]

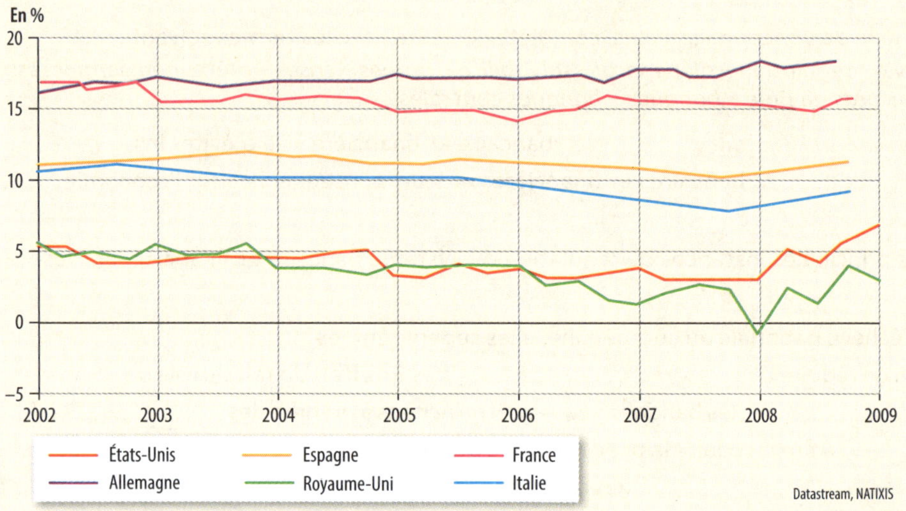

1. $\frac{\text{Épargne}}{\text{Revenu disponible brut}} \times 100$

Datastream, Natixis.

1. Rédigez une phrase présentant la donnée de 2009 pour les États-Unis.
2. Quel est l'impact de la crise des *subprimes* sur le taux d'épargne brute des ménages aux États-Unis et dans l'Union européenne ?
3. Comment pouvez-vous expliquer cette évolution ?

VERS LE BAC

6 Raisonnement s'appuyant sur un dossier

Sujet À l'aide de vos connaissances et des documents ci-dessous, vous montrerez que la crise bancaire et financière de 2008 a eu des conséquences sur l'économie réelle.

Doc. 1 Évolution du taux de chômage dans l'Union européenne

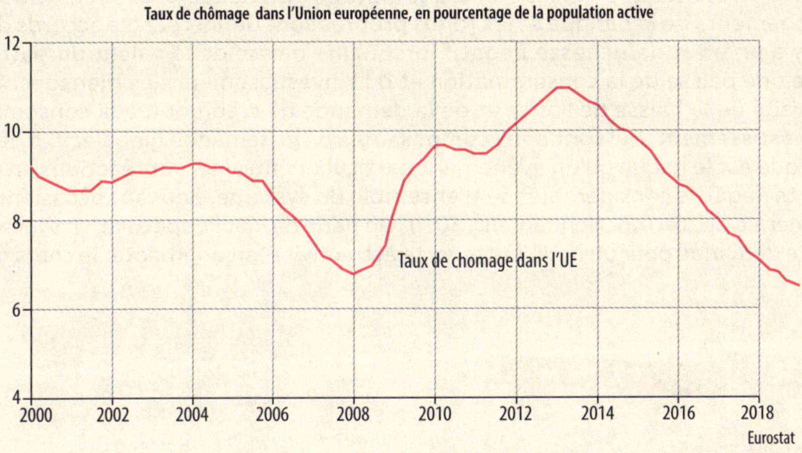

Doc. 2 Salaire nominal par tête, en glissement annuel

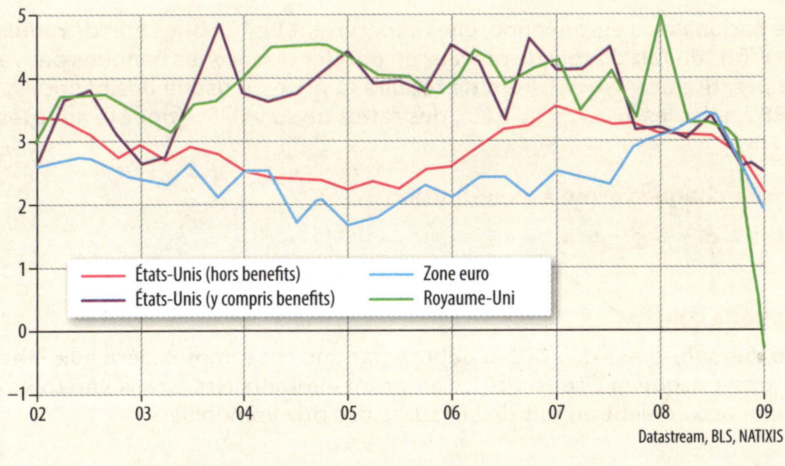

Fiche test Ce que je sais

1 **1. b.** Seule la crise de 2008 a débuté par une bulle immobilière. **2. c.** Les prophéties auto-réalisatrices signifient que les anticipations se réalisent. Anticipant une hausse/baisse des prix, les agents économiques achètent/vendent, ce qui provoque effectivement la hausse/baisse des prix. **3. a.** Les phénomènes de panique bancaire désignent une ruée des déposants aux guichets. Craignant une faillite de la banque, les agents économiques cherchent à retirer leurs avoirs. **4. a.** L'aléa moral de la part des banques est accru par le rôle de prêteur en dernier ressort. Sachant qu'elles seront sauvées en cas de faillites, les banques ne sont pas incitées à adopter un comportement prudent. **5. a.** Mimétique = imiter, il y a une imitation des leaders. **6. b.** Ces ratios entre les engagements de la banque et les fonds propres sont définis par les accords de Bâle. **7. b.** Il y a un effet de richesse négatif lorsqu'une baisse de la valeur du patrimoine entraîne une baisse de la consommation et de l'investissement des ménages. **8. c.** La conjugaison de la baisse de l'offre et de la demande de crédit nuit à la consommation et à l'investissement, qui sont deux composantes de la demande globale. **9. b.** le risque systémique est le risque qu'un événement particulier entraîne, par réactions en chaîne, des effets négatifs considérables sur l'ensemble du système, pouvant occasionner une crise générale de son fonctionnement. **10. b.** On parle de « bulle spéculative » lorsqu'il y a une forte demande pour un actif. Cette forte attractivité fait augmenter le cours du titre.

EXERCICES D'ENTRAÎNEMENT

2 Texte à trous

La **régulation** bancaire et financière vise à éviter les **crises** bancaires et financières et leurs conséquences sur l'économie **réelle**.

Les principales instances de régulation du système bancaire et financier sont les **banques centrales**.

À l'échelle nationale ou européenne, elles supervisent les **banques** afin de réduire l'**aléa moral**. En effet, du fait du rôle de **prêteur en dernier ressort**, les banques peuvent être incitées à prendre des **risques**. Afin de réduire la prise de risque des banques, dès les années 1980, avec les **accords de Bâle**, des ratios de **solvabilité** ont été adoptés.

3 Associer chaque terme à sa définition

1. c. – **2. b.** – **3. d.** – **4. e.** – **5. a.**

4 Questions courtes

1. La crise des *subprimes* de 2008 a débuté par une crise immobilière aux États-Unis. Des ménages à risque ont souscrit des emprunts immobiliers à taux variables que les banques leur accordaient du fait de la hausse des prix immobiliers.

En effet, le bien immobilier pour lequel les ménages avaient emprunté était hypothéqué, c'est-à-dire qu'il servait de garantie à la banque. La hausse des prix immobiliers rendait ainsi les banques encore plus enclines à prêter, puisque la valeur de la garantie augmentait.

C'est la hausse des taux d'intérêt qui a entraîné l'incapacité de nombreux ménages à rembourser leur crédit. La valeur des biens immobiliers qui étaient surestimés a chuté, la bulle immobilière a éclaté, mettant en difficulté les banques qui avaient accordé ces crédits.

2. En cas de crise de confiance envers une banque, les agents économiques anticipent le fait que la banque pourrait faire faillite. Ils cherchent alors à retirer leurs avoirs en se « ruant aux guichets », ce qui aggrave effectivement la situation de la banque, qui peut être acculée à la faillite.

De plus, la faillite d'une banque peut se propager aux autres banques. En effet, il y a une forte interdépendance entre les institutions financières qui, d'une part, se prêtent de la monnaie et, d'autre part, détiennent, du fait de la titrisation, des créances les unes sur les autres. Le système financier tout entier peut s'en trouver fragilisé. Pour éviter cette situation, une régulation bancaire et financière est nécessaire.

3. Les prophéties ou anticipations auto-réalisatrices sont des énoncés qui modifient des comportements de telle sorte que ces énoncés se réalisent.

Ces prophéties sont, d'une part, à l'origine de la formation des bulles spéculatives. Certains opérateurs de marché influents achètent des titres. Ces achats font espérer ou penser à un plus vaste ensemble d'agents économiques que les titres vont effectivement prendre de la valeur. Afin de bénéficier d'un éventuel gain (plus-value), ils se mettent aussi à acheter ces titres (comportement mimétique), ils spéculent à la hausse. La demande de ces titres devient supérieure à l'offre et le cours des titres augmente. Les prophéties de hausse se réalisent donc mais contribuent à l'apparition d'une bulle, ce qui est le cas si les cours des actifs financiers s'élèvent au-delà de leur valeur fondamentale.

Ces prophéties sont, d'autre part, à l'origine de l'éclatement des bulles spéculatives. Les agents économiques anticipent l'évolution de l'opinion majoritaire. Les premiers agents qui vont considérer que la hausse des titres, surévalués, ne peut perdurer, vont se mettre à vendre. La baisse des cours qu'ils ont anticipée va se réaliser si d'autres agents mettent en vente leurs titres : l'offre de titres devient supérieure à la demande et les cours baissent. Si cette offre de titres est massive et brutale, elle va donner lieu à un krach.

5 Analyser un graphique

1. Aux États-Unis, en 2009, les ménages épargnaient en moyenne environ 7 % de leur revenu disponible.

2. La crise des *subprimes* de 2008 a eu pour conséquence une hausse des taux d'épargne dans l'Union européenne et aux États-Unis. Ainsi, par exemple, aux États-Unis, le taux d'épargne est passé de 3 % en 2008 à 7 % en 2009, soit une hausse de 4 points. La part du revenu disponible consacrée à l'épargne par les ménages aux États-Unis a donc augmenté de 4 points

3. La crise des *subprimes* a entraîné un effet de richesse négatif. Le patrimoine des ménages a perdu de sa valeur. Ces derniers ont donc pu chercher à reconstituer la valeur de leur patrimoine en augmentant leur taux d'épargne.

VERS LE BAC

6 Raisonnement s'appuyant sur un dossier

La crise de 2008, qui a débuté par une faillite bancaire, s'est répandue à l'ensemble de la sphère financière. Toutefois, cette crise, dite « des *subprimes* », a eu des conséquences sur l'économie réelle.

Les conséquences réelles se sont notamment faites sentir sur le marché du travail. Ainsi, on peut constater que, dans l'Union européenne, la crise a été suivie par une période de six ans au cours de laquelle le taux de chômage a augmenté. En effet, en 2008, environ 7 % de la population active était au chômage, contre environ 11 % en 2014 (**Doc. 1**).

Les difficultés des banques ont eu des conséquences directes sur l'offre de crédit aux entreprises. Les banques ont durci leurs conditions d'accès au crédit. Certaines entreprises, en manque de trésorerie et/ou ne pouvant plus investir, ont fait faillite.

Les difficultés des entreprises sont aussi liées à la baisse de la consommation des ménages. Faisant face à une diminution de leur patrimoine (effet de richesse négatif) ainsi qu'à une incertitude sur l'avenir, les ménages ont augmenté leur taux d'épargne ce qui a pesé négativement sur la consommation, et plus largement sur la demande globale.

Les faillites d'entreprises, en entraînant une hausse du chômage, ont considérablement dégradé les marchés de l'emploi. L'offre de travail (émanant des salariés et des chômeurs) étant supérieure à la demande de travail (émanant des employeurs), il y a eu ralentissement, stagnation, voire baisse des salaires.

Ainsi, dans la zone euro, en 2009, les salaires nominaux ont augmenté de 2 %, contre 3,5 % deux ans avant. Au Royaume-Uni, en 2009, le salaire nominal a même baissé d'environ 0,3 % (**Doc. 2**).

Cette baisse des salaires pèse sur la consommation, qui ralentit, aggravant les difficultés des entreprises confrontées à une baisse de la demande globale.

Les conséquences d'une crise bancaire et financière sur l'ensemble des agents économiques ont ainsi conduit les pouvoirs publics et les autorités financières à davantage de régulation du système bancaire et financier.

Chapitre 5

Quelles politiques économiques dans le cadre européen ?

Quartier des affaires de Francfort-sur-le-Main en Allemagne, troisième place financière d'Europe.

FICHE 1

Le projet économique de la construction européenne

De quoi s'agit-il ?

Le processus d'intégration économique de l'UE est l'un des plus aboutis depuis l'adoption d'une monnaie unique, l'euro, en 1999. Dès l'origine, le projet d'unification répond à un objectif de prospérité économique.

1 La création d'un grand marché intérieur et d'une monnaie unique

- Le projet de construction européenne (Doc. 1) s'appuie sur la volonté de créer des **solidarités économiques** entre les pays, afin de pacifier définitivement les relations entre les nations fondatrices du projet. Le **retour de la prospérité** nécessite de renoncer au cloisonnement économique des nations européennes.
- La création de la Communauté européenne du charbon et de l'acier (1951) instaure une **zone de libre-échange** renforcée par l'**union douanière**, décidée en 1957 avec le traité de Rome.
- L'action commune menée par les six pays fondateurs doit assurer le progrès économique et social, sur la base de la **suppression des barrières douanières** à l'intérieur de la zone. L'unification économique aboutit à la construction d'un grand **marché unique** (institué par l'Acte unique en 1986 et réalisé en 1993), où circulent librement les biens et les services, les hommes et les capitaux. S'offrent ainsi aux États membres des opportunités de croissance économique, grâce aux débouchés élargis et aux économies d'échelle.
- La **coopération économique** ouvre la voie à l'**unification monétaire** (traité de Maastricht signé en 1992), qui porte le projet d'une **zone monétaire** dans laquelle circulera une monnaie unique, l'**euro** (mis en circulation en 1999). Aujourd'hui, 19 pays, regroupés dans la **zone euro**, ont fait le choix de partager cette monnaie commune, devenue deuxième monnaie internationale (derrière le dollar).

2 Une unification politique et institutionnelle

- La construction européenne repose sur l'élaboration de **politiques communes**, pour une meilleure convergence des économies.
- La politique **monétaire** a pour objectif la stabilité des prix ; la politique **régionale** garantit aux nouveaux membres ou aux pays en difficulté l'usage des fonds européens pour financer leur croissance ; et enfin la politique **agricole commune** ou PAC (la plus ancienne) assure une stabilité des cours et des prix, un revenu équitable aux producteurs et une autosuffisance sur le plan des denrées agricoles.
- Le **processus d'intégration** de l'Union économique et monétaire (UEM) (Doc. 2) implique également le **renforcement de l'unification politique et institutionnelle** (existence d'un Parlement, d'un pouvoir exécutif, d'une administration qui dispose d'un budget). Les nombreuses réformes institutionnelles visent des objectifs de croissance et d'emploi.

LA BOÎTE À DOCS

Doc. 1 Les grands traités de l'Union européenne

1951
Traité CECA
Marché commun du charbon et de l'acier signé à Paris

1957
Traités de Rome
- Institution de la Communauté Économique Européenne (CEE)
- Institution de la Communauté Européenne de l'Énergie Atomique (Euratom)

1965
Traités de fusion
Fusion des exécutifs de la CECA, de la CEE et d'Euratom

1986
Acte unique européen
- Procédure de coopération en faveur du Parlement européen mis en place
- Majorité qualifiée au sein du Conseil pour les questions relatives au marché intérieur

1992
Traité de Maastricht
- Mise en place de l'Union économique et monétaire
- Mise en place de la politique étrangère et de sécurité commune (PESC)

1997
Traité d'Amsterdam
Renforcement des compétences de la Communauté (santé publique, citoyenneté de l'UE, lutte contre la fraude, coopération douanière, droit d'asile, de l'immigration…)

2001
Traité de Nice
- Un commissaire par État membre
- Extension du vote à la majorité qualifiée et la codécision s'applique à ces votes

2007
Traité de Lisbonne
- Le Conseil européen et la BCE deviennent des institutions
- Un président pour le Conseil européen (mandat de 2,5 ans)
- Création d'un Haut représentant de l'Union pour les affaires étrangères et la politique de sécurité

Doc. 2 Les différents degrés d'intégration passés et à venir

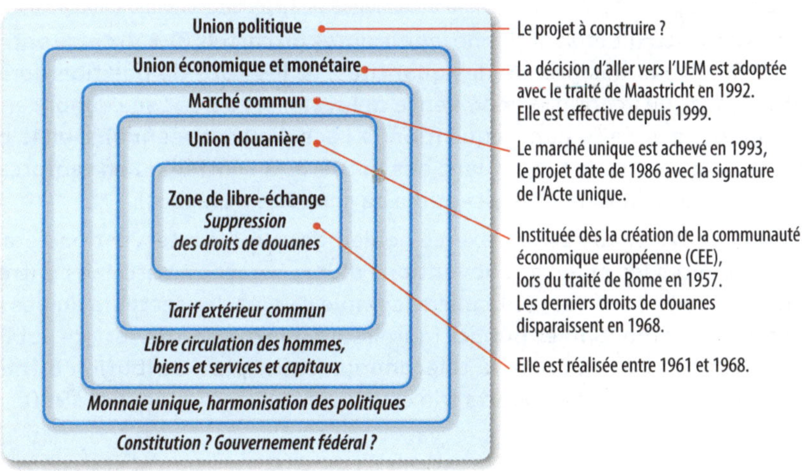

Vocabulaire
- **Marché unique :** union douanière entre tous les États membres de l'UE, qui repose sur la libre circulation des biens et des services, des capitaux et des personnes.
- **Zone euro :** zone monétaire qui regroupe les États ayant adopté l'euro.

FICHE 2

La politique européenne de la concurrence

De quoi s'agit-il ?

L'instauration d'un marché unique et l'adoption d'une monnaie unique accentuent la compétition, impliquant la mise en place d'une régulation de la concurrence.

1 Les objectifs de la politique européenne de la concurrence

- Dès la signature des premiers accords, la volonté des pays fondateurs est d'instaurer une **concurrence libre et non faussée**. La concurrence favorise l'**amélioration de la compétitivité** par la recherche de l'innovation, la baisse des coûts et des prix, et la diversification de l'offre favorables aux consommateurs. La politique de la concurrence offre ainsi un **cadre juridique** aux entreprises européennes.
- Au niveau européen, la **politique de la concurrence** est une compétence exclusive de la **Commission européenne**. Elle peut enquêter sur les **pratiques des entreprises** et prononcer des **sanctions** financières lourdes en cas de pratiques illégales ou déloyales.

2 L'exercice de la politique européenne de la concurrence

- La Commission interdit et sanctionne les **ententes** ou **cartels** (Doc 1.) entre entreprises (portant sur le niveau des prix ou des quantités) et les **abus de position dominante** (pouvant imposer des conditions de vente déloyale). Elle peut se prononcer contre certaines **opérations de fusion-acquisition** (à l'échelle européenne) si elles portent atteinte à la concurrence (en instituant des barrières à l'entrée ou en renforçant une situation de position dominante susceptible de conduire à un abus).
- La politique de la concurrence s'exerce également sur les interventions étatiques. Sont ainsi interdites les **aides et subventions d'État** versées à certaines entreprises, privées ou publiques, sauf cas particuliers (comme l'aide à des secteurs ou des régions en difficultés…). Les **monopoles publics** fournissant une mission de service public (dans le transport ferroviaire et aérien, la télécommunication, la distribution d'énergie, le transport) ont été libéralisés (ouverts à la concurrence) dans les années 1990.

3 Les limites de la politique européenne de la concurrence

- La politique européenne de la concurrence fait l'objet de **nombreuses critiques**. Les autorités européennes sont accusées d'empêcher la création de « champions » européens capables de faire face à la concurrence internationale des Chinois ou des Américains (Doc. 2).
- L'application trop stricte des règles de la concurrence conduirait ainsi à la disparition de certains secteurs d'activité ou à leur délocalisation. La politique de la concurrence manquerait donc de **vision industrielle stratégique**.

LA BOÎTE À DOCS

Doc. 1 Nombre de décisions en matière d'ententes et d'abus de position dominante (2010-2019)

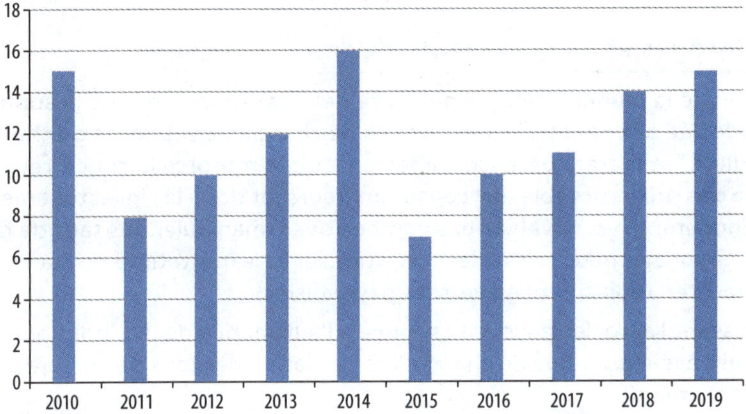

Entre 2010 et 2019, la Commission a adopté 118 décisions d'interdiction formelle ou accepté des engagements de sociétés visant à mettre fin à un comportement anticoncurrentiel dans des affaires d'entente ou de position dominante.

Doc. 2 La fusion Alstom-Siemens interdite

Afin d'éviter la création d'entreprises en situation de monopole, qui pourraient ainsi fausser la concurrence et l'innovation, la Commission européenne interdit parfois certaines concentrations d'entreprises. Elle examine l'impact d'une fusion de dimension européenne (selon différents critères sur le chiffre d'affaires des parties prenantes et le nombre d'États membres concernés) sur la concurrence.

Dans la plupart des cas, la Commission autorise la fusion : seuls trente cas examinés sur les 6000 depuis les années 1990 ont été interdits. Mais en février 2019, elle a refusé le projet d'acquisition du français Alstom par l'allemand Siemens dans le secteur ferroviaire. Selon la commissaire Margrethe Vestager : « cette concentration aurait entraîné une hausse des prix pour les systèmes de signalisation qui assurent la sécurité des passagers et pour les futures générations de trains à très grande vitesse ». Ce qui aurait conduit à une augmentation des prix pour les passagers.

J. Lastennet, J. Daniel, *La Concurrence dans l'Union européenne*, *Toute l'Europe.eu*, 13 février 2019.

La fusion aurait permis, pour ses partisans, de créer un groupe capable de faire face à la concurrence chinoise dans le secteur ferroviaire.

Vocabulaire

• **Politique européenne de la concurrence :** ensemble des mesure et réglementations prises par les autorités européennes pour favoriser une concurrence libre et non faussée.

FICHE 3 La politique monétaire dans l'UE

De quoi s'agit-il ?

Les 19 pays de la zone euro ont renoncé à l'autonomie de leur politique monétaire. La monnaie unique vient compléter le marché unique.

1 Avantages et inconvénients de l'euro

• L'adoption de la monnaie unique présente des **avantages**, comme la suppression de l'incertitude liée aux variations des **risques de change** et des coûts de transaction de change. Elle offre la **transparence** sur les prix, donc renforce la concurrence, favorise une **baisse des prix** profitable aux consommateurs, et dope les investissements. Enfin, elle rend inopérante les **dévaluations compétitives** (manipuler des taux de change des monnaies nationales pour baisser les prix, stimuler les exportations de manière déloyale afin « d'exporter » son chômage vers les pays voisins).

• En choisissant l'euro, les pays ont **renoncé à l'autonomie** de leur politique monétaire et, de ce fait, à leur politique de change (manipulation des taux de change pour gagner en compétitivité prix).

2 Une politique monétaire indépendante

• Au sein de l'Union européenne, c'est la **Banque centrale européenne (BCE)** qui conduit la **politique monétaire unique** et **autonome** pour l'ensemble des pays membres de la zone euro (Doc. 1). L'objectif unique de la BCE, relayé par les banques centrales de la zone euro, est le maintien de la stabilité des prix (taux d'inflation autour de 2 % par an). La politique monétaire décide de la **quantité de monnaie en circulation** (masse monétaire).

• En agissant sur les **taux d'intérêts directeurs** et les **taux d'intérêt du marché monétaire** (marché sur lequel les banques empruntent à court terme de la monnaie centrale), la BCE influence le volume des liquidités dans le système bancaire et régule l'économie. En effet, les taux d'intérêts directeurs constituent le coût de refinancement des **banques de second rang** auprès de la Banque centrale.

• Une hausse des taux d'intérêts directeurs entraîne une **restriction des crédits** accordés, réduisant la consommation et l'investissement, ce qui est favorable à une **baisse du taux d'inflation**. Il faut au contraire assouplir la politique monétaire (baisser les taux d'intérêts) pour **relancer l'activité économique** et réduire le chômage (Doc. 2). Ces mesures de politique conjoncturelle visent à agir sur l'économie à court terme.

• La politique monétaire est adaptée pour faire face aux événements qui touchent l'ensemble des pays de la zone euro (chocs symétriques : choc pétrolier, ralentissement économique mondial). Mais, face aux chocs asymétriques et aux **situations économiques hétérogènes**, la politique monétaire est inopérante.

Définition

Choc asymétrique : événement macroéconomique dont l'effet ne concerne qu'un seul pays, ou dont l'intensité diffère selon les pays.

LA BOÎTE À DOCS

Doc. 1 Les instruments de la Banque centrale européenne

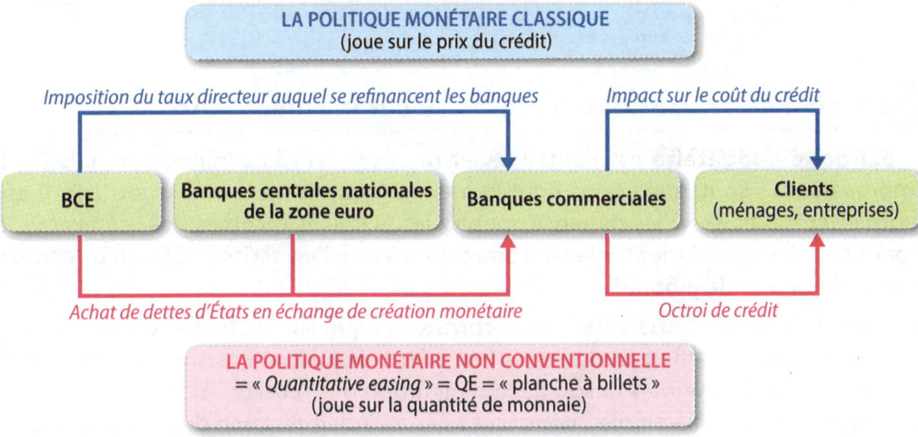

Le « *quantitative easing* » consiste à racheter des titres de dettes auprès des entreprises ou des banques, et donc à émettre de la monnaie dans l'économie.

Doc. 2 Taux d'inflation annuel en décembre 2018, par ordre croissant

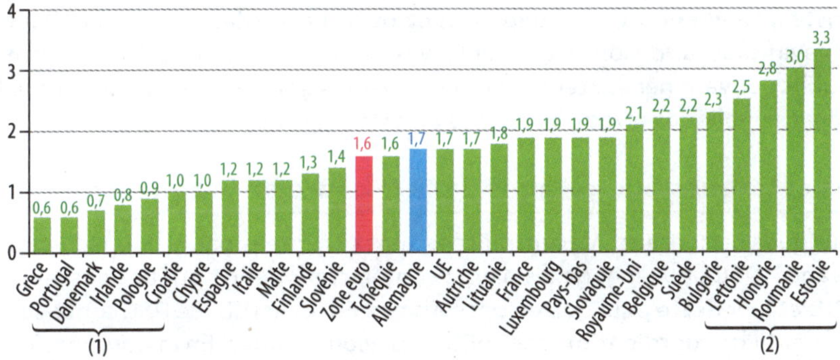

L'efficacité de la politique monétaire se heurte à l'hétérogénéité des situations en matière d'inflation. De faibles taux d'intérêts pratiqués par la BCE, favorables à la reprise des pays en récession (1), renforcent l'inflation dans les pays en « surchauffe » (2).

Vocabulaire

- **Politique conjoncturelle :** ensemble des mesures de politique économique visant à agir sur l'économie à court terme.
- **Politique monétaire :** politique économique conjoncturelle fondée sur l'usage d'instruments monétaires (comme le taux d'intérêt) visant à contrôler l'évolution de la masse monétaire, donc à assurer la stabilité des prix.

FICHE 4 La politique budgétaire dans l'UE

De quoi s'agit-il ?

Au sein de la zone euro, les pays conservent leur souveraineté pour conduire la politique budgétaire, mais celle-ci est très encadrée par les traités européens.

1 L'action de la politique budgétaire sur la conjoncture

- La **politique budgétaire** est l'autre levier pour agir sur la conjoncture. Les États membres de l'UE sont souverains pour la mener. Ils utilisent leur **budget** (**Doc. 1**) afin d'augmenter (ou baisser) les dépenses publiques et/ou les recettes (les prélèvements obligatoires). Il s'agit d'orienter la consommation et/ou l'investissement, deux composantes de la **demande globale**.
- Le budget de l'État exerce une **action contracyclique** sur l'activité économique. En cas de récession, le **déficit budgétaire** (excédent des dépenses sur les recettes) se creuse automatiquement en raison de la diminution des recettes et de la progression des dépenses sociales (exemple : dépenses liées à l'indemnisation du chômage). Cette hausse des dépenses permet de soutenir la consommation et de contrer la récession, en favorisant une reprise de la croissance.
- Cette variation automatique des dépenses et des recettes tend à stabiliser l'économie. L'action de ces « **stabilisateurs automatiques** » peut être renforcée par une **politique volontariste** d'augmentation des dépenses et/ou de baisse des recettes publiques, pour soutenir davantage la consommation et l'investissement. Cela induit un **creusement du déficit public** pouvant nécessiter par la suite une plus grande rigueur budgétaire (baisse des dépenses publiques et/ou hausse des recettes fiscales).

2 Les politiques budgétaires dans le cadre de la zone euro

- Les politiques budgétaires décentralisées sont encadrées par le **pacte de stabilité et de croissance** (PSC), qui engage les pays à contenir leur déficit public dans la limite des 3 % du PIB et leur dette publique en dessous des 60 % du PIB. Le PSC constitue, par sa nature, un **outil de coordination** des politiques économiques. En instaurant des **règles**, il vise à contraindre les États membres à une **discipline budgétaire**, d'ailleurs renforcée depuis 2011.
- En effet, un État membre peut se comporter en **passager clandestin**, c'est-à-dire laisser filer son déficit pour relancer sa croissance, tout en profitant de taux d'intérêt faibles au sein de la zone euro. La BCE pourrait alors remonter ses taux d'intérêt face au risque inflationniste de cette politique de relance, ce qui pénaliserait les États vertueux, dès lors susceptibles de pratiquer une relance par le déficit public.
- Il s'agit bien d'obtenir des **finances publiques saines** pour disposer, en cas de choc asymétrique (**Doc. 2**), de marges de manœuvre budgétaires pour relancer la croissance. Le texte prévoit des sanctions financières en cas de non respect des règles.

LA BOÎTE À DOCS

Doc. 1 Le plan de relance de la France validé par la Commission européenne

Après le Portugal, l'Espagne, la Grèce, le Danemark, le Luxembourg, l'Autriche ou encore la Slovaquie, c'est au tour de la France. La Commission européenne a validé, ce mercredi, l'approbation du plan de relance français, mis sur pied pour surmonter les conséquences économiques de la pandémie de Covid-19. Au total, 750 milliards d'euros d'aides européennes seront reversés aux différents États membres. [...] L'Espagne et l'Italie devraient être les principaux bénéficiaires avec près de 70 milliards d'euros de subventions chacune. La France se situe à la troisième position et devrait recevoir, au total, 40 milliards d'euros. Les fonds européens représenteront ainsi 40 % du plan de relance national, qui lui atteint 100 milliards d'euros. [...] Sauvegarder l'emploi, soutenir les jeunes, renforcer la cohésion sociale : la crise actuelle a exacerbé certains des défis structurels posés à l'économie française. Le plan de relance français « poursuit ainsi la stratégie de réformes lancée en 2017 par le président Emmanuel Macron pour permettre l'accès du plus grand nombre à un emploi rémunéré à sa juste valeur, lutter contre les inégalités de destin et renforcer la compétitivité des entreprises ».

T. Clinkemaillié, « Covid : les 5 chiffres fous du plan de relance français », *www.lesechos.fr*, 23 juin 2021.

Doc. 2 Un budget inédit pour faire face à la crise sanitaire

Depuis le 1er janvier 2021, l'UE a débuté la nouvelle programmation budgétaire. Un peu particulier en raison de la crise sanitaire, ce nouveau budget de 1 824,3 milliards d'euros intègre deux grands instruments financiers. Le cadre financier pluriannuel (CFP) est le budget européen établi pour un minimum de 5 ans. Son objectif est de donner à l'UE un cadre financier à respecter dans un temps donné, pour mettre en place ses politiques et ses programmes (environnement, économie, agriculture, politique extérieure...). C'est l'argent que l'UE peut dépenser au cours de la période concernée. Le deuxième instrument est, lui, temporaire. Intitulé Next Generation EU, il correspond au plan de relance pour l'Europe et est doté de 750 milliards d'euros. Fait historique, ce plan résulte d'un emprunt contracté par la Commission européenne au nom des 27 États membres. Pour le rembourser, les Européens se sont engagés à créer de nouvelles ressources propres.

« Le nouveau cadre budgétaire européen (2021-2027) », *europe-en-sarthe.eu*, mars 2021.

Le plan de relance va permettre d'accorder des subventions aux pays les plus durement touchés par la crise (comme l'Italie et l'Espagne), en contrepartie d'investissements et de réformes compatibles avec les objectifs de transition écologique et numérique que l'Union européenne s'est fixés.

Vocabulaire

- **Politique budgétaire :** politique économique essentiellement conjoncturelle fondée sur l'utilisation des composantes du budget (dépenses et recettes) en vue d'agir sur l'activité économique (relancer la croissance ou stabiliser l'inflation).

FICHE 5

La divergence des économies de la zone euro

De quoi s'agit-il ?

La coordination des politiques économiques, prévue par le traité de Maastricht (1992), s'avère difficile à mettre en œuvre en raison des divergences économiques.

1 Le *policy mix* européen face aux chocs asymétriques

- La divergence économique entre les pays de la zone euro rend peu efficace la mise en œuvre du ***policy mix*** européen pour faire face aux chocs asymétriques, c'est-à-dire n'affectant qu'un seul pays ou un petit groupe de pays.

- D'un côté, la politique monétaire unique au sein de la zone euro restreint les possibilités de croissance dans les pays en récession et contribue à stimuler les pays en phase de croissance. En cas de choc négatif qui n'affecterait que certains pays de la zone euro, la politique monétaire commune serait inopérante, puisqu'elle doit répondre à l'ensemble des intérêts de la zone euro (**Doc. 1**).

- D'un autre côté, les pays en récession ne peuvent soutenir leur économie qu'avec leur politique budgétaire, très encadrée par le Pacte de stabilité et de croissance. En l'absence de budget fédéral conséquent, ces pays sont soumis à de fortes contraintes sans recevoir d'aides financières de l'Europe, ce qui accroît leurs difficultés.

- Cela conduit chaque pays à agir indépendamment les uns des autres, et à développer des **stratégies non coopératives** (*dumping* fiscal de l'Irlande par exemple, qui attire les entreprises en leur offrant une fiscalité très avantageuse) (**Doc. 2**).

2 La zone euro n'est pas optimale

- En raison de la monnaie unique, les économies de la zone euro ne disposent plus de leur taux de change pour réagir à un choc asymétrique (par exemple, dévaluer leur monnaie pour restaurer leur compétitivité). Selon l'économiste R. Mundell, cela pourrait être compensé par la mobilité des facteurs de production (travail et capital), ce qui était d'ailleurs l'objectif du marché unique. En effet, en cas de récession et de chômage dans un pays, le déplacement des chômeurs vers un autre pays diminuerait le chômage.

- Cependant, la barrière de la langue et les écarts de niveaux de vie et de protection sociale constituent des obstacles à la mobilité des travailleurs. À cela s'ajoutent des rigidités à la baisse des salaires au sein de la zone.

- Pour toutes ces raisons (faible mobilité des travailleurs, faible intégration budgétaire), l'UEM n'est pas une **zone monétaire optimale**, et la politique monétaire de la BCE, associée aux politiques budgétaires des États membres, ne peuvent répondre efficacement aux chocs asymétriques.

LA BOÎTE À DOCS

Doc. 1 Taux annuel d'inflation dans l'Union européenne, en %, en décembre 2021

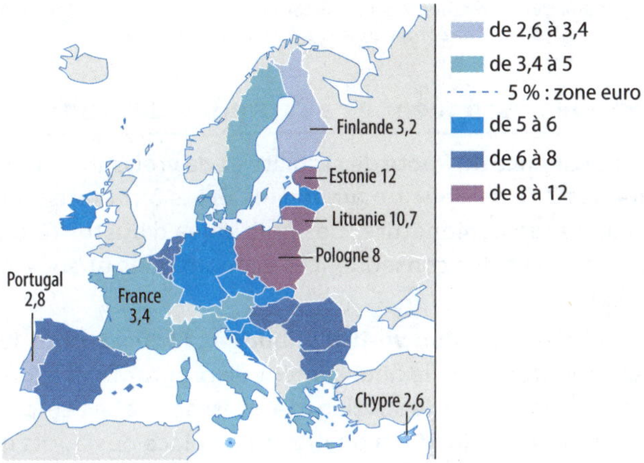

L'inflation frappe les États de manière inégale, les pays baltes étant particulièrement touchés. La France demeure, en revanche, relativement épargnée. Les mesures prises par les pouvoirs publics pour limiter la flambée des factures expliquent pour partie ces écarts.

Doc. 2 La concurrence fiscale dans la zone euro (taux moyen d'imposition des sociétés en 2018)

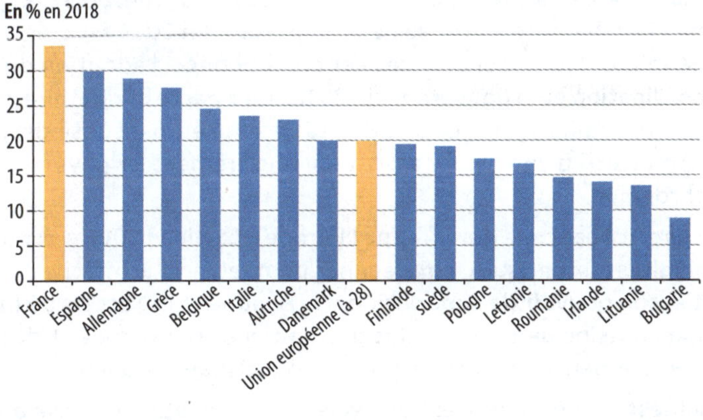

La moyenne du taux d'imposition sur les sociétés poursuit sa baisse (de 32,3 % en 2000 à 22,9 % en 2022). La France suit ce mouvement, puisque son taux passera à 25 % cette année, contre 33,3 % en 2018.

Vocabulaire

- ***Policy mix* :** combinaison de la politique monétaire et de la politique budgétaire.
- **Zone monétaire optimale :** zone géographique dans laquelle il est bénéfique d'établir une monnaie unique afin de favoriser à la fois la croissance, la consommation et l'investissement.

FICHE 6

Le renforcement de la gouvernance économique

De quoi s'agit-il ?

Afin de mieux résister aux chocs économiques, il est nécessaire d'approfondir la gouvernance économique européenne.

1 Les politiques économiques européennes à l'épreuve des faits

- À la suite de la crise de 2008, la pertinence du Pacte de stabilité et de croissance (PSC) est remise en cause, car la règle des 3 % de déficit a amené les États à réduire leurs dépenses publiques en période de basse conjoncture. Ces politiques d'austérité ont pesé sur la demande et la croissance, avec des conséquences économiques et sociales désastreuses (exemple de la Grèce).
- À cette première limite s'ajoute l'**absence d'un véritable budget fédéral**, dont les dépenses restent essentiellement orientées vers le financement de programmes structurels (PAC, fonds de cohésion) et pas assez vers le soutien à la croissance et à l'emploi. Face au manque de coordination budgétaire, la BCE a dû mettre en place des outils de régulation non conventionnels (**Doc. 1**) afin d'éviter une crise des **dettes souveraines**.

2 La nécessité d'une coopération renforcée

- Un certain nombre de réformes ont été adoptées pour renforcer la gouvernance économique de l'Europe suite à la crise de la zone euro. En 2012 est créé le mécanisme européen de stabilité (MES), dont l'accès est conditionné a l'adoption du **traité sur la stabilité, la coordination et la gouvernance** (2012). Ce « **pacte budgétaire** » durcit considérablement les règles budgétaires des États. La zone euro dispose désormais d'une réserve de 700 milliards d'euros pour assister financièrement les pays confrontés à une insolvabilité chronique.
- La crise bancaire et financière qui a frappé l'Europe à partir de 2008 a contraint la BCE à fournir des **liquidités** aux banques européennes pour relancer le marché du crédit ; mais, en contrepartie, son **pouvoir de supervision** des banques s'est accentué (mise en place d'une Union bancaire incluant des règles prudentielles renforcées et des institutions encadrant le secteur bancaire), afin de contrer tout risque de faillite bancaire.
- Enfin, le « **semestre européen** » est un cycle de coordination qui vise à synchroniser les politiques budgétaires des États membres, en accord avec les règles adoptées par les traités. Mais pour achever la gouvernance économique de la zone euro, une véritable **union budgétaire** s'avère nécessaire. Des mécanismes de transferts des contributions permettraient d'atténuer les chocs macroéconomiques en assurant un rôle de stabilisateurs automatiques (**Doc. 2**).

LA BOÎTE À DOCS

Doc. 1 Le cadre financier pluriannuel (CFP) de l'UE

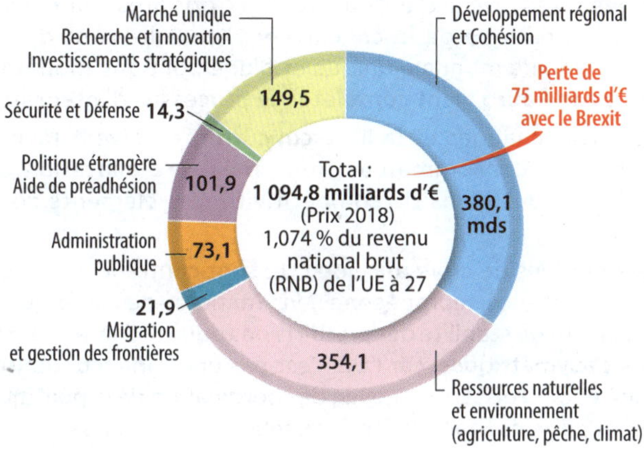

Dans ce plan pluriannuel, les dépenses budgétaires pour 2022 s'élèvent à 170,6 milliards d'euros. Parmi ces dépenses, les principales concernent la PAC (politique agricole commune) et la politique de cohésion (56,4 milliards d'euros pour réduire les écarts de développement en soutenant les régions européennes défavorisées).

Doc. 2 Vers une véritable union économique et monétaire

Il leur faut progresser sur quatre fronts. Premièrement, il faut avancer vers une véritable Union économique dans laquelle chaque économie possède les caractéristiques structurelles lui permettant de prospérer au sein de l'Union monétaire. Deuxièmement, il nous faut avancer vers une Union financière qui garantisse l'intégrité de notre monnaie dans l'ensemble de l'Union monétaire et renforce le partage des risques avec le secteur privé. Cela implique à la fois de finaliser l'Union bancaire et d'accélérer la réalisation de l'Union des marchés de capitaux. En troisième lieu, nous devons poursuivre sur la voie d'une Union budgétaire synonyme à la fois de stabilisation et de viabilité budgétaires. Et enfin, il faut avancer vers une Union politique qui serve d'assise aux trois autres grâce à un véritable système de responsabilité démocratique, de légitimité et de renforcement des institutions.

J.-C. Juncker (dir.), « Compléter l'Union économique et monétaire européenne », rapport de la Commission européenne, 2016, p. 5.

L'intégration budgétaire doit conduire à terme à la mutualisation de la dette et à la constitution d'un Trésor européen (un organisme européen chargé des ressources financières propres à la zone euro).

Vocabulaire

- **Dette souveraine :** dette émise par un État.
- **Traité sur la stabilité, la coordination et la gouvernance** : signé en 2012, également désigné sous le terme « Pacte budgétaire », il renforce la discipline budgétaire des États membres qui doivent respecter une « règle d'or » d'équilibre structurel des comptes publics, sous peine de sanctions.

Révision Express

POINTS IMPORTANTS À RETENIR

- Le projet européen s'est réalisé autour de deux priorités : la construction d'un **marché unique** et la **politique de la concurrence** (encadrement du marché par la loi). La mise en place d'une monnaie unique et d'une politique monétaire commune aux membres de la **zone euro** vient compléter ce processus d'intégration régionale.
- La libéralisation des échanges et la libre concurrence doivent favoriser la baisse des prix, profitable aux consommateurs, une meilleure allocation de ressources pour les entreprises et des gains de compétitivité, ces éléments contribuant à la croissance de la zone.
- Cependant, les ambitions de croissance de l'UE sont contrariées par les défaillances avérées de la gouvernance européenne en matière de **politique économique conjoncturelle**. L'objectif de stabilité des prix de la **politique monétaire** est inadapté pour répondre aux **chocs asymétriques**, car l'UE n'est pas une **zone monétaire optimale**, et le pacte de stabilité et de croissance, moyen de coordination de la **politique budgétaire**, s'avère contraignant pour les États désireux de relancer leur croissance.
- Cette situation favorise une concurrence fiscale au sein de l'UE, avec des pratiques de ***dumping* fiscal** ou **social** qui se substituent à la fois à la disparition de la politique de change pour les États ayant adopté l'euro, à la faiblesse du budget européen et à l'absence de transferts budgétaires fédéraux.
- Face à la crise bancaire et financière de 2008 et à la récession qui s'en est suivie, la gouvernance européenne s'est modifiée pour renforcer la coopération entre les États membres en matière de politique économique. La BCE a assoupli sa politique monétaire et une solidarité financière a été instituée entre les États. Avec une contrepartie : le durcissement des règles en matière de politique budgétaire (assainissement des finances publiques, retour à l'équilibre budgétaire). Cette « règle d'or » s'avère très contraignante pour les États.

APPRENDRE AUTREMENT

Déficit public : à quoi sert la règle des 3 % ?

Podcast

LE COURS EN 10 MOTS-CLÉS

- Marché unique
- Politique européenne de la concurrence
- Zone euro
- Politique conjoncturelle
- Politique monétaire
- Choc asymétrique
- Zone monétaire optimale
- Politique budgétaire
- *Dumping* fiscal/social
- Dettes souveraines

CARTE MENTALE

> Quelles politiques économiques dans le cadre européen ?

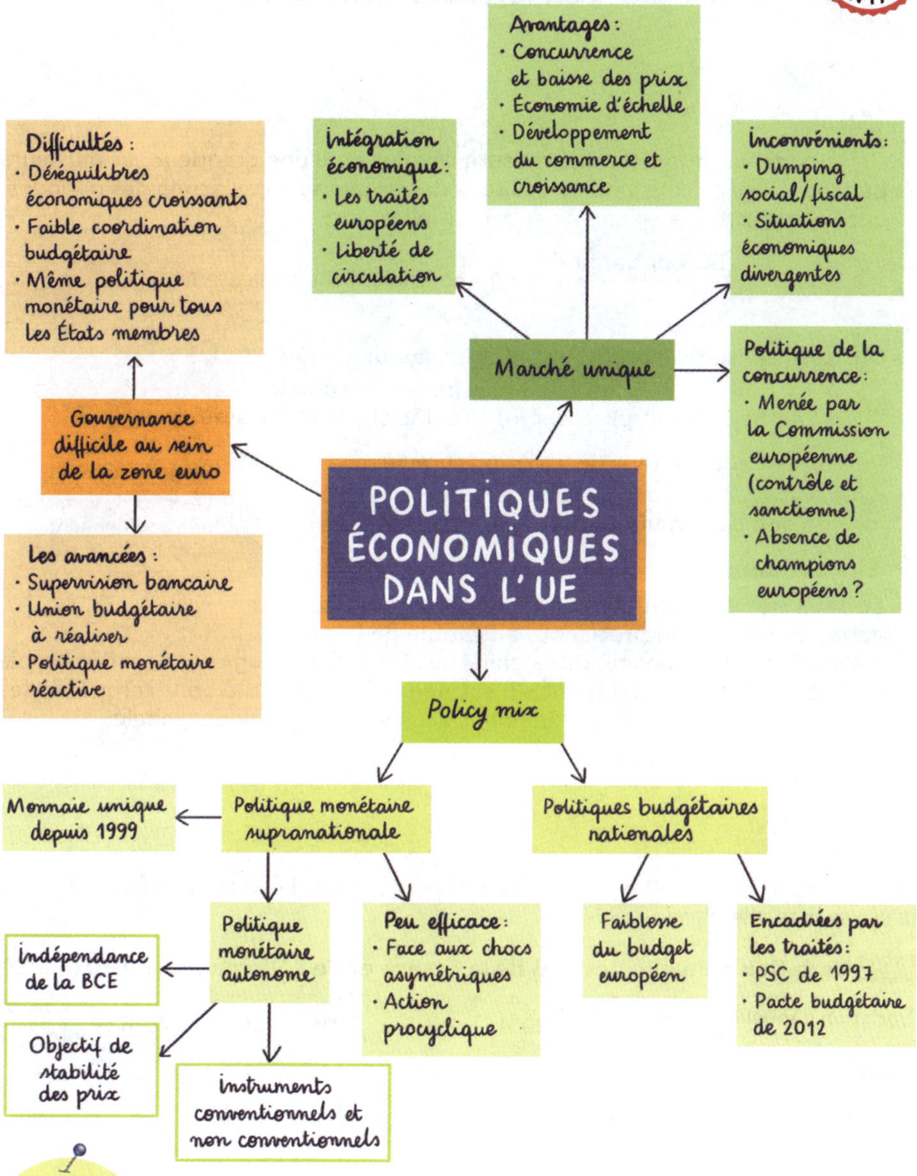

N'hésite pas à construire ta propre carte mentale

1 Calculer, lire et interpréter un taux de variation cumulé

MÉTHODE

1. Calculer

- Un **taux de variation cumulé** mesure l'évolution d'une grandeur sur plusieurs périodes. Il se calcule à partir des taux de variation pour chacune des périodes, que l'on transforme en coefficients multiplicateurs :

$$\frac{\text{Taux de variation}}{100} + 1 = \text{coefficient multiplicateur}$$

- On calcule ensuite le **coefficient multiplicateur cumulé** :

Coefficient multiplicateur cumulé
= Coefficient multiplicateur (n) × coefficient multiplicateur (n + 1) × ...

- Puis on en déduit le taux de variation cumulé :

Taux de variation cumulé
= (coefficient multiplicateur cumulé – 1) × 100

Piège à éviter

Les taux de variation ne s'additionnent jamais. Il faut passer par les coefficients multiplicateurs.

2. Lire et interpréter

- Le taux de variation cumulé se lit comme un taux de variation simple, en précisant l'ensemble de la période d'évolution. S'il est positif, cela signifie que la variable a augmenté sur l'ensemble de la période (et inversement s'il est négatif). Il est utile pour comparer des rythmes d'évolution d'une grandeur, calculés sur une période globale.

ÉNONCÉ

On cherche à déterminer le taux de variation cumulé de la croissance française et de la croissance allemande.

Doc. Variation annuelle des PIB de la France et de l'Allemagne, de 2014 à 2019

Variation annuelle du PIB (en %)	2014	2015	2016	2017	2018	2019 (prévisions)
France	1	1,1	1,2	2,2	1,5	1,3
Allemagne	2,2	1,7	2,2	2,2	1,4	0,7

D'après *www.lesechos.fr*, 2019.

1. Déterminez les coefficients multiplicateurs associés à chaque taux de variation du PIB pour chacun des deux pays, et complétez le tableau ci-dessous.

Coefficient multiplicateur de la variation annuelle du PIB	2014	2015	2016	2017	2018	2019 (prévisions)
France						
Allemagne						

2. Calculez, pour chaque pays, le coefficient multiplicateur cumulé.

3. Déduisez-en le taux de variation cumulé.

4. Comparez alors les rythmes de croissance du PIB en France et en Allemagne entre 2014 et 2019.

CORRIGÉ

1. Pour déterminez les coefficients multiplicateurs associés à chaque taux de variation, on applique la formule suivante :

$$\frac{\text{Taux de variation}}{100} + 1 = \text{coefficient multiplicateur.}$$

Ce qui donne :

Coefficient multiplicateur de la variation annuelle du PIB	2014	2015	2016	2017	2018	2019 (prévisions)
France	1,01	1,011	1,012	1,022	1,015	1,013
Allemagne	1,022	1,017	1,022	1,022	1,014	1,007

2. Pour calculer le coefficient multiplicateur cumulé, il faut multiplier entre eux, pour chacun des deux pays, l'ensemble des coefficients multiplicateurs annuels.
France : $1{,}01 \times 1{,}011 \times 1{,}012 \times 1{,}022 \times 1{,}015 \times 1{,}013 = 1{,}085$
Allemagne : $1{,}022 \times 1{,}017 \times 1{,}022 \times 1{,}022 \times 1{,}014 \times 1{,}007 = 1{,}108$

3. Le taux de variation cumulé se déduit alors du calcul précédant en appliquant la formule suivante :
Taux de variation cumulé = (coefficient multiplicateur cumulé – 1) × 100
France : $(1{,}085 - 1) \times 100 = 8{,}5$ %
Allemagne : $(1{,}108 - 1) \times 100 = 10{,}8$ %

4. On observe ainsi aisément les rythmes de croissance pour chacun des deux pays étudiés ici. La croissance allemande a été plus dynamique que la croissance française, puisque son PIB a globalement augmenté de 10,8 %, contre 8,5 % pour le PIB français.

2 Lire et interpréter un taux de variation moyen

MÉTHODE

1. Définition

- Le **taux de variation moyen** (ou taux de croissance moyen, TCM) mesure le rythme moyen d'évolution d'une variable au cours d'une période donnée. C'est une moyenne géométrique des différents taux de variation sur la période.
- Lorsqu'une grandeur passe d'une valeur V_0 à V_n, on note T son taux d'évolution globale et T_M son taux d'évolution moyen. Cela signifie que n évolutions de même taux T_M conduisent à l'évolution globale T.

2. Interprétation

- Le taux d'évolution moyen permet de calculer le rythme moyen d'évolution d'une grandeur (PIB, dépenses d'investissement, prix...) entre des périodes d'amplitudes différentes, ce que ne permet pas le taux de variation global, moins précis. Son calcul repose sur les **taux de variation cumulés**.
- Pour interpréter un taux d'évolution moyen, il faut préciser la période considérée et indiquer qu'il s'agit d'une variation moyenne (et annuelle).
  Exemple : en 2005 et 2010, les importations dans les pays émergents et en développement ont augmenté en moyenne chaque année de 8 %.

ÉNONCÉ

A. Taux de variation moyen

Le tableau ci-dessous présente la variation cumulée moyenne du prix du tabac, en France, sur différentes périodes, depuis 2004.

Doc. 1 Variation cumulée moyenne du prix du tabac en France

	2000-2004	2005-2009	2010-2014	2015-2019
Taux de variation moyen (en %)	9	1,3	4,2	(4,5)

Ces données se basent sur le prix annuel moyen du paquet de cigarettes de la marque la plus vendue, une information fournie par la Direction générale des douanes et des droits indirects (DGDDI).

1. **Interprétez la donnée entourée.**

2. **Comparez les rythmes d'évolution annuelle moyenne sur l'ensemble des périodes.**

B. Taux de croissance

1. **Faites une phrase avec la donnée entourée.**

2. **Comparez le dynamisme de la croissance française sur la période avant et après la crise de 2008.**

3. **La croissance économique italienne a-t-elle été négative chaque année sur la période 2008-2019 ?**

Doc. 2 **Taux de croissance annuel moyen du PIB par habitant, au sein de différents pays de l'OCDE**

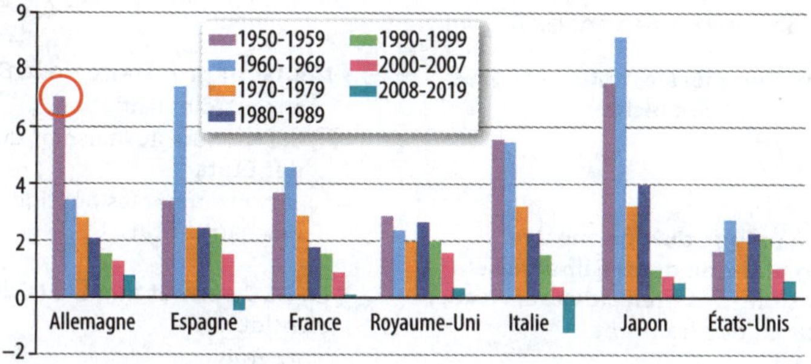

CORRIGÉ

A. Taux de variation moyen

1. Pour la période 2015-2019, on lit que le TCM (taux de croissance moyen) s'élève à + 4,5 %. Cela signifie qu'entre 2015 et 2019, le prix du paquet de tabac le plus vendu en France a augmenté en moyenne de 4,5 % chaque année.

2. On peut observer, à partir de ce tableau, que les mesures tarifaires pour lutter contre le tabagisme ont été plus ou moins importantes selon les périodes. C'est au cours de la première période (2000-2004) que les hausses ont été les plus fortes, avec 9 % de plus pour le paquet le plus vendu, en moyenne chaque année. La hausse annuelle moyenne est ensuite beaucoup plus modérée (seulement 1,3 %). Depuis, les hausses de prix voulues par le gouvernement se situent autour de 4 % en moyenne chaque année.

B. Taux de croissance

1. Pour la période allant de 1950 à 1959, on lit que le taux de croissance moyen du PIB par habitant en Allemagne s'élève à 7 %. Cela signifie qu'entre 1950 et 1959, le PIB par habitant a augmenté en moyenne de 7 % par an en Allemagne.

2. On observe qu'entre 2000 et 2007, le PIB par habitant français augmentait en moyenne chaque année de 1 %, mais après la crise des *subprimes*, qui a affecté l'économie mondiale, le taux de croissance annuel moyen du PIB par habitant chute en France, et n'est plus que de 0,2 % environ. Cela signifie que le PIB par habitant n'augmente plus que de 0,2 % en moyenne par an entre 2008 et 2019.

3. On lit que le taux de croissance moyen du PIB par habitant en Italie est de –1 % sur la période 2008-2019. Cela ne signifie pas que la croissance a été négative chaque année sur cette période, mais qu'en moyenne, le PIB par habitant a reculé de 1 % par an entre 2008 et 2019. On en conclut qu'une forte récession a touché ce pays.

Fiche test *Ce que je sais*

QCM

15 min

- ◯ À revoir
- ◯ Acquis

1 Cochez la bonne réponse.

1 Une union douanière est plus intégrée qu'une zone de libre-échange.
- ◯ a. Vrai
- ◯ b. Faux

2 Le marché unique doit permettre la mise en place de quatre libertés de circulation : des biens, des services, des capitaux, des hommes.
- ◯ a. Vrai
- ◯ b. Faux

3 La création de l'euro est associée à la mise en place d'un budget commun européen important.
- ◯ a. Vrai
- ◯ b. Faux

4 Au niveau européen, la politique de la concurrence est sous la responsabilité de :
- ◯ a. la BCE.
- ◯ b. la Commission européenne.
- ◯ c. chaque État.

5 La création de l'euro a accentué la capacité à répondre aux chocs asymétriques.
- ◯ a. Vrai
- ◯ b. Faux

6 La politique de la concurrence interdit :
- ◯ a. la position dominante.
- ◯ b. les ententes.
- ◯ c. les fusions.

7 L'objectif prioritaire de la BCE est de :
- ◯ a. contrôler l'inflation.
- ◯ b. répondre aux besoins de croissance des États.
- ◯ c. coordonner les politiques monétaires de chaque État.

8 Le PSC permet aux États de ne pas s'endetter.
- ◯ a. Vrai
- ◯ b. Faux

9 Le terme *policy mix* désigne :
- ◯ a. une harmonisation des politiques conjoncturelles.
- ◯ b. la combinaison de la politique monétaire et budgétaire.
- ◯ c. l'adoption d'un système de solidarité budgétaire.

10 La hausse du prix du pétrole est un choc symétrique :
- ◯ a. Vrai
- ◯ b. Faux

11 Une dette souveraine désigne :
- ◯ a. une dette émise par un État.
- ◯ b. une dette détenue par un État.
- ◯ c. une dette remboursée par un État.

12 La politique conjoncturelle désigne l'ensemble des mesures de politique économique visant à agir sur l'économie :
- ◯ a. à court terme.
- ◯ b. à moyen terme.
- ◯ c. à long terme.

SCORE : ____ / 12

EXERCICES D'ENTRAÎNEMENT

2 Questions courtes

1. Quels sont les principaux avantages de l'intégration européenne ?
2. Quelle politique conjoncturelle doit-on mettre en place en cas de choc asymétrique ?

3 Distinguer la politique monétaire de la politique budgétaire

La BCE relève ses taux d'intérêts directeurs. •	• Politique budgétaire de relance
La France réduit ses dépenses publiques. •	• Politique monétaire de stabilisation
L'Irlande abaisse sa fiscalité sur les entreprises. •	• Politique budgétaire de rigueur

4 Calculer et interpréter des taux de variation cumulés

On cherche à déterminer le taux de variation cumulé du PIB et des exportations en France, entre 2015 et 2018.

Doc. Variation annuelle des exportations en France et en Allemagne

En %	2015	2016	2017	2018
France	4,3	− 0,6	4,5	3,8
Allemagne	5,3	2,3	4,6	2

Banque mondiale, 2019.

1. Déterminez les coefficients multiplicateurs associés à chaque taux de variation des exportations, pour chacun des deux pays, et complétez le tableau ci-dessous :

Coefficient multiplicateur de la variation annuelle des exportations	2015	2016	2017	2018
France				
Allemagne				

2. Calculez, pour chaque pays, le coefficient multiplicateur cumulé.
3. Exprimez votre résultat en % de variation, pour chacun des deux pays.
4. Comparez les rythmes d'évolution des exportations en France et en Allemagne entre 2014 et 2018.

VERS LE BAC

5 Trouver des arguments dans un texte pour construire un raisonnement

Doc. La politique accommodante de la BCE

Suite à la crise des *subprimes* de 2008, la BCE a massivement assoupli sa politique monétaire en baissant son principal taux directeur, le taux de refinancement. Ce taux est tombé à 0 % en mars 2016 et est resté à ce niveau depuis. Suite à un ralentissement de la croissance en Europe, la BCE a annoncé que ce taux ne serait pas relevé avant la fin de l'année et pourrait ensuite rester à 0 % « aussi longtemps que nécessaire », selon la déclaration de la BCE.

La variation du taux de refinancement est un des principaux instruments de politique monétaire. En effet, suite à l'octroi de crédit, les banques doivent se refinancer. Plus le taux de refinancement est faible, plus les banques sont incitées à prêter, ce qui stimule l'investissement et la consommation.

Cependant, cela fait plusieurs années que la BCE, ainsi que la plupart des autres banques centrales des pays développés, maintiennent leurs taux d'intérêts bas et augmentent la liquidité accordée aux banques.

Jusqu'ici, cette politique n'a pas conduit à un rebond significatif de la croissance. En effet, la BCE peut inciter les banques à prêter, mais elle ne peut pas forcer les entreprises à s'endetter pour lancer de nouveaux investissements.

« La politique monétaire de la BCE reste accomodante », *La finance pour tous*, 12 mars 2019.

1. Identifiez l'idée générale du document.
2. Relevez dans le texte les arguments en lien avec l'idée principale.
3. Réalisez un schéma d'implication résumant le mécanisme dont il est question.
4. Recherchez les limites de la politique évoquée dans le texte.

Corrigés

Fiche test Ce que je sais

1 **1. a.** En effet, une union douanière est une zone de libre-échange, dans laquelle l'ensemble des pays participants a adopté un tarif douanier extérieur commun, en plus de la libre circulation des marchandises.

2. a. C'est en effet l'objectif du grand marché unique (espace sans frontières intérieures) qui se renforce avec la signature de l'Acte unique en 1986.

3. b. La politique monétaire est certes commune, mais les États restent souverains en matière budgétaire et le budget européen est faible.

4. b. C'est la **Commission européenne** qui est compétente pour contrôler l'application des règles de concurrence, appliquer des sanctions ou se prononcer sur des opérations de concentrations.

5. b. Lorsqu'un pays devient membre de la zone euro, il perd sa capacité à répondre aux chocs asymétriques, puisque l'autonomie qu'apportait la flexibilité des taux de change disparait.

6. b. **Les ententes** sont illégales, contrairement aux deux autres stratégies. Mais les fusions-acquisitions peuvent être refusées et les abus de position dominante sanctionnés.

7. c. La **politique monétaire unique**, menée par la BCE de manière indépendante et autonome, est orientée vers l'objectif de stabilité des prix.

8. a. et **b.** Le PSC exerce une contrainte sur le niveau des dépenses publiques en fixant une limite du déficit à 3 % mais, en cas de récession, la politique budgétaire étant le seul levier d'action pour relancer l'économie, les déficits peuvent s'envoler (ainsi que la dette publique, comme on a pu l'observer après la crise de 2008).

9. b. Il s'agit bien de combiner les deux instruments de politiques conjoncturelles : la politique monétaire commune aux États membres de la zone euro et les politiques budgétaires nationales.

10. a. La hausse des prix du pétrole affecte l'ensemble des économies de l'UE, qui sont dépendantes de cette ressource énergétique.

11. a. Il s'agit de la dette émise par un État, constituée par les emprunts servant à combler les déficits publics.

12. a. La politique conjoncturelle cherche à inverser la tendance du cycle (lutte contre le chômage ou l'inflation par exemple).

EXERCICES D'ENTRAÎNEMENT

2 Questions courtes

1. L'intégration européenne a conduit à l'instauration d'une zone économiquement intégrée, dans laquelle circulent librement des hommes, des marchandises et des capitaux. Assortie d'une monnaie unique et de politiques économiques convergentes, l'UEM présente des avantages pour les entreprises et les consommateurs. En effet, l'ouverture des marchés à la libre circulation des biens et des services doit permettre une concurrence accrue et une logique de spécialisation, menant à des gains de productivité et à une croissance plus dynamique. De même, dans une perspective libérale, la libre circulation des facteurs de production doit en garantir une meilleure allocation, et donc renforcer la croissance.

2. Un choc asymétrique est un événement économique qui ne touche qu'un pays (ou quelques pays) de la zone euro. Il peut s'agir d'un événement climatique (sécheresse ou inondations), social (comme des mouvements sociaux prolongés), politique (changement de cap politique), économique (crise industrielle ou, au contraire, boom économique). Dans ce cas, les États peuvent utiliser leur outil budgétaire en faisant varier les recettes et/ou les dépenses publiques pour réguler leur conjoncture (relance ou stabilisation). Les politiques budgétaires restent sous l'autorité des États membres, mais sont encadrées par le pacte de stabilité et de croissance : les déficits ne doivent pas dépasser 3 % du PIB et la dette publique doit rester inférieure à 60 % du PIB.

3 Distinguer la politique monétaire de la politique budgétaire

La BCE relève ses taux d'intérêts directeurs.	Politique budgétaire de relance
La France réduit ses dépenses publiques.	Politique monétaire de stabilisation
L'Irlande abaisse sa fiscalité sur les entreprises.	Politique budgétaire de rigueur

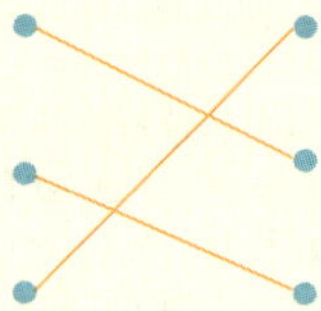

4 Calculer et interpréter des taux de variation cumulés

1.

Coefficient multiplicateur de la variation annuelle des exportations	2015	2016	2017	2018
France	1,043	0,994	1,045	1,038
Allemagne	1,053	1,023	1,046	1,02

2. Il faut multiplier entre eux les coefficients multiplicateurs associés à chaque taux de variation, soit :
France : $1{,}043 \times 0{,}994 \times 1{,}045 \times 1{,}038 = 1{,}124$
Allemagne : $1{,}053 \times 1{,}023 \times 1{,}046 \times 1{,}02 = 1{,}149$

3. Le taux de variation cumulé se déduit du calcul précédant en appliquant la formule suivante :
Taux de variation cumulé = (coefficient multiplicateur cumulé – 1) × 100
France : $(1{,}124 - 1) \times 100 = 12{,}4$ %
Allemagne : $(1{,}149 - 1) \times 100 = 14{,}9$ %

4. On observe que les exportations allemandes, bien qu'en ralentissement sur la dernière année, ont quand même progressé plus rapidement que les exportations françaises, entre 2015 et 2018. C'est le signe d'une meilleure compétitivité à l'export de l'Allemagne, par rapport à la France.

VERS LE BAC

5 Trouver des arguments dans un texte pour construire un raisonnement

1. Ce document évoque les objectifs de la politique monétaire menée par la BCE depuis la crise financière des *subprimes*. Il propose des arguments pour comprendre comment une politique monétaire expansionniste doit permettre le retour à la croissance au sein de la zone euro. C'est une réponse au choc asymétrique sur la croissance suite à la crise financière et bancaire de 2008.

2. « En baissant son principal taux directeur, le taux de refinancement. » ; « 0 % en mars 2016 » ; « la variation du taux de refinancement est un des principaux instruments de politique monétaire » ; « Plus le taux de refinancement est faible, plus les banques sont incitées à prêter, ce qui stimule l'investissement et la consommation » ; « maintiennent leurs taux d'intérêts bas et augmentent la liquidité accordée aux banques ».

3. Le texte évoque une politique monétaire expansive destinée à relancer la croissance économique. La politique monétaire est un instrument de la politique économique consistant à fournir les liquidités nécessaires au bon fonctionnement et à la croissance de l'économie, tout en veillant à la stabilité de la monnaie.

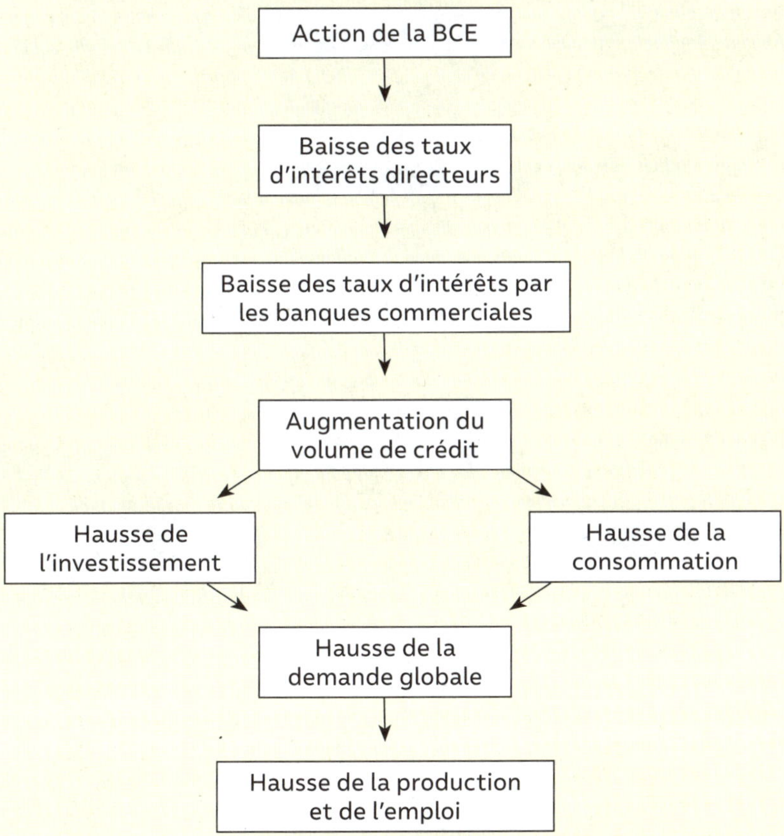

4. Plusieurs aspects peuvent limiter les effets attendus d'une politique monétaire de relance. La première apparaît dans le texte, qui relativise la portée de cette politique monétaire expansionniste sur la croissance, en expliquant que les entreprises n'ont pas forcément envie d'investir lorsque la conjoncture est morose. Par ailleurs, une politique monétaire expansionniste peut relancer l'inflation (fort accroissement de la masse monétaire) et entraîner une perte de compétitivité des exportations et une perte de pouvoir d'achat des ménages (frein à la consommation), ce qui est défavorable à une reprise de la croissance.

Partie 2

Sociologie et science politique

Chapitre 6

Comment la société française actuelle est-elle structurée ?

La société française est structurée en fonction de multiples facteurs : le revenu, le diplôme, le métier…

FICHE 1

Rendre compte de la structure sociale

De quoi s'agit-il ?

Les hiérarchies sociales se fondent sur de multiples facteurs. Des outils, comme la nomenclature des catégories socioprofessionnelles, permettent d'en rendre compte.

1 Les facteurs socio-économiques de différenciation sociale

- Les sociologues situent les individus ou les groupes dans l'espace social à partir de leur place dans le système productif en considérant leur **revenu** et leur **profession** (Doc. 1). Le **statut** d'un individu dépend du niveau de revenu et du prestige associé au métier exercé, variables qui ne concordent pas nécessairement.
- Depuis les années 1950, la France s'est dotée d'un outil pour décrire et analyser les transformations sociales : la **nomenclature des professions et catégories socioprofessionnelles (PCS)**, développée par l'Insee. Son objectif est de regrouper les actifs au sein de catégories sociales présentant chacune une certaine **homogénéité sociale** : les actifs ainsi regroupés sont susceptibles d'avoir des comportements et opinions analogues, voire de développer un sentiment d'appartenance au groupe défini.
- Cette classification **multidimensionnelle** et **partiellement hiérarchisée** permet aux sociologues d'observer les principaux clivages économiques et sociaux entre les **catégories socioprofessionnelles**, constituées autour de critères tels que : la profession, le statut professionnel, la position hiérarchique dans l'entreprise, la qualification, la taille de l'entreprise, la distinction public/privé ou encore le secteur d'activité.
- Cet outil présente toutefois des **limites** pour rendre compte des transformations de la **stratification sociale**. Le risque de perdre son emploi, le type de contrat (CDI, CDD, intérim, temps partiel) ou la pénibilité ne sont pas des critères de différenciation sociale dans le code des PCS, mais peuvent pourtant être à l'origine de profonds clivages au sein d'une même catégorie socioprofessionnelle.

2 D'autres facteurs de stratification sociale

- Il existe d'autres variables qui permettent de réunir les individus au sein de groupes sociaux hiérarchisés. Les **inégalités** économiques et sociales s'appréhendent à partir du **sexe** (inégalités salariales, d'accès à l'emploi ou de carrière), du **lieu géographique de résidence** (inégalités dans l'accès à la santé, aux services publics)(Doc. 2), ou encore du **niveau de diplôme** (inégalités d'accès à l'emploi, de rémunération et de contrats de travail).
- La **variable du cycle de vie** permet d'identifier des étapes clés au cours de la vie d'un individu (entrée dans les études, vie active, conjugalité, parentalité, retraite). Des rapports sociaux se nouent entre les groupes d'âges, relations parfois conflictuelles en raison d'inégalités intergénérationnelles.

LA BOÎTE À DOCS

Doc. 1 La société d'ordres dans la France de l'Ancien régime

	Clergé 130 000 personnes 0,6 % de la population	Noblesse 300 000 personnes 1,4 % de la population	Tiers-état 28 millions de personnes 98 % de la population
Fonctions	Religieuse et éducative	Militaire et politique	Économique
Privilèges	Pas d'impôt Justice particulière	Pas d'impôt Monopole de l'accès aux hautes fonctions politiques et militaires	Paie des impôts
Direction au sein de l'ordre	Haut clergé (riche) et bas clergé (pauvre)	Ancienne noblesse et nouvelle noblesse (bourgeois enrichis)	Bourgeoisie riche et paysannerie pauvre (majoritaire)

La France d'Ancien Régime se caractérisait par exemple par l'existence d'inégalités (de revenus, de droits, de fonctions) selon l'appartenance à l'un des trois ordres. Ces inégalités fondent alors un espace social hiérarchisé.

Doc. 2 De l'inégalité sociale à l'inégalité spatiale

La question de l'inégalité spatiale tend [...] à prendre le pas sur celle de l'inégalité sociale. [...] Les « pauvres », depuis des siècles, étaient des gens qui travaillaient pour les propriétaires du sol ou du capital. [...] L'enjeu social tend à se réduire à un enjeu local : la Seine-Saint-Denis, les Minguettes, la Corse, le bassin minier... Le marquage territorial se substituant à l'appartenance de classe, c'est-à-dire à la position dans la production. [...] Le conflit entre le pauvre et le riche ne se règle plus aujourd'hui, une bonne fois, sur le terrain social, il s'enlise désormais par la mise à distance, au sens propre, des protagonistes.

L. Davezies, « De la question sociale à la question spatiale », *Lien social et Politiques*, n° 52, 2004.

Le marquage territorial tend à se substituer à l'appartenance de classe, car la question sociale se spatialise de plus en plus : la position spatiale traduit la position sociale. Les conflits de classe s'étant amoindris en raison de l'affaiblissement de la conscience de classe et des capacités de mobilisations de ces dernières, ils se jouent sur le territoire.

Vocabulaire

- **Nomenclature des PCS :** outil d'analyse de la stratification sociale développé par l'Insee qui regroupe les actifs en six groupes socioprofessionnels (au niveau le plus agrégé).
- **Catégorie socioprofessionnelle :** regroupement d'individus présentant une certaine homogénéité sociale, sur la base de plusieurs critères (statut, secteur d'activité, taille de l'entreprise, qualification, position hiérarchique).
- **Stratification sociale :** 1. Division de la société en groupes sociaux hiérarchisés et qui se manifeste par l'existence de diverses inégalités entre les membres de ces groupes (richesse, pouvoir, savoir...). 2. Analyse sociologique alternative à celle de classes.
- **Inégalités :** différences entre individus ou groupes sociaux, qui se traduisent en termes d'avantages ou de désavantages, et qui fondent une hiérarchie entre ces individus ou groupes.

FICHE 2

Les évolutions de la structure socioprofessionnelle (1)

De quoi s'agit-il ?

Au cours de la seconde moitié du xxe siècle, la structure socioprofessionnelle connaît des transformations majeures, notamment avec la généralisation du salariat et la féminisation des emplois.

1 L'avènement de la société salariale

• La **salarisation** de la population active s'est accélérée au cours de la seconde moitié du XIXe siècle et, symétriquement, les **catégories non-salariées (Doc. 1)** (agriculteurs exploitants, artisans, commerçants) ont nettement reculé au sein de la population active (10,9 % en 2020, selon l'Insee). La modernisation de l'agriculture a entraîné le **déclin de l'emploi agricole** ; l'**industrialisation** de la production et l'essor de la **grande distribution** ont favorisé la baisse des effectifs dans l'artisanat et le commerce.

• Au sein des catégories salariées, l'emploi ouvrier a progressé jusqu'aux années 1970, puis a amorcé son déclin inéluctable avec le processus de **désindustrialisation** de l'économie. Cependant, les nouveaux modes d'organisation du travail (généralisation du taylorisme), ainsi que le progrès technique, ont contribué à l'essor des métiers de **techniciens** et d'**ingénieurs**. Des mutations de l'appareil productif émerge un groupe social au sein des catégories socioprofessionnelles : celui des **cadres**, dont l'identité sociale est clairement affirmée.

2 La féminisation des emplois

• À partir des années 1950, les femmes entrent massivement sur le marché du travail. Aujourd'hui, elles représentent **48 % de la population active**, et le taux d'activité des femmes de 15 à 65 ans (part des femmes actives parmi l'ensemble des femmes âgées de 15 à 65 ans) se rapproche de celui des hommes de cette tranche d'âge (68,2 % pour les femmes et 75,8 % pour les hommes en 2018, contre respectivement 83,6 % et 52,7 % en 1975).

• Deux grands facteurs expliquent cette évolution. D'une part, les femmes ont profité d'un **meilleur accès au système éducatif** : diplômées en nombre, elles bénéficient des opportunités d'emploi sur le marché du travail. Ce phénomène est également porté par la volonté d'indépendance des femmes. Enfin, **les mutations du monde du travail** dans le secteur des services offrent de plus en plus **d'emplois « féminisés »** (**Doc. 2**).

• Toutefois, les **inégalités** persistent, et les femmes restent victime d'un « **plafond de verre** », illustration du fossé entre leur réussite scolaire et leur difficulté à obtenir des postes et des rémunérations en adéquation avec leur niveau de diplôme (on ne recense que 18 % de femmes parmi les 1 % des salariés les mieux payés). Les femmes sont aussi beaucoup plus souvent employées à temps partiel (28,9 % des femmes exercent une activité réduite, contre 8,3 % seulement pour les hommes en 2017).

LA BOÎTE À DOCS

Doc. 1 Le retour du travail indépendant ?

La part de l'emploi non salarié, après avoir baissé continûment de 1960 au début des années 2000, s'est stabilisée autour de 8 % jusqu'en 2010 et a connu ensuite un léger regain. Le travail non salarié a pu être une forme d'adaptation au chômage de masse, comme solution pour y échapper. Il a pu aussi résulter de nouvelles politiques menées par les entreprises, par exemple lorsque certaines d'entre elles ont réduit leurs effectifs pour se recentrer sur leur métier de base et externaliser leurs activités périphériques en recourant à la sous-traitance. Enfin, l'émergence depuis 2009 du statut d'auto-entrepreneur (requalifié fin 2014 en micro-entrepreneur) a relancé à la hausse l'emploi indépendant dans les activités de services et, dans certaines professions, le micro-entrepreneuriat a supplanté en l'espace de quelques années les formes traditionnelles d'emploi indépendant.

O. Marchand, C. Minni, « Les grandes transformations du marché du travail en France depuis le début des années 1960 », *Économie et statistique*, n° 510-511-512, 2019, p. 106-107.

Doc. 2 Trois grandes tendances de l'emploi des femmes

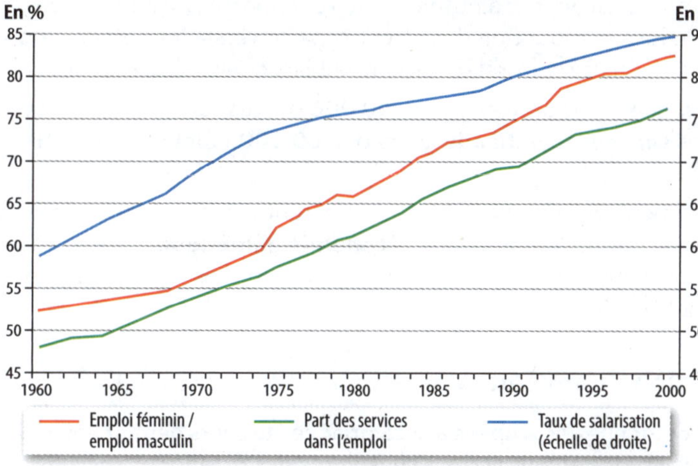

IRES, « L'emploi des femmes en France depuis 1960 », mars 2018.

Le développement des emplois de services a largement contribué à l'essor de l'activité féminine. Les femmes sont ainsi surreprésentées dans certains emplois dits « féminins » : services à la personne (97 % des aides à domicile sont des femmes), santé, éducation, administration.

Vocabulaire

- **Salarisation :** évolution de l'emploi qui conduit à une hausse relative de la part des salariés dans la population active, au détriment des non-salariés.
- **Féminisation des emplois :** croissance du nombre de femmes dans une activité identifiée comme masculine.

FICHE 3 Les évolutions de la structure socioprofessionnelle (2)

De quoi s'agit-il ?

Les mutations sectorielles et l'élévation du niveau de qualification ont également transformé la structure socioprofessionnelle.

1 L'évolution des secteurs d'activité

- Le processus de **tertiarisation** de l'économie s'accélère après la fin de la Seconde Guerre mondiale. Au début des années 1970, un peu plus de la moitié des effectifs de la population active occupe un emploi dans le secteur tertiaire, pour atteindre **75 % aujourd'hui**.
- Désormais, on dénombre davantage d'employés (autour de 25 % de la population active) que d'ouvriers (autour de 20 %). Et les effectifs dans l'agriculture représentent désormais moins de 5 % de la population active (**Doc. 1**).
- Ces mutations sectorielles s'expliquent par la **modernisation** et la **mécanisation de l'appareil productif** dans l'industrie et dans l'agriculture, qui ont permis d'accroître la **productivité du travail** (valeur ajoutée produite rapportée au nombre de personnes en emploi), favorable à la réduction des effectifs. À l'inverse, les activités de services, où les gains de productivité sont relativement faibles, créent des emplois.
- Selon l'Insee, depuis les années 1970, 150 000 postes sont créés en moyenne chaque année dans les **services marchands**, alors que 60 000 emplois sont détruits dans l'industrie (**Doc. 2**).
- Le développement du **secteur public** a également contribué aux créations d'emplois dans le tertiaire. Enfin, l'emploi dans l'**économie numérique** a été multiplié par trois depuis les années 1990. Ce « **déversement** » des emplois a profondément modifié la structure sociale en France.

2 L'élévation du niveau de qualification

- L'évolution sectorielle des emplois a accompagné, au cours des années 1960, l'élévation de la durée des études et leur accès à l'ensemble des catégories sociales. Ce processus de **démocratisation scolaire** s'observe statistiquement : en 2017, plus des trois quarts d'une génération atteint le niveau du bac, contre un jeune sur dix dans les années 1960.
- La forte augmentation d'emplois de cadres, de professions intermédiaires, mais aussi d'employés, a favorisé la **mobilité sociale** des enfants d'agriculteurs et d'ouvriers (Voir chapitre 8).
- Néanmoins, la tertiarisation de l'économie requiert aussi des emplois nécessitant peu de **qualifications** (exemple : emplois de services à la personne), à l'origine d'inégalités entre les professions intellectuelles et d'encadrement, valorisées du point de vue du salaire et du statut, et les emplois peu qualifiés.

LA BOÎTE À DOCS

Doc. 1 Évolution des CSP sur 30 ans

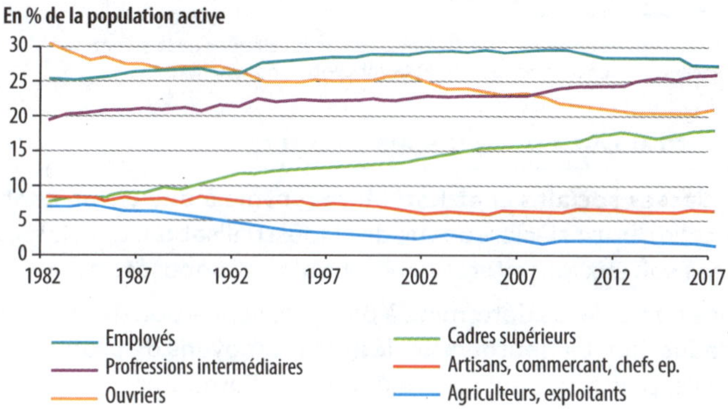

Insee, 2015.

Depuis 1982, la structure de l'emploi par CSP s'est modifiée en raison de l'élévation des qualifications, de la tertiarisation de l'économie et du déclin de l'industrie. Ainsi, la part des cadres supérieurs a plus que doublé au cours des trois dernières décennies, alors que la part des ouvriers a reculé de 10 points de %.

Doc. 2 Évolution du PIB en volume et de l'emploi entre 1950 et 2016

SECTEUR	CROISSANCE ANNUELLE MOYENNE DU PIB (EN %)	VARIATION DE L'EMPLOI ENTRE 1950 ET 2016 (EN %)
Agriculture	1,8	- 86
Industrie	3,2	- 37
Services marchands	3,6	171
Services non marchands	2,3	160
Ensemble	**3,0**	**41**

Insee, 2019.

Entre 1950 et 2016, la production de services marchands et non marchands a augmenté en moyenne chaque année respectivement de 3,6 % et de 2,3 %, contribuant à une hausse des emplois dans ces secteurs. Alors que la croissance de la production industrielle s'élevait à 3,2 % en moyenne annuelle, la contribution à l'emploi a été négative (l'emploi a reculé de 37 % sur l'ensemble de la période en raison des gains de productivité du travail).

Vocabulaire

- **Tertiarisation :** augmentation de la part des activités de services dans l'économie.
- **Économie numérique :** ensemble des activités relatives aux Technologies de l'Information et de la Communication (TIC), à la production et à la vente de produits et services numériques.
- **Qualification :** ensemble des capacités et compétences qu'un individu peut mobiliser au cours de sa vie professionnelle.

FICHE 4

L'analyse de la structure sociale dans la tradition sociologique

De quoi s'agit-il ?

La tradition sociologique offre deux visions spécifiques de la structure sociale : la conception réaliste et la conception nominaliste.

1 L'analyse marxiste des classes sociales

- La notion de **classes sociales** chez **Karl Marx** renvoie à une **vision conflictuelle** de la société, qui est celle du XIXe siècle, époque de l'industrialisation. Les classes sociales sont alors des groupes sociaux aux intérêts irréductibles et opposés.
- L'appartenance de classe se détermine à partir de la **position de l'individu au sein des rapports de production**. La **bourgeoisie** détient les moyens de production et exerce sa domination, par l'exploitation, sur les prolétaires. Les **prolétaires** ne possèdent que leur force de travail, qu'ils vendent contre un salaire (**Doc. 1**).
- Marx distingue la notion de « **classe en soi** », définie par de mêmes conditions matérielles d'existence, de la notion de « **classe pour soi** », caractérisée par la **conscience de classe**, conscience qui rend possible la **lutte des classes**. Les classes sociales sont des réalités sociales, aux frontières clairement délimitées, et leurs membres ont développé une conscience collective.

2 La stratification sociale selon Max Weber

- Le sociologue **Max Weber** établit une **stratification sociale** à partir de **trois critères** qui définissent la position d'un individu au sein de hiérarchies sociales : la **richesse** (revenu et patrimoine), le **pouvoir** (capacité d'imposer sa volonté à autrui) et le **prestige** (considération sociale).
- Ces critères définissent **trois ordres** : **économique**, où les groupes forment des classes ; **social**, composé de **groupes statutaires** ; et **politique**, avec les partis. Selon cette conception, un individu peut occuper une **position différente sur chacune des trois hiérarchies sociales** (**Doc. 2**). L'analyse de Weber est donc **pluridimensionnelle**.
- Les groupes de statut développent une **conscience commune** du fait des valeurs partagées.
- L'analyse wébérienne s'apparente à une **conception nominaliste** du classement social : les individus sont regroupés par similitude, selon certains critères. Il s'agit d'une construction artificielle du sociologue, pour l'aider à comprendre la société.
- Dans cette analyse, la division de la société s'opère entre individus qui partagent un **statut comparable au sein de chacune des hiérarchies sociales**. Cette vision de la société est donc **moins conflictuelle** que celle de Marx, puisqu'un individu peut appartenir à des strates différentes selon le critère considéré et évoluer le long de l'échelle sociale (mobilité sociale).

LA BOÎTE À DOCS

Doc. 1 Karl Marx et les classes sociales

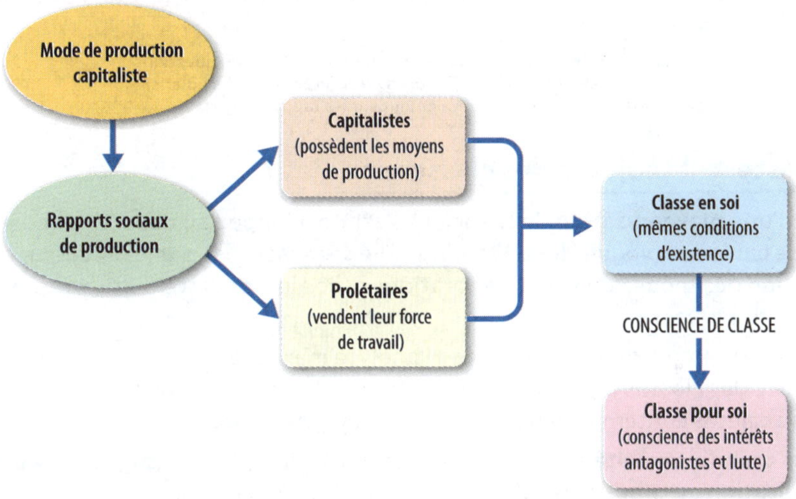

Doc. 2 La position sociale des individus sur les différentes échelles dans l'analyse de Weber

Une troisième forme de relation entre la stratification dans l'ordre politique et les stratifications économiques et statutaires est mise en évidence par les recherches contemporaines de sociologie politique. Le recrutement du personnel politique (maires, conseillers territoriaux, députés, sénateurs, cabinets ministériels, ministres) est différencié selon une logique sociale relativement constante dans le temps. Plus la fonction politique est élevée, plus la proportion de professions prestigieuses, fortement dotées culturellement et financièrement, est importante. Inversement, les ouvriers et employés sont fortement sous-représentés au Parlement et dans les gouvernements. L'existence de ces élus d'origine populaire montre que la stratification dans l'ordre politique ne peut nullement être réduite aux stratifications économiques et statutaires, mais leur sous-représentation chronique démontre la dépendance de la stratification politique aux deux autres stratifications wébériennes.

P. Merle, « En haut, en bas. Les stratifications sociales selon Weber », *www.laviedesidees.fr*, nov. 2016.

Vocabulaire

- **Classes sociales :** selon Marx, groupes formés par des individus occupant une même place dans les rapports de production, avec un mode de vie similaire (« classe en soi ») et ayant le même sentiment d'appartenir à ce groupe (« classe pour soi »).
- **Groupe statutaire :** groupe dont les membres sont unis par le prestige et l'honneur social. Leur appartenance se fonde sur le style de vie, la naissance, l'instruction ou encore la profession.

FICHE 5

Quelle pertinence pour ces analyses aujourd'hui ?

De quoi s'agit-il ?

Les transformations sociales contemporaines remettent en questions les grilles d'analyse traditionnelles de la structure sociale. La polarisation sociale ne se fonde pas uniquement sur les rapports de classe.

1 Existe-t-il toujours des classes sociales ?

- L'idée d'une **moyennisation** de la société s'est développée au cours des années 1970, soutenue par le sociologue Henri Mendras. Elle se caractérise par le processus d'**homogénéisation** des modes de vie et des pratiques sociales, et l'atténuation des disparités socio-économiques.
- Cette vision semble **remettre en cause l'analyse marxiste** des classes sociales et l'idée que la lutte des classes agit comme le moteur du changement social. Il serait plus aisé, dans les sociétés contemporaines, de changer de place dans la hiérarchie.
- La plus grande **capacité à changer de position sociale** s'accompagne d'un processus d'**identification au groupe social** auquel on souhaite appartenir.
- Les sociologues français développent de nouvelles analyses de la stratification sociale, du fait d'une plus **grande mixité des pratiques sociales** (parcours professionnel multiple, mobilité géographique, développement des nouvelles technologies), qui brouille les frontières de classes traditionnelles. Un individu a donc l'opportunité de s'approprier différents styles de vie, qui l'éloignent plus ou moins de son origine sociale (**Doc. 1**).

2 Vers un renouveau des classes sociales ?

- Louis Chauvel, en s'appuyant sur la **persistance d'inégalités** et la **stagnation des salaires** pour expliquer les profonds clivages au sein de la société française, réaffirme la pertinence d'une analyse en termes de classes sociales (il parle de « retour des classes sociales ») et de **polarisation** de la société. Toutefois, cette vision s'éloigne du concept marxiste, puisque le critère de la conscience de classe n'est plus central dans la définition d'une classe sociale.
- La sociologie contemporaine s'est également penchée sur l'analyse des **rapports sociaux de genre** afin d'appréhender les relations entre les hommes et les femmes, en particulier les **inégalités** observées dans le monde du travail ou dans la sphère domestique (inégale répartition des tâches et du temps qui y est consacré, « double journée de travail » des femmes). Tout comme l'« âge social » (la génération), le « sexe social » (le genre) est aujourd'hui davantage reconnu comme une variable structurante pour comprendre la persistance de la domination masculine, l'inégale orientation dans les filières de formation ou encore dans les emplois.
- La prise en considération de l'ensemble des rapports sociaux (de classe, de génération, de genre) est donc nécessaire pour rendre compte de la **complexité du social** (**Doc. 2**).

LA BOÎTE À DOCS

Doc. 1 L'individu « multidéterminé »

C'est dans cette perspective que Lahire[1] bâtit des profils culturels en s'inspirant de portraits individuels dont il dévoile l'hétérogénéité croissante, qui est le produit d'une époque diversifiant les rôles sociaux et les contextes de socialisation. Lahire observe alors que la pluralité des « profils dissonants » se distingue par le fait d'associer chez un même sujet des pratiques légitimes (écoute de musique classique, lecture de littérature classique) et des pratiques peu légitimes (écoute de musique de variété, lecture de polars ou de bandes dessinées). L'auteur illustre que les modèles dissonants influencent toutes les catégories sociales, en ce sens que la légitimité culturelle n'est plus le résultat d'une lutte des classes culturelles. En dirigeant sa vue sur les individus, il apparaît que la frontière entre la légitimité culturelle (la « haute culture ») et l'illégitimité culturelle (la « sous-culture », le « simple divertissement ») ne sépare pas seulement les classes, mais partage les différentes pratiques et préférences culturelles des mêmes individus, dans toutes les classes de la société.

E. Amouzou, *La Sociologie de ses origines à nos jours*, L'Harmattan, 2008.

1. B. Lahire, *La Culture des individus*, La Découverte, 2004.

Doc. 2 « Le régime des inégalités multiples »

Les inégalités se sont à la fois multipliées et individualisées sous l'effet des transformations de notre société. Le sociologue F. Dubet explique que chacun se sent victime d'inégalité, en tant que femme, jeune, immigré, homosexuel, travailleur précaire… Il n'y a plus de collectif de lutte avec un adversaire clairement identifié, comme dans le régime de classe sociale. Chacun a donc le sentiment de n'être jamais représenté par la classe politique. Ainsi le mouvement des gilets jaunes (ici sur un rond-point à Muret (31) le 16 février 2019) transcrit ce sentiment de frustration et de colère et l'envie d'être enfin visible.

Vocabulaire

- **Moyennisation :** processus d'atténuation des clivages sociaux, accompagné d'une extension des couches intermédiaires (ou « moyennes »).
- **Groupe social :** ensemble d'individus partageant certaines caractéristiques sociales et développant de ce fait un sentiment d'appartenance. Le groupe est aussi identifié comme tel aux yeux des individus qui n'en sont pas membres.
- **Genre :** terme employé pour désigner les rapports sociaux de sexe envisagés comme une construction sociale (« sexe social »).

Révision Express

POINTS IMPORTANTS À RETENIR

- Pour étudier les **inégalités** induites par la **stratification sociale**, l'Insee a élaboré la **nomenclature des PCS**, regroupant les individus dans des **catégories socioprofessionnelles** (CSP) relativement homogènes. D'autres variables comme le sexe, le diplôme, le cycle de vie ou encore le lieu de résidence sont prises en compte pour appréhender la hiérarchisation de l'espace social.
- Au cours de la seconde moitié du XXe siècle, la structure socioprofessionnelle en France a connu de profondes mutations induites par les transformations économiques et culturelles : émancipation des femmes et **féminisation des emplois**, **salarisation** et mutations sectorielles, massification scolaire et élévation des **qualifications**.
- L'analyse sociologique traditionnelle oppose deux visions de la structure sociale : la vision réaliste de Karl Marx et la conception nominaliste de Max Weber. Pour Marx, les individus forment des **classes sociales** (la bourgeoisie et le prolétariat), en fonction de leur place dans le processus de production (avec essor de la **tertiarisation**) et sont conscients des rapports antagonistes qui se nouent entre ces classes. Weber présente quant à lui une hiérarchisation multidimensionnelle de l'espace social, selon trois ordres : les « classes » (différenciation économique), les « **groupes statutaires** » (inégale distribution du prestige) et les « partis » (inégale répartition du pouvoir). Son approche en termes de strates atténue l'idée de société conflictuelle.
- Aujourd'hui, la **moyennisation** et la mixité des pratiques sociales brouille les frontières sociales entre les **groupes sociaux** et remet en cause l'analyse marxiste. Cependant, le retour et le renouvellement des inégalités (de **genre**, de génération), réhabilitent l'idée d'une polarisation de la société.

APPRENDRE AUTREMENT

Max Weber, sociologue de la stratification sociale :

Article

LE COURS EN 10 MOTS-CLÉS

- Inégalités
- Stratification sociale
- Nomenclature des PCS
- Catégorie socioprofessionnelles
- Féminisation des emplois
- Salarisation
- Tertiarisation
- Classe sociale / groupe social
- Groupe statutaire
- Moyennisation

> **Comment la société française actuelle est-elle structurée ?**

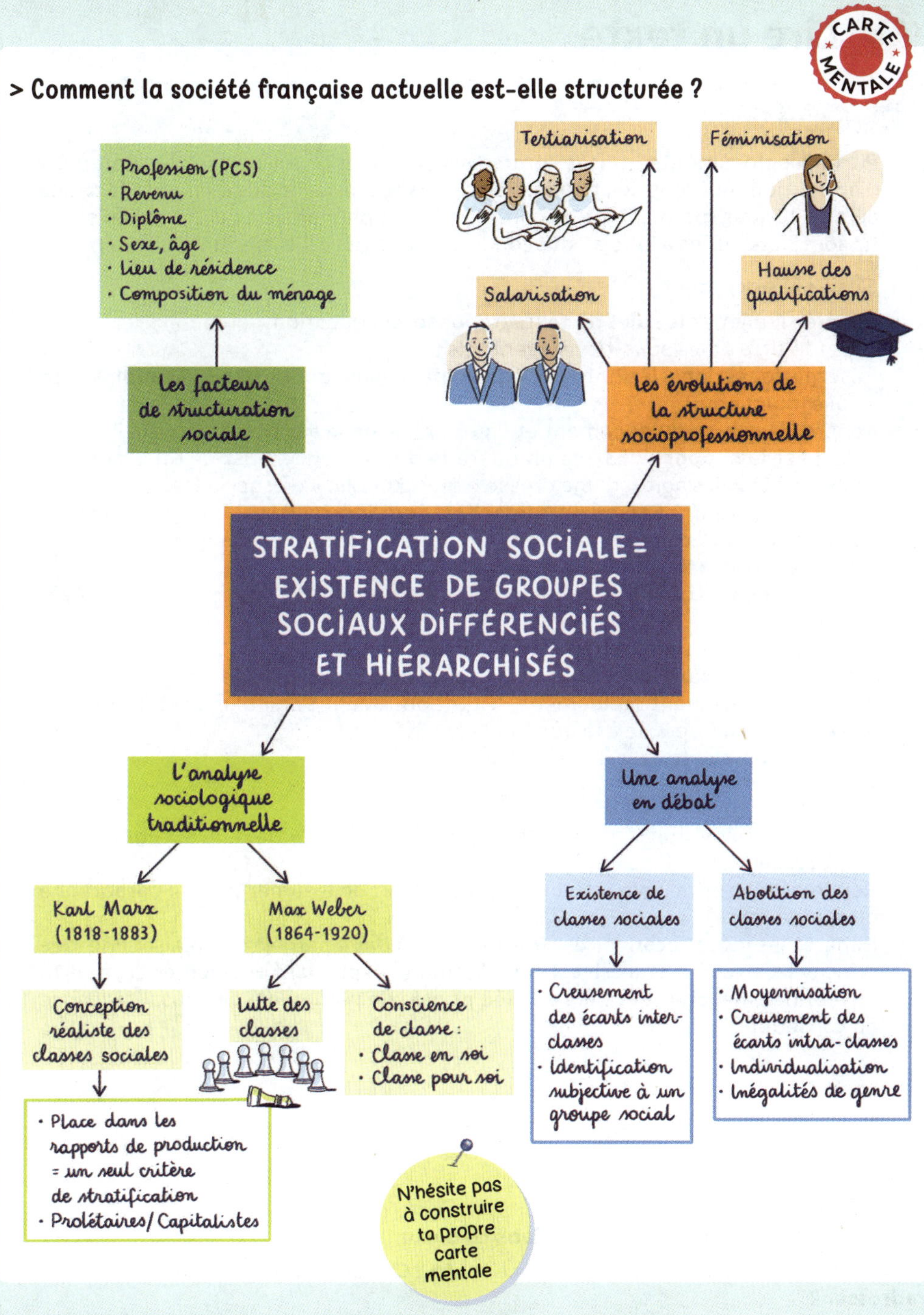

1 Lire un texte

MÉTHODE

- Parmi les documents utilisés comme supports en cours ou dans les épreuves d'évaluation, figurent des **textes**. Ces textes fournissent des éléments factuels ou analytiques (permettant de comprendre un phénomène ou un mécanisme). Ils sont donc utiles à la fois pour comprendre et pour illustrer un raisonnement.

1. Situer le document

- Repérez **l'objet et le sujet** du texte (réponse à la question « quoi ? ») :
  – lisez le titre et les sous-titres éventuels ;
  – lisez les questions, les notes de bas de page (cela donne une indication sur ce qui est attendu).
- Repérez **la source du document et l'auteur** (réponse à la question « qui ? ») :
  – quel est le support ? Est-ce un ouvrage de référence ? Est-ce un extrait de presse ? Si oui, s'agit-il d'une presse « grand public » ou spécialisée ?
  – qui est l'auteur ? Est-ce un romancier ? un journaliste ? une personnalité politique ? un économiste ? un sociologue ? Dans ce cas, à quel courant de pensée se rattache-t-il ?
  – le cas échéant, quel est l'organisme ? Cela permet d'évaluer la crédibilité du document.
- Repérez **la date du texte** (réponse à la question « quand ? »). Cette information est essentielle, car elle permet de situer le document dans le temps, la réalité économique évoluant rapidement. Attention, il peut s'agir d'une réédition.
- Repérez **le lieu** (réponse à la question « où ? »).
- Dans quel pays le texte a-t-il été écrit ?

2. Extraire les informations du texte

- Lisez le texte en mettant en valeur (par exemple à l'aide d'un surligneur) les points essentiels.
- Repérez **l'idée principale** : c'est l'idée qui permet de résumer tout un paragraphe ou tout le texte.
- Repérez **les idées secondaires** : une idée secondaire permet de préciser une idée principale, en complétant, illustrant, justifiant, expliquant des éléments de cette idée principale. Elle est reliée à l'idée principale par un lien de causalité (cause ou conséquence).

ÉNONCÉ

1. **Présentez le document.**
2. **Quelles sont les idées exposées dans ce document ?**
3. **Comment pourriez-vous exploiter ce texte ? Quelles critiques pourrait-on lui adresser ?**

Méthode

Doc. **La disparition des classes sociales ?**

L'idée que les classes sociales disparaissent a connu une expansion considérable en France au cours des vingt dernières années. Cette fin proviendrait [...] d'une part de l'augmentation du secteur tertiaire, dont les emplois ne correspondraient pour la plupart à aucun système de classe parfaitement clair, et d'autre part de la diffusion de la propriété dans toutes les couches sociales. [Mais aussi] de l'élévation du niveau de vie et de consommation qui conduit à la disparition de strates de consommation nettement repérables, rendant peu vraisemblable l'intensification de la lisibilité des différences de classes.

À ces arguments classiques, sont venus s'en ajouter d'autres : la croissance scolaire et l'entrée des classes populaires au lycée puis à l'université, [...] la complexification induite par l'entrée massive des femmes dans le monde du travail, [...] la revendication de la reconnaissance des différences religieuses, de genre, ou d'orientation sexuelle, enfin, plus généralement, dans les théories postmodernes, l'existence de « styles de vie » mouvants, choisis par les individus au gré du temps, qui pourrait tout autant disqualifier les approches en termes de classes. [...]

D'un point de vue objectif, les clivages traditionnels que l'on repère entre classes se sont fort peu affaiblis au cours des décennies récentes marquées par le ralentissement économique. Pour autant, si les classes sociales semblent perdurer d'un point de vue objectif, elles ont subjectivement peu ou prou disparu, faute de conscience collective clairement élaborée, susceptible d'animer une action construite.

Les tendances des Trente Glorieuses ont fait des classes sociales un objet sociologique dépassé, mais ces dernières décennies semblent leur redonner un contenu et des contours objectifs plus stables.

L. Chauvel, *Les Mutations de la société française. Les grandes questions économiques et sociales* (collectif), « La dynamique de la stratification sociale », La Découverte, 2019 (1re éd. 2007).

CORRIGÉ

1. L'auteur de l'extrait est Louis Chauvel. Sociologue reconnu, il est chercheur associé à l'Observatoire sociologique du changement et professeur à l'université du Luxembourg. Il est spécialisé dans l'analyse des structures sociales, des inégalités (notamment les inégalités de destin entre générations) et des classes moyennes, dont il annonce le déclassement et la déstabilisation.

2. Le texte est paru en 2019. Il s'agit d'une réédition actualisée qui s'est enrichie de nouvelles contributions, proposant des analyses sociologiques des multiples crises auxquelles la société française est confrontée (comme le mouvement des Gilets jaunes).

3. **Idée principale** : l'idée que l'existence des classes sociales serait remise en cause par le processus de moyennisation sociale et la perméabilité des frontières sociales, économiques et culturelles entre les groupes sociaux, est contestable.
Idée secondaire : selon l'auteur, c'est davantage la conscience de classe (au sens marxiste du terme) qui a disparu que leur réalité objective (les clivages traditionnels – inégalités économiques, sociales et culturelles – se maintiennent).

2 Exploiter un texte

MÉTHODE

- Face à un texte, vous devez rapidement aller à l'essentiel. Il s'agit de :
  – repérer les caractéristiques essentielles du texte (le titre, la source) ;
  – lire et extraire les informations du texte (repérer l'idée générale, les idées principales, les idées secondaires, distinguer les opinions des faits) ;
- Après avoir lu et analysé le texte, dégagé idées principale et secondaires, l'étape suivante consiste à exploiter le texte, c'est-à-dire **savoir utiliser les informations qu'il contient**.

1. Répondre à des questions

Répondre aux questions dans l'ordre permet de comprendre le texte de manière progressive. Le plus souvent, on trouve des questions de vocabulaire, de compréhension d'un mécanisme ou d'une idée (analyse), et de synthèse.

2. Résumer un texte

Cela consiste à le réduire, sans le paraphraser et sans en transformer le sens. Pour cela, il faut en repérer le plan, supprimer les arguments répétitifs et les exemples et reprendre les idées dans l'ordre du plan, en respectant la progression du raisonnement de l'auteur.

3. Commenter un texte

- Il peut s'agir de :
  – discuter certains arguments à partir du résumé en utilisant ses connaissances (montrer les limites du texte par exemple) ;
  – apporter des informations complémentaires sur le sujet ;
  – exercer une réflexion critique en précisant les idées implicites suggérées par le texte.
  – intégrer les idées dans l'argumentation (dans le cadre d'une dissertation ou d'une épreuve composée). Il faudra alors citer le texte, sans le paraphraser.
- Distinguez faits et opinions : les informations fournies par un texte peuvent être des faits, c'est-à-dire des informations vérifiables. Elles peuvent être également des opinions, c'est-à-dire des informations révélant la pensée de l'auteur sur une réalité ou un sujet.

ÉNONCÉ

1. **Expliquez le passage souligné dans le texte.**
2. **Comment l'idée de la fin des classes sociales est-elle défendue dans ce texte ?**

Méthode

Doc. **La fin des classes sociales**

L'article [...] a entraîné des débats acharnés entre les tenants de la « mort des classes » et ceux du « futur prometteur de l'analyse en termes de classe » [...]. L'idée des premiers est que les « classes sociales » sont des agrégats de moins en moins cohérents et à l'appartenance desquelles s'associent de moins en moins de comportements particuliers. On a vu que l'immobilité sociale avait diminué au cours du temps. La conséquence est qu'en dehors des agriculteurs, aucune catégorie socioprofessionnelle ne peut être considérée comme un groupe clos. Ainsi, moins d'un quart des membres de la catégorie des « cadres supérieurs » auront été élevés dans cette catégorie et un cinquième sont des ouvriers. [...]

L'analyse des sociétés occidentales organisées en classes sociales est remise en cause d'un autre point de vue. C'est l'idée que celles-ci sont en fait de plus en plus structurées par des formes d'individualisation ou d'individualisme. [...] L'individualisation correspond à l'idée que les individus auraient de plus en plus la possibilité et le désir, voire l'obligation, de choisir leur façon de vivre, leurs pratiques culturelles et leurs orientations de valeur, indépendamment de déterminations – liées notamment à leur éventuelle appartenance de classe – qui, auparavant, s'imposaient à eux sans qu'ils en aient conscience et faisaient correspondre des styles de vie et des pratiques culturelles à des groupes sociaux bien différenciés. Le développement de l'individualisation des modes de vie et des valeurs, s'il était avéré, affaiblirait évidemment le pouvoir de structuration des comportements par d'éventuelles appartenances de classes. L'homogénéité interne de celles-ci serait remise en cause par l'apparition de styles de vie divers choisis par les individus.

M. Forsé, O. Galland, Y. Lemel, « La stratification sociale et les inégalités », in *La société française*, 2011.

CORRIGÉ

1. Le processus d'individualisation décrit l'autonomisation croissante des individus à l'égard des règles et valeurs de leur groupe d'appartenance. En s'affranchissant ainsi des contraintes imposées par le groupe, les individus s'ouvrent à d'autres cadres socialisateurs et l'influence du groupe, voire de la classe sociale, devient moins déterminante dans la construction de l'identité sociale de l'individu qui gagne en liberté individuelle, notamment celle de choisir son style de vie.

2. On peut repérer deux arguments pour expliquer la fin des classes sociales :
   - Les classes sociales auraient perdu de leur pertinence pour rendre compte de la structure sociale en raison de la plus forte mobilité sociale, qui implique une moindre perméabilité des frontières au sein des classes. Ainsi, les auteurs prennent l'exemple des cadres, dont moins d'un quart sont eux-mêmes issus de parents cadres, alors que 20 % des cadres aujourd'hui ont des parents ouvriers. La reproduction sociale est donc moins forte, et avec elle la conscience de classe.
   - Par ailleurs, les auteurs évoquent aussi le mouvement d'individualisation et d'émancipation des individus vis-à-vis de leur groupe d'appartenance. Les choix de vie, les styles de vie, les goûts et les pratiques sont de plus en plus le résultat d'un éclectisme culturel. On retrouve ici l'analyse développée par le sociologue B. Lahire et le concept d'« homme pluriel ». La conséquence est que les groupes sociaux sont de moins en moins homogènes socialement et culturellement, ce qui les éloigne les individus du sentiment d'appartenir à une classe sociale.

Fiche test *Ce que je sais*

QCM

15 min

- ◯ À revoir
- ◯ Acquis

1 Cochez la bonne réponse.

1 Le revenu est un critère utilisé dans la nomenclature des PCS.
- ◯ a. Vrai
- ◯ b. Faux

2 Le lieu de résidence constitue un facteur d'inégalités.
- ◯ a. Vrai
- ◯ b. Faux

3 La tertiarisation de l'économie s'explique par d'importants gains de productivité dans le secteur tertiaire.
- ◯ a. Vrai
- ◯ b. Faux

4 La hausse du niveau de qualification a entraîné un recul du nombre des emplois peu qualifiés.
- ◯ a. Vrai
- ◯ b. Faux

5 Marx développe une approche nominaliste des classes sociales.
- ◯ a. Vrai
- ◯ b. Faux

6 Max Weber et Karl Marx définissent les classes sociales de la même façon.
- ◯ a. Vrai
- ◯ b. Faux

7 La moyennisation signifie :
- ◯ a. un niveau de vie qui s'égalise pour tout le monde.
- ◯ b. le développement des couches moyennes.
- ◯ c. l'absence de riches et de pauvres.

8 Les groupes de statut se définissent par rapport :
- ◯ a. aux richesses.
- ◯ b. au prestige.
- ◯ c. au pouvoir.

9 La moyennisation est remise en cause par le retour des inégalités.
- ◯ a. Vrai
- ◯ b. Faux

10 Quel élément remet en cause l'existence des classes sociales ?
- ◯ a. La ségrégation spatiale.
- ◯ b. L'individualisation.
- ◯ c. L'inégalité économique.

11 La polarisation sociale se fonde uniquement sur les rapports de classe.
- ◯ a. Vrai
- ◯ b. Faux

12 C'est le sociologue Max Weber qui distingue la notion de « classe en soi » de la notion de « classe pour soi ».
- ◯ a. Vrai
- ◯ b. Faux

13 Les castes en Inde ou les ordres en France sous l'Ancien Régime désignent :
- ◯ a. des classes sociales.
- ◯ b. des groupes de statut.

14 La notion de classes sociales chez Marx renvoie à une vision conflictuelle de la société.
- ◯ a. Vrai
- ◯ b. Faux

SCORE : ___ / 14

EXERCICES D'ENTRAÎNEMENT

2 Texte à trous

À l'aide de vos connaissances, complétez le texte avec les termes suivants :
classe en soi – la bourgeoisie – lutte des classes – classe pour soi – processus de production – force de travail – le prolétariat – mode de production – antagonistes – moyens de production

Marx définit la position de chacun en fonction de sa place dans le .... Ainsi, dans le système capitaliste, deux grandes classes sont identifiées : .... qui détient les ...., et .... qui ne possède que sa .... De là, découlent des rapports d'exploitation.

Les deux classes ont donc des intérêts .... Ces critères objectifs (place identique dans le processus de production et mode de vie semblable) définissent la notion de ....

En prenant conscience de leurs intérêts et de la nécessité de les défendre, les individus forment aussi une ....

La .... doit faire évoluer la société et conduire au changement de ....

3 Associer chaque terme à sa définition

1. Moyennisation
2. Salarisation
3. Tertiarisation
4. Féminisation des emplois
5. Qualification
6. Stratification

a. Augmentation relative de la part des salariés dans la population active.
b. Extension des couches sociales intermédiaires et atténuation des clivages sociaux.
c. Augmentation de la part des emplois occupés par des femmes.
d. Capacité à exercer un métier ou un poste déterminé.
e. Augmentation de la part relative des emplois de services dans l'économie.
f. Division de la société en groupes sociaux hiérarchisés.

4 Analyser un texte

Doc. Les inégalités entre générations

Au fur et à mesure que perdure la période de « crise » ouverte dans les années 1970, le désavantage des jeunes générations, comparées aux cohortes des premiers-nés du *baby boom*, apparaît avec force. [...] Toutes les cohortes nées jusqu'au début des années 1950 ont connu une élévation générale de leur niveau de vie, mais pour celles qui cherchent à s'insérer sur le marché du travail depuis le début des années 1980, ce mouvement de progression semble stoppé, puisque les jeunes des années 1980 n'ont pas un niveau de vie plus élevé que celui de leurs parents vingt ans plus tôt. Apparaît alors la thématique de « l'ascenseur social » dont est interrogée la capacité à fonctionner aussi rapidement vers le haut qu'auparavant. [...] Au-delà des inégalités de salaires ou de revenus, les inégalités d'accès aux positions sociales les plus favorisées constituent un deuxième champ d'investigation pour l'analyse sociologique. [...] Comparés à leurs homologues nés immédiatement après la fin de la Seconde Guerre mondiale, les enfants de père cadre ou exerçant une profession intermédiaire deviennent plus souvent employés ou ouvriers, tandis que les enfants des classes populaires n'accèdent pas plus fréquemment aux emplois d'encadrement

Ce qui unit les individus nés dans les années 1970 serait le risque partagé d'être victime de la rupture d'une « loi du progrès générationnel » : pour la première fois, en temps de paix, une génération pourrait connaître une dégradation de ses conditions de vie par rapport à celle qui la précède. Cette dimension, tout à fait centrale, fait basculer l'analyse de la simple description d'inégalités dans le champ économique à une remise en cause de l'équilibre entre les générations.

C. Peugny, C. Van de Velde, « Repenser les inégalités entre générations », *Revue française de sociologie*, 2013.

1. Relevez les inégalités entre les générations nées au début du baby boom et celles nées après 1970.
2. Pourquoi peut-on parler d'un conflit des générations ?

VERS LE BAC

5 Mobiliser des connaissances pour construire une argumentation

1. Complétez le tableau-ci-dessous à l'aide de vos connaissances.

Les classes sociales existent-elles toujours aujourd'hui ?	
Arguments pour	Arguments contre

2. Complétez le plan ci-dessous à l'aide des arguments répartis dans le tableau précédent.

I. Les évolutions sociales contemporaines rendent l'analyse en termes de classes sociales moins pertinente.

1. La moyennisation de la société a uniformisé les modes et les styles de vie.
2. La moyennisation de la société a opéré un brouillage des frontières sociales.

II. Cependant, l'existence des classes sociales ne saurait être remise en cause.

1. Le retour et le renouvellement des inégalités polarisent la société.
2. Certaines classes sociales « pour soi » existent toujours.

Fiche test Ce que je sais

1 **1. b.** Le revenu n'est pas un critère utilisé dans la nomenclature des PCS. Les principaux critères sont le métier exercé, le statut (salarié/indépendant), la qualification, le secteur d'activité. **2. a.** Le lieu de résidence détermine la place dans l'espace social car il influence la scolarité, l'accès à l'emploi, à la santé et autres services publics. **3. b.** La tertiarisation s'explique par le déversement des emplois issus de l'agriculture, puis de l'industrie, conséquences des gains de productivité importants dans ces deux secteurs, et de l'évolution de la demande, de plus en plus orientée vers les services. **4. b.** Certes le niveau de qualification de la population s'est accru, mais les emplois non qualifiés n'ont pas disparu, car les métiers de services à la personne ont fortement progressé. **5. b.** Marx a une approche réaliste des classes sociales, l'appartenance sociale des individus (capitaliste/prolétaire) étant déterminée par leur place dans le processus de production. **6. b.** Marx définit les classes sociales à partir de la place dans le processus de production, et elles structurent l'ensemble des relations sociales. Pour Weber, les classes sociales (ordre économique) ne sont qu'un aspect de la stratification sociale. **7. b.** Le prestige définit et hiérarchise la position des individus au sein des groupes statutaires (ordre social). **8. b.** Le développement des couches moyennes ou intermédiaires caractérise le processus de moyennisation à l'œuvre dans la société française depuis les années 1950. **9. a.** Pour certains sociologues, les couches sociales populaires se paupérisent et sont victimes de la fracture sociale, mais aussi spatiale. De nouvelles inégalités font apparaître de nouveaux clivages et marquent le retour des classes sociales. **10. b.** L'individualisation (autonomie croissante des individus vis-à-vis des règles de son groupe d'appartenance) fragilise l'identification subjective à une classe sociale. **11. b.** La polarisation se fonde sur l'existence d'inégalités qui creusent les écarts entre les positions sociales. **12. b.** Il s'agit du sociologue Karl Marx pour évoquer la conscience de classes, indispensable à la lutte des classes. **13. b.** Les individus regroupés au sein d'une même caste présentent le même degré d'honneur social, de prestige. **14. a.** Marx présente une vision bipolaire de la société, au sein de laquelle les deux grandes classes sociales ont des intérêts opposés.

EXERCICES D'ENTRAÎNEMENT

2 Texte à trous

Marx définit la position de chacun en fonction de sa place dans le processus de production. Ainsi, dans le système capitaliste, deux grandes classes sont identifiées : la bourgeoisie, qui détient les moyens de production, et le prolétariat, qui ne possède que sa force de travail. De là, découlent des rapports d'exploitation.

Les deux classes ont donc des intérêts antagonistes. Ces critères objectifs (place identique dans le processus de production et mode de vie semblable) définissent la notion de classe en soi.

En prenant conscience de leurs intérêts et de la nécessité de les défendre, les individus forment aussi une classe pour soi.

La lutte des classes doit faire évoluer la société et conduire au changement de mode de production.

3 Associer chaque terme à sa définition

1. d. – **2.** a. – **3.** e. – **4.** c. – **5.** d. – **6.** f.

4 Analyser un texte

1. Les baby boomers ont cumulé les avantages (postes les plus valorisés et rémunérés, avantages de l'État-providence), tandis que les jeunes générations connaissent des conditions de vie moins favorables : les jeunes gagnent moins que la génération de leurs parents, ils sont confrontés au chômage et à la précarité, ils ont plus de chance d'avoir un emploi ne correspondant pas à leur formation. La compétition pour l'accès aux positions sociales valorisées est plus rude, laissant craindre un déclassement social. Ils ne sont pas sûrs de profiter de l'État-providence, car la condition salariale s'effrite (recul des solidarités collectives).

2. La nouvelle génération est en concurrence avec la précédente pour occuper les postes valorisés (emplois de direction, mais aussi responsabilités politiques). Par conséquent, les opportunités dans les conditions d'existence des générations post baby boom se restreignent. Les générations précédentes bénéficient des avantages d'une carrière professionnelle complète (période de plein emploi), d'un niveau de vie satisfaisant et d'un système de protection sociale très avantageux ; ce qui n'est plus le cas pour une majorité des individus des générations suivantes.

VERS LE BAC

5 Mobiliser des connaissances pour construire une argumentation

1.

Les classes sociales existent-elles toujours aujourd'hui ?	
Arguments pour	Arguments contre
• Hausse des inégalités (économiques, scolaires…) • Paupérisation (chômage, précarité) • Identité liée à l'âge, au genre, au quartier = nouveaux clivages • Ouvriers et employés = classe populaire	• Moyennisation (Mendras) et uniformisation des modes de vie • Pratiques culturelles et style de vie plus homogène • Brouillage des frontières de classes (Lahire : « l'homme pluriel ») et recul de la conscience de classe

2.

I. Les évolutions sociales contemporaines rendent l'analyse en termes de classes sociales moins pertinente.

1. La moyennisation de la société a uniformisé les modes et les styles de vie.
- Moyennisation (H. Mendras) et uniformisation des modes de vie
- Pratiques culturelles et style de vie plus homogènes

2. La moyennisation de la société a opéré un brouillage des frontières sociales.
- Brouillage des frontières de classes (Lahire : « l'homme pluriel »)
- Recul de la conscience de classe

II. Cependant, l'existence des classes sociales ne saurait être remise en cause.

1. Le retour et le renouvellement des inégalités polarisent la société.
- Hausse des inégalités (économiques, scolaires...)
- Paupérisation (chômage, précarité)
- Identité liée à l'âge, au genre, au quartier = nouveaux clivages

2. Certaines classes sociales « pour soi » existent toujours.
- La haute bourgeoisie constitue encore une classe sociale au sens marxiste du terme.
- On peut distinguer d'autres classes sociales, plus ou moins mobilisées : ouvriers et employés = classe populaire.

Chapitre 7 Quel rôle pour l'école ?

L'école joue un rôle très important dans l'intégration et la socialisation des individus.

FICHE 1

École et égalité des chances

De quoi s'agit-il ?

L'école joue différents rôles : elle est un lieu d'intégration et de socialisation ; elle contribue à forger une culture commune et cherche à favoriser l'égalité des chances.

1 L'école, lieu d'intégration sociale

- Sous la IIIe République en France, l'école devient publique, laïque et gratuite. Elle devient alors une **instance importante de socialisation** et d'**intégration** (**Doc. 1**).
- Elle est le vecteur principal d'**intégration professionnelle** : le diplôme protège contre le chômage et la précarité et permet d'obtenir de meilleurs salaires.
- Elle assure aussi une fonction de **socialisation secondaire** essentielle. Elle contribue à la construction de l'identité sociale des individus en leur transmettant des valeurs et des normes. L'école est une institution qui intègre toute une génération en lui transmettant un ensemble de **valeurs** et de **normes communes**.

2 L'égalité des chances, objectif spécifique de l'école

- De l'Ancien Régime à nos jours, **le rôle attribué à l'école a évolué**. En France, jusqu'au début du XIXe siècle, on considérait que les classes populaires n'avaient pas besoin d'une formation particulière et qu'il serait même dangereux de les instruire, l'instruction pouvant rendre les masses moins dociles.
- L'**égalité des chances** devant l'école, déjà revendiquée sous la IIIe République, est une ambition qui date en réalité de l'entrée dans la société de consommation dans les années 1960.
- Auparavant, le système scolaire était séparé en deux filières assez étanches qui se sont rapprochées jusqu'à fusionner : aujourd'hui, **tous les jeunes vont au collège**, les deux tiers au lycée et plus d'un sur deux dans le supérieur.
- L'**égalité des chance**s signifie que les individus doivent connaître dans leur vie sociale des **conditions de départ identiques**, les privilèges, héritages ou handicaps initiaux devant être condamnés.
- L'égalité des chances renvoie à la situation où, non seulement on donne à chacun le droit d'accéder à n'importe quelle position sociale ou à n'importe quel bien, mais où l'on garantit en plus à tous les **mêmes chances d'accès au départ**.
- Depuis quelques décennies, l'école républicaine s'est ouverte largement à l'ensemble de la population, y compris les classes populaires. Elle repose ainsi sur la **méritocratie** (**Doc. 2**).
- Cette vision optimiste est cependant remise en cause par des sociologues qui ont montré que l'école ne parvenait pas à assurer l'égalité réelle des chances.

LA BOÎTE À DOCS

Doc. 1 Les Hussards noirs de la République

Les instituteurs de la IIIe République, appelés les hussards noirs, sont les combattants de l'instruction publique qui vont s'efforcer de laïciser les écoles et essayer de transmettre les valeurs de la République.

Doc. 2 Égalité des chances et méritocratie

La méritocratie privilégie l'égalité face aux règles de sélection, en acceptant les inégalités de position auxquelles conduit ladite sélection. Il s'agit bien d'un droit égal pour tous de s'intégrer dans une société inégale. Dès lors qu'on se focalise sur l'égalité face aux règles de la sélection, c'est la notion d'égalité des chances qui devient prioritaire. Elle est consubstantielle à celle de méritocratie.

M. Duru Bellat, *Le Mérite contre la justice*, Presses de Sciences Po, 2009.

L'égalité des chances n'implique pas l'égalité des résultats : elle implique seulement de donner à chacun les mêmes moyens pour réussir.

Vocabulaire

- **Valeurs :** idéaux et principes fondateurs de nos sociétés, mais aussi propres à chaque groupe social.
- **Égalité des chances :** situation caractérisée par l'absence de déterminismes sociaux pesant sur les destinées individuelles, c'est-à-dire par des « chances » égales pour tous de réussir, quel que soit le point de départ des itinéraires.
- **Méritocratie :** une société est qualifiée de méritocratique si la réussite scolaire (et/ou sociale) est fonction du mérite de l'individu, notamment de son travail, et non de ses origines sociales.

FICHE 2

La démocratisation scolaire

De quoi s'agit-il ?

La démocratisation scolaire, c'est-à-dire l'accès du plus grand nombre à l'éducation et aux savoirs scolaires, est un phénomène qui s'est mis en place progressivement depuis les lois Ferry de 1881-1882.

1 Une démocratisation quantitative

- Les **lois Ferry** (1881-1882) ont rendu l'enseignement primaire obligatoire pour les enfants des deux sexes de 6 à 13 ans. L'**allongement progressif de la scolarité obligatoire** va être ensuite un objectif de démocratisation des réformes de l'enseignement : sous le Front populaire, l'âge de la scolarité obligatoire sera porté à 14 ans, puis à 16 ans en 1959 (**Doc. 1**).
- Le système scolaire français a connu sous la Ve République une **massification** spectaculaire. Cette massification est caractérisée par un allongement de la durée des études et par l'accès d'une large partie de la population à un niveau de qualification élevé, auparavant réservé à une minorité d'élèves généralement issus des catégories sociales les plus privilégiées.
- À partir de 1975, est créé un **collège unique** qui réunit l'ensemble des enfants sortant de l'école primaire.

2 Un accès au bac quasi généralisé

- À partir de 1960, la croissance de l'accès au Bac est globalement soutenue. Elle résulte de la conjonction de plusieurs décisions de politique éducative, tout particulièrement de la création des **Bacs technologiques** en 1969 et des **Bacs professionnels** en 1985.
- Cette croissance s'explique par des **investissements scolaires soutenus** (le nombre de lycées d'enseignement général et technologique augmente de 25 % sur la période) et par une **diversification de l'offre scolaire**.
- L'augmentation du nombre de bacheliers s'est traduite par un **accroissement des effectifs étudiants** : on passe de 310 000 étudiants en 1960 à 2 816 300 en 2021.
- Aujourd'hui, l'école républicaine est devenue une **école démocratique de masse**. Les **taux de scolarisation** et les **taux d'accès aux diplômes** augmentent. Presque 100 % des membres d'une classe d'âge se retrouvent au collège, plus de 80 % d'une classe d'âge obtiennent un baccalauréat (**Doc. 2**).
- Cependant, cette massification n'a pas fait disparaître les inégalités scolaires, ce qui interroge sur son caractère démocratique.

LA BOÎTE À DOCS

Doc. 1 L'allongement de la scolarité

La réforme Berthoin du 6 janvier 1959 prolonge l'obligation scolaire jusqu'à 16 ans pour tous les enfants âgés de 6 ans à cette date, et entre donc pleinement en vigueur en 1967. Cependant, cette mesure à forte portée symbolique accompagne davantage l'évolution de la société française qu'elle ne la provoque. En effet, à cette date, les trois quarts des jeunes prolongent leur scolarité au-delà de 14 ans.

Cette mesure manifeste véritablement la volonté de la Vᵉ République naissante de démocratiser l'enseignement et de favoriser l'égalité des chances. Ce sont en effet les enfants issus des milieux les plus défavorisés, les enfants des ouvriers et des agriculteurs, qui sont le plus susceptibles de quitter l'école prématurément, afin de subvenir aux besoins financiers de la famille. En allongeant l'obligation scolaire de deux années, le gouvernement entend ainsi accroître leur niveau de formation et de culture générale et leur offrir des chances d'ascension sociale renforcées.

J. Le Gac, « L'allongement de la scolarité jusqu'à 16 ans », *enseignants.lumni.fr*, 2007.

Doc. 2 Proportion de bacheliers dans une génération par voie (en %)

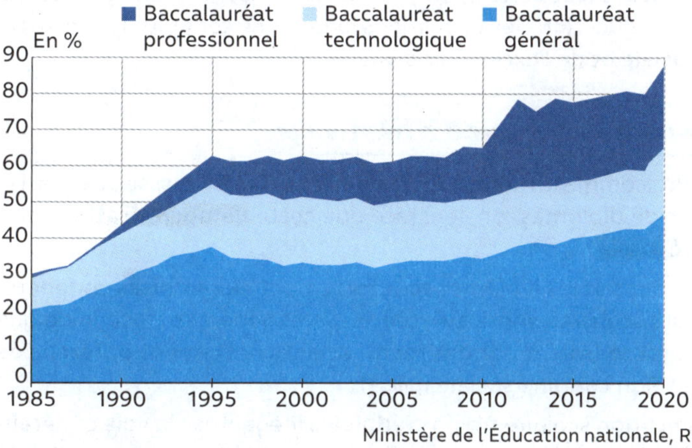

Ministère de l'Éducation nationale, RERS, 2021.

Jusqu'au début des années 1950, moins de 5 % des élèves d'une classe d'âge accède au baccalauréat. En 2020, cette proportion est de 87,1 %. L'élévation de la proportion de bacheliers dans une génération résulte du processus de massification du système scolaire français, notamment à partir des années 1960.

Vocabulaire

- **Massification scolaire :** accès massif des enfants, en particulier des classes populaires, à l'enseignement secondaire et à l'enseignement supérieur.
- **Taux de scolarisation :** pour une tranche d'âge donnée, rapport entre l'effectif d'élèves, d'apprentis et d'étudiants et l'effectif de la population totale correspondante.
- **Taux d'accès à un diplôme :** rapport entre le nombre d'élèves parvenant dans les classe de ce diplôme, répartis par année de naissance, et l'effectif des générations correspondantes.

FICHE 3

Démocratisation ou massification ?

De quoi s'agit-il ?

La démocratisation scolaire est une réalité. Cependant, pour certains sociologues, elle reste relative : ils préfèrent alors parler de massification scolaire.

1 Une massification qui traduit une démocratisation réelle

- Christian Baudelot et Roger Establet ont montré que le **niveau des élèves s'est élevé** et que les **filles** ont largement bénéficié de la **massification scolaire**.
- L'**allongement de la durée des études** a pris plusieurs formes. Il passe d'abord par la généralisation de l'accès au collège, puis de l'accès au lycée. L'allongement de la scolarité des jeunes fréquentant l'enseignement professionnel est aussi important que dans l'enseignement général.
- En élargissant considérablement l'accès aux diplômes, notamment au baccalauréat et à l'enseignement supérieur, la massification scolaire a entraîné une **démocratisation générale de l'éducation** : les formations longues ne sont plus réservées aux enfants issus de l'élite sociale et de l'excellence scolaire.

2 Une démocratisation à relativiser

- Cependant, comme le montre Pierre Merle, si on s'intéresse aux écarts entre les filières et les types de diplômes, on constate que cette **démocratisation** est aussi très fortement **ségrégative**.
- Les formations et les diplômes sont fortement **hiérarchisés** en fonction de leur valeur et des publics scolaires. Ainsi, au lycée, les voies générales, technologiques et professionnelles se caractérisaient par des **recrutements** nettement **différenciés** selon le genre, mais aussi selon l'origine sociale (**Doc. 1**).
- La massification scolaire n'a pas réduit les inégalités : la voie générale – en particulier les spécialités scientifiques – accueillent plus fréquemment les enfants d'origine aisée, alors que les séries technologiques et professionnelles accueillent surtout les enfants d'origine populaire.
- Le même constat de démocratisation ségrégative vaut pour l'**enseignement supérieur** : l'accès s'est élargi entre 1975 et 2000, mais de façon différenciée. Au début du XXIe siècle, l'université a un recrutement social plus diversifié, alors que dans les classes préparatoires aux grandes écoles (CPGE), les enfants des catégories aisées sont fortement surreprésentés (**Doc. 2**).

LA BOÎTE À DOCS

Doc. 1 Répartition des lycéens en fonction de leur filière à la rentrée 2018

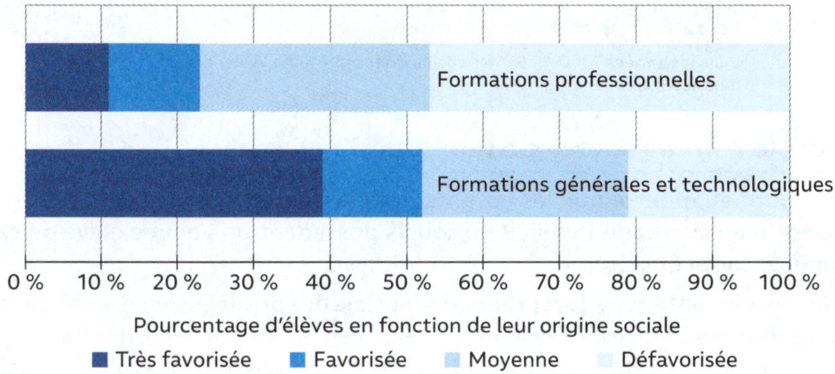

Champ : France métropolitaine + DOM.

Système d'information Scolarité du ministère de l'Éducation nationale et de la Jeunesse.

L'accès aux différentes filières du baccalauréat est inégal en fonction de l'origine sociale. Les élèves d'origine populaire sont surreprésentés dans les filières professionnelles et, dans une moindre mesure, technologiques.

Doc. 2 Répartition des étudiants de CPGE selon la catégorie socioprofessionnelle de leur parent référent en 2017

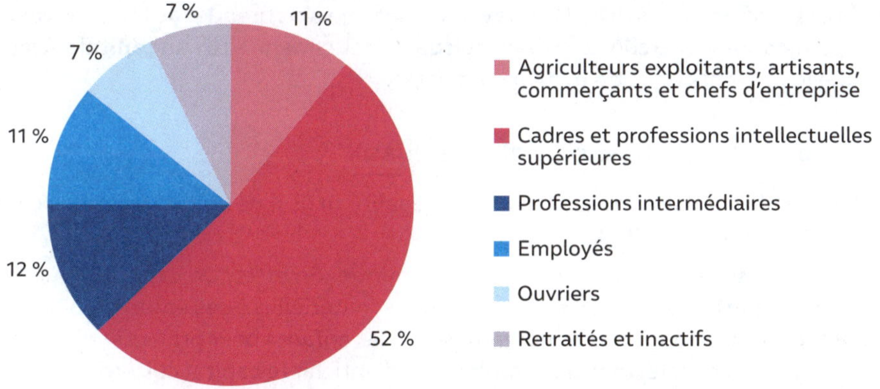

Champ : France métropolitaine + DOM, public et privé.

Système d'information Scolarité du ministère de l'Éducation nationale et de la Jeunesse.

La moitié des étudiants de classes préparatoires aux grandes écoles (CPGE) sont en effet des enfants de cadres et professions intellectuelles supérieures, tandis que moins d'un étudiant de CPGE sur dix est enfant d'ouvrier.

Vocabulaire

• **Démocratisation ségrégative :** divergence croissante du recrutement social entre les différentes séries du baccalauréat ou entre les filières du supérieur, malgré l'élargissement social de l'accès au baccalauréat ou à l'enseignement supérieur.

FICHE 4

Inégalités sociales et inégalités de réussite scolaire

De quoi s'agit-il ?

Dans les années 1960-1970, des sociologues ont étudié le lien entre réussite scolaire et origine sociale.

1 L'école comme source de reproduction sociale

- Pierre Bourdieu montre que les enfants des classes supérieures (les « **héritiers** ») bénéficient d'un avantage familial, puisqu'ils possèdent un volume élevé de **capital économique, social et culturel**.
- Pour lui, l'école contribue à la **reproduction sociale** des privilèges : elle renforce et légitime l'inégalité des chances. Le système scolaire, censé sanctionner le mérite individuel, valide en fait des inégalités scolaires qui proviennent en partie d'inégalités sociales.
- En effet, Bourdieu met en évidence le fait que la transmission du **capital culturel** agit directement et de façon déterminante sur la réussite scolaire (**Doc.**). La culture transmise par l'école (importance de l'écrit, abstraction, niveau de langage…) est très proche de celle des milieux favorisés et très éloignée de celle des milieux populaires. C'est pourquoi les enfants issus des **milieux populaires intériorisent plus difficilement la culture scolaire**.
- De plus, les enfants issus de milieux favorisés ont une plus grande facilité pour valoriser leurs diplômes sur le marché du travail, puisqu'ils détiennent aussi un **capital social** plus élevé que les enfants issus de milieux modestes.

2 Le rôle des investissements familiaux

- Le capital culturel est donc une source d'inégalité mais il ne se transmet pas comme un simple héritage.
- Il ne faut pas sous-estimer le **capital économique**. En effet, un capital économique permet, d'une part, d'offrir de bonnes conditions matérielles à ses enfants pour étudier et, d'autre part, de dégager du temps pour soi et ses enfants pour pratiquer des activités extrascolaires qui permettent de compléter et d'enrichir le capital culturel.
- D'autre part, les **investissements familiaux** contribuent à la proximité des enfants avec la culture transmise à l'école : la valorisation des attentes scolaires par les parents, l'implication dans la scolarité, etc., sont, à milieu social équivalent, des facteurs de réussite scolaire.

LA BOÎTE À DOCS

Doc. Diplôme des sortants d'études initiales selon l'origine sociale en 2018

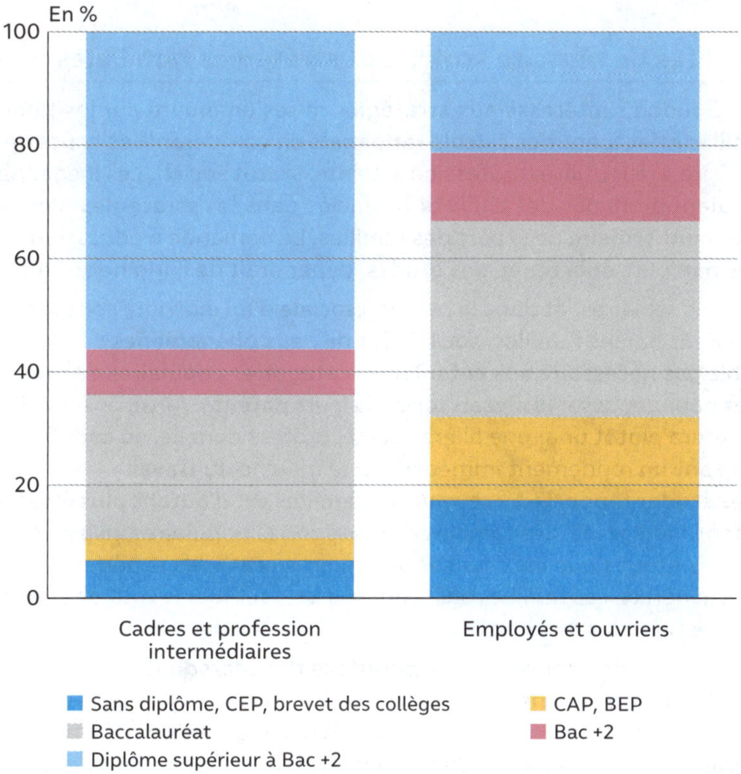

Insee, enquête Emploi, 2021.

En moyenne, 54 % des jeunes dont le père, ou la mère, est cadre ou profession intermédiaire, sont sortis de formation initiale avec un diplôme supérieur à Bac + 2. Ce n'est le cas que d'un jeune sur 5 dont le père ou la mère est employé ou ouvrier.

Vocabulaire

- **Capital culturel :** ensemble des ressources culturelles d'un individu ou d'un groupe social (titres scolaires, capacités intellectuelles, langage, possession d'objets culturels).
- **Capital social :** ensemble des relations sociales et des réseaux de connaissances d'un individu ou d'un groupe.
- **Investissements familiaux :** ensemble des actions intentionnelles des parents pour soutenir et favoriser la réussite scolaire de leurs enfants (contact avec les enseignants, suivi des devoirs et des résultats…).

FICHE 5

Le rôle des stratégies familiales

De quoi s'agit-il ?

Les stratégies des familles influencent la scolarité des enfants au travers du choix des études et des établissements scolaires.

1 Inégalités de réussite scolaire et stratégies familiales

- Raymond Boudon s'intéresse aux **stratégies** mises en œuvre par les familles. Selon lui, les familles effectuent des **calculs rationnels** en comparant les coûts de l'investissement scolaire à leur utilité (profession atteinte, statut social). Les inégalités scolaires s'expliqueraient alors par des choix différenciés dans les **stratégies d'orientation et d'investissement scolaire** de la part des familles. La demande d'éducation, c'est-à-dire le choix des parcours et la durée des études, dépendrait de l'origine sociale.

- Les inégalités scolaires, et donc la position sociale d'un individu, sont la conséquence des choix opérés par les familles, sous l'effet de deux phénomènes :
  - il ne semble **pas nécessaire aux enfants des catégories populaires de faire des études supérieures pour dépasser le niveau social de leurs parents**. Ainsi, un élève de catégorie populaire optera plutôt pour une filière courte, professionnelle, au coût financier moins élevé, et offrant un rendement immédiat sur le marché du travail ;
  - le **coût des études rapporté au revenu des familles est d'autant plus élevé lorsque les résultats sont médiocres**. Les familles des catégories populaires investissent d'autant moins dans les études que les chances d'accéder aux études supérieures sont faibles. D'une façon générale, ces familles ont tendance à surestimer le coût de l'investissement et à en sous-estimer les avantages.

- La théorie de Boudon repose sur le **paradoxe d'Anderson** (**Doc. 1**). Les enfants des classes populaires se heurtent à ce paradoxe et aux conséquences de la **démocratisation** de l'école. Le niveau de diplôme de la population a augmenté plus vite que le nombre d'emplois qualifiés. Il n'y a **pas d'adéquation entre la structure sociale** (les emplois) **et la structure scolaire** (les diplômes), et ce sont d'abord les enfants des classes populaires qui en subissent les conséquences.

2 Choix familiaux et inégalités

- Les parentes ont des ressources inégales en termes de richesse, de savoirs, de connaissance du système scolaire. Ils vont les mobiliser pour effectuer des choix et mettre en œuvre des **stratégies scolaires** qui permettent de favoriser la réussite scolaire de leurs enfants.

- Ces stratégies peuvent concerner le choix de l'établissement, avec des stratégies d'anticipation (choix du logement) ou de contournement de la **carte scolaire** (inscription dans un établissement privé, choix d'options rares...), mais aussi choix de la classe (classe bilangue...) et les choix d'orientations (choix des spécialités...) (**Doc. 2**).

LA BOÎTE À DOCS

Doc. 1 Le paradoxe d'Anderson

Dans l'enquête utilisée par Raymond Boudon (1934-2013) dans l'*Inégalité des chances* (1973), 70 % des individus ont un diplôme supérieur ou égal à celui de leur père et 30 % un niveau inférieur ou égal ; 39 % des individus ont une profession plus prestigieuse que leur père et 61 % une profession également ou moins prestigieuse. Cela montre qu'au moins 31 % (70 – 39 = 31) des individus qui ont un diplôme supérieur à leur père ont une profession moins valorisée. C'est ce qu'on appelle le paradoxe d'Anderson.

Doc. 2 Des stratégies de contournement de la carte scolaire

Les facteurs de fragmentation sont multiples en France. Officiellement, par exemple, on ne peut pas choisir son école, contrairement à d'autres pays comme le Brésil, par exemple, où le marché scolaire est officialisé, entre écoles étatiques, écoles municipales et écoles du marché. En France, en dépit de la sectorisation, des mécanismes permettant à certaines classes de ne pas se mélanger à d'autres ont toujours été maintenus. Les sociologues Michel Pinçon et Monique Pinçon-Charlot, qui étudient particulièrement les comportements des élites sociales, parlent des logiques sécessionnistes des classes moyennes et supérieures. Si, selon eux, il n'existe pas en France de volonté de communautarisme généralisé de la part des classes populaires, les classes moyennes et supérieures tendent à éviter de côtoyer les autres et d'appartenir à un même monde commun, et s'en affranchissent souvent.

C. Ben Ayed, *Mixité sociale contre ségrégation scolaire*, L'école et la ville, 2016.

Certains parents développent des stratégies d'évitement pour permettre à leurs enfants ne pas être dans les établissements de leur secteur, parce qu'ils considèrent que ces derniers ont mauvaise réputation ou que trop d'enfants avec des difficultés sociales et/ou scolaires les fréquentent. Ces stratégies affaiblissent encore davantage la mixité sociale des établissements scolaires en accentuant les inégalités de composition sociale des élèves.

Vocabulaire

- **Paradoxe d'Anderson :** l'acquisition d'un diplôme supérieur à celui de ses parents ne garantit pas l'accès à une position sociale plus élevée que la leur.
- **Stratégies scolaires :** ensemble des choix intentionnels des familles qui s'appuient sur leurs ressources (capital économique, culturel, social, connaissance du système éducatif…) pour atteindre l'objectif de réussite scolaire de leurs enfants.
- **Carte scolaire :** système d'affectation des élèves dans une école, un collège ou un lycée en fonction de leur lieu de résidence. Les familles peuvent demander une dérogation (pour continuer une option rare, pour rejoindre un membre de la fratrie scolarisé dans un autre établissement…).

FICHE 6

Genre et inégalités de réussite scolaire

De quoi s'agit-il ?

Les données statistiques mettent en évidence le fait que les filles réussissent mieux à l'école. Cependant, elles sont moins nombreuses dans les filières scientifiques les plus prestigieuses.

1 La réussite scolaire des filles

- Longtemps, les filles ont été exclues de l'enseignement secondaire et de certaines spécialités universitaires, telles que les écoles d'ingénieur et la médecine. Ces discriminations institutionnelles levées, les inégalités scolaires qui s'observent aujourd'hui sont au détriment des garçons durant toute la scolarité obligatoire. Que l'on considère les taux de redoublement, les acquis scolaires de base ou encore l'obtention des diplômes, **les filles surpassent nettement les garçons à l'école**.

- À 14 ans, les filles sont plus fréquemment en Troisième que les garçons – 83,2 % contre 77,8 %. À 17 ans, le type d'enseignement suivi diffère selon le sexe du fait de l'orientation prise en fin de Troisième. L'enseignement général ou technologique accueille 62,5 % des filles et 49,5 % des garçons âgés de 17 ans. Les garçons sont plus souvent que les filles dans une filière professionnelle (38,4 % contre 27,1 %) (**Doc.**).

- Mais cette meilleure réussite scolaire **ne se traduit pas par une meilleure insertion professionnelle ou de meilleurs salaires**.

2 Les explications des inégalités

- Les inégalités scolaires entre filles et garçons dès les premières années de scolarité semblent montrer que l'éducation prodiguée aux filles et les **comportements attendus** de la part des adultes les préparent mieux au cadre scolaire que les garçons, ce qui explique en partie leur réussite scolaire au primaire et au collège. La **socialisation différenciée** des filles et des garçons est donc en partie responsable de ces inégalités.

- Les effets des **inégalités femmes/hommes** en matière de choix d'orientation se font sentir dès la classe de Seconde. Ainsi, seuls 46 % des élèves qui suivent des options scientifiques ou technologiques sont des filles, alors qu'elles sont surreprésentées (75 %) dans les enseignements d'exploration au profil littéraire. Les pratiques d'orientation dès la fin de la Seconde relativisent fortement la réussite des filles en les orientant vers des **filières souvent moins rentables et moins prestigieuses** que celles conseillées aux garçons.

- En raison des **stéréotypes** attribués à certaines filières, les filles ne vont pas naturellement vers les formations scientifiques et technologiques dites « masculines ». Elles doutent de leurs capacités à s'intégrer dans des formations où les garçons sont plus nombreux et, finalement, **s'autocensurent**. Les filles privilégient des filières qui font appel aux soi-disant dispositions naturelles féminines (l'écoute, l'attention aux autres…), plutôt que celles qui demandent des compétences plus techniques.

LA BOÎTE À DOCS

Doc. Le parcours scolaire des filles en quelques chiffres

En 2020

92 % des filles et
82,3 % des garçons ont le Bac.

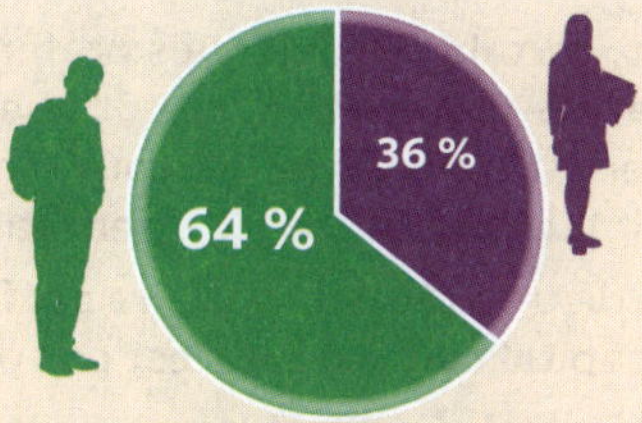

36 % des élèves qui suivent la doublette Maths-Physique sont des filles.

Enseignements d'exploration « littéraires »

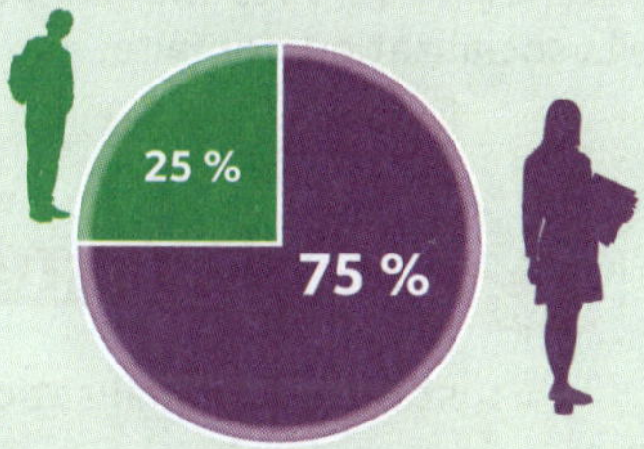

Les 3/4 ayant opté pour des enseignements d'exploration « littéraires » sont des filles.

École d'ingénieur

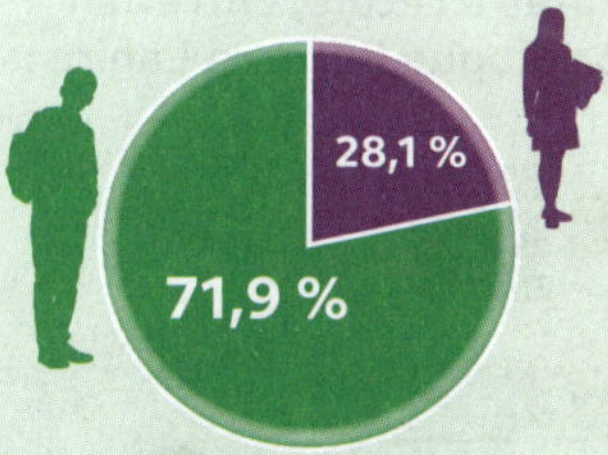

28,1 % des élèves en école d'ingénieur sont des filles.

Vocabulaire

- **Socialisation différenciée :** processus d'apprentissage et d'intériorisation des normes et valeurs dominantes de la société, différencié en fonction du genre.

Révision Express

POINTS IMPORTANTS À RETENIR

- L'école est l'une des principales **instances de socialisation** et d'intégration. Elle est un facteur d'**égalité des chances** et s'appuie sur la **méritocratie**.
- Depuis quelques décennies, l'école s'est ouverte largement à l'ensemble de la population, y compris les classes populaires. La **démocratisation scolaire** est une réalité quantitative. Aujourd'hui, la scolarité obligatoire jusqu'à 16 ans conduit à des **taux de scolarisation** proches de 100 %, et près de 80 % d'une génération accède au baccalauréat.
- Cependant, certains sociologues préfèrent parler de **massification scolaire** ou de **démocratisation ségrégative**, plutôt que de démocratisation scolaire. En effet, les inégalités persistent dans les parcours scolaires, ce qui signifie que l'origine sociale et familiale influence les choix d'orientation et le niveau de réussite.
- Selon Bourdieu, la réussite scolaire est fortement liée à la possession, socialement inégale, du **capital culturel**, et n'est pas due au seul mérite individuel.
- Pour Boudon, les inégalités s'expliquent par les **stratégies rationnelles** des familles, car elles font un calcul coût/avantage pour déterminer leurs investissements dans une carrière scolaire.
- Les inégalités de réussite scolaire s'expliquent aussi par une **socialisation différenciée** : les filles et les garçons ne s'orientent pas vers les mêmes parcours scolaires du fait de normes intériorisées lors de la socialisation primaire.

APPRENDRE AUTREMENT

Les inégalités à l'école, entretien avec le sociologue Bernard Lahire :

Vidéo

LE COURS EN 10 MOTS-CLÉS

- Instance de socialisation
- Égalité des chances
- Méritocratie
- Démocratisation scolaire
- Taux de scolarisation
- Massification scolaire
- Démocratisation ségrégative
- Capital culturel
- Stratégies rationnelles
- Socialisation différenciée

CARTE MENTALE

> Quel rôle pour l'école ?

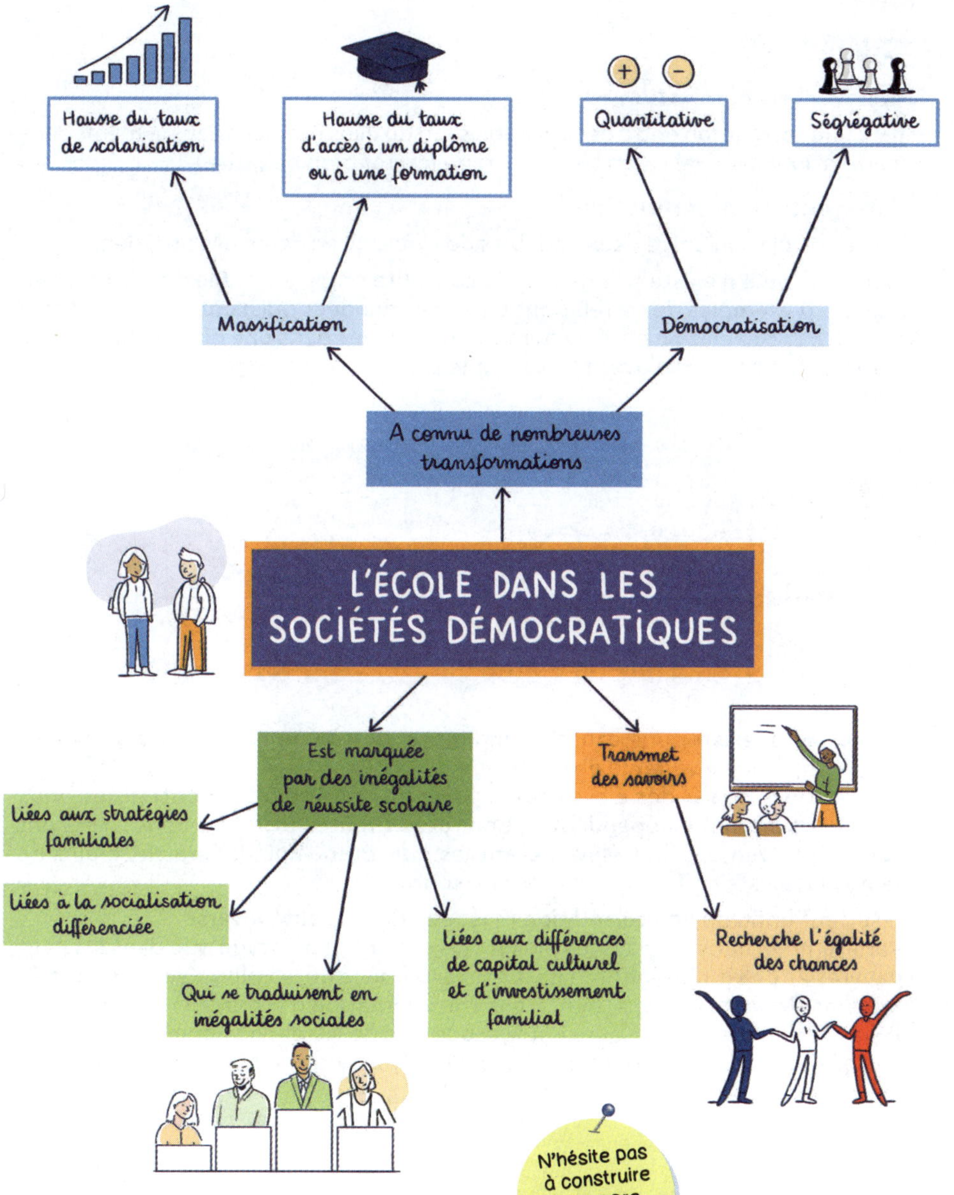

N'hésite pas à construire ta propre carte mentale

Lire et interpréter des relations de corrélation et de causalité

MÉTHODE

1. Repérer une corrélation

- Il y a une **corrélation** entre deux variables lorsqu'elles évoluent dans le même sens (corrélation positive) ou en sens contraire (corrélation négative).

2. Interpréter une corrélation

Toute corrélation entre deux variables doit être interprétée avec prudence.

- Il se peut qu'il n'existe **pas de lien de causalité** entre elles. Il existe un certain nombre d'exemples de corrélations entre des données qui n'ont rien à voir entre elles. Ici, la corrélation entre le nombre de noyades dans une piscine par an et le nombre de films sortis avec Nicolas Cage :

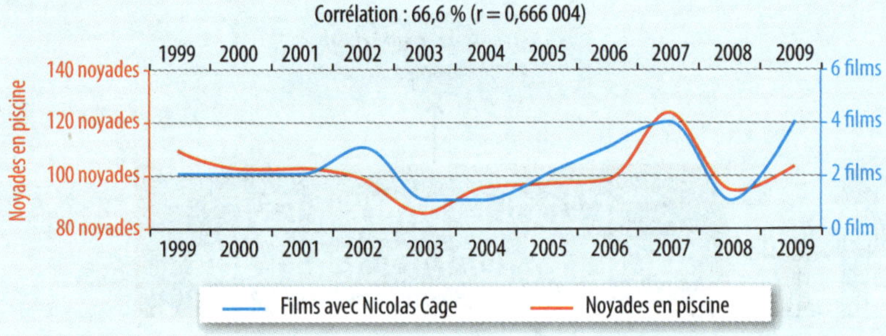

- Il peut aussi exister une **causalité indirecte**, due à une variable (ou grandeur) cachée, appelée « **variable de confusion** ».
Une étude faite sur des élèves d'une école primaire semble montrer que deux grandeurs *a priori* indépendantes, pointure et fautes d'orthographes, seraient liées négativement. Les élèves ayant les plus grands pieds feraient moins de fautes ! Il existe en fait une variable de confusion : l'âge.
- Il se peut enfin qu'**une corrélation masque une causalité inverse**.
Par exemple, dans les pays les plus riches, on boit davantage que dans les pays pauvres et on vit plus longtemps. Cette espérance de vie plus élevée est due au système de santé efficace, et non à la consommation d'alcool.
Il y a bien un lien de causalité entre espérance de vie et consommation d'alcool (la consommation d'alcool fait baisser l'espérance de vie), mais elle va en sens inverse de la corrélation observée.

Méthode

ÉNONCÉ

Doc. **Hausse du chômage et recherche sur les médicaments anti-stress sur Google**

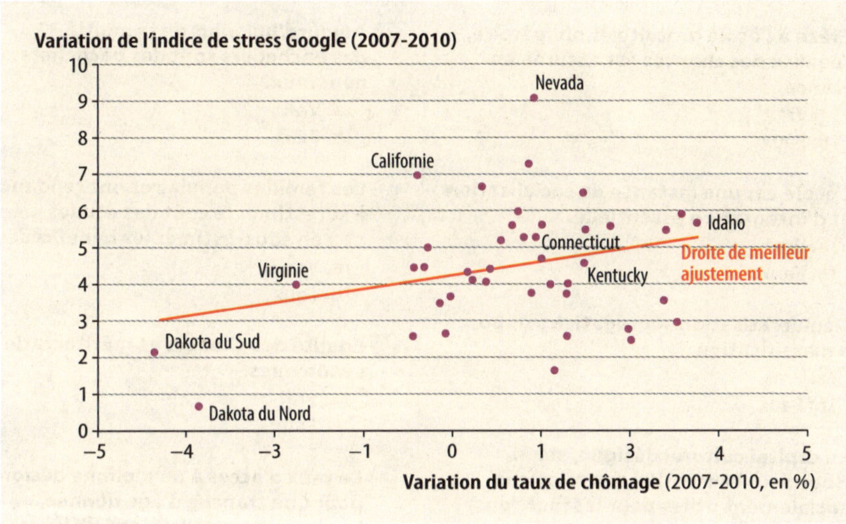

Y. Algan, E. Beasley, F. Guyot, et F. Murtin, *Big Data Measures of Human Well-Being : Evidence from a Google Stress Index on US States*, Sciences Po Working Paper, 2014.

- **Quelle corrélation est ici mise en evidence ? Peut-on parler de causalité ?**

CORRIGÉ

Cette représentation graphique montre que les États ayant connu la plus forte hausse du chômage entre 2007 et 2010 sont ceux où les recherches Internet sur des médicaments anti-stress ont le plus augmenté. Cela semble indiquer qu'un taux de chômage plus élevé est associé à un niveau de stress plus important. Les deux éléments sont donc bien corrélés.

Cette corrélation semble être aussi une causalité : être au chômage ou craindre de l'être est une source majeure de mal-être pour les individus. Les économistes ont mis en évidence que perdre son emploi a un effet négatif sur le bonheur bien plus important que celui engendré par la seule perte du salaire consécutive à l'absence d'activité. Cependant, il pourrait exister une troisième variable qui pourrait être à l'origine de cette corrélation. Ainsi, une catastrophe naturelle, comme l'ouragan Katrina en Louisiane en 2005, aurait pu provoquer à la fois une hausse du niveau de stress et du chômage.

Il faut donc toujours être prudent avant de conclure qu'une corrélation observée implique une relation causale entre des variables.

Fiche test — *Ce que je sais*

VRAI / FAUX

15 min

◯ À revoir
◯ Acquis

1 Cochez la bonne réponse.

1 Grâce à l'école gratuite et obligatoire, l'égalité des chances est assurée en France.
- ◯ a. Vrai
- ◯ b. Faux

2 L'école est une instance de socialisation et d'intégration essentielle.
- ◯ a. Vrai
- ◯ b. Faux

3 Démocratisation ségrégative s'oppose à massification.
- ◯ a. Vrai
- ◯ b. Faux

4 Le capital culturel désigne, selon Bourdieu, l'ensemble des relations socialement utiles pour les individus.
- ◯ a. Vrai
- ◯ b. Faux

5 Les filles réussissent mieux à l'école que les garçons.
- ◯ a. Vrai
- ◯ b. Faux

6 Il y a une sur-représentation des garçons dans les spécialités littéraires.
- ◯ a. Vrai
- ◯ b. Faux

7 Plus de la moitié des étudiants de classes préparatoires aux grandes écoles (CPGE) ont des parents cadres ou exerçant une profession intellectuelle supérieure.
- ◯ a. Vrai
- ◯ b. Faux

8 Les stratégies familiales en termes de choix d'établissement réduisent les inégalités scolaires.
- ◯ a. Vrai
- ◯ b. Faux

9 Aujourd'hui, plus de la moitié des bacheliers sont des bacheliers généraux.
- ◯ a. Vrai
- ◯ b. Faux

10 Les familles populaires ont tendance à surestimer le coût des études et à en sous-estimer les bénéfices.
- ◯ a. Vrai
- ◯ b. Faux

11 Égalité des chances et méritocratie sont synonymes.
- ◯ a. Vrai
- ◯ b. Faux

12 Le taux d'accès à un diplôme désigne, pour une tranche d'âge donnée, le rapport entre l'effectif d'élèves et celui de la population totale correspondante.
- ◯ a. Vrai
- ◯ b. Faux

13 Le capital social désigne :
- ◯ a. l'ensemble des ressources culturelles d'un individu ou d'un groupe social.
- ◯ b. l'ensemble des relations sociales et des réseaux de connaissances d'un individu ou d'un groupe.
- ◯ c. l'ensemble des actions intentionnelles des parents pour favoriser la réussite scolaire de leurs enfants.

14 On parle de paradoxe d'Anderson lorsque l'acquisition d'un diplôme supérieur à celui de ses parents ne garantit pas l'accès à une position sociale plus élevée que la leur.
- ◯ a. Vrai
- ◯ b. Faux

SCORE : ___ / 14

EXERCICES D'ENTRAÎNEMENT

2 Texte à trous

À l'aide de vos connaissances, complétez le texte avec les termes suivants :
normes – démocratisation – réussite scolaire – inégalités sociales – diplôme – socialisation primaire – méritocratie – égalité des chances – massification – valeurs – inégalités scolaires.

L'école est une instance de .... ayant pour but d'éduquer les futurs adultes et de leur transmettre des .... et des ....

C'est dans ce cadre que l'école républicaine vise à établir l'... entre les élèves. Elle vise à donner les mêmes chances de .... et donc sociale, à tous les individus, quel que soit leur milieu d'origine.

Le .... est la voie d'accès à l'emploi et donc le moyen d'accéder à un statut social. Il sanctionne un mérite (principe de ....). Depuis les années 1960, on a assisté, en France, à la .... (augmentation des effectifs) et à la .... (accès à tous) de l'enseignement. Cependant, les sociologues ont montré que les .... étaient assez fortement corrélées aux ....

3 Question courte

Qu'est-ce que le « paradoxe d'Anderson » ?

4 Schéma à compléter

Complétez le schéma à l'aide des termes suivants :
inégalités de réussite scolaire – inégalités d'emploi – inégalités d'accès au diplôme – capital social – parcours scolaires différents

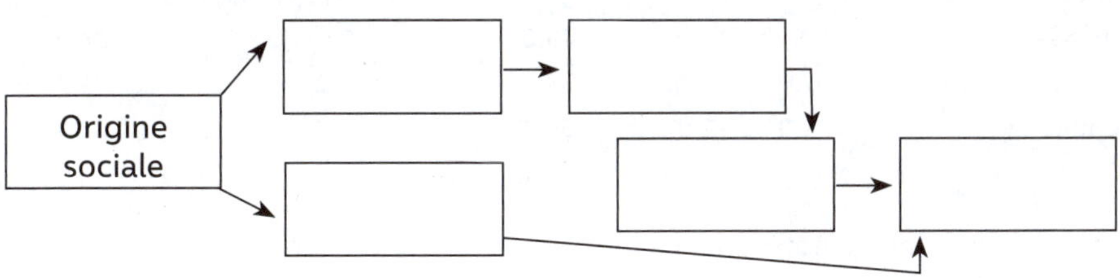

5 Quelle démocratisation de l'enseignement supérieur ?

	Effectifs (en milliers)		Part des femmes en 2018 (en %)	Part des élèves ayant des parents cadres ou prof. intell. sup. en 2018 (en %)	Part des élèves ayant des parents ouvriers ou inactifs en 2018 (en %)
	2000-2001	2018-2019			
Universités	1 397	1 615	57,4	33,3	18,3
Préparation au DUT	119	120	40,3	30,7	18,3
Droit, sciences politiques	179	207	66,6	36,6	17,0
Économie, AES	165	192	53,4	28,1	22,7
Arts, lettres, langues, SHS	481	506	69,5	27,1	21,2
Staps	45	57	31,0	29,7	18,4
Santé	141	233	64,0	47,8	10,8
Sciences	244	270	41,1	33,6	18,6
Formations d'ingénieurs	23	31	28,8	43,2	12,3
Formations d'ingénieurs hors université	73	133	27,4	53,9	7,6
Écoles de commerce, gestion, vente, comptabilité	63	188	50,9	51,1	6,1
Écoles artistiques, d'architecture et de journalisme	52	95	58,9	47,4	7,7
Écoles paramédicales et sociales	93	135	85,6	23,0	19,0
CPGE et prépa intégrées	74	96	41,1	52,6	10,3
STS et assimilés	239	263	49,0	15,6	34,3
Autres formations	169	155	53,8	44,2	11,7
Ensemble	**2 160**	**2 679**	**55,3**	**34,3**	**18,1**

Mesri-Sies, systèmes d'information SISE et Scolarité, 2019.

1. Rédigez une phrase présentant chacune des données soulignées.
2. Comparez la part des enfants de cadres et celle des enfants d'ouvriers selon le type d'étude.
3. Comparez la part des femmes selon le type d'étude.
4. À partir des deux questions précédentes, montrez que la massification de l'enseignement supérieur ne signifie pas une disparition des inégalités.

VERS LE BAC

6 Travailler l'argumentation

Sujet **Faut-il que l'État finance les études supérieures ?**
Recherchez les arguments qui justifient un financement public des études supérieures et montrez que ces arguments sont parfois contestés.

Doc. 1 Le coût des études

Les coûts par élève et par étudiant, en euros, en 2017

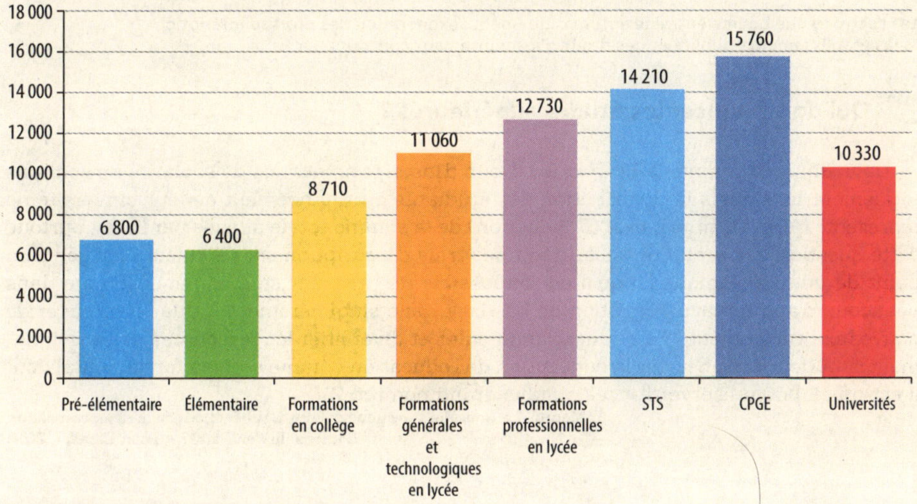

Champs : France métropolitaine + DOM, Public + Privé.

RERS, DEPP, 2019.

Doc. 2 Les bourses sur critères sociaux dans l'enseignement supérieur

Pour avoir droit à une aide financière du ministère de l'Enseignement supérieur, il faut avoir moins de 28 ans et suivre une formation habilitée à recevoir des boursiers. Les aides sont attribuées en fonction de trois critères :
– les revenus du foyer fiscal,
– le nombre d'enfants à charge,
– l'éloignement du lieu d'études.

Il existe huit échelons de bourse, de 0 bis à 7. Pour déterminer l'échelon dont bénéficie l'étudiant à la rentrée suivante, le revenu brut global de ses parents est pris en compte.

	Montant annuel de la bourse (en euros)
Échelon 0bis	1 020
Échelon 1	1 687
Échelon 2	2 541
Échelon 3	3 523
Échelon 4	3 967
Échelon 5	4 555
Échelon 6	4 831
Échelon 7	5 612

Note : l'octroi d'une bourse entraîne automatiquement l'exonération des droits d'inscription dans les établissements publics et des droits d'inscription aux concours.

Doc. 3 Qui doit financer les études supérieures ?

Dans un pays comme la France, les droits d'inscription et frais de scolarité ne sont pas totalement nuls, mais la contribution des étudiants au financement de leur université ne représente qu'une infime partie (3 % environ) de la somme totale allouée par l'État. Surtout, cette question des droits de scolarité et des frais d'inscription est tellement chargée d'un point de vue idéologique [...] qu'il est impossible de l'aborder sereinement. Comme dans beaucoup d'autres pays, l'équation de base est donc singulièrement ardue : où trouver de nouveaux financements ? Comment augmenter et diversifier les ressources de l'enseignement supérieur sans heurter la conception de l'éducation comme un bien fondamental dont il est crucial de préserver l'accès au plus grand nombre ?

E. Maurin, La Nouvelle Question scolaire. Les bénéfices de la démocratisation, Éditions du Seuil, 2007, « Point Essais », 2018.

Fiche test Ce que je sais

1 **1. b.** Si l'école transmet effectivement une culture commune à tous les élèves, quel que soit leur milieu d'origine, et si l'accès à celle-ci s'est démocratisé dans les années 1960, elle ne garantit pas pour autant l'égalité des chances (voir les analyses de Bourdieu et Boudon).

2. a. L'école est une des instances de socialisation et d'intégration les plus importantes, avec la famille et le travail.

3. a. La massification met en évidence que de plus en plus d'enfants, y compris ceux issus des classes populaires, ont accès à l'école et à l'enseignement supérieur. La démocratisation ségrégative met en évidence que les parcours les plus sélectifs et les plus socialement valorisés sont occupés majoritairement par des enfants issus des classes supérieures.

4. b. Il s'agit de la définition du capital social et non celle du capital culturel.

5. a. La socialisation différenciée selon le genre des enfants contribue à expliquer la réussite scolaire plus grande des filles.

6. b. Les garçons sont sur-représentés dans les spécialités scientifiques.

7. a. (52 % en 2017).

8. b. Elles les renforcent.

9. a. En 2020, 87,0 % d'une génération est bachelière et, parmi eux, 43,6 % sont des bacheliers généraux.

10. a. Pour ces familles, le choix des études courtes est le gage d'un revenu du travail plus précoce.

11. b. Une société est qualifiée de méritocratique lorsque la réussite scolaire est fonction du mérite de l'individu et non de ses origines sociales.

12. b. Il s'agit du taux de scolarisation.

13. b. La première réponse correspond au capital culturel et la troisième aux investissements familiaux.

14. a.

EXERCICES D'ENTRAÎNEMENT

2 Texte à trous

L'école est une instance de **socialisation primaire** ayant pour but d'éduquer les futurs adultes et de leur transmettre des **normes** et des **valeurs**.

C'est dans ce cadre que l'école républicaine vise à établir l'**égalité des chances** entre les élèves. Elle vise à donner les mêmes chances de **réussite scolaire**, et donc sociale, à tous les individus, quel que soit leur milieu d'origine.

Le **diplôme** est la voie d'accès à l'emploi et donc le moyen d'accéder à un statut social. Il sanctionne un mérite (principe de **méritocratie**). Depuis les années 1960, on a assisté, en France, à la **massification** (augmentation des effectifs) et à la **démocratisation** (accès à tous) de l'enseignement. Cependant, les sociologues ont montré que les **inégalités scolaires** étaient assez fortement corrélées aux **inégalités sociales**.

3 Question courte

Le paradoxe d'Anderson s'énonce de la façon suivante : « un fils qui possède un niveau de diplôme plus élevé que son père n'a pas forcément une position sociale plus élevée ». Cela traduit un certain déclassement scolaire. L'augmentation du nombre de diplômes, plus rapide que celle des postes qualifiés, s'est traduite par un processus de dévalorisation des diplômes. On parle d'inflation des diplômes. Or, dans nos sociétés tertiarisées, l'importance du diplôme devient déterminante, et ce sont les enfants des catégories favorisées qui en ont le meilleur rendement, grâce à l'importance de leur capital économique, mais surtout grâce à l'importance de leur capital social.

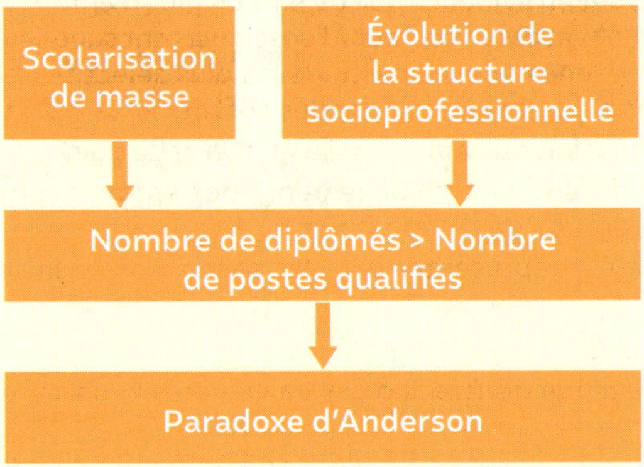

4 Schéma à compléter

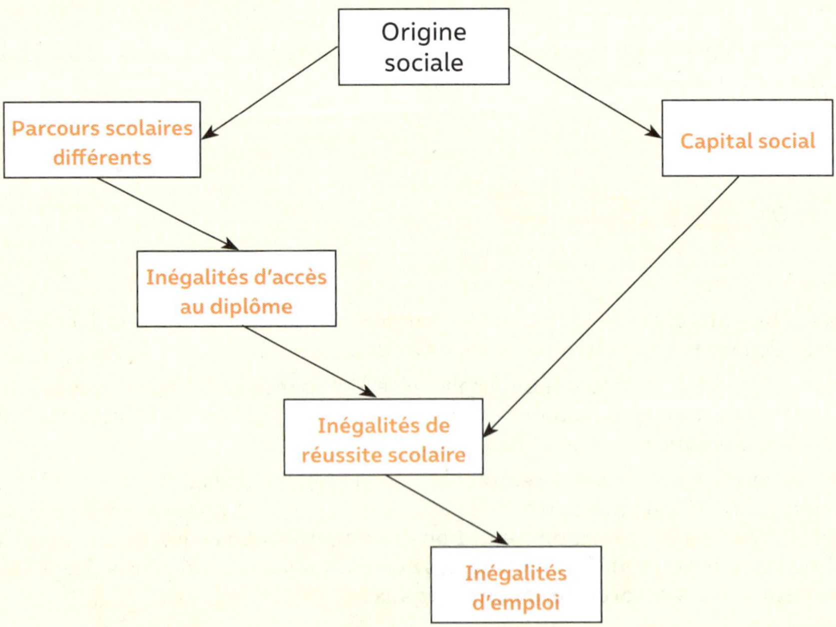

5 Quelle démocratisation de l'enseignement supérieur ?

1. En 2018, sur 100 étudiants en école d'ingénieurs, seuls 27 étaient des femmes. Près de 54 % des étudiants de ces écoles étaient des enfants de cadres et professions intellectuelles supérieures. Près de 35 % des étudiants en sections de techniciens supérieurs (STS) étaient des enfants d'ouvriers ou d'inactifs.

2. À l'exception des sections de techniciens supérieures, qui préparent au BTS en deux ans, la part des enfants de cadres et professions intellectuelles supérieures est systématiquement supérieure à celle des enfants d'ouvriers, quel que soit le type d'études supérieures suivi. Ainsi, un tiers des étudiants à l'université est issu des classes favorisées, contre seulement 18,3 % pour les enfants d'ouvriers ou d'inactifs. Plus les études sont sélectives, plus la part des enfants de cadres augmente et plus celle des enfants d'ouvriers diminue : les enfants de cadres représentent plus de la moitié des effectifs en classes préparatoires aux grandes écoles (CPGE) contre seulement 10 % pour les enfants d'ouvriers. Les proportions sont à peu près identiques pour les études de santé.

3. Plus de la moitié des étudiants sont des étudiantes. Cependant elles sont surreprésentées dans les filières dites « littéraires « (droit, sciences politiques, arts, lettres, langues, sciences humaines…) et paramédicales (85 %) et sous-représentées dans les filières scientifiques : elles ne représentent que 27 % des effectifs d'ingénieurs et 41 % des étudiants en sciences.

4. Entre 2001 et 2019, le nombre d'étudiants dans l'enseignement supérieur a augmenté. Il est passé de 2 160 000 à 2 679 000, soit une augmentation de 24 %. Il y a donc bien eu massification de l'enseignement supérieur. Cependant, cette massification masque l'existence d'inégalités. Ainsi, les femmes sont surreprésentées dans les filières littéraires ou paramédicales, où elles représentent respectivement 69,5 % et 85,6 % des effectifs. En revanche, elles sont sous-représentées dans les filières scientifiques ou dans les classes préparatoires. Or, ces filières sont celles qui offrent les meilleures rémunérations à la sortie des études. De la même façon, il existe des inégalités sociales. Ainsi, les enfants d'ouvriers sont très présents dans les sections de techniciens supérieures, qui sont des études supérieures courtes, mais très peu présents dans les grandes écoles d'ingénieurs ou de commerce : ils ne représentent respectivement que 6,1 % et 7,7 % des effectifs de ces établissements. L'accès aux études supérieures est donc lui aussi soumis à une démocratisation ségrégative –pour reprendre l'expression de Pierre Merle.

VERS LE BAC

6 Travailler l'argumentation

Arguments en faveur du financement des études supérieures par l'État	Arguments contre le financement des études supérieures par l'État
• Le financement par l'État des études supérieures permet l'accès du plus grand nombre à ces études (**Doc. 3**). Cela renforce l'égalité des chances. • L'existence de bourses sur critères sociaux (**Doc. 2**) permet à des étudiants issus de milieux moins favorisés de suivre des études, et donc d'espérer avoir un emploi plus rémunérateur que celui de leurs parents. La gratuité (ou quasi gratuité) de l'enseignement supérieur est donc un facteur de mobilité sociale (Voir Chapitre 8). • Cependant, les bourses sont insuffisantes pour couvrir les besoins des étudiants (logement, nourriture). Ceux qui ne sont pas aidés par leurs parents doivent travailler, ce qui rend leur réussite plus aléatoire. Pour les organisations étudiantes, il faudrait donc revoir les plafonds et les montants de ces bourses.	• Les études supérieures coûtent cher à l'État (et donc aux contribuables) : entre 10 330 € pour une année à l'université et 15 760 € pour une année en classe préparatoire (**Doc. 1**), tout comme les différentes aides sociales. • Certains auteurs suggèrent que seul l'enseignement obligatoire (jusqu'à 16 ans voire 18 ans) devrait être gratuit. Les études supérieures relèveraient d'un investissement personnel que les individus devraient financer eux-mêmes. • Les filières de l'enseignement supérieur les mieux dotées par les pouvoirs publics sont généralement les plus élitistes, les moins ouvertes socialement, mais surtout celles qui débouchent sur les carrières les plus rémunératrices, et qui offrent à leurs diplômés une véritable rente de statut, d'emploi et de salaire pour l'avenir. Le financement par l'État contribuerait donc à accroître les inégalités plutôt qu'à les réduire.

Chapitre 8 Comment rendre compte de la mobilité sociale ?

La mécanisation de l'agriculture a détruit des emplois dans ce secteur et conduit une partie de la population active à se réorienter.

FICHE 1 Les concepts de la mobilité

De quoi s'agit-il ?

La mobilité sociale est le déplacement d'un individu dans l'espace social. On la distingue de la mobilité géographique ou de la mobilité professionnelle.

1 Les différentes formes de mobilité

- La mobilité évoque un changement de situation pour un individu. La **mobilité intra-générationnelle** (ou **mobilité professionnelle**) concerne l'évolution de la position sociale d'un individu au cours de sa vie professionnelle.
- Au cours de sa vie active, un individu peut aussi connaître une **mobilité géographique**. Des liens unissent ces deux types de mobilité : une promotion, ou la nécessité de retrouver un emploi ailleurs suite à un licenciement, peuvent ainsi imposer un changement de lieu de résidence (**Doc.**).
- On parle de **mobilité sociale** lorsqu'un individu ou un groupe change de position sociale. Cette position sociale est définie par rapport à un classement de la population en groupes sociaux relativement homogènes et hiérarchisés : en France, le classement retenu est celui des **catégories socioprofessionnelles** (ou CSP).
- La **mobilité intergénérationnelle** s'intéresse à l'évolution de la position sociale d'un individu ou d'un groupe entre deux générations. L'absence de mobilité sociale conduit à une situation d'**immobilité sociale** : les individus originaires d'une certaine catégorie sociale demeurent dans cette catégorie au cours de la vie active.
- L'étude des trajectoires sociales rend alors compte des **changements de position sociale** entre deux générations (promotion ou descente sociale par exemple).

2 Mobilité intergénérationnelle et égalité des chances

- Dans les **sociétés démocratiques**, contrairement aux sociétés d'ordre ou de castes, pouvoir accéder à n'importe quelle position sociale est un droit. La mobilité sociale est donc la règle.
- Dans une **société méritocratique**, les différentes positions sociales sont distribuées en fonction du mérite (qualités personnelles, travail, compétence), indépendamment de l'origine sociale. Chaque individu a, par conséquent, la même possibilité de gravir l'échelle sociale selon le principe de l'**égalité des chances**.
- L'analyse de la mobilité intergénérationnelle permet de savoir si le statut d'un individu dépend de son **origine** (« héritage » social) ou de son **mérite**. Ces changements de statut social (de position sociale) peuvent atténuer les conflits sociaux, car ils reflètent la possibilité de s'élever dans la hiérarchie sociale, selon le principe de l'« **ascenseur social** ».

LA BOÎTE À DOCS

Doc. La mobilité géographique des Français

1. a.

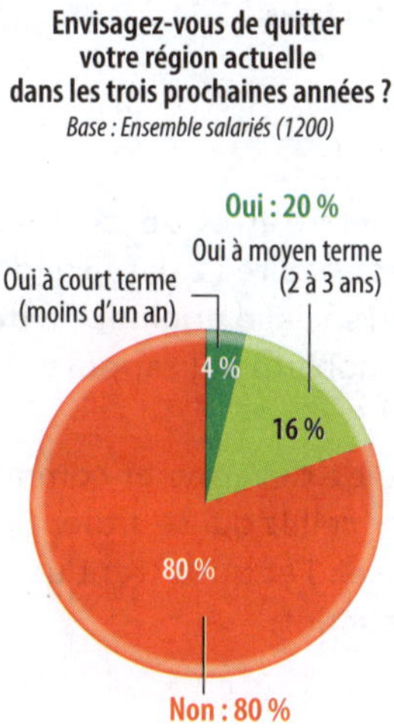

20 % des salariés français (soit 1 sur 5) ont un projet de mobilité à moyen terme, essentiellement vers une autre région française.

1. b.

Cette mobilité a pour objectif d'améliorer leur qualité de vie (les deux tiers), mais peut aussi se faire dans le cadre d'une mobilité professionnelle (un tiers).

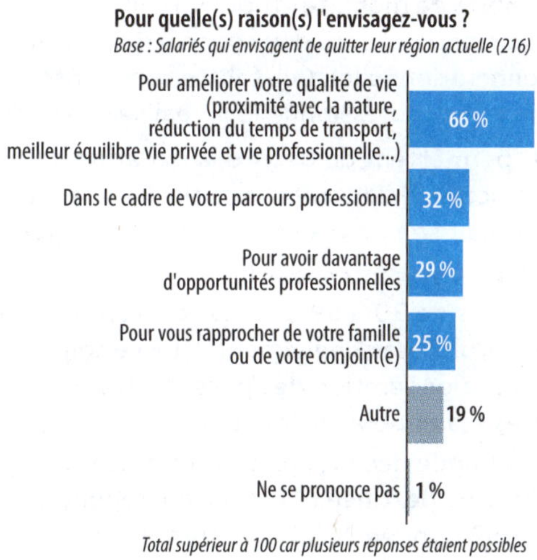

Enquête BVA, « La mobilité géographique des français », septembre 2018.

Vocabulaire

- **Mobilité sociale :** changement de position sociale, soit au cours de la vie d'un individu, soit par rapport à la position sociale de ses parents.
- **Mobilité intergénérationnelle :** modification du statut social d'une génération à une autre.

FICHE 2

L'observation de la mobilité sociale

De quoi s'agit-il ?

Les tables de mobilité, élaborées à partir des enquêtes de l'Insee, constituent un outil d'analyse de la mobilité sociale.

1 Pourquoi observer la mobilité dans une société ?

- En étudiant la mobilité sociale, les sociologues peuvent mettre en évidence des phénomènes d'**immobilité sociale** ou **reproduction sociale** (c'est-à-dire l'existence d'un lien entre la position sociale d'un individu et celle de son milieu social d'origine). La **mobilité observée** mesure le nombre d'individus ayant connu une mobilité par rapport à la position sociale occupée par leurs parents.
- Observer la mobilité sociale doit également permettre de déterminer comment les individus accèdent aux **positions socialement valorisées** – celles qui se situent en haut de la hiérarchie sociale (postes de cadres, chefs d'entreprise...) et qui offrent une reconnaissance sociale et économique aux individus qui les occupent.

2 La construction des tables de mobilité

- Les **tables de mobilité** étudient l'évolution de la situation socioprofessionnelle et de la structure sociale entre deux générations : celle des « pères » et celle des « fils » (mobilité intergénérationnelle). Ces tables sont construites à partir de l'enquête « Formation et qualification professionnelle », réalisée par l'Insee, tous les 10 ans environ.
- Elles permettent de décrire la situation d'un individu en croisant deux informations, sa **position sociale** (CSP à laquelle il appartient) et son **origine sociale** (CSP à laquelle appartenait son père au moment où l'individu terminait ses études).
- Ces tables présentent des **limites** : les individus interrogés (les « fils ») sont des hommes actifs âgés de **30 à 59 ans**, car on estime qu'avant 30 ans, les individus ne sont pas stabilisés professionnellement. L'Insee compare leur position sociale à celle de leur **père**, car dans la génération des parents des personnes âgées de 30 à 59 ans, beaucoup de femmes étaient encore inactives.
- On distingue deux types de tables de mobilité :

– la **table de destinée** (Doc. 1. a.), qui répond à la question « Que deviennent les fils issus d'une CSP donnée ? » Elle permet d'observer quelle probabilité ont les individus issus de telle catégorie sociale d'accéder à telle position sociale. Elle correspond donc à la problématique de l'égalité des chances ;

– la **table de recrutement**, ou d'origine (Doc. 1. b.), qui répond à la question « De quelle CSP viennent les individus qui occupent aujourd'hui une position sociale donnée ? » Elle permet d'observer le poids de l'origine sociale dans la position sociale occupée par un individu.

LA BOÎTE À DOCS

Doc. La mobilité sociale en 2015

1. a. « Que deviennent les fils ? »

	En %	Agriculteurs	ACCE[1]	CPIS[2]	PI[3]	Employés	Ouvriers	Ensemble
		DESTINÉE DES FILS						
Situation des pères	Agriculteurs	25	8	8,8	18,6	7,1	32,5	**100**
	ACCE[1]	0,8	20,3	22,2	22,9	9,5	24,3	**100**
	CPIS[2]	0,2	8	47	25,7	9,1	10	**100**
	PI[3]	0,7	7,9	25,5	31,5	11,3	23,1	**100**
	Employés	0,5	6,8	16,3	26,1	16,6	33,6	**100**
	Ouvriers	0,5	7,4	9,4	22,9	12,3	47,6	**100**
	Ensemble	**2,6**	**9,2**	**19,3**	**24,5**	**11,3**	**33**	**100**

Champ : hommes âgés de 30 à 59 ans.
Lecture : en 2015, 47,6 % des fils d'ouvriers le sont eux-mêmes devenus, et 9,4 % sont devenus cadres.
La dernière ligne du tableau indique la structure sociale du groupe des fils (2,6 % étaient agriculteurs, 9,2 % étaient commerçants, etc.).

1. b. « D'où viennent les fils ? »

	En %	Agriculteurs	ACCE[1]	CPIS[2]	PI[3]	Employés	Ouvriers	Ensemble
		PCS DES FILS						
PCS des pères	Agriculteurs	84,1	8,7	5,1	6,2	6,8	10,5	**10,1**
	ACCE[1]	3,6	29	15,8	12,5	10,5	9,9	**13,6**
	CPIS[2]	1,5	12,5	30,3	13,4	10,8	4,5	**13,5**
	PI[3]	2,5	12	20,1	18,9	15,2	9,1	**14,4**
	Employés	1,8	7,2	8,8	10,6	13,7	9,3	**9,5**
	Ouvriers	6,4	30,6	19,9	38,5	42,9	56,8	**38,8**
	Ensemble	**100**	**100**	**100**	**100**	**100**	**100**	**100**

Champ : hommes âgés de 40 à 59 ans ayant déjà exercé une activité professionnelle.
Lecture : en 2015, sur 100 ouvriers, 56,8 avaient un père ouvrier et 4,5 avaient un père cadre.

1. Artisans, commerçants, chefs d'entreprise. – 2. Cadres et professions intellectuelles supérieures. – 3. Professions intermédiaires.

Insee, enquête « Formation et qualification professionnelle », 2014-2015.

La diagonale du tableau montre le poids de l'origine sociale (fort taux d'autorecrutement parmi les agriculteurs et les ouvriers). La dernière colonne du tableau fournit la structure sociale du groupe des pères (10,1 % étaient agriculteurs, 13,6 % étaient commerçants, etc.).

Vocabulaire

- **Mobilité observée :** mobilité totale observée à partir des tables de mobilité.
- **Table de mobilité :** tableau permettant de mesurer la mobilité sociale intergénérationnelle, en faisant un rapprochement entre l'origine sociale des individus (position sociale de leur père) et leur position sociale actuelle.

FICHE 3 Mobilité observée et fluidité sociale

De quoi s'agit-il ?

La mobilité sociale observée en France est liée à l'évolution de la structure sociale. Cette mobilité s'accompagne-t-elle d'une plus grande fluidité sociale ?

1 La mobilité observée, une mobilité avant tout structurelle

- Les changements de position sociale d'une génération à l'autre peuvent résulter des évolutions de la structure des emplois (Doc. 1). Cette **mobilité structurelle** est une composante de la **mobilité observée** : le déclin de l'agriculture a « contraint » une partie importante des fils d'agriculteurs à trouver un emploi dans une autre catégorie sociale.
- La **mobilité nette** est la part de la mobilité observée (ou totale) qui n'est pas structurelle (**mobilité nette = mobilité totale – mobilité structurelle**) (Doc. 2).
- La mobilité sociale est avant tout une **mobilité de proximité** : les changements de positions sociales d'une génération à l'autre sont des trajectoires courtes (les fils d'employés deviennent professions intermédiaires, par exemple).

2 Une fluidité sociale en faible progression

- La **fluidité sociale** caractérise une société dans laquelle l'accès d'un individu à une position sociale est indépendant de son origine sociale. Ainsi, les probabilités d'accéder à un meilleur statut social seraient identiques pour tous les individus. La fluidité sociale **reflète l'égalité des chances et la méritocratie**.
- La fluidité sociale est mesurée par la **mobilité relative**. Elle est obtenue en calculant des rapports de chances relatives (ou ***odds ratio***) : si, comme en 2014-2015, sur 100 fils de cadres, 47 deviennent cadres et 10 deviennent ouvriers, et que, sur 100 fils d'ouvriers, 9,4 deviennent cadres et 47,6 deviennent ouvriers, alors le rapport des chances relatives est : (47/10)/(9,4/47,6) = 23,8. On dira donc que les chances de devenir cadre plutôt qu'ouvrier sont presque 24 fois plus élevées pour les fils de cadres que pour les fils d'ouvriers. **Si ce rapport baisse** (comme c'est le cas actuellement, puisqu'il était de 27 en 2003), cela signifie que la société est devenue plus fluide, donc que l'**égalité des chances a progressé**.
- Bien que la société française soit mobile (autour de 65 % de mobiles), la fluidité sociale **progresse à un rythme très lent** (+ 0,5 % en moyenne par an, selon les études du sociologue L. A. Vallet). La faiblesse de la croissance économique et des créations d'emplois peut expliquer ce constat.
- L'**ascenseur social** n'est cependant pas bloqué : en 2014-2015, un tiers des fils d'ouvriers sont devenus cadres ou professions intermédiaires.

LA BOÎTE À DOCS

Doc. 1 Évolution des grands secteurs d'activité de l'économie française

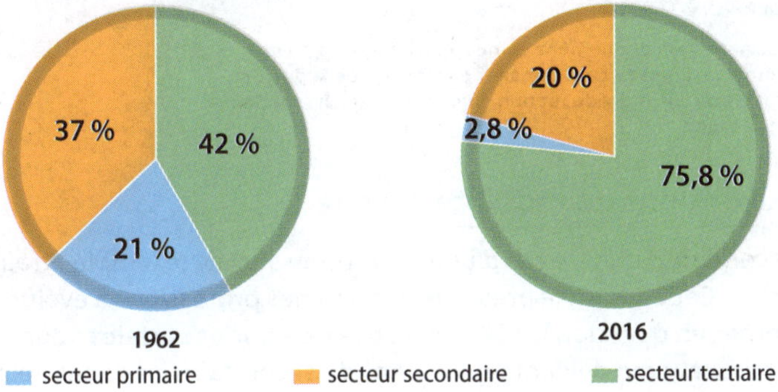

Le secteur tertiaire représente 75,8 % des emplois, le secteur secondaire 20 et le secteur primaire 2,3. Depuis les années 1960, la part de l'emploi dans le secteur de l'industrie s'est réduite presque de moitié. Dans le secteur tertiaire, cette part a augmenté de 34 points.

Statistiques Insee exprimées en pourcentages, 2017.

Doc. 2 Évolution de la mobilité sociale, en %

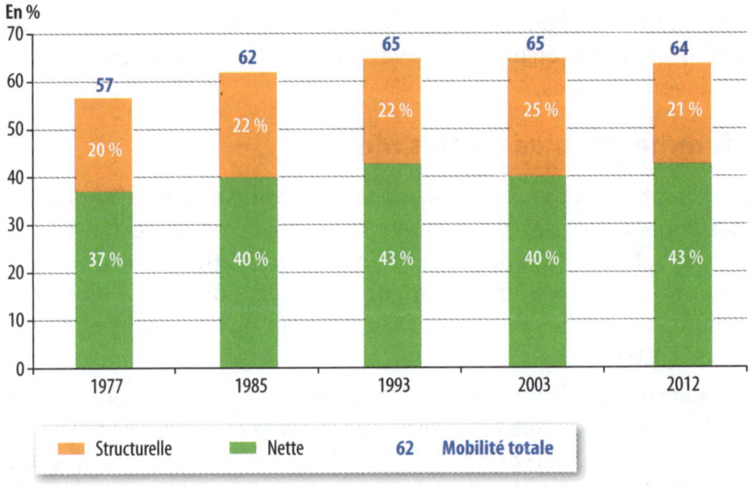

Enquête BVA, « La mobilité géographique des français », septembre 2018.

En 2012, près des deux tiers des personnes interrogées occupent une position sociale différente de celle de leur père. La mobilité sociale ne s'accroît plus depuis les années 1980.

La mobilité nette a reculé entre 1993 et 2003. Les hommes interrogés ont moins souvent bénéficié d'une promotion que la génération précédente. Mais la tendance s'est à nouveau inversée depuis.

Vocabulaire

- **Mobilité structurelle :** mobilité « involontaire » expliquée par l'évolution de la structure socioprofessionnelle (répartition des emplois entre les différentes CSP de la société).
- **Fluidité sociale :** caractérise une société où la position sociale d'un individu est indépendante de son origine sociale. C'est un révélateur de l'égalité des chances.

FICHE 4

Les spécificités de la mobilité sociale en France

De quoi s'agit-il ?

La mobilité sociale est un phénomène complexe à analyser ; les sociétés démocratiques se caractérisent par le fait que la position sociale est acquise par un individu, et non plus transmise en fonction de son origine sociale.

1 Distinguer les situations de mobilité sociale

- On parle de **mobilité ascendante** dans le cas d'une promotion sociale (exemple : trajectoire père ouvrier-fils cadre). Cependant, le prestige de certaines professions a évolué au cours du temps, ce qui remet en question la **hiérarchie des catégories sociales** adoptée. Par exemple, un fils d'instituteur qui devient enseignant du secondaire ne s'analyse par réellement comme une mobilité sociale ascendante.

- Enfin, la **reproduction sociale** s'observe dans les diagonales des tables de mobilité. L'**autorecrutement** est très important pour les catégories « agriculteurs » et « ouvriers » (84 % des agriculteurs ont un père agriculteur et 57 % des ouvriers ont un père ouvrier). Avec la **table de destinée**, on peut observer que près de la moitié des fils de cadres sont eux-mêmes devenus cadres.

2 Des femmes de plus en plus mobiles

- Les tables de mobilité les plus utilisées sont construites à partir d'enquêtes ne portant que sur les hommes âgés de 40 à 59 ans, réduisant l'analyse de l'hérédité sociale aux rapports père-fils. En effet, pendant longtemps, il était impossible de mesurer la mobilité sociale par rapport aux mères car, dans les générations précédentes, le **taux d'activité des femmes** (part des femmes actives au sein de la population féminine en âge de travailler) était très faible.

- Or, la **situation socioprofessionnelle de la mère** est une variable déterminante, du fait de l'essor de l'activité féminine et de son impact sur la structure sociale. L'Insee a donc développé des grilles d'observation père-fille et mère-fille. Ces nouveaux outils rendent compte des spécificités de la mobilité sociale des hommes et de celles des femmes et permettent d'observer que la mobilité sociale des femmes a fortement augmenté depuis les années 1970.

- En 2015, 71 % des femmes françaises appartiennent à une CSP différente de celle de leur mère (contre 65 % pour les hommes). Elles sont désormais 43 % à appartenir à la catégorie cadres ou professions intermédiaires (contre 47 % pour les hommes), ce qui introduit une **concurrence pour les emplois valorisés** (**Doc.**).

- La mobilité des femmes par rapport à leur mère s'explique par l'**évolution de la structure des emplois** entre deux générations : déclin de l'agriculture (ainsi, 92 % des filles d'agricultrices en 2015 exercent une profession dans une autre catégorie sociale), essor des services et déclin industriel.

LA BOÎTE À DOCS

Doc. La destinée sociale des femmes

	En %	CSP DES FILLES						
		Agriculteurs	ACCE[1]	CPIS[2]	PI[3]	Employés et ouvriers qualifiés	Employés et ouvriers non qualifiés	Ensemble
CSP des mères	Agriculteurs	8	3	11,2	19,1	33,2	25,5	100
	ACCE[1]	1,3	10,1	15,4	28	27,9	17,3	100
	CPIS[2]	0,3	4,6	41,7	31,6	11,6	10,2	100
	PI[3]	0,1	3,9	29	37,7	19	10,4	100
	Employé et ouvriers qualifiés	0,6	4,1	14,9	30,2	32,9	17,4	100
	Employé et ouvriers non qualifiés	0,9	3,7	7,5	22,4	34,1	31,4	100
	Ensemble	1,3	4,4	15,2	27,5	30	21,6	100

Mobilité... ... de statut ... horizontale ... ascendante ... descendante Immobilité

1. Artisans, commerçants, chefs d'entreprise. – 2. Cadres et professions intellectuelles supérieures. – 3. Professions intermédiaires.

Champ : France métropolitaine, femmes françaises actives occupées ou anciennes actives occupées, âgées de 35 à 59 ans au 31 décembre de l'année d'enquête.

Insee, enquête « Formation et qualification professionnelle », 2014-2015.

La mobilité de statut désigne ici les personnes dont les parents étaient indépendants et qui sont devenus salariés (ou inversement).

En 2015, 8 % des filles d'agricultrices exploitantes exercent elles-mêmes cette profession, 11 % sont cadres et 33 % sont devenues employées ou ouvrières qualifiées. 30 % des femmes dont la mère était employée ou ouvrière qualifiée ont accédé aux professions intermédiaires et 15 % à la catégorie des cadres (contre respectivement 27 % et 13 % pour les hommes).

Vocabulaire

- **Mobilité ascendante :** progression d'un individu ou d'un groupe dans la hiérarchie sociale.
- **Reproduction sociale :** fait d'occuper la même position sociale que celle de ses parents.
On parle aussi d'immobilité sociale.

FICHE 5 Le déclassement social

De quoi s'agit-il ?

La mobilité sociale verticale peut parfois être descendante, synonyme de déclassement. Face à la crise économique et à la montée de la précarité, le sentiment de déclassement est-il un mythe ou une réalité ?

1 L'ascenseur social est-il en panne ?

- Les études récentes sur la mobilité montrent que la **structure sociale s'est modifiée vers le haut**. Environ 4 actifs sur 10 (âgés de 30 à 59 ans) sont cadres ou professions intermédiaires au milieu des années 2010, contre à peine 30 % pour la génération des pères.
- Cependant, des **différences entre les hommes et les femmes** sont visibles. L'enquête de l'Insee montre que 16 % des hommes connaissent une situation de **déclassement** (**Doc. 1**). La mobilité verticale des femmes par rapport à leur mère est surtout ascendante, mais le déclassement est plus élevé par rapport au père..
- Toutefois, les tables de mobilité ne rendent pas compte de l'**aspect dynamique de la mobilité** : elles ne reflètent ni la mobilité sur plusieurs générations, ni la trajectoire de l'individu (mobilité intragénérationnelle). Or, un fils de cadre qui devient ouvrier peut s'apparenter à un déclassement social. Mais si le père a d'abord été ouvrier, puis contremaître, pour devenir cadre en fin de carrière, l'interprétation de la situation du fils peut-être différente.

2 Le sentiment de déclassement

- En raison de l'évolution des emplois – hausse de la précarité au travail du fait du temps partiel et des contrats courts, y compris chez les cadres, moindre protection sociale, dégradation des conditions de travail, difficultés d'insertion professionnelle chez les jeunes –, le **sentiment de déclassement** s'accroît (**Doc. 2**). En 2015, 25 % des personnes s'estiment déclassées par rapport à la situation de leur père, alors qu'en réalité, le déclassement intergénérationnel ne concerne que 21,7 % des personnes.
- Le sentiment de déclassement peut être éprouvé alors même que la personne a connu une mobilité sociale ascendante, ou appartient à la même catégorie socioprofessionnelle que son père.
- Le sentiment de déclassement est plus présent chez les femmes actives que chez les hommes (27 % pour les femmes, contre 23 % pour les hommes), car les femmes sont victimes d'**inégalités de genre** sur le marché du travail. Par exemple, elles sont surreprésentées dans les métiers peu qualifiés (métiers de services à la personne, employés de commerce), alors qu'il n'y a que 40 % de femmes parmi les cadres.

Remarque

Le sentiment de déclassement concerne l'ensemble des milieux sociaux. Par exemple, environ un cadre sur cinq (17,5 %) estime occuper une position sociale moins valorisée que celle de son père.

LA BOÎTE À DOCS

Doc. 1 Mobilité sociale observée par rapport au père

En %	ENSEMBLE	FEMMES	HOMMES
Mobilité sociale ascendante	23,9	21,2	26,8
Immobilité sociale	32,8	30,5	35,2
Mobilité sociale descendante	21,7	26,9	16,3
Mobilité de statut	21,6	21,4	21,7
Ensemble	100	100	100

Par rapport au père, une part plus importante de femmes que d'hommes connaît un déclassement.

Champ : France métropolitaine, personnes âgées de 30 à 59 ans.

Insee, enquête « Formation et qualification professionnelle », 2014-2015.

Doc. 2 Le sentiment de déclassement social par rapport au père

En 2014 – 2015, la personne estime que le niveau ou le statut de sa profession est…

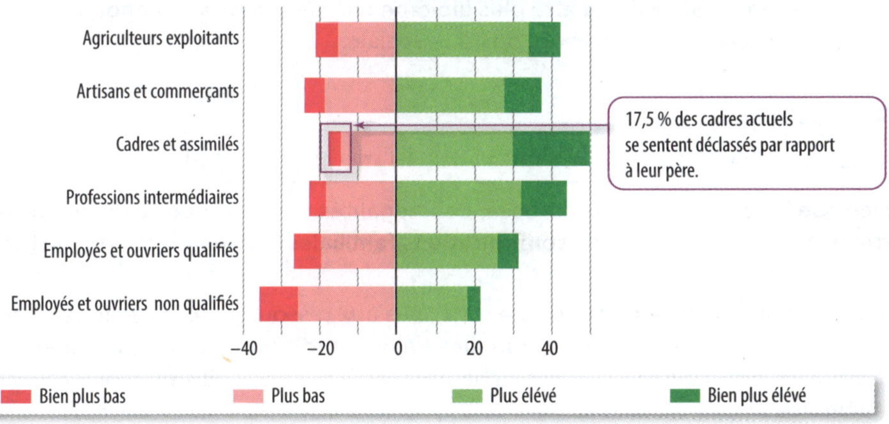

Insee Première, juillet 2017.

Vocabulaire

- **Déclassement :** fait d'occuper un statut social inférieur à son statut antérieur ou à celui de ses parents.

FICHE 6 Les déterminants de la mobilité

De quoi s'agit-il ?

Au-delà de l'évolution de la structure socioprofessionnelle, la mobilité sociale s'explique par les niveaux de formation mais aussi par les ressources et les configurations familiales.

1 Les niveaux de formation influencent la mobilité sociale

- La mobilité structurelle explique une partie de la mobilité sociale, en raison notamment de la hausse du nombre d'emplois qualifiés. Les familles y ont vu une opportunité d'ascension sociale pour leurs enfants. Conjointement, **l'enseignement s'est démocratisé** et a conduit un nombre croissant d'enfants issus de milieux sociaux modestes à allonger la durée de leur scolarité et, potentiellement, de leurs études. La part des diplômés au sein de la population active a augmenté (**Doc.**).

Remarque

La part des diplômés Bac+3 a presque été multipliée par trois entre le début des années 1980 et les années 2012-2014. En revanche, la part des non diplômés a chuté (de 52 à 19 %). Sur la même période, la part des emplois qualifiés a augmenté.

- Pourtant, il faut relativiser le lien entre démocratisation scolaire et mobilité sociale (et précisément fluidité sociale), car la hausse des niveaux de formation a été plus rapide que la progression des emplois qualifiés. Cela conduit à une **dévalorisation des diplômes** et à une situation paradoxale où être plus diplômé que ses parents ne conduit pas nécessairement à occuper une meilleure position sociale.

2 L'effet des ressources et configurations familiales sur la mobilité sociale

- Bien que l'école se soit démocratisée, des inégalités persistent et s'expliquent par les différences de ressources et de **configurations familiales** (indépendamment de l'origine sociale).
- Réussite scolaire et réussite sociale sont liées aux ressources (économiques, sociales et culturelles) dont disposent les familles : elles conditionnent des conditions de vie (aide aux devoirs, cours particuliers, chambre individuelle…) plus ou moins favorables à la réussite.
- On discerne également un effet de la taille de la fratrie sur la destinée sociale des individus : plus la fratrie est petite, plus les chances de mobilité sociale sont élevées (les efforts se concentrent plus facilement lorsqu'il y a moins d'enfants par famille, ce qui favoriserait la réussite scolaire).
- Certaines **trajectoires improbables** s'expliquent ainsi par le rôle joué par les aînés, et la transmission du **capital culturel**, **social** et **économique** acquis au cours de leurs parcours scolaire.

LA BOÎTE À DOCS

Doc. Répartition de la population active selon le secteur d'activité, le niveau de diplôme et le statut de l'emploi

%	1982-1984	2012-2014
Secteur d'activité		
Agriculture	9	4
Construction	8	7
Industrie	18	12
Tertiaire	65	77
Niveau de qualification des professions		
Indépendants (hors prof. libérales)	13	7
Cadres et professions intellectuelles sup.	8	16
Professions intermédiaires	20	25
Employés qualifiés	19	17
Employés non qualifiés	10	13
Ouvriers qualifiés	19	16
Ouvriers non qualifiés	11	5

%	1982-1984	2012-2014
Niveau de diplôme		
Bac + 3 et plus	6	21
Bac + 2	7	16
Bac, brevet professionnel	10	19
CAP, BEP	25	25
Aucun diplôme, CEP, brevet des collèges	52	19
Statut		
Salarié	83	89
Non salarié	17	11
Part des non salariés parmi…		
Moins de 30 ans	7	5
30 à 49 ans	17	11
50 ans ou plus	35	16

Champ : actifs occupés de France métropolitaine.

Enquêtes Emploi de l'Insee, traitement Dares et SES-ENS, 2017.

Vocabulaire

- **Configuration familiale :** structure familiale organisée autour de liens affectifs, biologiques, légaux ou sociaux.
- **Trajectoires improbables :** ensemble des trajectoires sociales ayant peu de chances de se produire.
- **Capital culturel :** ensemble des ressources culturelles d'un individu ou d'une groupe social (titres scolaires, capacités intellectuelles, possession d'objets culturels).
- **Capital social** : ensemble des ressources actuelles ou potentielles liées à la possession d'un réseau de connaissances ou d'interconnaissances.
- **Capital économique :** ensemble des ressources matérielles d'un individu ou d'un groupe social (revenus, biens immobiliers…).

Révision Express

POINTS IMPORTANTS À RETENIR

- La **mobilité intragénérationnelle** correspond aux trajectoires sociales d'un individu au cours de sa vie professionnelle. Elle peut s'accompagner d'une **mobilité géographique**. La **mobilité intergénérationnelle** désigne un changement de position sociale par rapport au milieu social d'origine de l'individu.
- Pour observer la **mobilité intergénérationnelle**, on dispose des **tables de mobilité**, qui croisent les données sur l'origine socioprofessionnelle des personnes interrogées (CSP des « pères » ou des mères ») avec leur situation sociale au moment de l'enquête (CSP des « fils » ou des « filles »).
- Les **tables de destinée** et **de recrutement** permettent d'analyser les parcours de mobilité ou de **reproduction sociale**, et d'évaluer ainsi la **fluidité sociale**, reflet de l'égalité des chances dans la société. L'école et la famille ont des effets sur la mobilité sociale, mais une partie de la **mobilité observée** est **structurelle** (évolution de la structure sociale entre deux générations).
- L'analyse sociologique montre que l'égalité des chances est à la fois favorisée par la démocratisation scolaire et freinée par les inégalités (différences de **capital culturel**, **capital économique** et **capital social**) selon l'origine sociale.
- Les tables de mobilité présentent cependant des limites méthodologiques : absence de prise en compte de la mobilité intragénérationnelle, prise en compte récente de la mère comme unité de référence de l'origine sociale…
- La mobilité peut être horizontale ou verticale et, dans ce dernier cas, ascendante ou descendante. Bien que minoritaire dans les changements de position sociale, le **déclassement** suscite une crainte pour une part croissante des individus, en raison des évolutions économiques (chômage, précarisation des emplois, difficultés d'insertion professionnelle).

APPRENDRE AUTREMENT

Les jeunes, l'école et la méritocratie :

Vidéo

LE COURS EN 10 MOTS-CLÉS

- Mobilité sociale (inter/intragénérationnelle)
- Mobilité géographique
- Tables de mobilité (destinée/recrutement)
- Reproduction sociale
- Fluidité sociale
- Mobilité observée
- Mobilité structurelle
- Déclassement
- Mobilité ascendante
- Trajectoires improbables

CARTE MENTALE

> Comment rendre compte de la mobilité sociale ?

LA MOBILITÉ SOCIALE

- **Les mesures**
  - Observation des situations :
    - Mobilité ascendante
    - Reproduction sociale
    - Déclassement
  - Tables de mobilité :
    - Destinée
    - Recrutement
  - Limites :
    - Difficultés à mesurer la mobilité féminine
    - Non prise en compte des trajectoires individuelles
  - **Spécificités**
    - Mobilité sociale des hommes :
      - Majoritairement mobiles
      - Mobilité verticale essentiellement ascendante
    - Mobilité sociale des femmes :
      - Mobilité ascendante forte par rapport à leur mère
      - Mobilité essentiellement structurelle
      - Mobilité plus souvent descendante par rapport à leur père

- **Mobilité observée**
  - Mobilité structurelle : évolution de la structure des emplois entre deux générations
  - Fluidité sociale : mobilité relative → mesure de l'égalité des chances
- **Les formes**
  - Géographique
  - Sociale :
    - intra-générationnelle ou professionnelle
    - inter-générationnelle

- **Les explications**
  - Évolution de la structure socio-professionnelle
  - Niveaux de formation
  - Ressources et configurations familiales
    - Dotations en capital économique, social, culturel
    - Taille de la fratrie, situation conjugale, origine migratoire, etc.

N'hésite pas à construire ta propre carte mentale

Calculer et interpréter des pourcentages de répartition

MÉTHODE

- Un **tableau à double entrée** étudie simultanément deux caractères d'une population. Sa lecture implique donc de croiser les données fournies en ligne et en colonne pour en tirer des informations.

Comment analyser un tableau à double entrée ?

- **Identifier l'objet du tableau** (titre, source, unité de mesure, pays, période) et **vérifier la bonne compréhension des lignes et des colonnes** (intitulés des lignes et des colonnes, champ des données, clé de lecture).
- Pour interpréter un tableau statistique, il faut :
  – extraire **l'idée générale** résumant l'ensemble du tableau ;
  – étudier ensuite les **idées secondaires** plus détaillées ;
  – effectuer des **calculs simples** pour éviter la paraphrase et expliciter ce que l'on constate. La comparaison des différentes données est ainsi facilitée.
- Il est parfois demandé un **commentaire** pour compléter l'analyse : il faut alors chercher dans le cours, le manuel ou d'autres documents les causes explicatives.
- D'une façon générale, il faut **systématiquement utiliser les données chiffrées,** que ce soit pour la présentation du document ou son commentaire.

ÉNONCÉ

Doc. Répartition par filière des bacheliers selon l'origine sociale, en 2014

En %	Filière		
	Générale	Technologique	Professionnelle
Agriculteurs exploitants	55	19	26
Artisans, commerçants, chefs d'entreprise	49	21	30
Cadres, professions intellectuelles supérieures	(76)	14	10
Professions intermédiaires	58	22	20
Employés	51	26	23
Ouvriers	(32)	23	45
Retraités	40	21	39
Inactifs	42	30	28
Non renseigné	12	14	73
Ensemble	49	21	30

Méthode

1. Identifiez les principales informations du tableau : titre, objet, indicateur utilisé, unité de mesure, date, source…
2. Rédigez une phrase présentant l'information apportée pour chacune des valeurs entourées.
3. Quels constats ce tableau permet-il d'effectuer ?
4. Comment pouvez-vous expliquer les différences constatées ?

CORRIGÉ

1. Ce tableau présente la part des bacheliers selon leur origine sociale, indiquée par la CSP du père (variable en colonne), ceci pour chaque type de Bac (variable en ligne). Il permet d'étudier la façon dont l'origine sociale joue sur les choix d'orientation pour le Bac et donc, implicitement, sur le choix des études éventuelles qui vont suivre.
Les données, recueillies par le ministère de l'Éducation nationale, portent sur l'année 2014. Le champ d'étude est constitué par l'ensemble des bacheliers (général, professionnel et technologique) de cette année.
2. Selon le ministère de l'Éducation nationale, 32 % des bacheliers enfants d'ouvriers ont obtenu un bac général en 2014, contre 76 % pour les bacheliers enfants de cadres et professions intellectuelles supérieures.
3. On observe une nette rupture entre les deux extrémités de l'échelle sociale : parmi les bacheliers enfants d'ouvriers, 34 % ont obtenu le Bac dans une filière générale, 23 % dans une filière technologique et 45 % dans une filière professionnelle. La répartition est de 76 % (soit les trois quarts), 14 % et 10 % chez les bacheliers enfants de cadres et professions intellectuelles supérieures.
La répartition chez les enfants d'indépendants (agriculteurs, commerçants…) est proche de la moyenne d'ensemble : le Bac général constitue un peu plus de la moitié des baccalauréats obtenus.
Chez les enfants des catégories salariées, plus l'origine sociale des bacheliers est élevée, plus la part de baccalauréats généraux est forte (par exemple, 58 % chez les professions intermédiaires, contre 51 % chez les enfants d'employés).
4. La surreprésentation des enfants de cadres dans les séries générales du Bac peut révéler les inégalités face à l'orientation scolaire. Selon Raymond Boudon, ces inégalités peuvent être le résultat de stratégies individuelles, qui sont fonction de l'origine sociale. Par exemple, un élève issu d'un milieu modeste choisira plus facilement un Bac professionnel et des études courtes (le gain espéré d'études coûteuses longues, plus difficiles à réussir, étant jugé inférieur au gain réalisable à court terme sur le marché du travail).
Selon l'analyse de Pierre Bourdieu, les inégalités dans le choix du type de Bac reflètent notamment les inégales dotations en capital culturel. Or, les Bacs généraux, technologiques et professionnels, qui n'ont pas la même valeur sur le marché des diplômes, ne permettent pas d'accéder aux mêmes formations de l'enseignement supérieur. Le type de Bac obtenu orientant le choix des études supérieures éventuelles, les inégalités révélées par le choix du Bac se prolongent dans les cursus d'études et dans l'insertion professionnelle, ce qui renforce les mécanismes de reproduction sociale et d'inégalité des chances.

Fiche test *Ce que je sais*

VRAI FAUX

15 min

- À revoir
- Acquis

1 Cochez la bonne réponse.

1 La mobilité intergénérationnelle s'observe entre deux générations.

- a. Vrai
- b. Faux

2 Les tables de mobilité informent sur l'évolution du parcours professionnel d'un individu.

- a. Vrai
- b. Faux

3 La mobilité structurelle traduit l'égalité des chances.

- a. Vrai
- b. Faux

4 La mobilité sociale féminine est caractérisée par une forte mobilité structurelle.

- a. Vrai
- b. Faux

5 La mobilité sociale des femmes est identique à celle des hommes.

- a. Vrai
- b. Faux

6 Fluidité sociale et mobilité relative sont synonymes.

- a. Vrai
- b. Faux

7 L'égalité des chances est un frein à la fluidité sociale.

- a. Vrai
- b. Faux

8 La diagonale d'une table de mobilité représente les individus mobiles.

- a. Vrai
- b. Faux

9 Le niveau de formation joue un rôle dans la mobilité sociale.

- a. Vrai
- b. Faux

10 L'école ne joue aucun rôle dans la mobilité sociale.

- a. Vrai
- b. Faux

11 Mobilité sociale et mobilité géographique sont synonymes.

- a. Vrai
- b. Faux

12 La table de recrutement permet d'observer le poids de l'origine sociale dans la position sociale d'un individu.

- a. Vrai
- b. Faux

13 La fluidité sociale d'une société est un révélateur de l'égalité des chances en son sein.

- a. Vrai
- b. Faux

14 Les sociétés démocratiques se caractérisent par le fait que la position sociale est transmise en fonction de son origine sociale.

- a. Vrai
- b. Faux

SCORE : ___ / 14

EXERCICES D'ENTRAÎNEMENT

2 Texte à trous

À l'aide de vos connaissances, complétez le texte avec les termes suivants :
mobilité intergénérationnelle – ascension – reproduction sociale – déclassement – mobilité intragénérationnelle – mobilité horizontale – mobilité sociale – mobilité verticale

La ...mobilité Sociale... désigne le changement de position sociale d'un individu, soit au cours de sa vie (liée à une mobilité professionnelle par exemple, associée ou non à une mobilité géographique), soit par rapport à la position sociale de ses parents. Dans le premier cas, on parle de mo intragenerationnelle... ; dans le second cas, on parle de ...m intergenerationnelle.

La ...mob horizontale... désigne un changement de profession qui ne modifie par la position hiérarchique dans l'échelle sociale, alors que la ...mob verticale désigne un changement de statut social : ...ascension... sociale ou ...declassement... .

On parle de ...reproduction Sociale... lorsque la position sociale d'un individu est identique à celle de ses parents.

3 Associer chaque terme à sa définition

1. Mobilité géographique
2. Mobilité professionnelle
3. Mobilité intergénérationnelle
4. Mobilité ascendante
5. Mobilité observée

a. Mobilité totale observée à partir des tables de mobilité. 5
b. Modification du statut social d'un individu au cours de sa vie. 2
c. Promotion sociale. 4
d. Changement de lieu de résidence. 1
e. Modification du statut social d'une génération à l'autre. 3

4 Chercher l'intrus

Dans chacune des listes de mots ci-dessous, identifiez et entourez l'intrus, en justifiant votre choix.

a. mobilité géographique – mobilité intergénérationnelle – mobilité professionnelle – mobilité intragénérationnelle
b. égalité des chances – reproduction sociale – méritocratie – fluidité sociale
c. ascenseur en panne – ascension sociale – déclassement – mobilité bloquée

5 La réussite scolaire des élèves selon la situation familiale

En % d'élèves	Situation familiale				
	Père et mère	Famille monoparentale	Famille recomposée	Garde alternée	Ensemble
Ayant redoublé à l'école primaire	14,2	24	23,1	9,4	**16,5**
dont redoublement CP	*30,5*	*31,1*	*35,3*	*24,4*	***31,4***
dont 2 redoublements ou plus	*3,5*	*4,4*	*5,2*	*/*	***3,7***
Scolarisés en Segpa* à la rentrée 2007	2	3,9	3,9	1,2	**2,5**
Ayant atteint la médiane en français à l'évaluation nationale de 6e	52,7	41	42,7	60,5	**50**
Ayant atteint la médiane en mathématiques à l'évaluation nationale de 6e	54,5	39,9	43,5	66,2	**51,3**

MEN-MESR-DEPP, panel d'élèves 2007 du second degré.

*Segpa : sections d'enseignement général et professionnel adapté.

1. Rédigez une phrase présentant l'information apportée par les deux données soulignées.
2. Comparez les réussites scolaires selon les configurations familiales.
3. Comment cela influence-t-il les destinées sociales des enfants ?

VERS LE BAC

6 Illustrer des arguments à l'aide de données statistiques

Doc. **Décomposition de la mobilité sociale observée des hommes par rapport à leur père**

En %	1977	1985	1993	2003	2015
Immobilité sociale	36,2	33,8	32,6	33,6	34,8
Mobilité sociale observée	63,8	66,2	67,4	66,4	65,2
Mobilité non verticale	33,2	31,9	27,4	24,7	22,6
Mobilité de statut	30,8	29,7	26	23,8	21,9
Mobilité horizontale	2,4	2,2	1,4	0,9	0,8
Mobilité verticale	30,6	34,3	40	41,7	42,6
Mobilité ascendante	23,5	26,6	30,3	30,8	27,6
Mobilité descendante	7,2	7,7	9,7	10,9	15
Part de la mobilité structurelle	39,6	35,5	32,8	33,4	34,2

Champ : hommes français actifs occupés ou anciens actifs occupés, âgés de 35 à 59 ans au 31 décembre de l'année d'enquête.

Insee, enquête « Formation et qualification professionnelle ».

Illustrez chacune des propositions ci-dessous à l'aide de données chiffrées extraites du document ou de calculs effectués à partir des données.

1. Une partie de la mobilité sociale masculine observée en 2015 résulte directement de l'évolution de la structure des emplois entre les générations d'hommes et celles de leur père, même si cette part s'est considérablement réduite.
2. Au cours des quatre dernières décennies, la mobilité non verticale des hommes a fortement baissé, alors que leur mobilité verticale s'est renforcée.
3. Les mouvements ascendants sont majoritaires au sein de la mobilité verticale, mais la mobilité descendante progresse de plus en plus.
4. Depuis le début des années 2000, la reproduction sociale augmente.

Fiche test Ce que je sais

1 1. a. Elle permet de comparer le parcours social d'un individu par rapport à son origine sociale.
2. b. Elles comparent la situation professionnelle entre deux générations : celle des pères et celle des fils.
3. b. C'est une mobilité « forcée », liée à l'évolution de la structure sociale.
4. a. La mobilité sociale des femmes s'explique en grande partie par les évolutions de la structure des emplois.
5. b. La mobilité des femmes est plus élevée que celle des hommes, et elles sont principalement ascendantes entre les mères et les filles, mais le déclassement est plus élevé par rapport aux pères.
6. a. La mobilité relative compare les chances de mobilité par rapport à l'origine sociale (calcul des *odds ratios*), donc la plus ou moins grande fluidité sociale (c'est-à-dire la force du lien entre origine et position sociale).
7. b. L'égalité des chances doit permettre à un individu de s'affranchir du poids de son origine sociale, donc de favoriser la fluidité sociale.
8. b. Elle représente l'immobilité sociale ou la reproduction sociale.
9. a. L'accès à une catégorie sociale différente de celle de ses parents est lié au niveau de formation d'un individu.
10. b. La démocratisation scolaire a permis aux enfants issus des milieux populaires d'accéder à un niveau d'études plus élevé et a contribué à la mobilité sociale.
11. b. Mais elles peuvent être liées, car la mobilité sociale peut s'accompagner d'une mobilité géographique.
12. a. On l'observe par exemple pour les agriculteurs exploitants.
13. a. En effet, elle indique le degré de méritocratie d'une société.
14. b. En théorie, l'égalité des chances caractérise les sociétés démocratiques.

EXERCICES D'ENTRAÎNEMENT

2 Texte à trous

La **mobilité sociale** désigne le changement de position sociale d'un individu, soit au cours de sa vie (liée à une mobilité professionnelle par exemple, associée ou non à une mobilité géographique), soit par rapport à la position sociale de ses parents. Dans le premier cas, on parle de **mobilité intragénérationnelle** ; dans le second cas, on parle de **mobilité intergénérationnelle**.
La **mobilité horizontale** désigne un changement de profession qui ne modifie par la position hiérarchique dans l'échelle sociale, alors que la **mobilité verticale** désigne un changement de statut social : **ascension** sociale ou **déclassement**.
On parle de **reproduction sociale** lorsque la position sociale d'un individu est identique à celle de ses parents.

3 Associer chaque terme à sa définition

1. d. – 2. b. – 3. e. – 4. c. – 5. a.

4 Chercher l'intrus

1. mobilité géographique – mobilité intergénérationnelle – mobilité professionnelle – mobilité intragénérationnelle
Le terme « mobilité intergénérationnelle » est l'intrus, car il désigne le changement de position sociale d'un individu par rapport à son milieu social d'origine, alors que les trois autres termes précisent la mobilité d'un individu au cours de sa vie professionnelle (changement de résidence ou d'emploi).

2. égalité des chances – reproduction sociale – méritocratie – fluidité sociale
Il faut enlever « reproduction sociale » de la liste, car l'expression est synonyme d'immobilisme sociale, donc se réfère à la force du lien entre la position sociale d'un individu et son origine sociale (« tel père, tel fils »). Alors que les autres termes se réfèrent au contraire à une société où la mobilité sociale est la règle et où la position d'un individu ne dépend pas de son origine sociale.

3. ascenseur en panne – ascension sociale – déclassement – mobilité bloquée
L'ascension sociale signifie une mobilité sociale verticale ascendante, donc le fait d'occuper une position sociale supérieure à celle de ses parents. Il faut enlever ce terme de la liste, les autres termes évoquant au contraire une mobilité sociale descendante ou un immobilisme social.

5 La réussite scolaire des élèves selon la situation familiale

1. 14,2 % des élèves vivant avec leurs deux parents sont parvenus en 6e en ayant redoublé au moins une fois à l'école élémentaire. Cela concerne 24 % des élèves vivant en famille monoparentale.

2. Les élèves de familles monoparentales redoublent plus fréquemment à l'école élémentaire : le quart d'entre eux a redoublé au moins une fois, contre seulement 14 % des écoliers vivant avec leurs deux parents. En particulier, ils sont plus nombreux à avoir redoublé le cours préparatoire. Un écart de réussite encore plus fort s'observe par rapport aux élèves qui sont en garde alternée chez leurs deux parents. Lors des épreuves d'évaluation nationale, en français comme en mathématiques, seulement quatre enfants de familles monoparentales sur 10 ont atteint le score médian (les situant parmi les 50 % des élèves les plus performants). Enfin, ils sont deux fois plus nombreux que les enfants vivant avec leurs deux parents, à être orientés en section d'enseignement générale et professionnel adapté (Segpa).

3. L'engagement et les ressources parentales diffèrent selon les configurations familiales et déterminent, en partie, les orientations et les réussites scolaires. Or, les destins professionnels dépendent de la filière choisie, et des résultats scolaires obtenus. Par exemple, les élèves scolarisés en classe Segpa s'orientent vers des filières professionnelles et des formations courtes, permettant moins facilement d'accéder à des positions socioprofessionnelles valorisées.

VERS LE BAC

6 Illustrer des arguments à l'aide de données statistiques

1. En 2015, 24,2 % de la mobilité observée parmi les hommes interrogés âgés de 35 à 59 ans est due aux évolutions de la structure sociale entre la génération des pères et celle des fils. Cette part s'est réduite, puisque la mobilité structurelle expliquait 39,6 % des changements de position sociale en 1977.

2. La mobilité non verticale (de statut ou horizontale) a reculé d'environ 11 points de % au cours des quatre dernières décennies. Symétriquement, la mobilité verticale a progressé : en 2015, environ 43 % des hommes ont connu une mobilité verticale, contre un peu moins d'un tiers en 1997.

3. Entre 1977 et 2003, les hommes âgés de 35 à 59 ans ayant connu une ascension sociale par rapport à leur père étaient environ trois fois plus nombreux que ceux dont la trajectoire a été descendante. Mais en 2015, la mobilité descendante a fortement progressé. Cette prédominance des mouvements ascendants s'est cependant réduite depuis : en 2015, ils ne sont plus que 1,8 fois plus nombreux que les descendants, alors qu'ils étaient en moyenne 3,5 fois plus nombreux lors des études précédentes (1977, 1985, 1993 et 2003).

4. Entre 1977 et 1993, l'immobilité sociale a reculé de 3,6 points de % ; mais, à partir de 2003, la part des immobiles augmente : en 2015, 35 % des individus occupait une position sociale identique à celle de leur père.

Chapitre 9

Quelles sont les mutations du travail et de l'emploi ?

La standardisation de l'organisation du travail a profondément impacté la qualité de l'emploi.

FICHE 1

Définir travail, activité et chômage

De quoi s'agit-il ?

Le vocabulaire autour du travail, de l'emploi et de leur absence est divers. Il recouvre des réalités différentes qu'il convient de bien distinguer.

1 Travail et chômage

- Le **travail** est une activité, rémunérée ou non, pouvant impliquer un effort par lequel l'homme transforme son environnement naturel et social.
- La conception moderne du travail le considère comme un **facteur de production** qui s'achète et se vend. La **rémunération** devient le critère déterminant : la personne au foyer, le bricoleur, le bénévole, etc., ne sont pas considérés comme des « travailleurs ».
- Les **inactifs** sont les personnes qui ne sont ni en emploi ni au **chômage** : jeunes de moins de 15 ans, étudiants, retraités, personnes en incapacité de travailler...
- L'**activité** est le fait d'avoir un emploi ou d'en rechercher un. On distingue donc, parmi les actifs, les **actifs occupés** et les **chômeurs** (**Doc. 1**).

$$\text{Taux d'activité} = \frac{\text{Nombre d'actifs}}{\text{Population en âge de travailler}} \times 100$$

- Le **chômage** est la situation des individus sans emploi, disponibles pour travailler et recherchant activement un emploi.

2 Le chômage

- L'Insee utilise la définition du Bureau international du travail (BIT) pour définir le chômage.
- Le chômage (**Doc. 2**) est la situation des individus de plus de 15 ans réunissant les trois conditions suivantes :

– **être sans travail,** c'est-à-dire ne pas avoir travaillé du tout au cours de la semaine de référence utilisée pour l'enquête statistique ;

– **être disponible** pour commencer un travail dans un délai maximal de deux semaines ;

– **être à la recherche active d'un travail**, à savoir avoir entrepris au moins une démarche de recherche d'emploi au cours du mois précédant l'enquête statistique.

$$\text{Taux de chômage} = \frac{\text{Nombre de chômeurs}}{\textbf{population active}} \times 100$$

LA BOÎTE À DOCS

Doc. 1 France : population active et emploi au sens du BIT (en milliers)

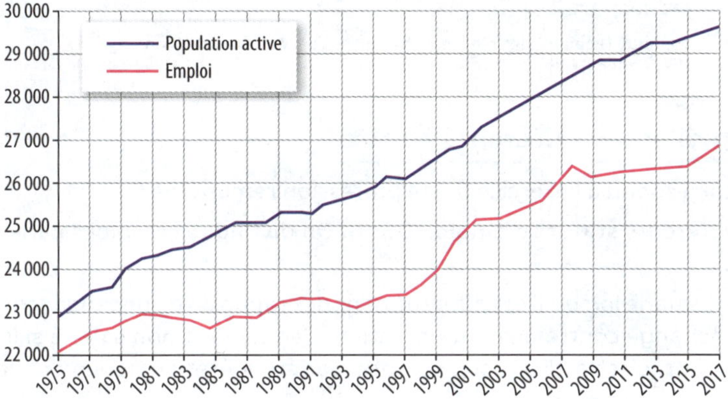

Champ : France entière hors Mayotte.

Insee, « Population active au sens du BIT – Séries longues », 24 juin 2019 et « Emploi selon le sexe et l'âge », 5 mars 2019.

Commentaire
L'écart entre les deux courbes représente ici le chômage.

Doc. 2 Évolution du taux de chômage en France

lafinancepourtous.com, d'après Insee, 2021.

Vocabulaire

- **Chômage :** situation d'une personne sans emploi, disponible pour travailler et qui effectue des recherches d'emploi.
- **Population active :** regroupe les actifs occupés (les personnes en emploi) et les chômeurs (actifs inoccupés).

FICHE 2

Les multiples dimensions de l'emploi

De quoi s'agit-il ?

L'emploi recouvre des réalités différentes qu'il convient de bien distinguer.

1 L'emploi et ses différents statuts

- L'**emploi** correspond à l'exercice d'une profession rémunérée.
- Il existe différents **statuts d'emploi** (Doc. 1). On distingue l'emploi salarié de l'emploi non salarié.
- L'emploi est **salarié** lorsqu'il est effectué dans des rapports de dépendance et de subordination et échangé contre une rémunération. L'emploi est **non salarié** si le travailleur est indépendant, c'est-à-dire à son compte. Sa rémunération dépend de la vente des biens ou services qu'il produit.
- On distingue aussi les emplois typiques des emplois atypiques. La notion d'**emploi typique** désigne l'emploi salarié à temps plein, stable, assorti de garanties légales ou conventionnelles offrant à son titulaire des perspectives de carrière et d'amélioration du pouvoir d'achat. Il s'agit du modèle de référence de la période des Trente Glorieuses. Par opposition, les **emplois atypiques** sont des emplois précaires ou à temps partiel, peu protégés, n'offrant pas de perspectives de carrières.

Remarque

Les emplois atypiques sont aussi appelés formes particulières d'emploi. Si les emplois atypiques sont en essor, la norme d'emploi reste cependant l'emploi typique.

2 Les évolutions des formes d'emplois et leurs conséquences

- Les **frontières** entre emploi, chômage et inactivité ne sont pas toujours faciles à établir. C'est le cas d'un étudiant qui travaille quelques heures par semaine, de personnes ayant un temps de travail réduit involontairement, ou de personnes n'effectuant plus de recherches d'emploi.
- Bien que le Bureau international du travail (BIT) fournisse une définition stricte du chômage, elle ignore certaines interactions qu'il peut y avoir avec l'emploi (travail occasionnel, sous-emploi) ou avec l'inactivité.
- Ainsi, certaines personnes souhaitent travailler mais sont « classées » comme inactives, soit parce qu'elles ne sont pas disponibles rapidement pour travailler (deux semaines), soit parce qu'elles ne recherchent pas activement un emploi. Ces personnes forment ce qu'on appelle un **« halo » autour du chômage** (Doc. 2).
- Le développement des emplois atypiques, aussi appelés **« formes particulières d'emploi »**, a contribué à rendre plus floues les frontières entre emploi, chômage et inactivité.

LA BOÎTE À DOCS

Doc. 1 Évolution des formes de contrats de travail

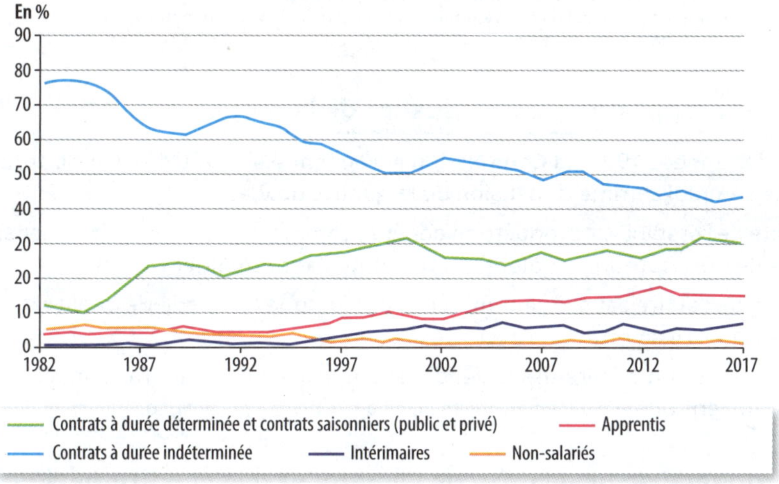

Source : d'après l'Insee, septembre 2018.

Doc. 2 Le « halo du chômage », selon l'économiste Jacques Freyssinet

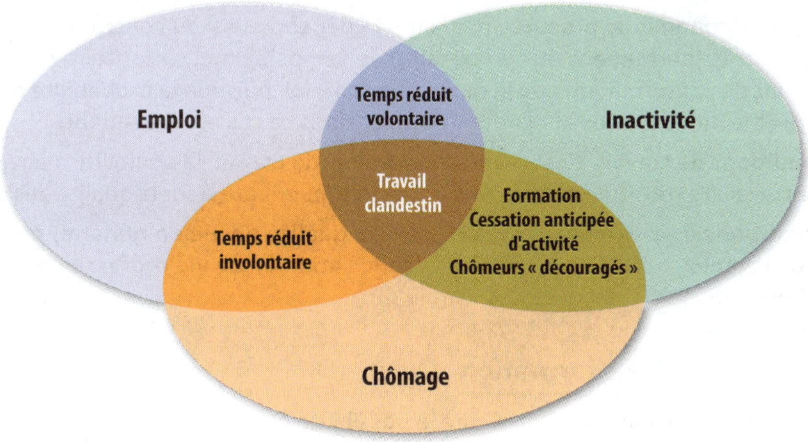

Vocabulaire

- **Halo du chômage :** personnes qui souhaiteraient occuper un emploi mais ne remplissent pas les conditions de disponibilité immédiate et/ou de recherche active d'emploi.

FICHE 3 Mesurer la qualité de l'emploi

De quoi s'agit-il ?

La qualité de l'emploi est appréhendée à partir de plusieurs descripteurs, qui ne revêtent pas tous une dimension économique et monétaire.

1 La préoccupation pour la qualité de l'emploi

- À la fin des années 1990, la Commission européenne et l'OCDE se sont intéressés à la qualité de l'emploi comme dimension de la **qualité de vie**.
- La qualité de l'emploi est évoquée, en général, comme une **notion multidimensionnelle**. Une série de descripteurs est alors retenue pour l'appréhender (**Doc. 1**).
- Le **niveau de salaire** est souvent mis en avant lorsque l'on parle de qualité de l'emploi. Le salaire apporte en effet une sécurité économique.
- Si le salaire est un critère essentiel dans la mesure de la satisfaction au travail, les études montrent que d'**autres aspects** sont à prendre en compte.

2 L'influence de la sécurité de l'emploi et des conditions de travail

- Les descripteurs de la qualité de l'emploi (**Doc. 2**) tiennent compte de la **sécurité économique** que l'emploi procure, liée au risque qu'ont les travailleurs de perdre leur emploi et au coût économique que cela représente.
- La sécurité économique procurée par l'emploi dépend aussi du **contrat de travail**. Le type de contrat (permanent ou temporaire), le temps partiel (volontaire ou involontaire)... sont des déterminants de la qualité de l'emploi, puisque la probabilité d'**être au chômage** et le montant des allocations perçues dans ce cas en dépendent.
- Les **conditions de travail**, c'est-à-dire les horaires de travail, la pénibilité, l'environnement de travail, l'exposition à d'**éventuels dangers** jouent aussi sur la qualité de l'emploi.
- Les conditions de travail sont en lien avec la qualité de vie en général, puisque la qualité de l'emploi inclut la question de la **conciliation entre vie professionnelle et vie privée/familiale**.

3 L'influence de la formation

- Le **potentiel de formation**, c'est-à-dire la possibilité pour les travailleurs de se former et d'acquérir de nouvelles qualifications, est un élément de la qualité de l'emploi.
- La possibilité de bénéficier de formations professionnelles favorise, à travers le maintien de son **employabilité**, l'**horizon de carrière** du salarié. La formation permet d'une part d'envisager une progression, mais aussi de pouvoir varier les tâches et donner un tournant à sa carrière.

LA BOÎTE À DOCS

Doc. 1 Les multiples aspects de la qualité de l'emploi pris en compte par Eurostat

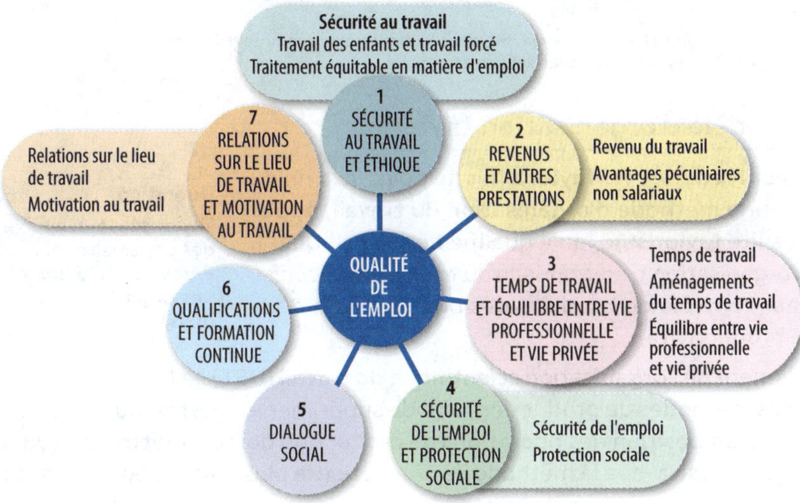

www.ec.europa.eu, 2020.

Doc. 2 Des descripteurs de la qualité de l'emploi des cadres et des ouvriers qualifiés

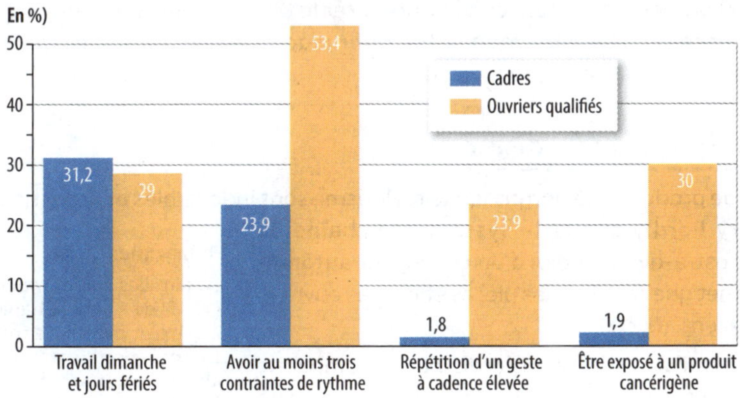

Champ : salariés de France métropolitaine.

Dares, Insee (2013, 2016), enquêtes Conditions de travail (2016) et Sumer, 2017.

Vocabulaire

• **Formation :** regroupe la formation initiale et la formation professionnelle continue, qui est le fait de personnes déjà en activité cherchant à développer leurs compétences.

FICHE 4

Les modèles d'organisation du travail tayloro-fordistes

De quoi s'agit-il ?

L'organisation du travail influence la manière de produire les biens. On peut en distinguer différents modèles.

1 Le modèle d'organisation taylorien

• L'ingénieur **Frederick W. Taylor** a mis au point, à la fin du XIXe siècle, une méthode d'organisation du travail, appelée par la suite **taylorisme**, qu'il qualifie de scientifique. Il critique l'organisation traditionnelle du travail et préconise un meilleur contrôle de l'activité des ouvriers, afin d'accroître la productivité.

> **Définition**
>
> **Taylorisme :** ensemble des principes énoncés par F. Taylor pour parvenir à une organisation scientifique du travail.

• Au fondement de l'**organisation scientifique du travail (OST)** se trouve une analyse des outils et des méthodes de production, afin de supprimer les gestes inutiles et les temps morts. La décomposition des opérations de production doit permettre de trouver « *the one best way* » c'est-à-dire la méthode de production la plus efficace pour chaque ouvrier.

• Taylor propose ainsi une double division du travail. Avec la **division horizontale du travail**, chaque ouvrier se voit confier quelques **tâches simples et délimitées**. Chaque opération est chronométrée et le salaire est lié au rendement.

• Avec la **division verticale du travail**, seuls les experts en organisation (le « bureau des méthodes ») ont les compétences pour préparer le travail. Celui-ci est donc divisé selon les **compétences** (« *the right man in the right place* ») et la relation entre les bureaux et les ouvriers est **hiérarchique** (**Doc. 1**).

2 Les apports du fordisme

• Les gains de productivité permis par le taylorisme sont indéniables et, à partir des années 1910, **Henry Ford** y ajoute le système de **chaîne** de montage, c'est-à-dire l'emploi d'un **convoyeur automatisé** qui permet que ce soient les pièces et non les ouvriers qui se déplacent (**Doc. 2**).

• Outre le travail à la chaîne, le fordisme s'accompagne de la **standardisation** des produits (il y a par exemple un modèle unique de la voiture Ford T).

• Il développe aussi une politique de salaires élevés (5 $ par jour) ayant pour but d'éviter le turn-over, c'est-à-dire une rotation trop fréquente du personnel.

> **Remarque**
>
> Le film *Les Temps modernes* (1936) de Charlie Chaplin illustre et parodie le fordisme. Le héros dont le travail à la chaîne se déroule dans une usine automatisée, consiste à resserrer des vis sur des planches. L'horloge symbolise le chronométrage du temps et le travail est supervisé à l'aide de grands écrans, signe de la distance entre les superviseurs et les travailleurs.

LA BOÎTE À DOCS

Doc. 1 L'organisation scientifique du travail de Taylor

Si les ouvriers peuvent se permettre de flâner, estime Taylor, c'est parce qu'ils [...] conservent le monopole du savoir-faire [...] et leurs temps morts restent incontrôlables. [...] Il faut établir des critères extérieurs et objectifs qui ne dépendent plus de l'exécutant. Il faut confier à des experts le soin d'analyser le travail pour en déduire le *one best way*, les modes opératoires les plus efficaces en un temps limité. Le résultat sera donc aussi le clivage du savoir-faire en deux fonctions hiérarchisées : la conception des méthodes au sommet et l'exécution à la base. Entre les deux, les agents de maîtrise prescrivent les rythmes et les procédures et en contrôlent l'application.

Ce nouveau système [l'OST] s'appuie d'abord sur d'anciens moyens : sélection des ouvriers, spécialisation, décomposition des tâches. [...] Chez Taylor, l'étude des temps [...] doit être confiée [aux] ingénieurs des méthodes. [...]

Il se targue de concilier des intérêts contradictoires ; procurer aux employeurs une main-d'œuvre ouvrière moins coûteuse [par unité produite], qui, en contrepartie, bénéficie d'une augmentation relative de rémunération.

M. Stroobants, *Sociologie du travail*, Armand Colin, 2016.

Doc. 2 Femmes travaillant sur une ligne de production dans une usine Heinz dans les années 1940

Vocabulaire

- **Division horizontale du travail :** parcellisation des tâches, c'est-à-dire décomposition de la production en opérations simples et de durée mesurable.
- **Division verticale du travail :** séparation entre le travail de conception et le travail d'exécution.

FICHE 5

Les modèles d'organisation du travail post-tayloriens

De quoi s'agit-il ?

Les principes tayloriens se sont diffusés mais se sont aussi accompagnés de nouveaux modes d'organisation du travail plus flexibles afin de satisfaire à la fois les exigences de productivité mais aussi de pouvoir s'adapter à la demande.

1 Le modèle d'organisation taylorien

- Si les **gains de productivité** permis par le taylorisme sont indéniables, la parcellisation des tâches et le travail répétitif ont aussi des conséquences négatives sur les ouvriers, dont le travail est considéré comme « en miettes » par le sociologue **Georges Friedmann** (1946). Les entreprises font face à un turn-over très élevé, à de l'absentéisme et à des pièces défectueuses en plus grand nombre.
- Dans les années 1930, les principes de l'OST sont fortement critiqués. L'**école des relations humaines** défend l'idée que le moral des ouvriers a une influence déterminante sur leur productivité.
- L'**expérience d'Elton Mayo à la Western Electric** met ainsi en évidence et explique un résultat paradoxal : alors que les conditions de travail des ouvrières se dégradent, leur productivité augmente du fait de la considération dont elles font l'objet.

2 Des modèles d'organisation du travail post-tayloriens

- Les effets négatifs de l'OST ont conduit certaines entreprises à modifier leur organisation du travail. Elles ont alors instauré une **rotation des postes** ainsi qu'un **élargissement** et une **recomposition des tâches** afin d'obtenir un **enrichissement du travail**, le rendant moins monotone. Le toyotisme en est une belle illustration (**Doc. 1**).
- Les entreprises devant faire face à une concurrence accrue doivent certes produire au coût le plus faible, mais aussi être flexibles afin de **s'adapter aux variations de la demande**. Cette recherche de **flexibilité** touche aussi les salariés, dont la **polyvalence** est recherchée (**Doc. 2**).
- L'organisation post-taylorienne du travail s'accompagne d'un **management participatif** visant l'implication des salariés dans la réussite du processus de production.
- Les **groupes semi-autonomes**, dans lesquels les salariés d'une équipe s'organisent plus librement, ou les **cercles de qualités**, qui tentent de résoudre différents problèmes liés au travail quotidien, en sont des exemples.

LA BOÎTE À DOCS

Doc. 1 Le toyotisme, un exemple de modèle d'organisation post-taylorien

Le toyotisme est une stratégie industrielle post-fordiste fondée sur l'absence de stock, la production en flux tendu de petites quantités, le « juste-à-temps », et une réactivité très vive au marché. [...].

À l'origine, Toyota était une petite entreprise. [...] Le modèle d'organisation du fordisme ne pouvait pas convenir et n'était pas viable pour les entreprises japonaises, confrontées à une consommation intérieure trop faible. [...]

Le toyotisme est né pour s'adapter au marché japonais dans le cadre d'une politique nationale protectionniste. Afin d'assouplir au maximum les systèmes productifs, Toyota a eu recours à l'externalisation de certaines tâches de production [...].

Une fois Toyota assez solide pour soutenir la concurrence internationale, l'entreprise est partie à la conquête des marchés étrangers. Sa stratégie post-fordiste lui a assuré un avantage concurrentiel certain par rapport aux autres constructeurs automobiles. Son adaptabilité lui a permis de pénétrer les marchés européens et nord-américains, avant de se lancer à la conquête des marchés émergents. [...]

Pour dépasser les barrières douanières, Toyota a investi dans les territoires nationaux des pays concurrents. Elle a ainsi implanté des usines et des chaînes de montage en Europe (cas de l'usine à Onnaing, dans le nord de la France) et en Amérique du Nord. [...]

R. Languillon-Aussel, N. Reveyaz, « Le Japon : les fragilités d'une puissance », Cadrage scientifique et pédagogique du dossier, *Géoconfluences*, 2017.

Doc. 2 Typologie des formes de flexibilité du travail

	QUANTITATIVE	QUALITATIVE
Interne	Travail à temps partiel, heures supplémentaires	Flexibilité fonctionnelle (changement de poste de travail) ou polyvalence
Externe	Licenciement/embauche, intérims, travail temporaire (CDD), stagiaires	Sous-traitance

D'après M. Stroobants, *Sociologie du travail*, 4e édition, Armand Colin, 2016.

Vocabulaire

- **Enrichissement du travail :** ajout aux tâches habituelles de nouvelles activités plus intéressantes pour le salarié.
- **Flexibilité :** politique de gestion de la main-d'œuvre afin d'adapter la production et l'emploi à la demande.
- **Management participatif :** outil de gestion des ressources humaines donnant aux salariés la capacité de s'impliquer concrètement dans le contenu de leur travail et son organisation pour accroître la motivation et la rentabilité, et réduire les conflits.

FICHE 6

L'impact du numérique sur le travail

De quoi s'agit-il ?

L'essor du numérique a transformé le travail, impactant à la fois la frontière avec la vie personnelle, les relations d'emploi et les types d'emploi.

1 Numérique et frontières du travail

- L'essor du numérique dans le cadre du travail s'illustre par le **télétravail**. C'est une forme d'organisation dans laquelle un travail qui aurait pu être exécuté dans les locaux de l'employeur est effectué par un salarié hors de ces locaux, de façon régulière et volontaire, en utilisant les **technologies de l'information et de la communication** (TIC).
- Alors que le **télétravail peut avoir pour but pour le salarié de trouver un certain équilibre entre sa vie personnelle** et sa vie professionnelle, le numérique contribue à un **brouillage des frontières entre vie professionnelle et vie privée**.

2 Le numérique brouille les relations d'emploi

- Le numérique reconfigure le travail de multiples autres manières sans nécessairement remettre en cause le statut du rapport salarial et en particulier le principe de subordination.
- Les plateformes numériques par exemple mettent en relation, contre une rémunération, des offreurs indépendants (ex. les chauffeurs Uber) et des clients. Ces pratiques renforcent à la fois la **dépendance** mais aussi la **précarité** des travailleurs qui ne bénéficient pas de la protection sociale associée au salariat (**Doc. 1**).

3 Le numérique accroît les risques de polarisation des emplois

- Le développement du numérique s'est accompagné d'une **polarisation des emplois** (**Doc. 2**). Elle se manifeste par une progression dans l'économie des professions les mieux et les moins bien rémunérées au détriment des travailleurs moyennement qualifiés, qui effectuent des tâches répétitives et sont davantage susceptibles d'**être remplacés par un ordinateur.**
- Le numérique a aussi contribué à l'essor de la **« *gig economy* »**, qui rassemble tous les **petits emplois précaires** effectués par le biais du numérique.
- En parallèle, on assiste à un **essor des emplois qualifiés** dans les secteurs les plus innovants ou à haute technicité visant à concevoir ces nouveaux outils et leurs modalités d'utilisation.

LA BOÎTE À DOCS

Doc. 1 Les plateformes numériques

Dans le cas des échanges marchands à but lucratif (eBay, Amazon Services, Uber…), l'activité productive est réalisée par quelques salariés des plateformes et leurs sous-traitants, mais aussi et surtout par des masses de contributeurs indépendants. Ce processus est parfois désigné par l'expression « ubérisation ». Ici, le travail est [souvent] prescrit (horaires, port d'uniformes…) assez précisément par la plateforme […]. Les travailleurs gagnent des revenus modestes […] sans bénéficier de la protection sociale du salariat.

Cette configuration met sur le même pied et donc en concurrence les professionnels (taxis) et les amateurs (VTC : véhicule de tourisme avec chauffeur), tous les deux revendiquant de « travailler ». Elle donne alors lieu à de nouveaux mouvements sociaux des premiers pour défendre leur marché. Des luttes sociales apparaissent également en faveur de la requalification juridique de l'activité d'auto-entrepreneur en salarié.

Dans cette configuration, la confiance […] est fabriquée à l'aide d'un dispositif d'évaluation (et donc de dévaluation) continue des hommes et des femmes qui travaillent pour ces entreprises. Les consommateurs, en exprimant leurs avis sur la prestation, jouent le rôle de contrôleurs […]. [Ces] entreprises […] sans […] assumer aucune responsabilité juridique, tirent leurs revenus des commissions prises sur l'échange, mais aussi du marché publicitaire lié.

M.-A. Dujarier, « *Digital labor*, travail du consommateur : quels usages sociaux du numérique ? », *La Revue des médias*, 2016.

Doc. 2 Évolution des parts de l'emploi

Évolution des parts de l'emploi peu qualifié, intermédiaire et très qualifié, entre 1993 et 2010, en points de pourcentage

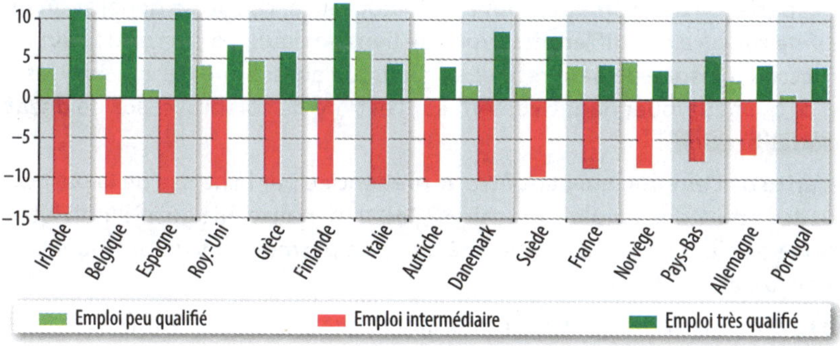

www.alternatives-economiques.fr, 2019.

Vocabulaire

• **Polarisation des emplois** : accroissement simultané de la part des métiers les plus qualifiés et de celle des métiers les moins qualifiés.

FICHE 7

Travail et intégration sociale

De quoi s'agit-il ?

Le travail est source d'intégration sociale, mais certaines évolutions tendent à affaiblir ce pouvoir intégrateur.

1 Le travail, source d'intégration sociale

- Du point de vue économique, le travail assure un **revenu d'activité** qui conditionne l'accès à la société de **consommation** et prémunit de la **pauvreté**.
- Le travail donne aussi accès à des **droits sociaux** qui concourent à la protection des individus face aux différents **risques** de la vie sociale.
- Du point de vue social, le travail contribue à la construction de **l'identité sociale**. Les **relations de travail** remplissent une fonction de socialisation secondaire et influencent la sociabilité des individus.
- Les relations professionnelles donnent aussi accès à diverses formes de **participation sociale** : adhésion à des syndicats, appartenance à des associations professionnelles. En attribuant un **statut social** aux individus, le travail concourt à leur reconnaissance sociale, à leur identité et à leur autonomie.

2 Évolutions de l'emploi et affaiblissement du pouvoir intégrateur du travail

- Les **évolutions de l'emploi**, en particulier la **précarisation** et le taux persistant de **chômage** élevé, affaiblissent le pouvoir intégrateur du travail.
- Ainsi, l'expérience du chômage, souvent douloureuse, risque de générer un **processus cumulatif de rupture des différents types de liens sociaux**. La perte ou la diminution de revenus accroît le risque de **pauvreté** et se conjugue aussi à une diminution des **relations sociales**, ce qui peut jouer négativement sur l'estime de soi (processus de **désaffiliation** et de **disqualification**).
- La **précarité de l'emploi**, qui peut être appréhendée par la baisse de la part des CDI et la hausse de la part des emplois précaires (**Doc. 1**), pénalise elle aussi l'individu dans son intégration sociale. Le travail, s'il est précaire, ne permet plus de protéger de manière certaine de la pauvreté.
- La **polarisation des emplois** autour des moins qualifiés favorise aussi cette précarité, comme en témoigne la progression du nombre de travailleurs pauvres, souvent des ouvriers ou des employés, faiblement diplômés, dont les revenus, même tirés d'un CDI à temps plein, ne permettent pas d'assurer un train de vie décent au ménage.
- Les emplois précaires, tout comme le chômage, **fragilisent la protection liée à l'emploi** : revenu, accès à la consommation, droits sociaux, statut professionnel et risque de pauvreté. Les évolutions de **l'organisation du travail**, notamment la flexibilité, et la mobilité des travailleurs affectent elles aussi la fonction d'intégration du travail (**Doc. 2**).

LA BOÎTE À DOCS

Doc. 1 Précarité du travail et intégration

Pour Durkheim, l'intégration des individus au système social passe par leur intégration – directe ou indirecte – au monde du travail. Cette conception repose sur la notion de la solidarité organique caractéristique des sociétés modernes [...]. [...] Le salarié est précaire lorsque son travail ne lui permet pas d'atteindre les objectifs fixés par l'employeur et lui semble sans intérêt, mal rétribué et faiblement reconnu dans l'entreprise. Puisque sa contribution à l'activité productive n'est pas valorisée, il éprouve le sentiment d'être plus ou moins inutile. On peut parler alors d'une précarité du travail.

Mais le salarié est également précaire lorsque son emploi est incertain et qu'il ne peut prévoir son avenir professionnel. C'est le cas des salariés dont le contrat de travail est de courte durée, mais aussi de ceux pour qui le risque d'être licencié est permanent. Cette situation se caractérise à la fois par une forte vulnérabilité économique et par une restriction, au moins potentielle, des droits sociaux puisque ces derniers sont fondés, en grande partie, sur la stabilité de l'emploi. Le salarié occupe, de ce fait, une position inférieure dans la hiérarchie des statuts sociaux définis par l'État-providence. On peut parler, dans ce cas, d'une précarité de l'emploi.

S. Paugam, « Le lien social », SES ENS Lyon, 2012.

Doc. 2 Un « jeu » chez Amazon Lille

Depuis vendredi, Amazon a mis en place un concours entre tous les salariés de son entrepôt de Lille. Ils sont encouragés à signaler les manquements aux règles de sécurité de leurs collègues en remplissant un bulletin « Faux pas », et obtenir en échange un bon point. Une récompense est prévue à la clé. Dans le détail, les coupons disponibles à l'accueil de l'entrepôt prévoient l'inscription du nom et prénom de celui qui a repéré un « Safety faux pas », de celui du manager ou chef d'équipe qui l'a commis, et un espace pour décrire la faute en question. Amazon assure que ce bulletin sert seulement de support de discussion entre un employé et son manager pris en défaut. [...] Si la méthode employée pour [...] réduire [les accidents du travail] peut faire polémique, elle n'est pas forcément surprenante. Pour les évaluations annuelles, Amazon demande aux employés de s'évaluer entre pairs. Ces avis sont remontés au manager qui les utilise pour attribuer les promotions, augmentations ou au contraire identifier les éléments les moins performants.

B. Berthelot, « Un jeu pour dénoncer ses collègues à l'entrepôt Amazon de Lille », Capital, Prisma Média, nov. 2017.

Vocabulaire

- **Désaffiliation :** processus exposé par Robert Castel, qui correspond à la dissolution du lien social en raison de l'absence de travail et de l'isolement social.
- **Disqualification :** processus exposé par Serge Paugam, par lequel les liens d'un individu à la société s'affaiblissent progressivement en passant par des étapes de fragilité, de dépendance, puis de rupture.

Révision Express

POINTS IMPORTANTS À RETENIR

- Le **travail**, facteur de production, se distingue de l'**emploi**, qui correspond à l'exercice d'une profession rémunérée. Le **chômage** est alors la situation des individus sans emploi, disponibles pour travailler et recherchant activement un emploi. L'emploi recouvre néanmoins des réalités diverses qui rendent floues les frontières entre emploi, chômage et inactivité : on parle de « **halo du chômage** ».
- La **qualité de l'emploi** est appréhendée à partir de plusieurs descripteurs : le salaire, le type de contrat, le temps partiel, les conditions de travail, la possibilité de concilier vie professionnelle et vie personnelle, le potentiel de formation et, plus largement, l'horizon de carrière.
- L'organisation du travail a évolué au cours du temps. L'**organisation taylorienne**, fondée sur une double division du travail, a permis d'accroître la productivité des ouvriers. Mais cette organisation a aussi conduit à des souffrances au travail, qui se sont incarnées dans de l'absentéisme et du turn-over. Les modèles post-tayloriens cherchent à favoriser la **flexibilité**, enrichir le travail et accorder davantage d'intérêt aux salariés, notamment à travers un management participatif.
- Le numérique a contribué aux évolutions du travail grâce aux TIC. L'essor du télétravail a brouillé les frontières entre travail et vie personnelle, mais aussi modifié les relations entre les salariés et leurs managers. Le numérique renforce par ailleurs la **polarisation des emplois**.
- L'emploi, par le revenu qu'il procure mais aussi par les droits sociaux et l'identité qui en découlent, contribue à l'**intégration sociale**. Les transformations de l'emploi, en particulier le chômage et la **précarité**, remettent en cause son rôle intégrateur.

APPRENDRE AUTREMENT

Ubérisation, naissance de l'entreprise 2.0 :

Vidéo

LE COURS EN 10 MOTS-CLÉS

- Travail
- Emploi
- Chômage
- Halo du chômage
- Qualité de l'emploi
- Taylorisme
- Flexibilité
- Polarisation des emplois
- Intégration sociale
- Précarité

CARTE MENTALE

> **Quelles sont les mutations du travail et de l'emploi ?**

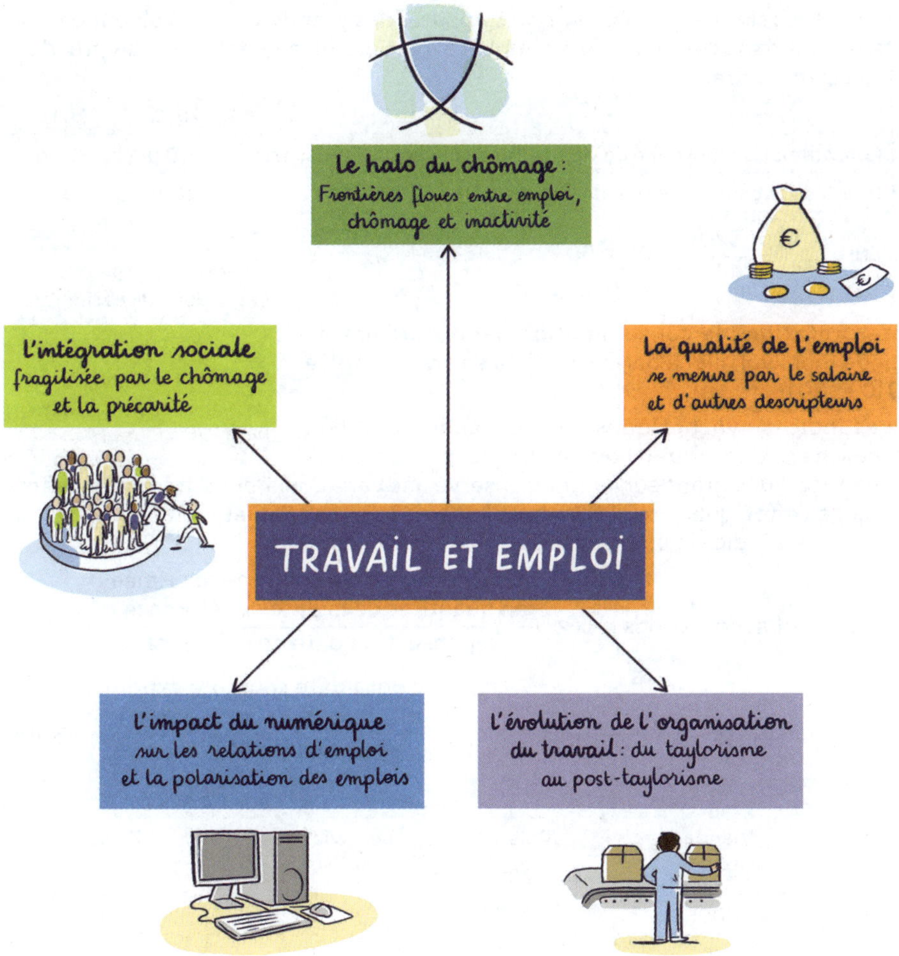

N'hésite pas à construire ta propre carte mentale

Lire et interpréter des indices synthétiques

MÉTHODE

- Les indices simples permettent de comparer des grandeurs qui évoluent dans le temps ou dans l'espace, par exemple l'évolution de la quantité ou du prix d'un bien alimentaire.

	2010	2016
Consommation moyenne de viande (hors volaille) par sem./pers.	400 g	320 g
Indice de la consommation de viande (hors volaille)	100	80

Calcul : $I_{2016} = \frac{320}{400} \times 100 = 80$

Interprétation : la consommation hebdomadaire de viande (hors volaille) a baissé de 20 % en France, entre 2010 et 2016.

Rappel
Calcul des indices simples :
$$I_t = \frac{V_t}{V_0} \times 100$$
V_t : valeur à la date t
V_0 : valeur choisie comme base 100

- Les indices synthétiques sont utiles lorsque l'on cherche à distinguer l'évolution du prix et de la quantité d'une grandeur, dont on observe une variation. Pour différencier l'effet-prix de l'effet-quantité, il faut fixer l'une des deux variables, soit le prix, soit la quantité. L'indice le plus utilisé est l'indice de Laspeyres.

$$\text{Indice de Laspeyres des prix} = \frac{\text{Dépense de la date courante exprimée en quantités de la date de référence}}{\text{Dépense de la date de référence}} \times 100$$

$$\text{Indice de Laspeyres des quantités} = \frac{\text{Dépense de la date courante exprimée en prix de la date de référence}}{\text{Dépense de la date de référence}} \times 100$$

	Quantités (en g)		Prix (en €/kg)	
Dates	Viande	Poisson	Viande	Poisson
0	420	200	15	18
1	400	300	16	20
2	320	300	18	22

Indice de Laspeyres des prix entre les périodes 0 et 1

Calcul : $I_{1/0} = \frac{(16 \times 420 + 20 \times 200)}{(15 \times 420 + 18 \times 200)} \times 100 = 108{,}28$

Interprétation : à quantité fixée en période 0, les prix ont augmenté de 8,28 % entre les périodes 0 et 1.

Remarque
Pour mesurer la variation des prix des quantités en période 1, on « fixe » les quantités (les prix) en période 0.

Méthode

Indice de Laspeyres des quantités entre les périodes 0 et 1

Calcul : $L_{1/0} = \frac{(15 \times 400 + 18 \times 300)}{(15 \times 420 + 18 \times 200)} \times 100 = 115{,}15$

Interprétation : à prix fixé en période 0, les quantités ont augmenté de 15,15 % entre les périodes 0 et 1.

- Vous devez savoir lire et interpréter les indices synthétiques ; savoir les calculer n'est pas exigé. Si on prend l'exemple de l'indice des prix à la consommation (IPC), lorsqu'il passe d'un indice 100 en 2018 à 101,2 en 2019, cela signifie que les prix augmentent de 1,2 %, ce qui représente le taux d'inflation.

ÉNONCÉ

L'indice des prix à la consommation (IPC) est l'instrument de mesure de l'inflation. Il permet d'estimer, entre deux périodes données, la variation moyenne des prix des produits consommés par les ménages. Il est basé sur l'observation d'un panier fixe de biens et services, actualisé chaque année. Chaque produit est pondéré, dans l'indice global, proportionnellement à son poids dans la dépense de consommation des ménages.

Doc. Indice annuel des prix à la consommation

Produits alimentaires, base 2015, ensemble des ménages

Année	2000	2010	2011	2012	2014	2015	2016	2018	2019
Valeur	<u>77,2</u>	94,5	96,2	98,8	99,5	100	100,6	103,9	<u>103,92</u>

1. Que signifie « base 2015 » ?

2. Expliquez pourquoi on a affaire ici à un indice synthétique.

3. Rédigez une phrase présentant chacune des deux données soulignées dans le tableau.

CORRIGÉ

1. L'expression « base 2015 » signifie que l'on a choisi l'année 2015 comme année de référence pour calculer les indices de prix antérieurs ou postérieurs. Autrement dit, on a attribué l'indice 100 à la valeur du panier de biens. C'est donc par rapport à cette année que l'on mesure l'évolution des prix.

2. Il s'agit bien d'un indice synthétique, parce que la valeur de la consommation de produits alimentaires des ménages prend en compte le prix et la quantité de biens alimentaires consommés (coût du panier = prix × quantités).

3. En 2000, les prix des biens alimentaires étaient inférieurs de 22,8 % (100 – 77,2) à ceux de 2015.
En 2019, les prix des biens alimentaires étaient supérieurs de 3,92 % (103,92 – 100) à ceux de 2015.

Fiche test — Ce que je sais

QCM

15 min

◯ À revoir
◯ Acquis

1 Cochez la bonne réponse.

1 Le taux de chômage rapporte :

◯ **a.** le nombre de chômeurs à la population en âge de travailler.
◯ **b.** le nombre de chômeurs à la population totale.
◯ **c.** le nombre de chômeurs à la population active.

2 Le taylorisme :

◯ **a.** parcellise le travail des ouvriers.
◯ **b.** divise le travail entre tâches de conception et d'exécution.
◯ **c.** instaure le travail à la chaîne.

3 Les modèles d'organisation du travail post-tayloriens :

◯ **a.** accentuent la division du travail.
◯ **b.** enrichissent et flexibilisent le travail.
◯ **c.** parcellisent les tâches.

4 La polarisation des emplois signifie que :

◯ **a.** seuls les emplois intermédiaires se développent.
◯ **b.** seuls les emplois peu qualifiés se développent.
◯ **c.** les emplois intermédiaires diminuent au profit des emplois peu qualifiés et qualifiés.

5 L'intégration par le travail est fragilisée car :

◯ **a.** les salaires diminuent.
◯ **b.** le chômage est élevé et l'emploi se précarise.

6 Le développement du temps réduit volontaire (temps partiel volontaire) brouille les frontières entre :

◯ **a.** inactivité et emploi.
◯ **b.** emploi et chômage.
◯ **c.** chômage et inactivité.
◯ **d.** inactivité et activité.

7 Lequel de ces critères n'est pas un critère de la qualité de l'emploi :

◯ **a.** la santé au travail.
◯ **b.** le niveau de rémunération.
◯ **c.** le temps de travail.
◯ **d.** la durée de trajet entre le travail et le domicile.

8 Le numérique et le télétravail :

◯ **a.** accentuent la frontière entre vie personnelle et vie professionnelle.
◯ **b.** brouillent la frontière entre vie personnelle et vie professionnelle.
◯ **c.** créent une frontière entre vie personnelle et vie professionnelle.

9 Pourquoi les transformations du travail nuisent-elles à l'intégration sociale ?

◯ **a.** Car la précarisation permet de tisser des liens sociaux.
◯ **b.** Car la hausse du chômage permet d'accéder à la consommation.
◯ **c.** Car la précarisation des emplois et la hausse du chômage nuisent à la capacité d'obtenir un revenu suffisant.

10 Pour décrire le phénomène de travailleurs offrant une prestation de service sur une plateforme, on utilise l'expression :

◯ **a.** halo du chômage.
◯ **b.** microtravail.
◯ **c.** polarisation.
◯ **d.** ubérisation.

SCORE : ___ / 10

EXERCICES D'ENTRAÎNEMENT

2 Texte à trous

À l'aide de vos connaissances, complétez le texte avec les termes suivants :
qualifiés – diminue – remplaçables – plus – numérique – polarisation – progresser – technologies de l'information et de la communication – rémunérés – moyennement.

La .... des emplois désigne l'essor des emplois les moins .... et les moins .... et des emplois les .... qualifiés et les mieux rémunérés. L'essor du .... en particulier de l'usage des .... a contribué à ce mouvement. Ces technologies permettent en effet de se passer d'un certain nombre d'emplois .... qualifiés, dont la part .... À l'opposé, les emplois concevant ces technologies voient leur part .... Les emplois les moins qualifiés sont quant à eux difficilement .... par des technologies.

3 Calculer et interpréter des indices synthétiques

On considère une station-service qui vend deux carburants : du gazole et du sans plomb 95 (SP95). On cherche à mesurer l'évolution des ventes sur une période. Les données (prix des deux biens et quantités respectives produites) figurent dans le tableau ci-dessous.

	Quantités (en milliers de litres)		Prix (en €/litre)	
Dates	**Gazole**	**SP95**	**Gazole**	**SP 95**
2017	250	400	1,25	1,40
2018	300	480	1,39	1,48
2019	350	400	1,48	1,53

1. Calculez la valeur de la production totale aux prix courants de 2017.
2. Calculez la valeur de la production totale aux prix de l'année précédente.
3. Calculez la valeur de la production totale aux quantités de l'année précédente.
4. À partir des données précédentes, calculez les indices de Laspeyres des quantités et des prix pour 2018 et 2019.

Pour vous aider, complétez le tableau ci-dessous.

	2017	2018	2019
Valeur de la production à prix courants			
Valeur de la production au prix de l'année précédente			
Valeur de la production aux quantités de l'année précédente			
Indice des prix			
Indice des quantités			

VERS LE BAC

4 Rédiger une argumentation à partir de documents

Sujet **À l'aide de vos connaissances et des documents ci-dessous, vous vous demanderez si les transformations de l'organisation du travail ont fait disparaître les principes tayloriens.**

Doc. 1 L'évolution des contraintes sur le rythme de travail

En %

Rythme de travail imposé par...	1978	1984	1991	1998	2005	2013	2016
le déplacement automatique d'un produit ou d'une pièce	3	3	5	6	7	8	8
la cadence automatique d'une machine	6	4	6	7	7	7	7
d'autres contraintes techniques	7	7	11	16	16	17	17
la dépendance immédiate vis-à-vis des collègues	13	11	23	27	27	30	29
des normes de production à satisfaire en une journée	21	19	38	43	42	46	48
dont : en une heure		*5*	*16*	*23*	*25*	*27*	*29*
une demande extérieure	34	39	57	65	65	69	70
dont : obligeant à une réponse immédiate		*28*	*46*	*54*	*53*	*58*	*58*
les contraintes ou surveillances permanents exercés par la hiérarchie		17	23	29	30	31	31
un contrôle ou un suivi informatisé					25	35	35

Lecture : en 2016, 35 % des salariés déclarent avoir un rythme de travail imposé par un contrôle ou un suivi informatisé.
Champ : salariés de France métropolitaine.

DARES, « Analyses », n° 82, décembre 2017.

Doc. 2 L'évaluation en entreprise

Il faut, avec l'évaluation, mesurer la performance individuelle des salariés. Le but est de repérer les collaborateurs les plus efficaces et de les motiver par des incitations financières. [...] Managers et managés vérifient que les objectifs chiffrés arrêtés l'année précédente ont été atteints et fixent une feuille de route pour l'année suivante. [...]

Si l'évaluation est aujourd'hui aussi décriée, c'est parce qu'elle a radicalement changé de nature. [...]

Les temps ont changé : la révolution technologique a transformé l'évaluation en une gigantesque machine à mesurer l'activité humaine. L'informatique permet de tout chiffrer : le temps passé au téléphone avec un client, le pourcentage de progression du chiffre d'affaires, la quantité de marchandises stockée sur un site, le nombre d'opérations réalisées à l'heure, voire à la minute. [...]

Cette frénésie mathématique conduit parfois à des absurdités. Certains salariés [...] se focalisent uniquement sur la partie mesurable de leur activité – nombre de dossiers traités dans la journée, délais maximaux de dépannage, durée de l'échange téléphonique avec un client. [...]

Depuis une dizaine d'années, elles tentent d'évaluer des notions aussi subjectives que la curiosité, l'ingéniosité ou la lucidité.

Les indicateurs chiffrés sur le « sens du client » ou la « capacité à agir avec intégrité » paraissent fragiles, voire arbitraires, mais l'informatique n'en a cure : à partir des grilles d'évaluation, elle bâtit des groupes en distinguant, par exemple, les salariés « *top talent* » des « *less effective* ». [...] Les compétences demandées sont très générales – « prendre des décisions », « conduire une équipe », « être créatif » ou « concentré sur les résultats » –, mais elles sont notées avec beaucoup de précision, ce qui est artificiel. [...]

Dans le monde tayloriste, l'entreprise exerçait une contrainte sur les corps, notamment dans le secteur industriel, mais elle se fichait de savoir ce que les ouvriers avaient dans la tête. Avec la révolution managériale, le schéma est très différent : l'entreprise sollicite maintenant l'imaginaire de ses salariés. Ils doivent s'identifier aux objectifs de l'entreprise et adhérer à ses valeurs. L'entreprise ne se contente pas de mesurer en permanence ce que vous faites : elle évalue aussi ce que vous êtes.

A. Chemin, « L'entreprise, machine à évaluer », *Le Monde*, 14 mars 2013.

Fiche test Ce que je sais

1. c. Le taux de chômage rapporte le nombre de chômeurs à la population active. Les autres propositions ne rapportent pas le nombre de chômeurs au bon dénominateur. **2. a.** et **b.** Le taylorisme parcellise le travail des ouvriers et divise le travail entre tâches de conception et d'exécution. C'est le fordisme qui instaure le travail à la chaîne. **3. b.** Face au turn-over et à l'absentéisme des salariés, le management devient plus participatif, le travail devient plus flexible et les tâches sont enrichies. **4. c.** La part des emplois peu qualifiés et des emplois qualifiés augmente, la part des emplois intermédiaires, que le numérique peut remplacer, diminue. **5. b.** Le taux de chômage persistant et les emplois précaires remettent en cause la capacité intégratrice du travail. **6. a.** En travaillant volontairement à temps partiel, l'individu choisi de réduire son temps de travail et d'accroître son temps d'inactivé. **7. d.** La durée de trajet entre le travail et le domicile n'est pas un critère de la qualité de l'emploi. Elle impacte néanmoins la qualité de vie de l'individu. **8. b.** et **c.** Le numérique et le télétravail brouillent la frontière entre vie personnelle et vie professionnelle à la fois en termes de lieu (le domicile est aussi le lieu de travail) qu'en termes de temps. Ils créent également une frontière entre vie personnelle et vie professionnelle. **9. c.** La précarisation des emplois et la hausse du chômage sont deux transformations du travail. Elles nuisent d'une part à la capacité d'obtenir un revenu suffisant mais aussi pénalisent la création de liens sociaux (entre collègues). **10. d**. L'ubérisation fait référence à l'entreprise de transport Uber dont les chauffeurs sont indépendants mais dépendent fortement de l'entreprise Uber.

EXERCICES D'ENTRAÎNEMENT

2 Texte à trous

La **polarisation** des emplois désigne l'essor des emplois les moins **qualifiés** et les moins **rémunérés** et des emplois les **plus** qualifiés et les mieux rémunérés. L'essor du **numérique**, en particulier de l'usage des **technologies de l'information et de la communication**, a contribué à ce mouvement. Ces technologies permettent en effet de se passer d'un certain nombre d'emplois **moyennement** qualifiés, dont la part **diminue**. À l'opposé, les emplois concevant ces technologies voient leur part **progresser**. Les emplois les moins qualifiés sont quant à eux difficilement **remplaçables** par des technologies.

3 Calculer et interpréter des indices synthétiques

1. Pour calculer la valeur de la production totale aux prix courants, il faut additionner la valeur de la production de gazole et celle de SP95. La valeur de la production est le résultat de la quantité produite par le prix, pour chaque bien produit.
Par exemple pour l'année 2017, pour la valeur de la production à prix courants :

$$(250\,000 \times 1{,}25) + (400\,000 \times 1{,}4) = 312\,500 + 560\,000 = \mathbf{872\,500}$$

2. Pour calculer la valeur de la production aux prix de l'année précédente, on effectue le même calcul, mais on multiplie les quantités de l'année considérée avec les prix de l'année précédente, pour chaque prix.

En 2018, pour la valeur de la production à prix constants de l'année précédente :

$$(300\,000 \times 1{,}25) + (480\,000 \times 1{,}4) = 375\,000 + 672\,000 = 1\,047\,00$$

3. Pour calculer la valeur de la production aux quantités de l'année précédente, on multiplie les quantités de l'année précédente avec les prix de l'année considéré.
En 2018, pour la valeur de la production aux quantités de l'année précédente :

$$(250\,000 \times 1{,}39) + (400\,000 \times 1{,}48) = 347\,500 + 592\,000 = 939\,500$$

	2017	2018	2019
Valeur de la production à prix courants	872 500	1 127 400	1 130 000
Valeur de la production au prix de l'année précédente		1 047 000	1 078 500
Valeur de la production aux quantités de l'année précédente		939 500	1 174 800
Indice des prix		107,7	104,20
Indice des quantités		120	95,66

4. Indice de Laspeyres des prix :

- pour 2018 par rapport à 2017 : $\frac{939\,500}{872\,500} \times 100 = 107{,}67$
- pour 2019 par rapport à 2018 : $\frac{1\,174\,800}{1\,127\,400} \times 100 = 104{,}20$

Indices de Laspeyres des quantités :

- pour 2018 par rapport à 2017 : $\frac{1\,047\,500}{872\,500} \times 100 = 120$
- pour 2019 par rapport à 2018 : $\frac{1\,078\,500}{1\,127\,400} \times 100 = 95{,}66$

VERS LE BAC

4 Rédiger une argumentation à partir de documents

Introduction

Au début du xxe siècle, un ingénieur américain, F. W. Taylor, définit le « *one best way* », avec pour objectif de déterminer les méthodes de travail les plus rapides et efficaces possibles. En 1911, il pose les principes d'une organisation du travail qu'il qualifie de « scientifique » (OST), fondée sur une double division du travail : horizontale et verticale. Si le taylorisme a permis des gains de productivité, il est, à partir des années 1960, contesté. Le refus de l'OST se manifeste notamment par de l'absentéisme et du turn-over. Les directions d'entreprises, prenant en compte les aspects contreproductifs, transforment peu à peu leur fonctionnement. Elles développent de nouveaux modes de management, symbolisés par le toyotisme.
Nous pouvons nous demander si ces transformations ont fait disparaître les principes tayloriens.

Nous rappellerons, dans un premier temps, comment l'organisation du travail s'est modifiée pour laisser place à un post-taylorisme. Dans un second temps, nous montrerons que les nouvelles organisations du travail ne sont pas en rupture avec le taylorisme mais le poursuivent.

I. Les organisations du travail post-taylorien pour remédier aux limites de l'OST

La double division du travail instaurée par Taylor et l'ajout du convoyeur par Ford s'accompagnent de normes contraignantes pour les opérateurs de base (chronométrage, cadences de production imposées) et d'une surveillance permanente de l'opérateur par sa hiérarchie. Les conséquences de ce mode d'organisation (turn-over, conflits...) sont telles qu'une rupture s'impose.

Le progrès technique permet d'automatiser certaines tâches répétitives. Le pilotage se fait davantage par la demande : les consommateurs n'étant plus en recherche de produits standardisés, les tâches en deviennent moins routinières. On attend des opérateurs davantage d'autonomie et de flexibilité.

Ainsi, dans de nombreuses entreprises, ont été introduites des politiques de ressources humaines mettant en avant la polyvalence des salariés, la recomposition des tâches, la rotation des postes, le développement de l'autocontrôle, ce qui a permis de rompre avec le schéma taylorien et d'améliorer les relations des opérateurs à leur tâche. La gestion des ressources humaines fait aujourd'hui fréquemment appel à la notion de groupe de travail et à la communication des savoirs détenus par les salariés à travers l'extension des cercles de qualité et du management participatif. L'évaluation (**Doc. 2**) devient individuelle. Les cadences ne sont plus les seuls éléments pris en compte et des aspects subjectifs, tels que le « leadership », sont mesurés. Le management devient plus participatif et les salariés davantage impliqués dans les décisions.

Les nouvelles organisations du travail ont donc essayé de remédier aux limites de l'OST en modifiant le management. Pour autant, on constate que les principes tayloriens n'ont pas disparu.

II. Les nouvelles formes d'organisation du travail : un prolongement du taylorisme

De nombreux éléments permettent d'affirmer que la logique taylorienne n'a pas disparu. On parle alors de néo-taylorisme.

On peut d'abord remarquer que la division verticale du travail, qui sépare les tâches d'exécution des tâches de conception, n'a pas disparu. La direction de l'entreprise (le bureau des méthodes) définit très précisément les produits à réaliser, les méthodes de travail, le niveau de la production, les temps nécessaires pour chacune des tâches. Dans de nombreuses activités, la production est « pilotée » de manière contraignante par les logiciels informatiques. L'opérateur n'a alors pas d'autonomie. En 2016, 35 % des salariés déclaraient avoir un rythme de travail imposé par un contrôle ou un suivi informatisé et 31 % par la hiérarchie (**Doc. 2**).

La division horizontale du travail, c'est-à-dire la parcellisation des tâches, n'a pas elle non plus disparu. L'outil informatique devient un instrument de contrôle du rythme de travail (nombre de dossiers traités, nombre d'appels passés, nombre d'entretiens menés...). Ainsi, le respect des cadences, notamment rythmées par un convoyeur automatique, sont toujours aussi présentes. En 2018, 8 % des salariés déclaraient avoir un rythme de travail imposé par le déplacement automatique d'une pièce, soit deux fois plus qu'en 1991 (**Doc. 1**).

L'**évaluation des salariés est certes plus individuelle**, mais elle prend toujours appui sur le chronométrage ou la comptabilisation des tâches, tout en cherchant à faire adhérer les salariés aux valeurs et attentes de l'entreprise. « Dans le monde tayloriste, l'entreprise exerçait une contrainte sur les corps [...], mais elle se fichait de savoir ce que les ouvriers avaient dans la tête. Avec la révolution managériale, [...] l'entreprise sollicite maintenant l'imaginaire de ses salariés. Ils doivent s'identifier aux objectifs de l'entreprise et adhérer à ses valeurs. L'entreprise ne se contente pas de mesurer en permanence ce que vous faites : elle évalue aussi ce que vous êtes » (**Doc. 2**).

Conclusion

Le taylorisme, tel qu'immortalisé dans *Les Temps modernes* de Charlie Chaplin, a aujourd'hui très largement disparu. Les contraintes pesant sur les ouvriers, leurs conséquences sur la productivité, ainsi que les évolutions issues des innovations, de la demande et de l'environnement international, ont obligé les entreprises à modifier les modes d'organisation du travail.

Si les produits sont peut-être moins standardisés, afin de s'adapter aux goûts des clients, et le management plus participatif, laissant plus d'autonomie aux salariés, on ne peut néanmoins affirmer que le taylorisme a réellement disparu. Les conditions de travail d'un grand nombre de salariés sont encore fortement imprégnées des principes mis en œuvre, il y a plus d'un siècle, par F. W. Taylor, et le recours au numérique accroît encore le contrôle et les cadences.

Chapitre 10 Comment expliquer l'engagement politique dans les sociétés démocratiques ?

Engagement politique à travers l'action collective et la défense de nouvelles valeurs, comme ici l'écologie.

FICHE 1

Les formes traditionnelles de l'engagement politique

De quoi s'agit-il ?

Le vote et le militantisme politique constituent deux des multiples formes de l'engagement politique.

1 L'engagement politique à travers le vote

- Dans une **démocratie représentative**, les citoyens élisent, par le **vote**, des représentants chargés de prendre des décisions politiques et d'élaborer des lois. Le droit de vote est **universel**, **égal** (« un homme, une voix ») et **secret**.
- La Constitution prévoit la tenue régulière d'élections locales et nationales au cours desquelles se présentent plusieurs candidats, dans le respect du **pluralisme politique**.
- Le vote permet l'expression individuelle des préférences politiques et traduit un **engagement politique**, en fonction de la force de ses convictions et de son niveau de compétence dans la perception des enjeux (**Doc. 1**).
- À travers le vote, l'individu révèle son **attachement à la nation** en tant que citoyen. Ainsi, l'**abstention** (la non-participation au vote) concerne (en partie) des personnes en situation de rupture et d'exclusion sociale (ceux qu'A. Muxel nomme les abstentionnistes « hors-jeu »).

2 Militer dans un parti politique ou un syndicat

- En dehors du vote, l'engagement politique peut conduire à l'adhésion à un **parti politique** ou à un **syndicat** et au **militantisme**.
- En s'engageant de manière active dans un parti politique, le militant choisit de participer à des réunions, de débattre des orientations et des idées figurant dans un programme ou des revendications.
- Il s'agit d'élaborer la stratégie électorale pour obtenir la victoire, ou d'influencer la décision politique.
- Cependant, le déclin régulier de la participation au vote (montée de l'abstention), et la désaffection partisane et syndicale (**Doc. 2**), questionnent et renouvellent les mécanismes de la **démocratie représentative**.
- De nouvelles formes d'engagement, qui s'écartent des **formes conventionnelles** de l'action politique, voient le jour.

Remarque

Un salarié sur dix seulement adhère à un syndicat en France. Le taux a été divisé par trois depuis 1949. La France est le pays riche où le taux est le plus faible. Dans les pays du nord de l'Europe, le taux de syndicalisation dépasse les 50 %.

LA BOÎTE À DOCS

Doc. 1 Voter, un moyen efficace de s'engager

Question posée : À votre avis, aujourd'hui, quand on veut défendre des convictions ou s'engager pour une cause, chacun des moyens suivants vous paraît-il efficace ?

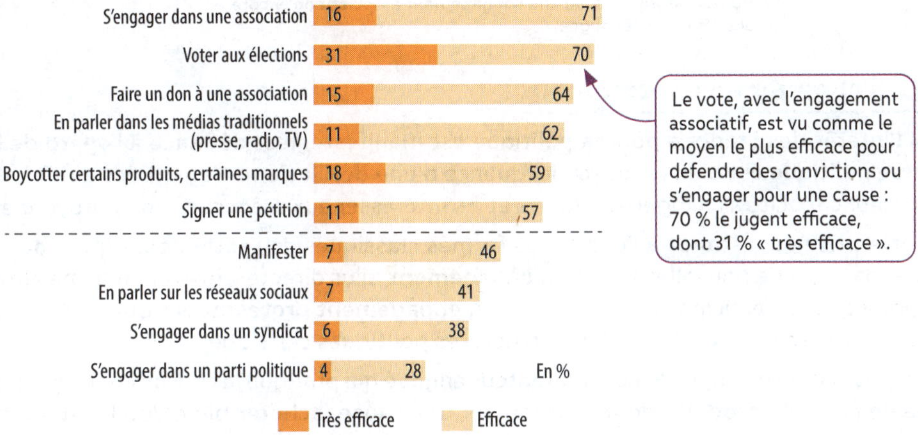

Sondage BVA pour la fondation Jean-Jaurès, réalisé du 21 mai 2021 au 2 juin 2021.

Doc. 2 Taux de syndicalisation des salariés en France depuis 1949

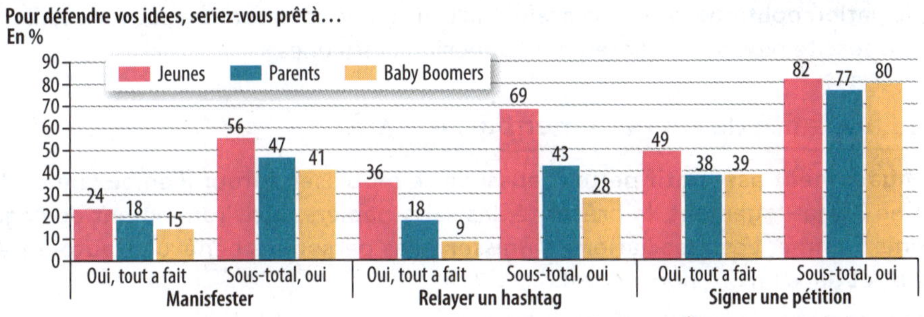

Séries longues, DARES octobre 2018.

Vocabulaire

- **Vote :** choix fait par les citoyens des représentants et des gouvernants dans le cadre d'élections.
- **Militantisme :** engagement actif au sein d'un parti politique ou d'une association.

FICHE 2

Les autres formes de l'engagement politique

De quoi s'agit-il ?

Individuel ou collectif, l'engagement politique se décline dans de multiples formes, à travers l'engagement associatif ou encore la consommation engagée.

1 S'engager en consommant

- Si l'intérêt des Français pour la politique est manifeste, leur **défiance à l'égard de la classe politique** est bien réelle, conséquence d'une désillusion à l'égard des dirigeants dans leur capacité à changer les choses et à s'intéresser aux préoccupations citoyennes.
- Cette prise de distance à l'égard des formes classiques de l'action politique s'ouvre cependant sur de nouvelles formes d'**engagement**, plus directes, obéissant à une **autre logique que la participation électorale**, un **engagement protestataire** qui traduit une autonomie croissante à l'égard des structures politiques classiques.
- On peut citer l'exemple du **consommateur engagé** qui pratique la consommation sélective de certains produits pour promouvoir une cause (acheter bio et/ou local) ou au contraire **protester** contre certaines pratiques qu'il estime peu respectueuses de l'environnement ou du travailleur (produits fabriqués par des enfants ou par des entreprises qui optimisent fiscalement leurs bénéfices) (**Doc. 1**).
- La signature de pétitions, la grève, les manifestations sont aussi des exemples de **participation politique non électorale**. L'attrait d'une mobilisation souvent ludique et directe suscite plus particulièrement l'adhésion des jeunes.

2 La vitalité de l'engagement associatif

- L'**engagement associatif** permet aussi de se mobiliser autour d'enjeux plus ciblés, comme le mal-logement, la précarité, les sans-papiers, l'environnement ou l'égalité homme/femme. Les associations réunissent des personnes bénévoles autour de ces enjeux, et dans un but non lucratif.
- L'engagement associatif répond à des **aspirations individuelles**, comme partager ses valeurs avec les autres, ou la satisfaction de « faire bouger » les choses (**Doc. 2**).
- Mais les raisons de l'engagement associatif sont aussi **structurelles** et correspondent aux aspirations « post-matérialistes » caractéristiques des sociétés post-industrielles (Voir p. 248 le point sur les transformations de l'action collective). Corollaire de ce constat, la participation au monde associatif augmente avec le niveau de diplôme et la position sociale.

LA BOÎTE À DOCS

Doc. 1 Le boycott citoyen

www.boycottcitoyen.org

L'objectif de l'association Boycott citoyen (née en 2018) est de donner des outils aux consommateurs souhaitant s'engager dans une consommation plus responsable de l'environnement (journées de non-consommation…).

Doc. 2 Les satisfactions des bénévoles

Être avec les autres
- Le contact et les échanges 74 %
- Convivialité 52 %

Être dans l'action
- Être efficace et utile 61 %
- Sentiment de changer les choses 41 %
- Faire progresser l'association 28 %
- Le sentiment du devoir accompli 28 %

Se réaliser
- Épanouissement personnel 40 %
- Découvrir un univers jusque-là inconnu 25 %
- La reconnaissance sociale 14 %
- Tester des solutions et innover 13 %
- Accéder à des responsabilités 12 %

Champ : L'enquête a été réalisée en France en 2019, auprès d'un échantillon de 4 466 bénévoles.

« La France bénévole : Évolutions et persectives », Recherches & Solidarités, 2019.

Au-delà de l'épanouissement personnel, l'engagement associatif est un vecteur d'ascension sociale pour certains qui y voient un moyen d'accéder à des responsabilités et d'acquérir des compétences nouvelles.

Vocabulaire

• **Engagement politique :** attitude consistant à intervenir dans la vie publique, selon différentes modalités (vote, manifestation, engagement associatif, consommation engagée…).

FICHE 3

Les causes de l'engagement politique

De quoi s'agit-il ?

Individuellement, un individu n'a pas toujours intérêt à se mobiliser dans le cadre d'une action collective. On peut donc s'interroger sur les raisons qui conduisent les individus et les groupes à se mobiliser.

1 Le paradoxe de l'action collective

- L'économiste américain Mancur Olson (1932-1998) a emprunté à l'analyse économique le principe de **rationalité individuelle**, qu'il considère comme un obstacle à l'**action collective**. Il montre que la nécessité de se mobiliser pour obtenir satisfaction à une revendication peut déboucher sur l'effet inverse.
- Pour comprendre le **paradoxe de l'action collective**, il faut tenir compte des coûts et des avantages engendrés par l'implication individuelle dans une action collective.
- S'engager (par exemple en manifestant) a un coût pour l'individu, **mais peut conduire à un avantage pour la collectivité**, s'il s'agit de protester contre l'installation d'un site industriel risquant de polluer l'environnement par exemple.
- Le résultat de l'action collective dépend de l'**importance du groupe constitué et mobilisé**. Mais, individuellement, chacun aura intérêt à laisser autrui agir et profiter du gain collectif obtenu sans en avoir supporté le coût. On parle de **comportement de passager clandestin** (ou *free rider*).
- Ce comportement est **rationnel** lorsque ce qu'il est possible d'obtenir par une action de groupe a les caractéristiques d'un **bien ou d'un service collectif**, c'est-à-dire qu'il profite aussi à ceux qui n'ont pas agi pour son obtention. Ce comportement permet d'expliquer par exemple, en partie, le **faible taux de syndicalisation** en France (**Doc. 1**).

2 Les conditions de l'engagement politique

- Face au problème posé par le comportement de passager clandestin, le groupe peut contraindre la participation de l'individu à l'action collective par le recours aux **incitations sélectives** : seuls ceux qui ont participé peuvent bénéficier des fruits de l'action collective, ceux qui ne participent pas pouvant aussi être pénalisés.
- Il est également possible de mettre en place des **rétributions symboliques** (**Doc. 2**) pour ceux qui agissent dans l'intérêt du groupe, comme l'obtention de la considération des collègues, mais aussi de positions éligibles au sein de la structure (syndicale ou partisane).
- Désignée sous le concept de **structures des opportunités politiques**, la conjoncture peut aussi favoriser ou non l'engagement politique. Ainsi, la capacité d'un individu ou d'un groupe à se mobiliser dépend du degré de réceptivité du pouvoir politique aux revendications et actions menées.

LA BOÎTE À DOCS

Doc. 1 Évolution du taux de syndicalisation en France

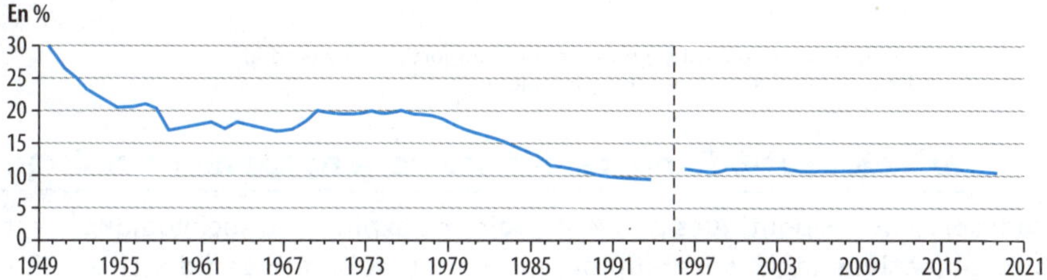

Ministère du Travail, rupture de série en 1996

Un salarié sur dix seulement adhère à un syndicat en France. Le taux a été divisé par 3 depuis 1949. Se syndiquer ne présente pas d'avantages en France, puisque le fruit des négociations profite à tous. Les non-syndiqués retirent les bénéfices obtenus par les adhérents qui se sont mobilisés.

Doc. 2 Les rétributions symboliques des militants

Les militants retirent bel et bien diverses satisfactions de leur engagement. Ces composantes sensibles de leur activité peuvent être analysées comme des mécanismes de « récompense », ou, pour mieux dire, comme des rétributions de l'implication dans les activités d'un mouvement collectif. [...] Leur engagement leur procure diverses satisfactions qui contribuent elles-aussi à soutenir, voire à renforcer, leurs dispositions à l'investissement dans l'action collective. [...] L'engagement militant peut donner l'occasion d'exercer des rôles sociaux gratifiants et contribuer à l'affirmation et à la valorisation de soi. Certains y trouvent des revanches contre les expériences de désinsertion familiale, de précarité, de chômage ou de marginalisation. L'expérience militante et le capital de relations constitué à cette occasion (de façon délibérée ou pas) peuvent aussi faciliter l'insertion sur le marché du travail ou des reconversions. [...]

D. Gaxie, « Les rétributions du militantisme », *Politika*, 3 novembre 2017.

Contrairement aux incitations sélectives qui poussent les individus à se mobiliser, les rétributions symboliques constituent une récompense de l'engagement et de l'investissement fourni.

Vocabulaire

- **Action collective :** action intentionnelle menée par plusieurs personnes en vue d'atteindre un objectif.
- **Paradoxe de l'action collective :** théorie selon laquelle un groupe organisé d'individus rationnels ayant tous un intérêt commun, étant tous conscients de cet intérêt, et pouvant chacun contribuer à sa réalisation, ne va pas agir dans le sens de cet intérêt, dans la plupart des cas.
- **Comportement de passager clandestin :** pour un individu, comportement consistant à bénéficier des avantages procurés par une action collective sans en subir les coûts.
- **Incitation sélective :** prenant la forme d'un avantage ou d'une pénalité, il s'agit d'une mesure qui vise à favoriser la mobilisation des individus.
- **Structure des opportunités politiques :** prise en compte de l'environnement politique pour appréhender le degré de mobilisation d'un groupe dans le cadre d'une action collective.

FICHE 4

Les déterminants de l'engagement politique

De quoi s'agit-il ?

L'engagement politique, notamment le comportement électoral, dépend de variables sociodémographiques.

1 Les variables sociodémographiques de l'engagement politique

- Les **comportements politiques** peuvent avoir une explication sociologique : certaines variables **objectives** (âge, sexe, diplôme, CSP) ou **subjectives** (identité religieuse, conscience de classe) influencent le niveau et les formes de l'engagement.
- La sociologie électorale fournit des modèles explicatifs au comportement électoral. Les **caractéristiques sociales** d'un individu et le niveau de conscience de son appartenance sociale déterminent ses **caractéristiques politiques** (orientation partisane, degré de participation politique à travers le vote).
- La **religion** implique un système de valeurs qui influence également les choix personnels et les priorités politiques. La **configuration familiale** joue également (les familles constituées d'un couple avec enfants votent plus systématiquement que les familles monoparentales ou les personnes isolées).
- Depuis une vingtaine d'années, l'**abstention** électorale augmente régulièrement (**Doc. 1**). Cet effritement de la **participation électorale** peut s'interpréter comme le symptôme d'une **crise de la représentation politique** : sentiment d'inefficacité du vote, insatisfaction face à l'offre électorale proposée.
- Le recul de la participation électorale affaiblit la **légitimité** de la **représentation démocratique**. Toutefois, abstention ne signifie pas passivité du citoyen (ce dernier peut mener des actions politiques, associatives ou militantes par exemple). Ainsi, l'abstention est associée à la montée des **comportements protestataires** et **stratégiques**, qui concerne des personnes plutôt intégrées et intéressées par la vie politique.

2 Le désengagement politique, reflet d'une faible insertion sociale

- L'abstentionnisme « structurel » concerne en revanche les individus **socialement fragilisés** et **faiblement diplômés**. L'abstention traduit un sentiment d'incompétence à appréhender les enjeux et les débats des différentes élections politiques.
- Plus fragiles sur le plan socio-économique, les jeunes (20-24 ans) s'abstiennent davantage que leurs aînés. Il faut cependant relativiser le discours sur la **dépolitisation des jeunes**. Plus critiques que leurs aînés à l'égard des organisations politiques, ils sont plus familiers des manifestations et des engagements protestataires (**Doc. 2**).
- L'**appartenance sociale** (identifiée par la CSP) influence également l'engagement politique. Ainsi, lors du second tour des législatives (en 2017), près de 7 ouvriers sur 10 inscrits sur les listes n'ont pas voté, contre 50 % des cadres.

LA BOÎTE À DOCS

Doc. 1 L'abstention aux élections présidentielles en France

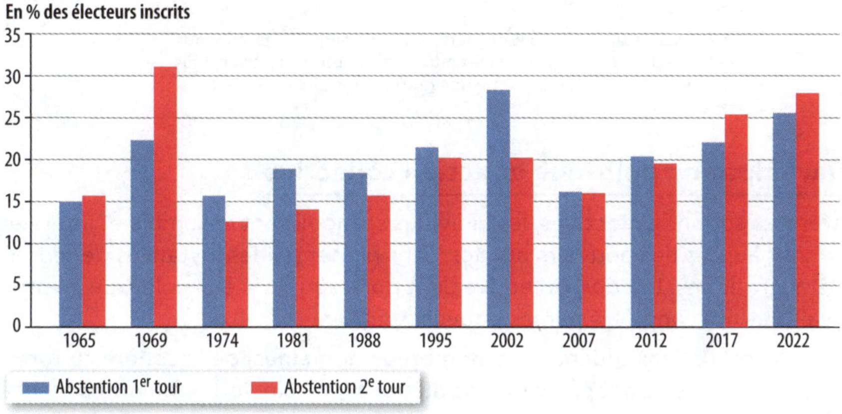

Le déclin de la participation politique est visible à travers la croissance régulière de l'abstention : le taux d'abstention (part des personnes inscrites n'ayant pas voté) a doublé depuis les élections de 1974. À cela, il faut ajouter les personnes qui ne sont pas inscrites sur les listes électorales, ce qui questionne sur la représentativité du peuple par les gouvernants.

Doc. 2 Formes de participation politique non conventionnelle par génération

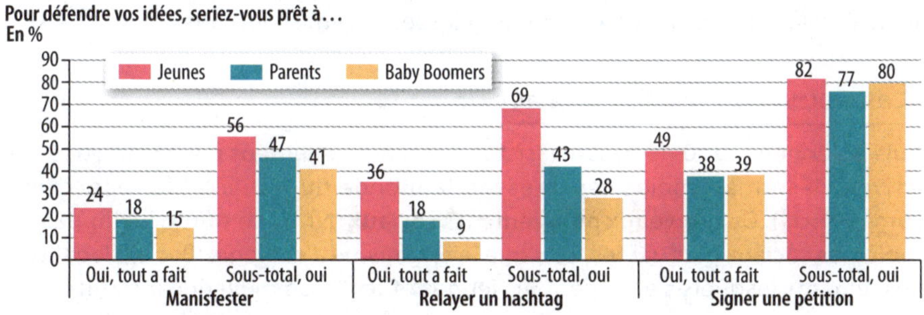

Lecture : 24 % des jeunes se disent « tout à fait » prêts à manifester pour défendre leurs idées ; 56 % se disent « tout à fait » ou « plutôt » prêts à le faire.

Il existe un fort potentiel protestataire chez les jeunes, pour qui les manifestations de rue semblent plus efficaces pour infléchir les décisions politiques que le vote.

Vocabulaire

- **Abstention :** phénomène de non-participation aux élections. Le « non vote » peut être qualifié de passif ou d'actif selon qu'il procède ou non d'un acte motivé.
- **Participation électorale :** proportion d'électeurs inscrits sur les listes électorales ayant choisi le vote plutôt que l'abstention.

FICHE 5

Les transformations de l'action collective

De quoi s'agit-il ?

En agissant collectivement de manière intentionnelle, les individus veulent atteindre un objectif commun. Les actions collectives, plus ou moins protestataires, sont d'une grande diversité et se sont transformées.

1 Participation politique et action collective

- À travers les **actions collectives**, les individus se mobilisent ensemble et interviennent directement auprès des pouvoirs publics, sans passer par les instances de représentations démocratiques. L'action collective peut porter sur la scène politique un problème qui n'avait pas été considéré par les pouvoirs publics.

- Les actions collectives touchent de **nombreux domaines**, de la sphère culturelle à la sphère politique, en passant par le monde du travail, l'écologie, les minorités sexuelles ou religieuses... Lorsque les actions collectives ont une **dimension protestataire** (identification d'un adversaire) et visent à modifier l'ordre social, elles deviennent des **mouvements sociaux** cherchant à changer la société dans sa globalité.

- Du XIXe siècle aux années 1970, les actions collectives sont majoritairement menées dans le cadre de **conflits du travail**. Les luttes salariales ou en faveur d'une protection sociale sont les principaux objets des actions menées dans les pays occidentaux. Le **mouvement ouvrier** a ainsi longtemps incarné **lutte des classes** et remise en cause de l'ordre social.

2 Les nouveaux motifs de l'action collective

- Depuis les années 1960-1970, on assiste à un **renouvellement des motifs** des actions collectives, désormais moins centrées sur le monde du travail et la répartition des ressources (**Doc. 1**). De **nouveaux mouvements sociaux** (NMS) se sont développés autour de problèmes sociaux plus vastes, tels que le féminisme, l'écologie (**Doc. 2**), l'égalité et les libertés, et dans lesquels s'engagent les jeunes et la classe moyenne instruite.

- Parallèlement, des **luttes minoritaires**, comme le mouvement pour les droits civiques ou pour les droits des couples homosexuels, se sont également développées. Dans les sociétés **développées**, les jeunes générations, plus instruites, se mobilisent davantage en faveur du **bien-être collectif** et de la **défense de valeurs post-matérialistes** (comme le droit au mariage et à l'adoption pour les couples homosexuels, la défense des libertés, la lutte pour la parité femmes-hommes, etc.).

- Par ailleurs, le contexte de mondialisation a fait naître un **mouvement altermondialiste** qui dénonce les méfaits du libéralisme économique et de l'emprise des firmes multinationales sur la gouvernance politique. Les conflits du travail n'ont pas pour autant disparu, mais ils sont devenus **plus défensifs qu'offensifs** (sauvegarde des emplois ou des acquis sociaux).

LA BOÎTE À DOCS

Doc. 1 Les deux types de société selon Ronald Inglehart

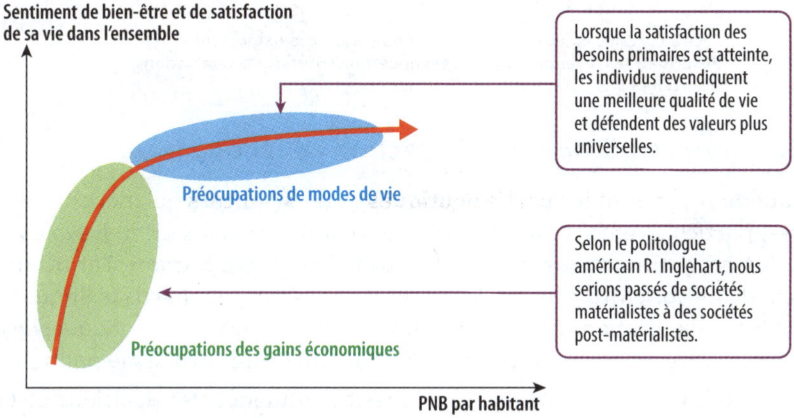

Doc. 2 Les jeunes marchent pour le climat

La foule qui défile dans les rues de Paris, vendredi 22 février, pour la deuxième semaine de mobilisation, accueille une nouvelle icône de la lutte contre le changement climatique : Greta Thunberg, la Suédoise de 16 ans qui a lancé le mouvement international de grèves scolaires pour le climat. Accompagnée par les figures de proue des marches belges, allemandes, suisses et luxembourgeoises, elle a manifesté avec un millier de jeunes depuis la place de l'Opéra jusqu'à celle de la République pour demander des actions aux gouvernements. [...] « Quand j'ai commencé à faire grève, je n'aurais jamais imaginé un tel mouvement », affirme Greta Thunberg lors d'une conférence de presse en amont de la marche, sous une nuée de caméras et d'appareils photos. Le mouvement Fridays for Future, qu'elle a lancé à l'été 2018 en manifestant seule devant le Parlement suédois, rassemble désormais plusieurs dizaines de milliers de jeunes dans cinquante pays chaque semaine.

A. Garric, « Greta Thunberg et les jeunes marchent pour le climat à Paris : "Quand je serai grand, je voudrais être vivant" », *www.lemonde.fr*, 22 fév. 2019.

Les jeunes sont la première génération à faire face au changement climatique et à ses conséquences dans les années futures. Mobilisée, la jeunesse souhaite interpeller les décisionnaires politiques pour agir en faveur de la lutte contre le réchauffement climatique.

Vocabulaire

- **Mouvement social :** ensemble d'actions collectives et organisées visant à agir sur l'ordre social et à le transformer.
- **Nouveaux mouvements sociaux :** actions défendant des valeurs post-matérialistes, par opposition aux enjeux matérialistes des mouvements ouvriers (pacifisme, féminisme, écologie...).

FICHE 6

Les nouveaux acteurs de l'action collective

De quoi s'agit-il ?

Face à certains enjeux sociétaux, de nouveaux acteurs portent désormais les revendications citoyennes, aux côtés des organisations traditionnelles.

1 Les acteurs traditionnels de l'action collective

- Historiquement, ce sont les **partis politiques** et les **syndicats** qui mènent des actions collectives, particulièrement dans le cadre des conflits sociaux et du travail. À travers leur **fonction programmatique** (élaboration des idées et programmes) et **tribunicienne** (expression du mécontentement par les partis d'opposition), les partis politiques relaient et portent les revendications des mouvements sociaux dans l'arène politique, davantage encore lorsque les échéances électorales sont proches (opportunisme politique).
- Inversement, les mouvements sociaux tentent d'**influencer les décisions ou les positions des organisations partisanes** en interpellant les élus, en mobilisant la presse et l'opinion publique, en menant des actions en justice.
- La **crise** des années 1970 et la **désindustrialisation** ont accéléré la désyndicalisation en France (seuls 9 % des salariés sont aujourd'hui syndiqués, contre environ 30 % en 1970) et la perte d'influence des syndicats. Cependant, malgré leur **faible taux d'adhésion**, les syndicats conservent, en France, une importante capacité à mobiliser et contrer l'action des pouvoirs publics.

2 L'émergence de nouveaux acteurs

- Le **relâchement des identifications partisanes** et la **défiance à l'égard de la classe politique et des syndicats** quant à leur capacité à défendre les intérêts des citoyens et des salariés ont conduit de **nouveaux acteurs** à se mobiliser dans les actions collectives et les nouveaux mouvements sociaux (**Doc. 1** et **2**).
- Des formes nouvelles de mobilisation, plus éphémères et plus souples, se mettent en place, comme les **coordinations** ou les **collectifs d'individus**. Leur pouvoir d'action est plus limité mais leurs actions, plus radicales et concrètes, concurrencent les syndicats.
- Le terrain associatif séduit de plus en plus les personnes désireuses de se mobiliser pour défendre une cause, en particulier les jeunes, moins méfiants à l'égard des **associations** qu'envers les organisations traditionnelles. Celles-ci offriraient des **opportunités d'actions concrètes** en vue d'atteindre les objectifs visés par les personnes mobilisées.
- Les organisations de la **société civile** sont devenues des acteurs à part entière de la vie politique. À travers les actions collectives menées et les pratiques de **lobbying**, ces **groupes de pression** influencent les décisions publiques dans un sens qu'elles jugent favorables à leurs intérêts ou ceux de la collectivité.

LA BOÎTE À DOCS

Doc. 1 Le mouvement des sans abri

Les revendications des Enfants de Don Quichotte lors de leur action en 2007 étaient la mise en place de structures d'hébergement d'urgence 24/24 h (donc la fin du renvoi à la rue), de nouveaux logements sociaux et du droit au logement opposable (DALO).
Sans représentants attitrés, ce mouvement d'exclus a cependant réussi à attirer l'attention des médias, à susciter l'émotion de l'opinion publique et à faire de l'exclusion sociale et du mal-logement une question inscrite à l'agenda politique.

Doc. 2 Les associations féministes en lutte contre les violences conjugales

Les violences conjugales « ne sont pas une fatalité » mais la lutte contre ce fléau requiert la mobilisation de toute la société, a affirmé le gouvernement mercredi, tandis que les associations féministes manifestaient pour demander une politique plus ambitieuse et davantage de moyens. [...] À Paris, plusieurs centaines de militantes ont manifesté en milieu de journée place de la République.

« Malgré le confinement, nous sommes là pour rappeler au gouvernement qu'il faut une réponse politique. On exige des mesures ambitieuses qu'on est en droit d'attendre, car c'est censé être la grande cause du quinquennat », a dit à l'AFP Céline Piques, d'Osez le féminisme.

Les manifestantes demandent en particulier des tribunaux spécialisés pour juger ces violences, ainsi qu'une revalorisation à hauteur d'un milliard d'euros du budget public consacré à la lutte. Mme Moreno, de son côté, a souligné que sur les 46 mesures issues du « Grenelle » contre les violences conjugales, cette vaste concertation menée à l'automne 2019, 28 étaient désormais « effectives » et 18 « en cours de réalisation ».

Un millier de « bracelets anti-rapprochement », qui visent à tenir à distance les conjoints ou ex-conjoints violents, ont ainsi commencé à être déployés fin septembre dans cinq juridictions pilotes, a précisé la ministre déléguée.

AFP, « Violences conjugales: le gouvernement souligne les avancées du "Grenelle", les associations manifestent », *www.lexpress.fr*, 25 nov. 2020.

Le « Grenelle des violences conjugales » a été inauguré le 3 septembre 2019 et a réuni pendant plusieurs semaines des ministères et des représentants associatifs pour mettre en place des mesures afin de lutter contre les violences conjugales, qui touchent chaque année près de 220 000 femmes. La loi sur les violences conjugales a été adoptée au Parlement le 21 juillet 2020.

Vocabulaire

- **Parti politique :** association de citoyens qui recherche la réalisation d'une idéologie commune, par la conquête et l'exercice du pouvoir.
- **Syndicat :** association assurant la défense des intérêts matériels et symboliques des travailleurs.
- **Groupe de pression :** regroupement de personnes physiques ou morales autour d'un intérêt commun et qui s'organisent pour orienter les décisions publiques dans un sens favorable à celui-ci.

FICHE 7

La diversité des répertoires de l'action collective

De quoi s'agit-il ?

Dans les sociétés démocratiques, les individus disposent d'un répertoire d'action collective qui se renouvelle et s'enrichit de nouveaux moyens d'expression.

1 Le concept de répertoire d'action collective

- Le concept de **répertoire d'action collective** (**Doc. 1**) a été élaboré par Charles Tilly. Le sociologue en a étudié l'évolution en France sur le temps long, en opposant la période préindustrielle (1650-1850) et la période industrielle (1850-1980).
- Le sociologue montre que, du début du XVIIe siècle jusqu'au milieu du XIXe siècle, les mobilisations collectives étaient très locales, avec un recours fréquent à la **violence** et au **soutien des notables locaux** : il qualifie ce modèle de « communal-patronné ».
- Puis, à partir du milieu du XIXe siècle, les mobilisations vont devenir **plus ciblées**, menées par des **organisations représentatives** (comme les syndicats). Elles ne dépendent plus d'un contexte conflictuel local mais peuvent être menées sur tout le territoire : c'est le modèle « **national-autonome** ». Il analyse cette évolution comme une réaction à **trois changements structurels** : la révolution industrielle, l'extension et la centralisation de l'État et le développement de la participation politique démocratique.
- Si le modèle « communal-patronné » a décliné après 1850, les mobilisations locales n'ont pas disparu. On en retrouve l'illustration dans le cadre des **mouvements NIMBY**, menés par des citoyens soucieux de préserver leur cadre de vie et l'environnement, et s'opposant à des projets d'envergure.

2 De nouvelles modalités de l'action collective

- Selon le politiste Éric Neveu, le répertoire « **transnational-solidariste** » est le fruit d'une société postindustrielle que favorise la **mondialisation** économique, celle de l'information et des réseaux sociaux. Il se caractérise par :
  - la **dimension internationale** de ses actions (à l'exemple du mouvement altermondialiste, de l'association Greenpeace ou des jeunes en faveur du climat) ;
  - la préférence pour la **démocratie directe** (apparition de coordinations hostiles à toute délégation de pouvoir, comme avec le mouvement des Gilets jaunes) ;
  - la **mobilisation de leaders médiatisés** et le **recours à l'expertise** (nécessaire par le besoin de mobiliser des arguments scientifiques et chiffrés) ;
  - le **recours à des actions moins violentes**, plus **symboliques** et **spectaculaires**, destinées à être vues sur les médias et diffusées sur les réseaux sociaux (**Doc. 2**).
- **Innovantes et spontanées**, ces nouvelles modalités s'affranchissent des logiques électorales et s'accordent avec l'émergence des nouveaux acteurs et enjeux.

LA BOÎTE À DOCS

Doc. 1 Le potentiel protestataire des Français

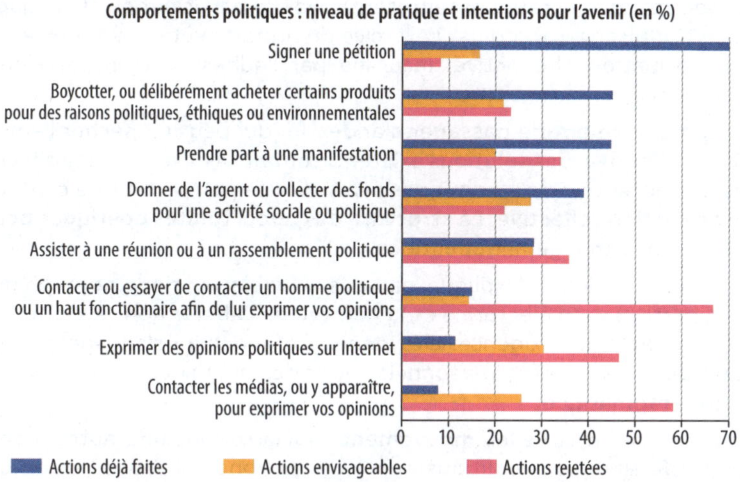

Le répertoire d'action collective des sociétés démocratiques est très diversifié, mais inégalement utilisé. Si les deux tiers des Français ont déjà signé une pétition, l'expression des opinions politiques sur Internet, en signe de protestation, est rejetée par une majorité d'entre eux.

Doc. 2 « Die-in » organisé par Act up, en avril 2018

Act Up Paris est une association de lutte contre le Sida créée en 1989. Un « die-in », organisé par l'association, est une action collective au cours de laquelle les militants se couchent sur la voie publique pour simuler la mort.

Vocabulaire

- **Répertoire d'action collective :** ensemble des modes d'intervention permettant aux différents acteurs de se faire entendre au sein d'une société donnée.
- **Mouvement Nimby (*Not In My Backyard*) :** mouvement d'opposition mené par des acteurs locaux (habitants, élus) face à un projet d'aménagement du territoire considéré comme source de nuisance (pollution sonore ou visuelle, impact sur la santé…).

Révision Express

POINTS IMPORTANTS À RETENIR

- Dans les sociétés démocratiques représentatives, la participation et l'**engagement politique** se traduisent d'abord par l'exercice du droit de **vote**. Il peut être renforcé par une participation plus active, incarnée par l'adhésion à un parti ou à une association, et par le **militantisme**.
- Face au **comportement de passager clandestin**, qui peut empêcher l'émergence d'une **action collective**, des solutions existent, comme la mise en place d'**incitations sélectives** ou l'obtention de rétributions symboliques permettant de contourner le **paradoxe de l'action collective**. La **structure des opportunités politiques** peut aussi jouer en faveur de l'engagement politique.
- L'engagement politique s'explique par des variables sociodémographiques. Le déclin de la participation électorale et la montée de l'**abstention** révèlent une offre électorale inadaptée aux exigences citoyennes. Les individus s'engagent davantage en fonction de leurs intérêts personnels, pour des enjeux concrets et locaux, de manière plus pragmatique.
- Les actions collectives et les **mouvements sociaux** sont une autre manière de participer et de s'engager politiquement. Les actions collectives traditionnelles (militantisme politique ou syndical, grève, manifestations) déclinent au profit d'autres formes d'engagements, moins conventionnelles, et d'autres acteurs.
- Les objets et les acteurs des actions collectives se sont transformés au cours de la seconde moitié du XXe siècle. Les **nouveaux mouvements sociaux** défendent ainsi des valeurs post-matérialistes et recherchent la médiatisation. Les **répertoires d'actions collectives** ont ainsi évolué au cours du temps.

APPRENDRE AUTREMENT

Nouveaux militants : la fin du politique ?

Vidéo

LE COURS EN 10 MOTS-CLÉS

- Engagement politique
- Militantisme
- Comportement de passager clandestin
- Action collective
- Incitation sélective
- Paradoxe de l'action collective
- Structure des opportunités politiques
- Abstention
- Mouvement social
- Répertoire d'action collective

CARTE MENTALE

> Comment expliquer l'engagement politique dans les sociétés démocratiques ?

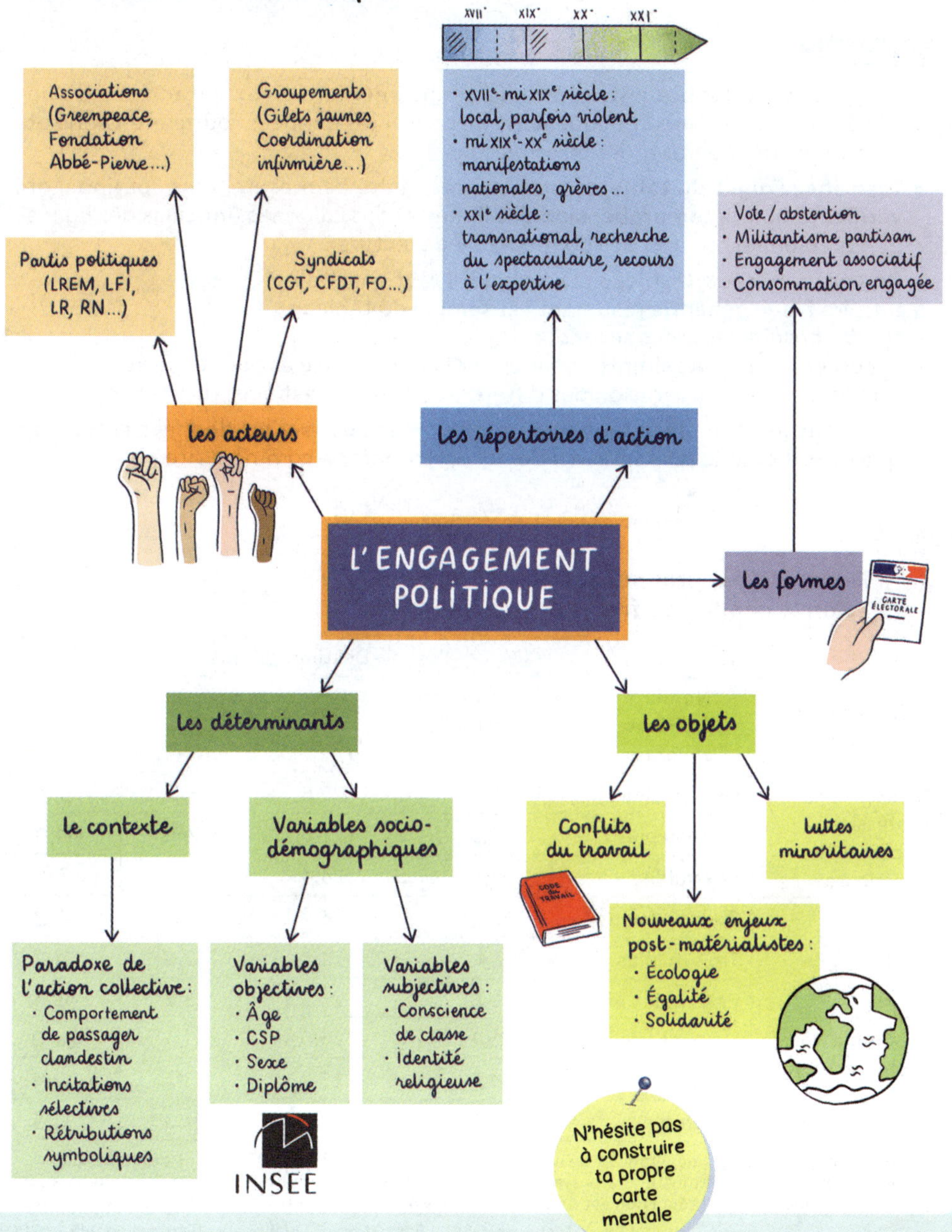

N'hésite pas à construire ta propre carte mentale

1 Analyser un tableau statistique à double entrée

MÉTHODE

- Un **tableau à double entrée** étudie simultanément deux caractères d'une population. Sa lecture implique donc de croiser les données fournies en ligne et en colonne pour en tirer des informations.
- **Identifiez l'objet du tableau** (titre, source, unité de mesure, pays, période) et **vérifiez la bonne compréhension des lignes et des colonnes** (intitulés des lignes et des colonnes, champ des données, clé de lecture).
- Pour interpréter un tableau statistique, il faut ensuite :

– extraire **l'idée générale** résumant l'ensemble du tableau ;
– étudier ensuite les **idées secondaires** plus détaillées ;
– effectuer des **calculs simples** pour éviter la paraphrase et pour expliciter ce que l'on constate. La comparaison des différentes données est ainsi facilitée.

- D'une façon générale, il faut **systématiquement utiliser les données chiffrées**, que ce soit pour la présentation du document ou son commentaire.

ÉNONCÉ

Doc. Destinées par groupes sociaux d'origine selon le nombre de frères et sœurs (en %)

		Destinée des fils			
Groupe social du père	**Nombre de frères et sœurs**	Cadre, profession intellectuelle supérieure	Profession intermédiaire	Employé	Ouvrier
Cadre, profession intellectuelle supérieure	Deux ou moins	56,4	25,8	6,5	5,5
	Trois ou plus	49,5	22,0	7,9	11,9
	Ensemble	53,9	24,4	7,0	7,8
Ouvrier	Deux ou moins	<u>15,2</u>	26,4	14,1	37,2
	Trois ou plus	<u>7,4</u>	21,2	12,6	51,7
	Ensemble	10,8	23,5	13,2	45,4
Ensemble (tous groupes sociaux)	Deux ou moins	25,1	26,0	11,4	24,0
	Trois ou plus	14,2	23,3	11,2	39,4
	Ensemble	19,9	24,7	11,3	31,3

Champ : France métropolitaine, Français de naissance âgés de 40 à 59 ans en 2003, ayant déjà travaillé.
Lecture : Parmi les hommes de 40-59 ans ayant deux frères ou sœurs ou moins, 37,2 % des fils d'ouvriers sont eux-mêmes ouvriers. Cette proportion est de 51,7 % pour les fils d'ouvriers qui ont trois frères ou sœurs ou plus.

Insee, enquête « Formation et Qualification Professionnelle », 2003.

Méthode

1. **Identifiez les principales informations du tableau : titre, objet, indicateur utilisé, unité de mesure, date, source…**
2. **Rédigez une phrase présentant l'information apportée pour chacune des valeurs soulignées.**
3. **Quels constats ce tableau permet-il d'effectuer ?**
4. **Comment pouvez-vous expliquer les différences constatées ?**

CORRIGÉ

1. Ce tableau présente la destinée des individus selon leur origine sociale, indiquée par la CSP du père, et la taille de la fratrie (indiquée par le nombre de frères et sœurs). Les données proviennent de l'enquête « Formation et Qualification professionnelle » de 2003. Le champ d'étude est constitué par l'ensemble des individus masculins âgés de 40 à 59 ans au moment de l'enquête (les « fils).
2. Selon l'Insee, en 2003, 15,2 % des fils d'ouvriers qui avaient deux frères et sœurs ou moins sont devenus cadres ; 7,4 % des fils d'ouvrier qui avaient trois frères et sœurs ou plus sont devenus cadres.
3. On observe qu'à origine sociale donnée, les destinées des individus diffèrent selon leur nombre de frères et sœurs. Si l'on hiérarchise les catégories sociales, le fait d'appartenir à une famille nombreuse conduit moins souvent à un parcours de mobilité ascendante : ainsi 14,2 % des individus ayant trois frères et sœurs ou plus sont devenus cadres, contre 25,1 % de ceux ayant deux frères et sœurs ou moins. 39 % des individus appartenant à une fratrie d'au moins trois enfants sont devenus ouvriers. Donc les trajectoires sont plus souvent descendantes (selon la place des groupes d'origine dans la structure sociale) pour les personnes issues de familles nombreuses.
   Dans le détail, la « force de rappel » de l'origine sociale reste très forte dans la catégorie « ouvrier » pour les individus issus de famille nombreuse, puisque 51,7 % d'entre eux (issus d'une fratrie > 3 personnes) sont devenus ouvriers. Les enfants de cadres semblent moins exposés au risque de descente sociale lorsqu'ils ont peu de frères et sœurs : 56,4 % des individus dont le père est cadre et issu d'une fratrie de deux enfants ou moins sont devenus cadres, contre 49,5 % pour les individus issus d'une famille nombreuse. Cependant, la taille de la famille semble moins jouer dans les parcours de déclassement.
4. L'analyse de ces résultats doit être menée avec prudence car beaucoup de facteurs rentrent en jeu, notamment l'origine géographique de ces familles car, selon la région, les opportunités d'emploi ne sont pas les mêmes et cela peut jouer sur les destinées des individus. Cependant, l'explication la plus plausible reste celle des conditions matérielles. Lorsque la fratrie est nombreuse (trois enfants et plus), il est plus difficile de permettre à chaque enfant d'avoir une chambre individuelle, encore plus lorsque les revenus sont modestes (famille ouvrière par exemple). Or les études montrent que bénéficier d'une chambre individuelle facilite les apprentissages et la réussite scolaire, donc la poursuite d'études. L'investissement financier dans la poursuite d'étude n'est pas non plus le même selon la taille de la fratrie, davantage encore lorsque les revenus de la famille sont modestes.

2 Moyenne et médiane

MÉTHODE

- La moyenne est un indicateur fréquemment utilisé en sciences économiques ; elle fournit des **informations synthétiques sur une population statistique**, et facilite les comparaisons spatiales ou temporelles.
- Cependant, ce type de calcul ne renseigne pas sur la distribution de la variable étudiée autour de la moyenne. Il est donc également courant d'utiliser un **indicateur de dispersion**, qui permet d'étudier les écarts par rapport à une valeur centrale : la médiane.

1. Calculer une moyenne arithmétique (simple ou pondérée)

- Une **moyenne simple** est la somme de toutes les valeurs observées ($x_1 + x_2 + ... + x_n$) divisée par l'effectif (n), soit :

$$ms = \frac{x_1 + x_2 + ... + x_n}{n}$$

- Dans une **moyenne pondérée**, on affecte un coefficient de pondération aux valeurs (par exemple la moyenne « coefficientée » au baccalauréat, dans laquelle les matières n'ont pas toutes le même « poids »). Elle s'obtient en additionnant chaque valeur multipliée par son coefficient de pondération, et en divisant par la somme des coefficients, soit :

$$mp = \frac{(n_1 x_1) + (n_2 x_2) + ... + (x_n x_n)}{n_1 + n_2 + ... + n_n}$$

2. Lire la médiane (et les quantiles)

- Pour représenter simplement la dispersion d'une série statistique, on la divise en **quantiles** : après avoir rangé les valeurs de la série par ordre croissant, on la divise en sous-groupes de même effectif.
- Les déciles correspondent à des dixièmes, les quartiles à des quarts, les centiles à des centièmes... La médiane est la valeur qui partage la série en deux parties égales (c'est-à-dire telle que la moitié de l'effectif se situe au-dessus de cette valeur et l'autre moitié au-dessous).
- Par exemple :

Doc. **Niveau de vie annuel moyen par décile en 2019**

< 1er décile (1)	8 710
Entre le 1er et le 2e décile	13 310
Entre le 2e et le 3e décile	16 120
Entre le 3e et le 4e décile	18 610
Entre le 4e et le 5e décile	20 850
Entre le 5e et le 6e décile	23 250
Entre le 6e et le 7e décile	25 970
Entre le 7e et le 8e décile	29 560
Entre le 8e et le 9e décile	35 310
> 9e décile (2)	60 170
Ensemble (3)	25 180
Rapport (1)/(2)(4)	6,91

D'après l'Insee.

– (1) En 2019, les 10 % des individus ayant le niveau de vie le plus faible avaient un niveau de vie moyen de 8 710 €.
– (2) En 2019, les 10 % des individus ayant le niveau de vie le plus élevé avaient un niveau de vie moyen de 60 170 €.
– (3) En 2019, le niveau de vie moyen était de 25 180 €.
– (4) En 2019, les 10 % de la population ayant le niveau de vie le plus élevé avaient un niveau de vie moyen 6,91 fois plus élevé que celui des 10 % les plus pauvres.

ÉNONCÉ

Voici les notes obtenues par un élève au cours de son année scolaire, et leurs coefficients respectifs.

Note /20	08	12	10	09	12	14	11
Coeff.	1	1	1	2	2	2	4

1. **Ordonnez les notes par ordre croissant et déterminez la note médiane de l'élève.**
2. **Calculez sa moyenne simple.**
3. **Calculez sa moyenne pondérée.**

CORRIGÉ

1.

Note /20	08	09	10	11	12	12	14

Sa note médiane est de 11/20 : la moitié de ses notes est supérieure à cette valeur, et l'autre moitié est inférieure à cette valeur.

2. $ms = \frac{8 + 12 + 10 + 9 + 12 + 14 + 11}{7} = 10{,}8$

Sa moyenne est de 10,8/20.

3. $ms = \frac{1 \times (8 + 12 + 10) + 2 \times (9 + 12 + 14) + 4 \times 11}{3 + 6 + 4} = 11{,}7$

Sa moyenne pondérée est de 11,07/20.

15 min

À revoir

Acquis

Fiche test Ce que je sais

QCM

1 Cochez la bonne réponse.

1 L'engagement politique s'exprime seulement à travers le vote.
- a. Vrai
- b. Faux

2 De plus en plus de salariés sont syndiqués pour défendre leurs droits.
- a. Vrai
- b. Faux

3 Les jeunes sont de moins en moins engagés politiquement.
- a. Vrai
- b. Faux

4 Parmi les objets des nouveaux mouvements sociaux, on trouve :
- a. la défense de l'écologie.
- b. la défense des acquis sociaux.
- c. la défense des minorités sexuelles.

5 Les manifestations sont une forme de participation politique.
- a. Vrai
- b. Faux

6 L'abstention est toujours le signe d'un désengagement de la vie politique.
- a. Vrai
- b. Faux

7 Le paradoxe de l'action collective conduit à :
- a. une forte mobilisation collective.
- b. une faible mobilisation collective.

8 Pour lutter contre les comportements de passager clandestin, il faut :
- a. payer les manifestants.
- b. sanctionner les non participants.
- c. accorder les avantages obtenus aux seuls participants.

9 L'engagement politique est indépendant de l'appartenance socioprofessionnelle.
- a. Vrai
- b. Faux

10 Depuis une trentaine d'années, l'abstention aux élections :
- a. diminue.
- b. est stable.
- c. augmente.

11 Les mouvements sociaux sont :
- a. des mouvements de foule.
- b. des évolutions de la société.
- c. des actions visant à transformer la société.

12 Les conflits sociaux autour du travail ont disparu.
- a. Vrai
- b. Faux

13 Les groupes de pression agissent sur :
- a. les citoyens.
- b. les décisionnaires politiques.
- c. les syndicats.
- d. les médias.

SCORE : ___ / 13

EXERCICES D'ENTRAÎNEMENT

2 Questions courtes

1. De quelles variables l'engagement politique peut-il dépendre ?
2. Quel comportement peut faire échouer une action collective ?

3 Distinguer les formes d'engagement

Indiquez à quel type d'action (non protestataire ou protestataire) correspond chacune de ces formes d'engagement.

1. Militer dans un parti politique
2. Voter blanc
3. Participer à un sit-in devant la Bourse de Paris
4. Occuper une école pour protester contre sa fermeture
5. Voter pour son candidat

4 Interpréter une moyenne et une médiane

Doc. Distribution des salaires mensuels nets en équivalent temps plein en 2016, en euros constants

	Ensemble	Hommes	Femmes
1er décile	<u>1 189</u>	1 245	1 145
2e décile	1 346	1 420	1 270
3e décile	1 479	1 566	1 383
4e décile	1 621	1 721	1 499
Médiane	**1 789**	**1 899**	**1 639**
6e décile	1 995	2 121	1 821
7e décile	2 273	2 431	2 064
8e décile	2 709	2 931	2 417
9e décile	3 576	3 926	3 091
95e centile	4 668	5 189	3 893
99e centile	8 629	9 925	<u>6 583</u>
Moyenne	**2 238**	**2 431**	**1 969**

Champ : France, salariés du privé et du public, en équivalent temps plein.

Insee, déclarations annuelles de données sociales, 2019.

1. Interprétez les données soulignées dans le tableau.
2. Calculez le rapport interdécile (D9/D1) pour les salaires masculins et interprétez le résultat obtenu.
3. Que signifie un salaire moyen plus élevé que le salaire médian ?

VERS LE BAC

5 Collecter des informations dans un graphique

Doc. Les moyens d'expression des citoyens

« Selon vous, qu'est-ce qui permet aux citoyens d'exercer le plus d'influence sur les décisions prises en France ? » (réponses « en premier » et « en second »)

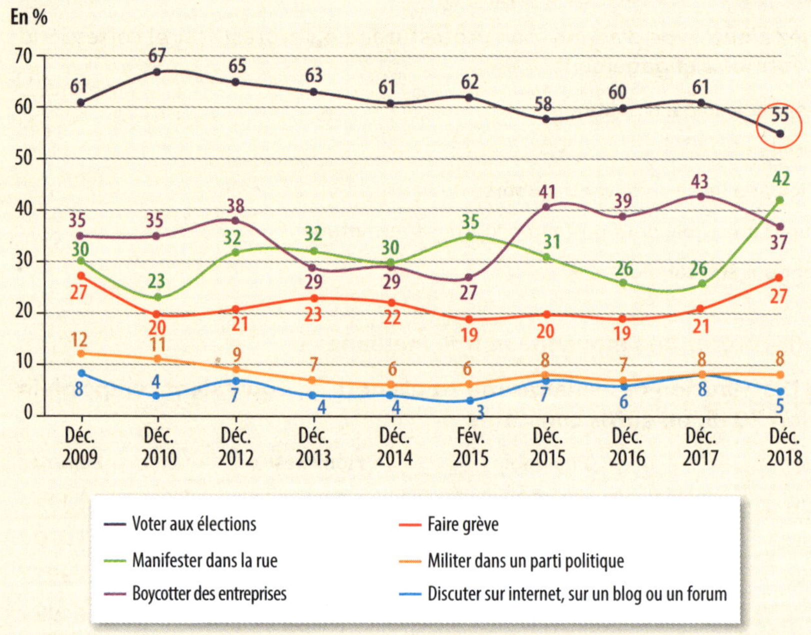

Champ : étude réalisée auprès d'un échantillon de 2 116 personnes inscrites sur les listes électorales, issu d'un échantillon de 2 251 personnes représentatif de la population française âgée de 18 ans et plus.

Cevipof, janvier 2019.

1. Rédigez une phrase présentant la donnée entourée sur le graphique.
2. Parmi les formes d'engagement politique présentées sur le graphique, quelles sont celles qui relèvent du répertoire protestataire ?
3. Comment les formes d'engagement politique ont-elles évolué depuis une dizaine d'années ?

Corrigés

Fiche test — Ce que je sais

1 **1. b.** L'engagement politique se manifeste par le vote, mais aussi sous d'autres formes, comme l'adhésion à un parti, le militantisme, le boycott de certains produits ou en provenance de certains pays... **2. b.** Le taux de syndicalisation (part des salariés syndiqués dans le total des salariés) a considérablement baissé, de manière irrégulière, au cours de la seconde moitié du xxe siècle. De 20 % en 1975, il se stabilise aujourd'hui autour de 11 %. **3. Plutôt b.** Une partie des jeunes se détourne surtout de l'engagement politique classique (voter), au profit de modèles d'engagement plus pragmatiques (associations, coordinations, groupements) et médiatiques (à travers des actions spectaculaires). **4. a.** et **c.** Parmi les objets des nouveaux mouvements sociaux, on trouve la défense de l'écologie et la défense des minorités sexuelles, dans la mesure où ces mouvements incarnent la défense de valeurs post-matérialistes. **5. a.** Les manifestations sont une forme d'expression politique dans le cadre d'une action collective ou d'un mouvement social. **6. b.** L'abstention peut s'analyser comme une forme de prestation à l'égard de l'offre électorale. **7. b.** C'est le résultat d'un comportement rationnel (calcul coût/avantage). **8. c.** Il s'agit du principe des incitations sélectives. **9. b.** C'est au contraire une variable « lourde » du comportement électoral. **10. c.** Elle augmente et devient massive pour certaines élections (européennes, législatives). **11. c.** ces actions collectives, protestataires, cherchent à modifier l'organisation de la société. **12. b.** Ils ne sont plus centraux dans les sociétés post-industrielles et post-matérialistes, mais existent encore. **13. b.** Leurs actions cherchent à influencer les décisionnaires politiques dans un sens qui leur est favorable. Pour cela, ils s'appuient sur le relais des médias.

EXERCICES D'ENTRAÎNEMENT

2 Questions courtes

1. L'identité sociale d'un individu se définit au regard de différentes caractéristiques socio-démographiques : l'âge, le sexe, la catégorie socioprofessionnelle...Celles-ci induisent des dispositions (manières de faire, de penser, d'agir) permettant d'appréhender son engagement politique. Par exemple, les personnes intégrées professionnellement et diplômées ont un engagement politique beaucoup plus affirmé (quelle qu'en soit la forme) que les personnes en situation de précarité économique et sociale (qui s'abstiennent plus souvent de voter et sont moins présentes dans le milieu associatif). Cependant, la montée de l'individualisme affranchit, au moins partiellement, l'individu des contraintes sociales de ses groupes d'appartenance et en fait un individu émancipé, à l'engagement politique plus mouvant et sélectif.

2. L'engagement des individus dans une action collective a d'autant plus de chances d'aboutir à la satisfaction des revendications que la mobilisation est importante. Mais si les gains sont collectifs, les coûts de l'engagement (perte de salaire en cas de grève, temps passé à organiser l'action...) sont individuels. Il est donc rationnel, en fonction d'un calcul coût/avantage, de laisser les autres œuvrer sans en supporter le coût individuel. Ce faisant, si chacun tient ce raisonnement, le nombre d'individus mobilisés décline, ce qui offre une moindre chance de victoire.

3 Distinguer les formes d'engagement

Actions non protestataires (répertoire conventionnel) : 1. Militer dans un parti politique ; 2. Voter blanc ; 5. Voter pour son candidat.
Actions protestataires (répertoire non conventionnel) : 3. Participer à un sit-in devant la Bourse de Paris ; 4. Occuper une école pour protester contre sa fermeture.

4 Interpréter une moyenne, une médiane

1. En 2016, les 10 % des salariés les moins bien rémunérés, du privé et du public, en équivalent temps plein, perçoivent un salaire mensuel net inférieur à 1 189 euros.
En 2016, les 1 % des salariés les mieux rémunérés, du privé et du public, en équivalent temps plein, perçoivent un salaire mensuel net supérieur à 6 583 euros.

2. Rapport interdécile pour les hommes :

$$\frac{3\,926}{1\,245} = 3{,}15$$

En 2016, les 10 % des salariés masculins les mieux rémunérés percevaient un salaire net mensuel 3,15 fois supérieur aux 10 % des salariés masculins les moins rémunérés en EQTP (équivalent temps plein) du privé et du public.

3. Le salaire net moyen mensuel pour l'ensemble des salariés étudiés s'élève en 2016 à 2 238 euros, alors que le salaire net médian mensuel s'élève lui à 1 789 euros. Il lui est donc supérieur.
Cela signifie que la dispersion des salaires nets mensuels entre les moins rémunérés et les mieux rémunérés est importante. Autrement dit, un pourcentage peu élevé des salariés perçoit une rémunération très élevée, ce qui augmente le salaire net mensuel moyen.
Le salaire moyen est beaucoup moins précis, puisqu'il ne prend pas en compte les grandes différences qui peuvent exister entre les salaires des individus.

VERS LE BAC

5 Collecter des informations dans un graphique

1. En décembre 2019, parmi les personnes interrogées, 55 % ont estimé que le vote était le moyen le plus efficace (en premier et en deuxième lieu) pour exercer une influence sur les décisions publiques en France.

2. Les formes d'engagement qui relèvent du répertoire protestataire sont : la manifestation, la grève et le boycott de produits ou d'entreprises. D'autres formes d'engagement protestataire existent, comme l'occupation du lieu de travail, la signature d'une pétition…

3. Les formes traditionnelles d'engagement politique (le vote et le militantisme partisan) ont décliné, même si le vote reste le levier d'action cité le plus souvent en premier et deuxième position, l'expression protestataire gagne du terrain. Ainsi, 42 % des personnes interrogées privilégient la manifestation comme modalité la plus efficace pour peser sur la décision publique, soit 12 points de % de plus par rapport à la même enquête en décembre 2009.

Partie 3

Regards croisés

Chapitre 11

Quelle justice sociale pour quelles inégalités ?

La recherche de la justice sociale fait intervenir de très nombreux acteurs.

FICHE 1

L'évolution des inégalités économiques

De quoi s'agit-il ?

Après une forte réduction des inégalités au sein des pays, la tendance semble s'inverser depuis les années 1980. Les inégalités entre pays demeurent quant à elles fortes, mais ont tendance à diminuer.

1 Une réduction des inégalités au sein des pays occidentaux

- Les **inégalités économiques** dans les pays occidentaux ont connu une forte **diminution** entre 1910 et 1970, grâce notamment à la croissance et à la mise en place de l'État-providence (**Doc. 1**).
- Jusqu'à la fin des Trente Glorieuses, on a assisté à une **augmentation générale des niveaux de vie** et à une **transformation des modes de vie** : l'augmentation des salaires, l'accès aux biens de consommation et d'équipement et la démocratisation scolaire ont permis de réduire tant les **inégalités sociales** qu'économiques.
- Cette évolution est conforme à l'analyse de S. Kuznets, qui a montré que les inégalités ont tendance à **augmenter au début du processus de développement** pour ensuite diminuer à mesure que le développement touche l'ensemble des secteurs.

2 Des inégalités qui repartent à la hausse

- Cette évolution favorable s'est arrêtée avec la **crise économique de la fin des années 1970**. L'écart entre les riches et les pauvres augmente dans la plupart des pays développés, y compris dans les pays très égalitaires comme les pays scandinaves. Aux États-Unis, les inégalités de revenus ont retrouvé un niveau comparable à celui du début du XXe siècle (**Doc. 2**).
- La **crise de 2008** a accentué ce mouvement défavorable, mais d'autres facteurs entrent en compte. Ainsi, dans les pays développés, la **mondialisation** a un **impact** négatif sur les travailleurs de **faible qualification** mais positif sur les travailleurs les plus qualifiés et les détenteurs de patrimoine. Les **réformes dans la fiscalité et les systèmes redistributifs** dans les pays riches ont aussi contribué à la hausse des inégalités.

3 Des inégalités qui diminuent entre les pays

- La réduction des inégalités internationales (entre pays) est due à la **croissance exceptionnelle des pays émergents**, notamment asiatiques.
- Un **processus de rattrapage** s'est engagé à la fin du XXe siècle. Cependant, le niveau de vie par habitant des pays pauvres, situés en grande majorité en Afrique, stagne, voire diminue.

LA BOÎTE À DOCS

Doc. 1 Évolution des inégalités sur le long terme (coefficient de Theil)

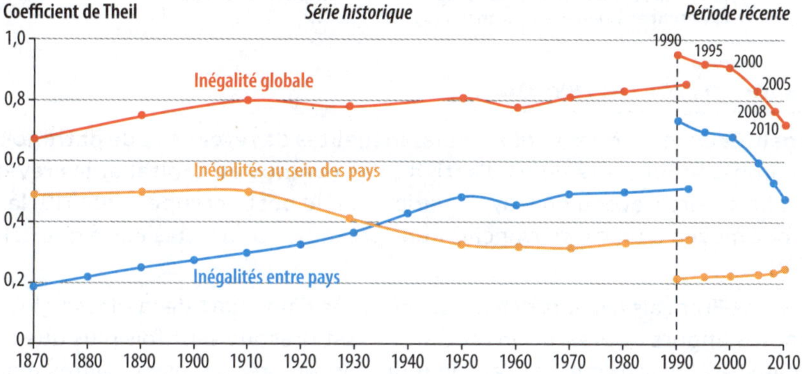

D'après F. Bourguignon, *La Mondialisation de l'inégalité*, Éditions du Seuil, 2012.

Le coefficient de Theil mesure l'écart entre le poids d'un groupe dans la population et le poids de son revenu dans le revenu total.

Doc. 2 Inégalité de revenus en Europe et aux États-Unis, 1900-2010

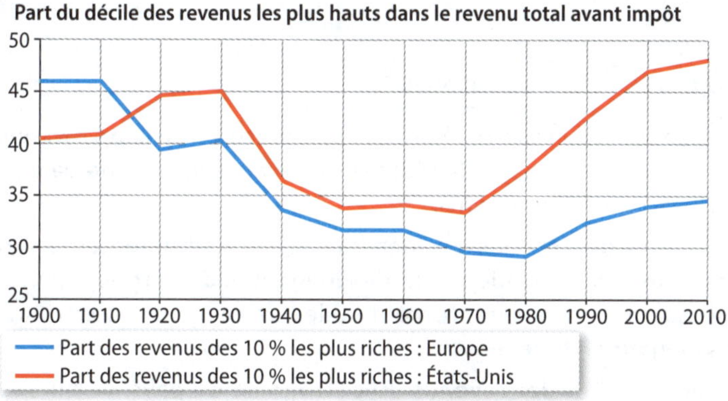

D'après T. Piketty, E. Saez, « Inequality in the Long Run », *Science*, n° 344, 23 mai 2014.

Vocabulaire

- **Inégalités économiques :** différences de revenus ou de patrimoine entre individus ou groupes sociaux, qui sont socialement perçues comme injustes ou illégitimes.
- **Niveau de vie :** quantité et qualité des biens et services dont dispose un individu grâce à son revenu et qui contribuent à son bien-être.
- **Inégalités sociales :** différences de condition de vie entre les individus en fonction du sexe, du travail, de la santé, du logement, du niveau d'étude…

FICHE 2

Le système des inégalités (1)

De quoi s'agit-il ?

Les inégalités sont multiples et touchent différents domaines mais elles sont en premier lieu économique.

1 Les inégalités de revenus

- Les **inégalités** économiques englobent les **inégalités de revenus** et **de patrimoine**. Les revenus comprennent les **revenus d'activité**, les **revenus du capital** et les **revenus de transfert**. Le salaire (revenu du travail) varie selon le poste occupé : en 2019, le salaire mensuel net moyen d'un cadre français était presque 2,5 fois plus élevé que celui d'un employé (**Doc. 1**).

- Les 10 % des Français les plus riches captent près d'un quart de la masse globale des revenus après impôts et prestations sociales. C'est presque sept fois plus que les 10 % les plus pauvres. Le système français de redistribution réduit les inégalités mais il est encore bien loin d'égaliser les parts. Notamment parce que la répartition des salaires, des retraites ou des revenus financiers est à l'origine très inégalitaire.

- Le **top 1 %** représente les 1 % des ménages les plus riches, c'est-à-dire les ménages qui **disposent de revenus annuels bruts de plus de 115 000 euros**, c'est-à-dire près de 5 fois plus que le ménage médian.

2 Les inégalités de patrimoine

- Le patrimoine se constitue soit par **héritage** soit grâce à des hauts revenus permettant d'épargner. Il permet au ménage de réaliser des économies (on ne paie pas de loyer si on est propriétaire de son logement).

- Il apporte lui-même des revenus aux ménages qui en sont détenteurs. Ainsi, les inégalités de revenus peuvent se traduire par des **inégalités d'épargne**, donc des inégalités de patrimoine qui, à leur tour, renforcent celles de revenus, accentuant ainsi **l'effet cumulatif des inégalités de revenu**.

- **Le top 1 %** déclare **30 % des revenus du patrimoine du pays**, ce qui signifie que ces revenus sont beaucoup plus concentrés que ceux du travail. Ces ménages les plus fortunés possèdent au moins 500 fois plus de patrimoine que les 10 % des ménages les plus pauvres (**Doc. 2**).

- La courbe de Lorenz (Voir fiche méthode p. 284) des revenus du patrimoine est beaucoup plus éloignée de la droite d'équirépartition que la courbe de Lorenz des niveaux de vie.

LA BOÎTE À DOCS

Doc. 1 Salaires moyens selon la catégorie socioprofessionnelle

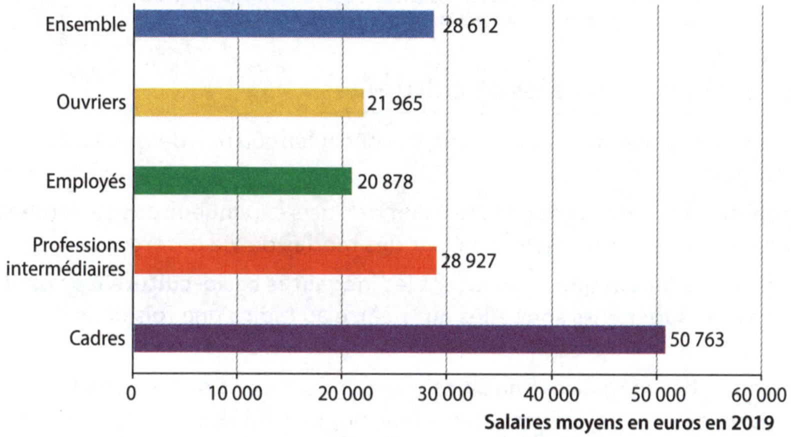

D'après Insee, « Salaires dans le secteur privé selon le sexe et la catégorie socioprofessionnelle », 9 mars 2022.

Doc. 2 Détention du patrimoine

	PATRIMOINE BRUT
Seuil des 10 % les moins fortunés	3 800
Seuil des 20 %	11 200
Seuil des 30 %	30 300
Seuil des 40 %	96 100
Seuil des 50 %	163 100
Seuil des 60 %	221 200
Seuil des 70 %	289 600
Seuil des 80 %	392 500
Seuil des 90 %	607 700
Seuil des 95 %	878 900
Seuil des 99 %	1 914 600

Patrimoine brut (endettement non déduit) par ménage. Chaque seuil indique la limite de la tranche.
Lecture : les 10 % les moins fortunés des ménages possèdent au maximum 3 800 €.

Insee et Observatoire des inégalités, « Enquête patrimoine », données 2018.

Vocabulaire
- **Patrimoine :** ensemble des avoirs possédés par un agent économique.

FICHE 3

Le système des inégalités (2)

De quoi s'agit-il ?

Les inégalités économiques se traduisent souvent en inégalités sociales. Elles font système et ont fréquemment un caractère cumulatif.

1 Les inégalités sociales et culturelles

- Il existe des **inégalités non monétaires**, qui découlent ou non des inégalités de revenus et de patrimoine.
- Les inégalités de santé, et donc face à la mort, ne s'expliquent pas seulement par des inégalités de niveau de vie, mais aussi par des **modes de vie** différents.
- Aux inégalités économiques, s'ajoutent les **inégalités socio-culturelles** : par exemple, 63 % des cadres supérieurs sont allés au théâtre au moins une fois dans l'année contre 23 % des ouvriers.
- Il existe aussi des **inégalités spatiales** : certaines régions ou certains territoires sont plus riches et peuvent ainsi procurer à leur population des avantages en termes de services (santé, éducation, transports, accès à la culture...). Ces avantages se traduisent en **inégalités culturelles, scolaires**, etc.
- Les **inégalités d'espérance de vie** – et plus encore l'espérance de vie « sans incapacités » (Doc. 1) – sont très discriminantes selon l'appartenance socio-professionnelle. Chez les hommes, treize années séparent l'espérance de vie des 5 % les plus pauvres (71,7 ans) des 5 % les plus riches (84,4 ans).

Remarque

Les cadres vivent non seulement plus longtemps que les ouvriers (un peu plus de 7 ans en moyenne), mais aussi en meilleure santé.

- Des **inégalités de genre** sont aussi visibles sur le marché du travail. Si ce dernier s'est largement féminisé depuis les années 1950, les hommes touchent encore en moyenne un salaire supérieur de 22,8 % à celui des femmes (Doc. 2). Ces dernières sont encore peu nombreuses dans les sphères de direction, au niveau de l'entreprise comme dans la fonction publique.

2 Les inégalités se cumulent

- Les inégalités sont multiples et, souvent, **se cumulent**. Elles font **système**, excluant progressivement certains membres de la société.
- Les enfants issus de familles pauvres vivent dans un environnement quotidien qui les défavorise : les conditions d'habitat sont parfois dégradées, l'accès aux soins et à une nourriture qualitative est plus difficile...
- Ils s'intègrent plus difficilement au système scolaire, ce qui génère des inégalités scolaires et une intégration sur le marché du travail plus compliquée. La pauvreté se reproduit ainsi **de génération en génération**.

Cours

LA BOÎTE À DOCS

Doc. 1 L'espérance de vie en bonne santé

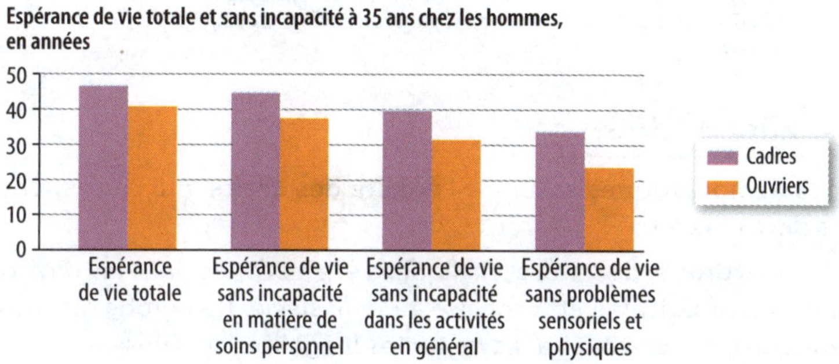

Ined - Données 2003 - Observatoires des inégalités

Doc. 2 Écart de salaires entre les femmes et les hommes dans le secteur privé selon la catégorie socioprofessionnelle

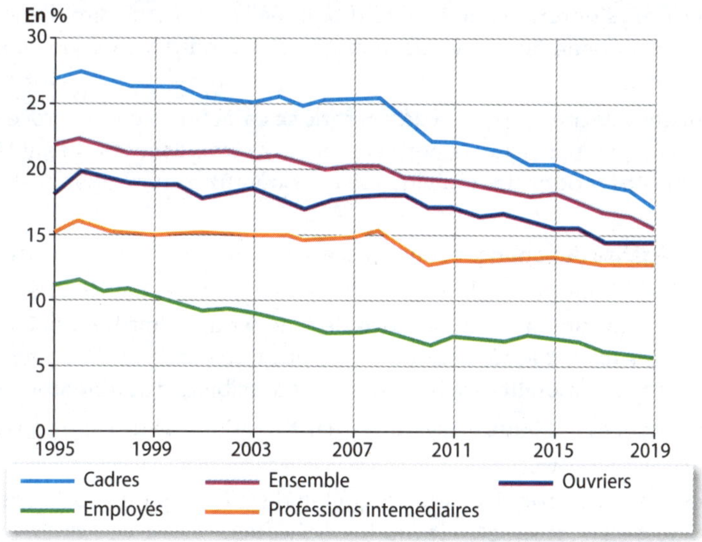

Insee, « Salaires dans le secteur privé selon le sexe et la catégorie socioprofessionnelle », 9 mars 2022.

En 2019, les femmes ont un salaire net en équivalent temps plein inférieur de 15,6 % à celui des hommes (courbe violette).

Vocabulaire

• **Mode de vie :** ensemble des manières de vivre propres à un individu ou à groupe social. Pour un même niveau de vie, il existe plusieurs modes de vie.

FICHE 4

Égalité et justice sociale (1)

De quoi s'agit-il ?

L'égalité semble être un idéal que poursuivent les sociétés démocratiques. Il existe cependant plusieurs formes d'égalité dans la société.

1 De l'égalité de droit…

- Les **sociétés démocratiques** assurent l'**égalité des droits**, qui correspond à l'égalité des citoyens devant la loi.
- Cette égalité des droits, de nature juridique, a été instituée dans les pays occidentaux par les révolutions américaine et française au XVIIIe siècle. Il s'agit de dispositions générales et théoriques, compatibles avec de fortes inégalités sociales
- L'égalité des droits est reconnue dans l'article 1er de la Constitution française (Doc. 1).

2 … aux égalités « réelles »

- L'égalité des droits diffère d'une égalité dite « réelle », c'est-à-dire d'une **égalité des situations**, dans laquelle les individus auraient des conditions de vie économique et sociale semblables.
- Alexis de Tocqueville montre que la démocratie se caractérise par un processus **d'égalisation des conditions** (Doc. 2). Cette dernière recouvre trois aspects : **l'égalité des droits**, **l'égalité des considérations** (les individus se considèrent comme égaux) et **l'égalité des chances**.
- Le **principe d'égalité des chances** consiste à établir une même situation de départ pour chaque individu, afin que sa destinée sociale ne dépende pas de son origine.
- Quel que soit le groupe d'appartenance de l'individu, il doit bénéficier des mêmes probabilités qu'un autre d'accéder à toutes les positions sociales. L'égalité des chances doit donc permettre la **mobilité sociale** et offrir la possibilité d'augmenter son bien-être.
- L'égalité des chances implique un système méritocratique de distribution des positions sociales.
- La **méritocratie** est le principe selon lequel la distribution des positions sociales au sein d'une société s'effectue selon le mérite individuel.
- Pour Tocqueville, le processus d'égalisation des conditions n'est pas incompatible avec **l'inégalité des situations**.

LA BOÎTE À DOCS

Doc. 1 L'égalité des droits dans la Constitution française

La France est une République indivisible, laïque, démocratique et sociale. Elle assure l'égalité devant la loi de tous les citoyens sans distinction d'origine, de race ou de religion. Elle respecte toutes les croyances. Son organisation est décentralisée.

Article 1er, Constitution française de 1958.

Doc. 2 L'égalisation des conditions

[En Amérique] les riches, de leur côté, sont clairsemés et impuissants – ils n'ont point de privilèges qui attirent les regards ; leur richesse même, n'étant plus incorporée à la terre et représentée par elle, est insaisissable et comme invisible.

De même qu'il n'y a plus de races de pauvres, il n'y a plus de races de riches : ceux-ci sortent chaque jour au sein de la foule et y retournent sans cesse. Ils ne forment donc point une classe à part, qu'on puisse aisément définir et dépouiller [...]. Entre ces deux extrémités des sociétés démocratiques, se trouve une multitude innombrable d'hommes presque pareils, qui, sans être précisément ni riches ni pauvres, possèdent assez de biens pour désirer l'ordre, et n'en ont pas assez pour exciter l'envie.

Ceux-là sont naturellement ennemis des mouvements violents [...]. Ce n'est pas que ceux-là mêmes soient satisfaits de leur fortune présente, ni qu'ils ressentent de l'horreur naturelle pour une révolution dont ils partageraient les dépouilles sans en éprouver les maux ; ils désirent au contraire, avec une ardeur sans égale, de s'enrichir ; mais l'embarras est de savoir sur qui prendre. Le même état social qui leur suggère sans cesse des désirs renferme ces désirs dans des limites nécessaires. Il donne aux hommes plus de liberté de changer et moins d'intérêt au changement.

A. de Tocqueville, *De la démocratie en Amérique*, t. 2, 1840.

Alexis de Tocqueville (1805-1859)
Historien et homme politique français, Alexis de Tocqueville est considéré comme l'un des fondateurs de la sociologie.

Vocabulaire

- **Égalité des droits :** principe selon lequel tous les individus doivent être traités également par la loi.
- **Égalité des situations :** état qui suppose la suppression de toute forme d'inégalité.
- **Égalité des chances :** situation où tous les individus ont au départ la même probabilité d'accès à l'ensemble des positions sociales.

FICHE 5 Égalité et justice sociale (2)

De quoi s'agit-il ?

Les différentes formes d'égalité qui existent dans la société sont au fondement des conceptions de la justice sociale.

1 La justice sociale selon les utilitaristes et les libertariens

- La **justice sociale** vise à définir ce qui sera considéré comme juste du point de vue de la **répartition des ressources** dans une société donnée.
- Les **utilitaristes**, tel **Jeremy Bentham** (1748-1832), cherchent « le plus grand bonheur pour le plus grand nombre » à partir de la maximisation de l'utilité. L'objectif d'obtenir le **meilleur bien-être possible pour tous** sera au cœur de la construction de l'État social dans les pays démocratiques.
- Les **économistes du bien-être** (A. Pigou, V. Pareto) considèrent que la justice sociale est obtenue lorsqu'il n'est pas possible d'améliorer le bien-être d'un individu sans détériorer celui des autres.
- Les **libertariens** rejettent la justice sociale en donnant une **primauté absolue à la liberté individuelle**. Ainsi, selon **Friedrich von Hayek** (**Doc. 1**), seul le marché permet de s'approcher d'une situation juste. Les actions collectives au nom de la justice sociale génèrent de l'injustice et portent atteinte au droit à la propriété et à la liberté individuelle.

2 La justice distributive de J. Rawls et A. Sen

- **John Rawls** souligne quant à lui que les approches libérales et utilitaristes de la justice attribuent une place trop grande à la responsabilité individuelle.
- Dans une perspective d'**égalitarisme libéral**, Rawls formule une théorie de la **« justice comme équité »** (**Doc. 2**) : une société juste doit garantir les droits fondamentaux (**principe de liberté**), mais aussi donner à chaque individu les mêmes chances de réussir (**égalité réelle des chances**). L'**équité** peut alors conduire à mettre en œuvre des inégalités correctrices pour corriger des situations initiales trop éloignées. Pour Rawls, les inégalités peuvent donc être justes si elles reposent sur une liberté égale des individus et si elles permettent d'améliorer la situation des plus désavantagés. C'est le principe de **discrimination positive**.

> **Remarque**
> La loi du 11 février 2005 oblige toute entreprise de plus de 20 salariés à employer des travailleurs handicapés dans une proportion de 6% de l'effectif total de l'entreprise.

- Pour Amartya Sen, la justice sociale suppose que les individus disposent de la liberté réelle de choisir librement la vie qu'ils souhaitent (« capabilités »).
- L'**égalitarisme strict** suppose une égalité brute des richesses. Il exige aussi qu'aucun individu ne puisse avoir de façon institutionnalisée plus de pouvoir qu'un autre, ni qu'aucune classe ne domine les autres.

LA BOÎTE À DOCS

Doc. 1 Liberté et justice sociale

F. von Hayek considère que l'on ne peut raisonnablement organiser une quelconque redistribution sans sacrifier la liberté. Dès lors, à ses yeux, la notion de justice sociale est dépourvue de sens. Il faut laisser le marché s'autoréguler, condition indispensable pour qu'il produise un maximum de bienfaits. L'État ne peut contribuer au bonheur des gouvernés sans courir le risque d'instaurer un système totalitaire. Mais Hayek néglige le fait qu'être libre c'est aussi pouvoir être capable d'user de cette liberté.

A. Policar, *Le Libéralisme politique expliqué aux jeunes gens*, Le Bord de l'eau, 2019.

Selon F. von Hayek, le libertarisme favorise l'égalité des droits en tant que garantie de justice : toute intervention de l'État est alors injuste.

Doc. 2 Les principes de justice selon Rawls

a. Chaque personne a un droit égal à un ensemble, *scheme*, pleinement adéquat de libertés et droits de base égaux pour tous, qui soit compatible avec un même ensemble pour tous, et dans lequel les libertés politiques égales, et elles seules, doivent être garanties à leur juste valeur.

b. Les inégalités sociales et économiques doivent satisfaire à deux conditions :

1° s'attacher à des positions et à des fonctions ouvertes à tous selon une équitable, *fair*, égalité des chances,

2° être au plus grand avantage des membres les plus désavantagés de la société.

J. Rawls, *Political Liberalism*, Columbia University Press, 1993.

J. Rawls considère qu'il faut tenir compte des inégalités de départ pour mettre en place une égalité des chances.

Vocabulaire

- **Égalitarisme libéral :** doctrine qui reprend des éléments du libéralisme (accent mis sur la liberté) et de l'égalitarisme (les inégalités peuvent être justes si elles maximisent l'avantage des plus défavorisés).
- **Discrimination :** inégalités de traitement subies par des individus en raison de leurs caractéristiques sociales, « raciale », sexuelles, religieuses ou physiques.
- **Égalitarisme strict :** conceptions de la justice sociale qui donnent une priorité à l'égalité des situations, ce qui peut impliquer de limiter la liberté des membres de la société.

FICHE 6

Les actions en faveur de la justice sociale

De quoi s'agit-il ?

Les pouvoirs publics disposent d'un ensemble d'instruments pour réduire les inégalités économiques et sociales et concourir à la justice sociale.

1 Redistribution et protection sociale

- La réduction des inégalités peut s'opérer soit en agissant sur la **formation des revenus primaires** (imposition d'un salaire minimum, par exemple) soit en corrigeant ces inégalités primaires par la **redistribution** et la fourniture de **services collectifs**.
- Dans le cadre de la redistribution, les administrations publiques prélèvent des revenus (**impôts** et **cotisations sociales**) et en redistribuent (**prestations sociales**). La redistribution a des effets importants sur la répartition des revenus, qui deviennent nettement moins inégalitaires après la prise en compte des transferts sociaux et des prélèvements obligatoires (Doc. 1).
- Après avoir longtemps favorisé l'**assurance sociale** (le paiement d'une cotisation sociale permet à l'assuré de se protéger contre les risques sociaux), le système de **protection sociale** français recourt aujourd'hui davantage à l'**assistance**.

2 Fiscalité et services collectifs

- L'État-providence lutte aussi contre les inégalités suivant une **logique verticale** par le biais de la **fiscalité**. L'**impôt sur le revenu** est celui qui corrige le plus les inégalités économiques. Sa **progressivité** lui permet de resserrer les écarts de revenus et de diminuer la concentration des patrimoines et des revenus.
- La **fourniture de services collectifs** en matière de santé, d'éducation ou de logement agit directement sur la formation des inégalités et favorise en particulier l'**égalité des chances** (Doc. 2).

3 Les politiques de lutte contre les discriminations

- Les pouvoirs publics peuvent mettre en œuvre des politiques de **discrimination positive** : il s'agit de donner plus à ceux qui sont en position de faiblesse dans la société. Il y a donc une rupture avec le pacte républicain d'égalité de traitement. Ces politiques concernent des populations diverses (les femmes, les handicapés, les minorités ethniques...) dans de nombreux domaines (marché du travail, accès au logement...
- En France, pour lutter contre les discriminations, certaines lois ont été adoptées : ainsi, la loi du 11 février 2005 relatives aux personnes handicapées fixe des **quotas obligatoires** pour les employeurs et vise à favoriser l'accès à l'emploi des personnes en situation de handicap.

LA BOÎTE À DOCS

Doc. 1 Effet de la redistribution sur les niveaux de vie

	MONTANTS MOYENS DES PRÉLÈVEMENTS ET PRESTATIONS PAR UNITÉ DE CONSOMMATION EN 2020, EN EUROS	
	20 % les plus modestes	20 % les plus aisés
Niveau de vie avant redistribution	7 070	60 720
Prélèvements	–360	–13 190
Prestations sociales	5 620	340
Niveau de vie	12 330	47 870

D'après Insee, « Portrait social », 2021.

Avant impôts et prestations sociales, le niveau de vie des 20 % les plus aisés est 8,5 fois plus élevé que le niveau de vie des 20 % les plus modestes. Ce rapport tombe à moins de quatre après impôts et prestations sociales.

Doc. 2 Le caractère redistributif du système socio-fiscal français

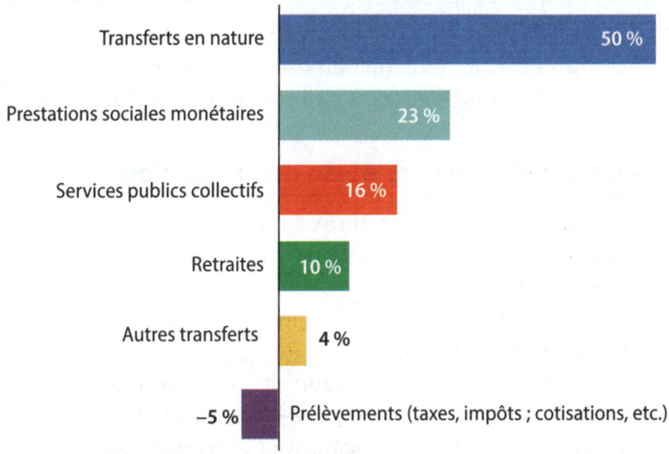

Insee, « Références », 27 mai 2021.

Le caractère redistributif du système socio-fiscal français provient avant tout des transferts en nature, comme l'éducation, la santé et le logement, qui contribuent pour 50 % à la réduction des inégalités.

Vocabulaire

- **Redistribution :** modification du partage des revenus liée à l'action des administrations publiques.
- **Services collectifs :** services non marchands produits par des administrations publiques.
- **Protection sociale :** couverture publique d'un certain nombre de risques sociaux.
- **Fiscalité :** ensemble des pratiques de perception des prélèvements obligatoires (impôts, taxes et cotisations sociales).

FICHE 7

Les débats autour de la lutte contre les inégalités

De quoi s'agit-il ?

La lutte contre les inégalités se heurte à des contraintes de financement et fait l'objet de débats en termes d'efficacité, de légitimité et de risque de désincitations.

1 Une lutte contre les inégalités sous contrainte

- Dans un contexte de **mondialisation**, le financement des politiques de lutte contre les inégalités est contraint par la **nécessité d'être fiscalement et socialement attractif** par rapport aux autres pays.
- La **volonté de maîtriser les finances publiques**, dans un contexte d'aggravation des **déficits**, contraint l'action de l'État, d'autant plus que celui-ci doit se conformer aux obligations liées à l'intégration européenne.
- En France, la **dette publique** dépasse en 2021 les 110 % du PIB. Les dépenses publiques ont augmenté plus vite que les recettes : les besoins sociaux sont en hausse, alors que la crise économique et sanitaire pénalise les recettes.
- Pour certains économistes, le haut niveau d'endettement s'explique aussi par des **mesures fiscales anti-redistributives** (consistant à diminuer l'impôt des plus aisés).

2 Les risques d'effets pervers et de désincitation

- Pour les économistes libéraux, les **inégalités** sont à la fois **justes et légitimes** car elles reflètent les différences de mérite. Les mesures prises pour lutter contre les inégalités sont alors source d'**effets pervers** :
  - réduire la richesse des plus aisés freinerait l'incitation à investir et à innover, ce qui limiterait la croissance et donc l'emploi ;
  - augmenter les prélèvements obligatoires pourrait limiter les ressources redistribuables (**Doc. 1**), car cela risquerait d'inciter les ménages à limiter leur offre de travail et les entreprises à délocaliser. Cela pourrait aussi encourager la **fraude fiscale** ;
  - l'augmentation des prélèvements remettrait en cause le **consentement à l'impôt**, c'est-à-dire l'acceptation par le citoyen de l'impôt (**Doc. 2**) ;
  - enfin, les **aides sociales** réduiraient les incitations à travailler, ce qui favoriserait l'inactivité en créant des **trappes à inactivité** (ou à chômage).
- Cependant, de nombreux économistes contestent cette analyse. Pour **J. M. Keynes**, le système économique est plus efficace quand il est moins inégalitaire. La **cohésion sociale** renforce la **compétitivité** d'un pays. Les interventions publiques sont génératrices d'égalité mais aussi d'**externalités positives**, qui alimentent la croissance.

LA BOÎTE À DOCS

Doc. 1 La courbe de Laffer

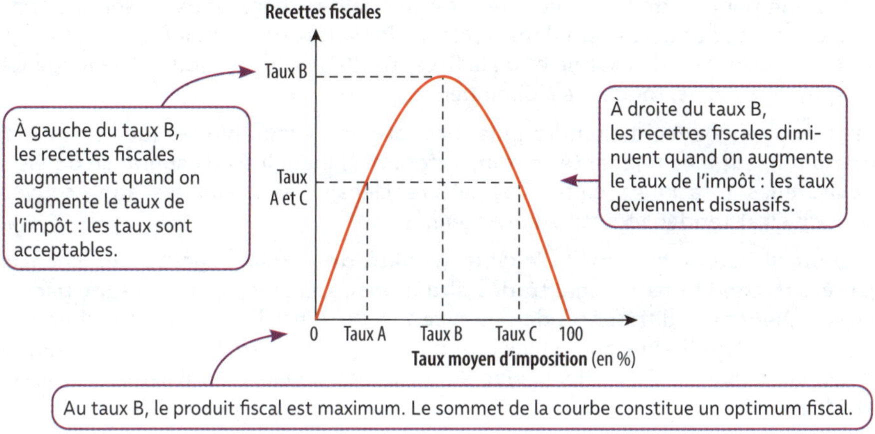

Doc. 2 Un prélèvement fiscal croissant

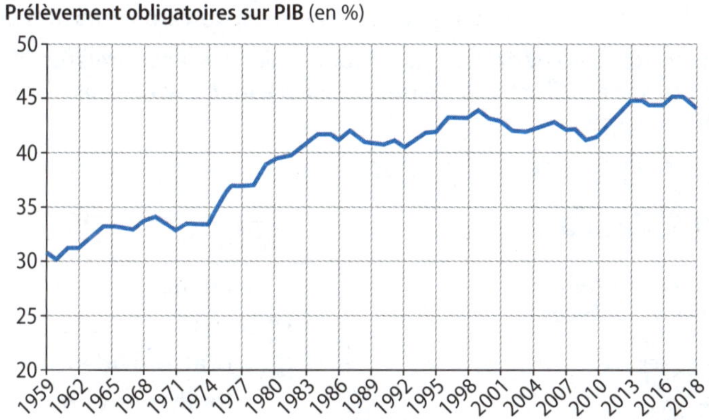

C. Chavagneux, « D'où vient le ras-le-bol fiscal ? », *Alternatives Économiques*, vol. 386, n° 1, 2019.

Le ras-le-bol fiscal, exprimé en 2018 par la voix des gilets jaunes, ne serait que l'expression d'un mécontentement face à une pression fiscale devenue lourde à supporter.

Vocabulaire

- **Déficit public :** solde négatif entre les recettes et les dépenses des administrations publiques.
- **Trappe à inactivité (ou à chômage) :** situation dans laquelle les personnes sans emploi n'auraient pas intérêt à en chercher un dans la mesure où le gain de revenu net obtenu serait considéré comme insuffisant.

Révision Express

POINTS IMPORTANTS À RETENIR

- Après une période de forte réduction des inégalités de revenus au sein des pays développés, ces dernières semblent repartir à la hausse dans la plupart de ces pays, sous l'effet de la mondialisation et de la fiscalité allégée sur le capital. Les inégalités entre pays ont, elles, tendance à diminuer.
- Les inégalités peuvent prendre plusieurs formes : **économiques** (de revenus, de patrimoine), sociales (inégalités hommes/femmes, inégalités d'espérance de vie…) et culturelles (pratiques culturelles différenciées). Les inégalités sont souvent cumulatives et tendent à s'auto-entretenir.
- Il existe différentes formes d'**égalité** (**égalité des droits, égalité des chances, égalité des conditions et égalité des situations**). Celles-ci se traduisent par des analyses théoriques différentes de la **justice sociale**. Ainsi, les utilitaristes cherchent « le plus grand bonheur pour le plus grand nombre » à partir de la maximisation de l'utilité, alors que les libertariens rejettent la justice sociale en privilégiant la liberté individuelle.
- Pour lutter contre les inégalités, l'**État-providence** a mis en place un système de protection sociale. Cette intervention de l'État permet une **redistribution.** L'État peut aussi intervenir sur les inégalités par le biais de la **fiscalité** et des **services collectifs**. Enfin, il peut mettre en place des mesures de **discrimination** positive.
- Cette lutte contre les inégalités fait débat. Pour les économistes libéraux, elle limite les incitations à l'effort et crée des **trappes à inactivité**. Pour d'autres, elle est un gage d'efficacité collective.

APPRENDRE AUTREMENT

La correction des inégalités par la redistribution fiscale :

Vidéo

LE COURS EN 10 MOTS-CLÉS

- Égalité
- Justice sociale
- État-providence
- Redistribution
- Fiscalité
- Services collectifs
- Discrimination
- Trappe à inactivité
- Inégalités sociales
- Égalité des chances

CARTE MENTALE

> Quelle justice sociale pour quelles inégalités ?

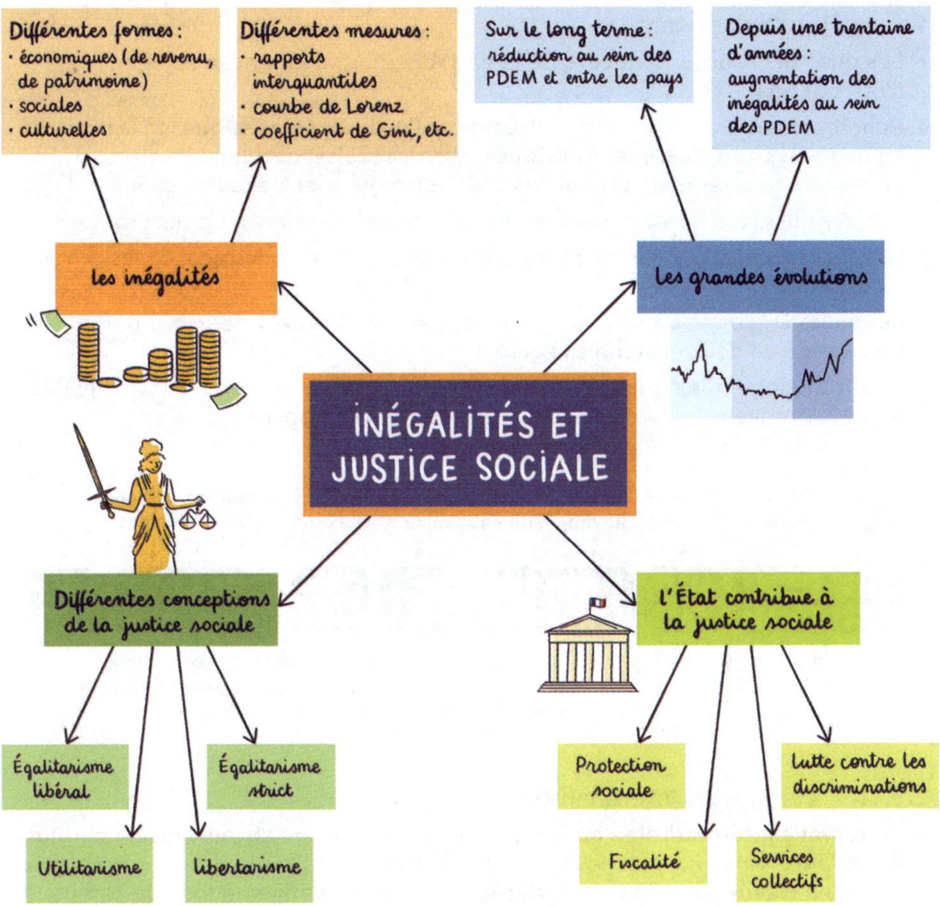

N'hésite pas à construire ta propre carte mentale

1 Mesurer et représenter des dispersions

MÉTHODE

1. La méthode des quantiles

- Les quantiles sont les valeurs de la variable qui partagent la série en *n* parts d'effectif égal.
- Pour représenter simplement la **dispersion d'une série statistique**, on la découpe en **quantiles** : on classe les individus par ordre croissant d'un paramètre donné (le revenu par exemple), puis on les divise en *n* groupes de taille égale.
- Le quantile est la borne supérieure (ou inférieure) de chacun de ces groupes.
- Les déciles correspondent à des dixièmes, les quartiles à des quarts, les centiles à des centièmes…
- Le décile D_5 correspond à la médiane, c'est-à-dire la valeur qui partage la population en deux ensembles égaux.
- Il faut distinguer les quantiles pointés (bornes qui délimitent les tranches) des quantiles moyens (moyenne à l'intérieur de chaque tranche).

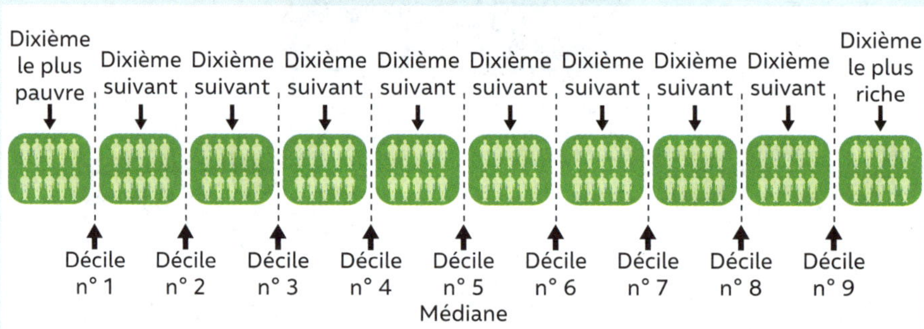

2. Écarts et rapports interquantiles

- L'**intervalle interquantile** s'obtient en calculant un écart absolu entre quantiles. Ainsi, l'intervalle interdécile $D_9 - D_1$ permet de connaître la différence absolue entre les valeurs du 1er et du 9e décile. Cela donne donc une idée de l'ampleur des inégalités.
- Le **rapport interquantile** s'obtient par le calcul d'un écart relatif entre quantiles extrêmes : plus le résultat est élevé, plus les inégalités sont fortes.
- Le **rapport interdécile** (D_9/D_1) permet ainsi de comparer l'écart entre le 1er décile de la population et le 9e décile. Il se lit comme un coefficient multiplicateur.
Exemple : Selon l'Insee, en 2019, les 10 % des salariés les moins bien rémunérés percevaient moins de 2 820 euros, et les 10 % les mieux rémunérés plus de 39 410 euros, soit 14 fois plus ($D_9/D_1 = 14$).

ÉNONCÉ

1. **Faites une phrase avec les données entourées dans le tableau.**

2. **Calculez le rapport interdécile pour les sans diplôme, puis faites une phrase avec vos résultats.**

3. **Calculez le rapport interdécile pour les bacheliers. Comparez avec vos résultats précédents.**

Doc. Distribution du revenu salarial annuel selon le niveau de diplôme en 2019

Revenu salarial (en euros)	Sans diplôme	Bac	Bac +3 ou plus
1er décile	2 340	5 920	11 630
1er quartile	7 450	13 730	22 040
Médiane	15 440	19 970	31 050
3e quartile	21 310	26 520	44 000
9e décile	27 120	34 610	64 150

D'après Insee, « Portrait social », 2021.

CORRIGÉ

1. En 2019, les 10 % des salariés sans diplôme les moins bien rémunérés perçoivent un revenu salarial annuel de moins de 2 340 euros, tandis que les 10 % les mieux rémunérés des salariés les plus diplômés gagnent plus de 64 150 euros.

2. **Rapport interdécile sans diplômes :**
D_9/D_1 = 27 120/2 340 = 11,6.
Le salarié sans diplôme le moins bien rémunéré des 10 % les mieux payés perçoit un salaire 11,6 fois supérieur à celui du salarié sans diplôme le mieux rémunéré des 10 % les moins bien rémunérés.

3. **Rapport interdécile bacheliers :**
D_9/D_1 = 34 610/5 920 = 5,8.
La dispersion du revenu salarial est plus forte chez les non-diplômés que chez les diplômés. Cela reflète la plus grande hétérogénéité des volumes de travail des non-diplômés : ils sont plus souvent à temps partiel, en CDD, en intérim…

2 Représenter les dispersions

MÉTHODE

1. La courbe de Lorenz

- La **courbe de Lorenz** représente la distribution des revenus ou du patrimoine dans une population donnée. Cette courbe se trace dans un repère cartésien, aux axes gradués de 0 à 100 %. En abscisses figurent les déciles de la population étudiée. En ordonnées, on note le pourcentage cumulé de la variable pour chaque décile.

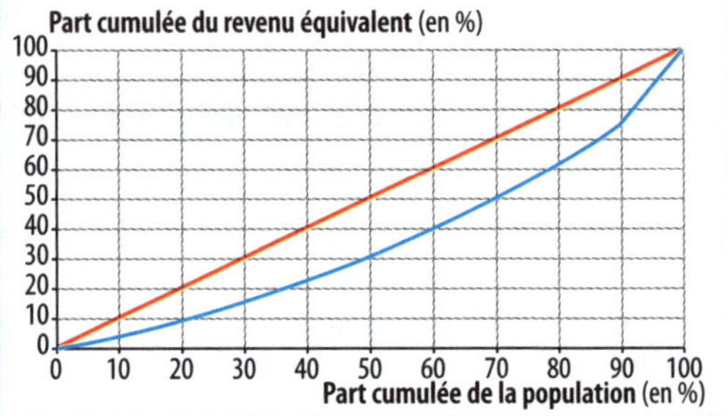

European DataLab, Eurostat, 2019.

- La diagonale correspond à une égalité parfaite (droite d'équirépartition) : 10 % des ménages perçoivent 10 % des revenus, 20 % des ménages perçoivent 20 %... De ce fait, plus la courbe est éloignée et plus la répartition est inégalitaire. À l'inverse, plus la courbe se rapproche de cette droite, plus la répartition est égalitaire.
- **Lecture :** En 2017, 20 % des personnes les plus modestes détiennent 8,8 % de la masse des niveaux de vie. Au contraire, les 10 % des personnes les plus riches possèdent 24,4 % de la masse des niveaux de vie.
- Le **coefficient** (ou **indice**) **de Gini** est un indice statistique permettant de mesurer la répartition d'une série statistique (salaire, revenus, patrimoine, etc.) au sein de la population. Il mesure le niveau d'inégalité d'une variable dans la population. Variant de 0 (égalité parfaite) à 1 (inégalité parfaite), il correspond au rapport entre l'aire comprise entre la diagonale et la courbe de Lorenz et l'aire du triangle sous la diagonale.

2. La courbe de « Gatsby le Magnifique »

- **Le coefficient de Gini** est aussi utilisé dans la construction de la courbe dite de « **Gatsby le Magnifique** ». La reproduction du père au fils des inégalités de revenu individuel est fortement corrélée au coefficient de Gini du pays.

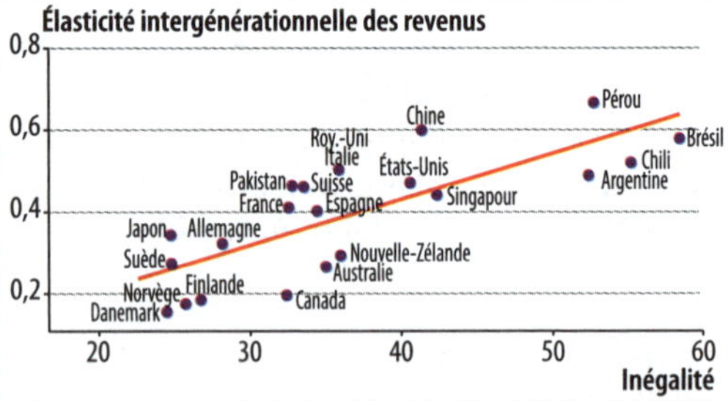

M. Corak, *Inequality from Generation to Generation : the United States in comparison*, 2013.

- Dans les sociétés les plus inégalitaires, les pauvres sont plus susceptibles de voir leurs enfants devenir la prochaine génération de pauvres, et les riches sont plus susceptibles de voir leurs enfants rester aux échelons supérieurs de la hiérarchie sociale.

Méthode

ÉNONCÉ

Doc. Évolution de l'indice de Gini des niveaux de vie, après impôts et prestations sociales

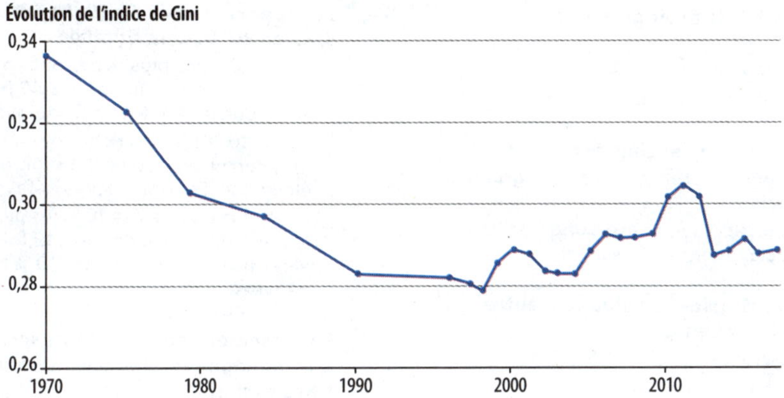

Insee, Observatoire des inégalités, 2019.

1. **Faites une phrase avec la valeur de 2017 (0,29).**
2. **Que montre l'évolution de l'indice de Gini des niveaux de vie en France ?**

CORRIGÉ

1. En 2017, l'indice de Gini des niveaux de vie après impôts et prestations sociales était de 0,289, soit un niveau faible, ce qui semble indiquer que la distribution des revenus après impôts et prestations sociales est relativement égalitaire en France.

2. L'indice de Gini diminue de 1970 jusqu'au début des années 1990, se stabilise ensuite, puis augmente dès 1999. À cette période, les revenus des plus favorisés progressent rapidement. Ils profitent d'importantes baisses d'impôts décidées dans un contexte de forte croissance économique. On assiste alors à un tournant dans l'histoire des inégalités de niveau de vie en France, qui se remettent à augmenter fortement. Le Gini atteint un pic en 2011 (0,305), puis diminue jusqu'en 2013 (0,288) sous le double effet de la crise financière et d'une augmentation des impôts pour les plus aisés. Depuis, il est stable à 0,29.

Fiche test — Ce que je sais

QCM

15 min

◯ À revoir
◯ Acquis

1 Cochez la bonne réponse.

1 L'égalité de droit permet :
- ◯ a. l'égalité réelle.
- ◯ b. l'égalité politique.
- ◯ c. l'égalité juridique.

2 Une inégalité sociale est :
- ◯ a. une différence entre deux groupes sociaux.
- ◯ b. un accès moindre à une ressource socialement valorisée.

3 Le patrimoine est plus concentré que les revenus.
- ◯ a. Vrai
- ◯ b. Faux

4 L'intervention de l'État est limitée par :
- ◯ a. une contrainte budgétaire.
- ◯ b. l'opinion publique.
- ◯ c. un manque de légitimité.

5 Pour les libéraux, les inégalités peuvent :
- ◯ a. favoriser l'activité économique.
- ◯ b. dissuader l'effort.
- ◯ c. déstabiliser le fonctionnement du marché.

6 Le rapport interdécile (D_9/D_1) était de 3,49 en 2018. Cela signifie :
- ◯ a. Les 10 % les plus riches ont en moyenne un niveau de vie 3,49 fois plus élevé que les 10 % les plus défavorisés.
- ◯ b. Les 10 % les plus riches ont au minimum un niveau de vie 3,49 fois plus élevé que les 10 % les plus défavorisés.
- ◯ c. Le plus pauvre des 10 % les plus riches a un niveau de vie 3,49 fois plus élevé que le plus riche des 10 % les plus pauvres.

7 Le versement de cotisations sociales aux ménages est financé par les prestations sociales.
- ◯ a. Vrai
- ◯ b. Faux

8 Les libéraux souhaitent une baisse des dépenses publiques.
- ◯ a. Vrai
- ◯ b. Faux

9 Pendant les Trente Glorieuses, les inégalités économiques et sociales :
- ◯ a. ont diminué.
- ◯ b. ont augmenté.
- ◯ c. ont stagné.

10 Équité et égalité sont deux termes synonymes.
- ◯ a. Vrai
- ◯ b. Faux

SCORE : ____ / 10

EXERCICES D'ENTRAÎNEMENT

2 Texte à trous

À l'aide de vos connaissances, complétez le texte avec les termes suivants :
intégration européenne – dépenses publiques – déficits publics – services publics – budget – contraintes

L'action de l'État pour lutter contre les inégalités est soumise à de nombreuses .... En effet, avec le ralentissement de la croissance économique, le .... est de plus en plus difficile à équilibrer. L'État cherche alors à diminuer ses .... afin de lutter contre les .... Cette contrainte est renforcée par l'.. . Cette dernière se traduit de plus par une libéralisation des ...., qui paraît en diminuer l'efficacité redistributive.

3 Questions courtes

1. L'insuffisance de revenus est-elle la seule explication des inégalités de santé ?
2. Montrez que les inégalités sont multiformes et cumulatives.
3. Les inégalités peuvent-elles être un moteur de la croissance ?

4 Relier chaque définition au bon terme

1. Situation dans laquelle les personnes sans emploi n'auraient pas intérêt à en chercher un dans la mesure où le gain de revenu net obtenu serait considéré comme insuffisant.
2. Ensemble des pratiques de perception des prélèvements obligatoires (impôts, taxes et cotisations sociales).
3. Doctrine qui reprend des éléments du libéralisme (accent mis sur la liberté) et de l'égalitarisme (les inégalités peuvent être justes si elles maximisent l'avantage des plus défavorisés).
4. Conceptions de la justice sociale qui donnent une priorité à l'égalité des situations, ce qui peut impliquer de limiter la liberté des membres de la société.
5. Principe selon lequel tous les individus doivent être traités également par la loi.
6. État qui suppose la suppression de toute forme d'inégalité.
7. Situation où tous les individus ont au départ la même probabilité d'accès à l'ensemble des positions sociales.

a. Fiscalité
b. Égalitarisme strict
c. Égalité des situations
d. Égalitarisme libéral
e. Trappe à inactivité
f. Égalité des droits
g. Égalité des chances

VERS LE BAC

5 S'entraîner à la dissertation

Sujet Comment l'État peut-il lutter contre les inégalités ?

Doc. 1 Dépenses d'éducation et redistribution

Les dépenses d'éducation opèrent évidemment une redistribution horizontale, des ménages sans enfants vers les ménages avec enfants, à revenus équivalents.

Mais elles opèrent également une redistribution verticale entre les familles selon les revenus. En effet, le nombre moyen d'enfants par famille et la durée moyenne de scolarisation diffèrent singulièrement selon le niveau de revenu. Si l'on découpe les ménages par niveau de revenu, on trouve plus de famille avec enfants en bas âge dans les déciles inférieurs. Les raisons sont multiples. Les revenus d'activités sont croissants avec l'âge ainsi que les revenus du patrimoine. Les hauts déciles comportent ainsi davantage de ménages plus âgés. Par ailleurs, notamment pour les retraités, les enfants ne sont plus à charge [...].

Il s'y ajoute le fait qu'à même niveau de revenu initial, les familles avec enfants seront mécaniquement placées plus bas en termes de revenu par équivalent adulte. La scolarisation étant obligatoire, et les dépenses d'éducation étant relativement fortes en France dans le primaire et le secondaire, il apparaît que les dépenses d'éducation liées à la scolarisation jusqu'à 16 ans sont plutôt redistributives. [...]

Par le même jeu de structure, il apparaît à l'inverse que les dépenses d'éducation post-obligatoire [au-delà de l'âge de scolarisation obligatoire, c'est-à-dire 16 ans], et en particulier les dépenses d'enseignement supérieur, sont plutôt anti-redistributives, les enfants de ménages pauvres ayant un accès à l'enseignement supérieur beaucoup plus faible que ceux des ménages riches. Les dépenses prises dans leur ensemble (enseignement primaire, secondaire et supérieur) sont néanmoins, en définitive, plutôt redistributives.

C. Landais, « Comment fonctionne vraiment la grande machine à redistribuer ? », *Regards croisés sur l'économie*, 2007.

Doc. 2 Discrimination positive et lutte contre les inégalités

En France, une certaine forme de discrimination positive a déjà été appliquée. Elle ne repose pas sur le principe théorique d'égalité des chances mais elle relève d'une démarche de redistribution des richesses face à l'échec des principes d'égalité dans certains domaines. Elle s'intègre par exemple dans la politique de la ville, via les zones d'éducation prioritaires, ou dans celle de l'emploi, via la mise en place de contrats aidés à destination de publics spécifiques comme les chômeurs de longue durée, les allocataires de minima sociaux. Elle a aussi été récemment développée dans l'éducation supérieure. En effet, l'Institut des sciences politiques de Paris a innové au début des années 2000 en facilitant l'entrée d'étudiants scolarisés dans les lycées de banlieues défavorisées par le biais de « conventions éducation prioritaire » contractées avec certains de ces lycées. L'idée est de lutter contre la censure collective systématique en lien avec la ségrégation urbaine et qui exclut de fait du champ des possibles un cursus à Sciences Po pour les lycées de ces zones urbaines. À chaque fois, ces politiques préférentielles s'adressent à des groupes sociaux définis sur la base de critères socio-économiques (niveau de revenus, situation vis-à-vis de l'emploi, zone d'habitation). Il n'existe pas en France de programmes d'actions positives visant à favoriser un groupe d'individus, défini sur la base d'un critère inné comme le sexe ou l'origine ethnique, à l'exception de la loi sur la parité votée en 2000.

H. Périvier, « Panorama des différents types de lutte contre les inégalités », *Cahiers français*, n° 351, juillet-août 2009.

Doc. 3 Composition du revenu disponible des ménages selon le niveau de vie en 2015 (en %)

Composantes du revenu disponible	Tranches de niveau de vie									
	< D_1	D_1 à D_2	D_2 à D_3	D_3 à D_4	D_4 à D_5	D_5 à D_6	D_6 à D_7	D_7 à D_8	D_8 à D_9	> D_9
Revenus d'activités	41,1	53,8	60,8	66,2	69,7	73,3	77,3	78,8	78,9	79,9
Pensions et retraites	15,1	26,0	30,2	32,7	32,7	31,3	29,7	30,1	30,3	22,8
Revenus du patrimoine	2,8	3,1	3,8	3,9	4,2	5,1	5,3	6,6	9,1	24,5
Prestations sociales	47,6	23,9	13,4	7,5	5,4	3,6	2,7	1,8	1,2	0,5
Prime pour l'emploi	0,6	0,5	0,5	0,4	0,3	0,2	0,1	0,1	0,0	0,0
Impôts directs	– 7,2	– 7,3	– 8,7	– 10,7	– 12,2	– 13,5	– 15,2	– 17,4	– 19,5	– 27,7
Ensemble	100	100	100	100	100	100	100	100	100	100
Revenu disponible annuel moyen (en €)	12 700	18 940	23 330	25 500	29 250	33 350	37 460	42 760	51 720	88 350

D'après l'Insee, enquête « Revenus sociaux et fiscaux 2015 », 2018.

Fiche test Ce que je sais

1 **1. c.** L'égalité de droit signifie que les citoyens sont égaux devant la loi, mais ne garantit en rien l'égalité réelle. **2. b.** Les différences sociales deviennent des inégalités lorsqu'elles se traduisent en termes d'avantages ou d'inconvénients dans l'accès à des ressources socialement valorisées (éducation, santé, logement...). **3. a.** Les 1 % des Français les plus riches déclarent 30 % des revenus du patrimoine global, celui-ci étant beaucoup plus concentré que les revenus. **4. a.** La lutte contre les déficits publics dans le cadre de l'intégration européenne limite les dépenses publiques en matière de lutte contre la pauvreté. Par ailleurs, l'efficacité de ces politiques jugée insuffisante remet en cause leur légitimité. **5. a.** Pour les libéraux, les inégalités sont des aiguillons poussant les individus à l'effort et les entreprises à l'innovation. **6. c.** D_1 est le niveau de vie plafond des 10 % les plus modestes alors que D_9 est le niveau de vie plancher des 10 % les plus aisés. **7. b.** C'est l'inverse. Ce sont les cotisations sociales (entre autres) qui permettent le versement des prestations sociales. **8. a.** Pour les libéraux, l'État doit se désengager et donc réduire ses dépenses. **9. a.** Les inégalités économiques et sociales ont diminué dans les pays développés, en grande partie grâce au développement de l'État-providence. **10. b.** L'équité consiste à dire que quand les inégalités sont fortes, il faut, pour les réduire, traiter les individus de manière différente (ce qui est contraire au principe d'égalité républicaine).

EXERCICES D'ENTRAÎNEMENT

2 Texte à trous

L'action de l'État pour lutter contre les inégalités est soumise à de nombreuses **contraintes**. En effet, avec le ralentissement de la croissance économique, le **budget** est de plus en plus difficile à équilibrer. L'État cherche alors à diminuer ses **dépenses publiques** afin de lutter contre les **déficits publics**. Cette contrainte est renforcée par l'**intégration européenne**. Cette dernière se traduit de plus par une libéralisation des **services publics**, qui paraît en diminuer l'efficacité redistributive.

3 Questions courtes

1. Des revenus insuffisants peuvent en partie expliquer les inégalités de santé. En effet, lorsque les ménages disposent d'un revenu faible, ils n'ont pas systématiquement recours à une complémentaire santé (mutuelle). Le reste à charge (ce que ces ménages doivent payer au-delà de la partie prise en charge par la Sécurité sociale) peut alors être relativement important, ce qui fait renoncer à certains soins considérés comme non essentiels : les soins dentaires, les soins liés à la vision ou à l'audition, par exemple. De la même façon, le fait de devoir avancer le prix de la consultation peut conduire certaines personnes à renoncer aux soins.
Les conditions de travail, les formes de socialisation différenciées sont aussi à l'origine de comportements variables face à la douleur, la maladie, la résistance physique. Ainsi, les ouvriers qui réalisent des travaux plus physiques ont tendance à attendre plus longtemps

avant d'aller consulter un médecin face à une pathologie. Les groupes sociaux les moins favorisés bénéficient moins des visites de prévention et ne vont consulter qu'une fois la maladie installée.

2. Les inégalités sont économiques (revenus, patrimoine), sociales (travail, mode de vie), mais aussi culturelles (école, pratiques sociales). Ces trois types d'inégalités se cumulent et se renforcent mutuellement, ce qui peut donner l'impression que le niveau de revenus explique les écarts d'accès aux autres ressources rares comme la culture, la santé.... Or, le cumul des inégalités n'est pas univoque : l'inégal accès à la culture peut rendre difficile l'accès à l'emploi et donc renforcer des inégalités économiques. Dire que les inégalités sont multiformes souligne à la fois la diversité des situations et la pluralité des causes.

3. Dans la théorie économique, différents auteurs défendent l'idée que certaines inégalités, en l'occurrence économiques, sont nécessaires à la croissance économique. F. von Hayek considère que les inégalités agissent comme des « signaux de marché » et permettent d'orienter la production vers les secteurs qui font l'objet d'une forte demande.

Plus généralement, les libéraux considèrent que les inégalités incitent les plus démunis à travailler davantage, car ils convoitent ce que possèdent les autres. De plus, les inégalités seraient favorables à l'investissement, qui serait financé par l'épargne des personnes disposant de hauts revenus.

Historiquement, les pays occidentaux ont assis leur processus de développement sur une industrialisation dans un contexte de fortes inégalités. Leur réduction n'est intervenue, massivement, que dans la deuxième moitié du XXe siècle, à une époque de très forte croissance. Le ralentissement de la croissance à la fin du XXe siècle et le retour des idées néolibérales se sont traduits par une remontée des inégalités, sans effet positif sur la croissance.

4 Relier chaque définition au bon terme

1. e. – 2. a. – 3. d. – 4. b. – 5. f. – 6. c. – 7. g.

VERS LE BAC

5 S'entraîner à la dissertation

I. L'État peut mettre en place des mesures législatives pour lutter contre les inégalités.

A. L'égalité des droits politiques et civils : un objectif prioritaire de justice sociale dès le XIXe siècle

Dans les régimes démocratiques, le législateur crée des lois consacrant l'égalité des droits entre individus. La quête de l'égalité des droits remonte à la Révolution française de 1789 (« Tous les hommes naissent libres et égaux en droits »).

B. L'égalité des droits sociaux et la construction de l'État-providence

Au XXe siècle, avec le développement du salariat, les pouvoirs publics mettent en place des outils permettant à tous les individus de bénéficier de droits sociaux. L'égalité des droits va de paire avec une redistribution des revenus dite « horizontale », en fonction

de la réalisation de risques sociaux : maladie, vieillesse, chômage, famille. On peut aussi considérer que les minima sociaux constituent un moyen d'assurer une « égale dignité » (Déclaration de 1948) à chaque individu : on voit dans le document 2 que, pour les ménages situés en-dessous de D_1, les prestations sociales représentent en moyenne 47,6 % du revenu (contre 13,4 % pour ceux situés entre D_2 et D_3 par exemple), ce qui exprime le fait que les plus pauvres bénéficient bien de droits sociaux.
La fiscalité joue aussi un rôle dans la lutte contre les inégalités : ainsi, les impôts directs diminuent de 27,7 % le revenu disponible des 10 % les plus riches.

C. L'État met en place des mesures dites « de discrimination positive ».

Pour lutter contre l'inégalité d'accès aux mandats publics entre les hommes et les femmes, l'État a mis en place des mesures dites « de discrimination positive » : la parité en politique. Les femmes n'ayant eu le statut de citoyens actifs qu'en 1944, il était nécessaire de compenser ce retard par des lois de rattrapage pour favoriser la justice sociale – ici, que les hommes et les femmes puissent avoir les mêmes chances d'obtenir une fonction politique. Des mesures de discrimination positive ont aussi été mises en œuvre par Sciences Po Paris (Doc. 2).

II. L'État favorise la justice sociale en mettant en œuvre la redistribution.

A. La redistribution permet d'assurer une plus grande égalité des situations et des chances.

La part des prestations sociales décroît avec le revenu (Doc. 3) ; le poids des impôts directs croît avec le revenu : les impôts directs sont progressifs (ils pèsent d'autant plus que l'on est riche). Le taux de redistribution décroît au fur et à mesure que l'on monte dans la hiérarchie des revenus des ménages : le système socio-fiscal opère bien une redistribution verticale.
Les services collectifs sont aussi au service de l'égalité des situations et des chances, notamment via l'accès universel à l'éducation (Doc. 1).

B. Les transformations de la redistribution

Après avoir longtemps favorisé l'assurance sociale (chômage ou maladie), le système de protection sociale se tourne davantage vers l'assistance (CMU, RSA).

C. Cependant, les politiques de redistribution se heurtent à des limites.

Les comportements de fuite devant l'impôt (évasion et fraude fiscales) sont de plus en plus fréquents et sont favorisés par la concurrence socio-fiscale au niveau international. Le consentement à l'impôt est moindre.
Des politiques de réduction des dépenses publiques sont mises en place dans le cadre de la lutte contre les déficits.
De nombreux gouvernements, au nom de l'efficacité du libéralisme économique, ont adopté des lois rendant les systèmes fiscaux moins redistributifs depuis les années 1980, ce que dénoncent un certain nombre d'économistes critiques.

Chapitre 12

Quelle action publique pour l'environnement ?

Enjeu international, le climat est désormais porté par de nombreux acteurs.

FICHE 1

La mise à l'agenda politique des problèmes environnementaux

De quoi s'agit-il ?

La question environnementale est prise en main par différents acteurs, qui entretiennent entre eux des relations diverses.

1 La mise à l'agenda politique de la question environnementale

- L'**environnement** désigne le milieu dans lequel évolue un organisme. Il comprend l'air, l'eau, la terre, les ressources naturelles, la flore, la faune, les êtres humains et leurs interrelations.
- La **question environnementale** prend une place croissante dans le débat public, du fait du réchauffement climatique et du nombre croissant d'événements climatiques extrêmes.
- La **mise à l'agenda politique** (**Doc. 1**) de la question environnementale date du début des années 1970. En 1987, le **rapport Brundtland** énonce le concept de « **développement durable** ».

2 Les différents acteurs de la question environnementale

La question environnementale est portée par **différents acteurs**.

- Des **experts**, en particulier ceux du GIEC (Groupe d'experts intergouvernemental sur l'évolution du climat) alertent sur le réchauffement climatique.
- Des **ONG** (organisations non gouvernementales) et des **mouvements citoyens** s'emparent aussi de cette question.
- Les **pouvoirs publics** mènent des politiques environnementales (**Doc. 2**).
- Les **entreprises**, enfin, intègrent les préoccupations sociales et environnementales à leurs valeurs, à leurs prises de décisions et à leur stratégie : on parle de **responsabilité sociétale des entreprises** (RSE).

3 Coopération et conflit autour de la question environnementale

- Les principaux acteurs qui œuvrent contre le changement climatique entretiennent des relations de **coopération**. Des **accords** sont pris pour préserver les ressources ou limiter les émissions polluantes et/ou la consommation d'énergie.
- Néanmoins, les besoins en ressources naturelles et en énergie sont sources de conflits. Un **conflit environnemental** traduit l'opposition forte entre acteurs, déclenchée par un équipement, une infrastructure ou une politique de protection (modifiant l'environnement familier des acteurs exerçant des activités ou résidant à proximité).
- Ces conflits sont notamment portés par des mouvements **altermondialistes**.

LA BOÎTE À DOCS

Doc. 1 La mise à l'agenda politique

Les questions environnementales sont transformées, sans doute depuis les années 1970 mais plus encore depuis le milieu des années 2000, en une « cause », investie par des groupes sociaux et politiques différents (partis écologistes, associations environnementales, scientifiques...), qui la mettent en forme symboliquement. [...]

Les leaders d'opinion et les journalistes ne sont cependant pas les seuls à produire des récits concernant l'environnement : de plus en plus d'habitants et de citoyens refusant tel projet d'environnement ou défendant la préservation de tel espace se constituent en associations et produisent par eux-mêmes les récits permettant d'attirer les médias et de sensibiliser l'opinion publique. De nombreux travaux montrent comment ces associations produisent ainsi une expertise, en allant chercher des scientifiques, en décrivant, photographiant, filmant des espaces naturels ou des espèces animales ou végétales. Individus « ordinaires », au sens de non nécessairement insérés dans l'espace médiatique ou scientifique, ils deviennent ainsi les principaux porteurs de la cause qu'ils défendent. [...]

La constitution de l'urgence écologique en problème public a pour objectif de faire pression sur les gouvernements pour y apporter des solutions à partir d'actions publiques et suggère donc qu'il s'agit de questions politiques.

L. Willemez, « De la cause de l'environnement à l'urgence écologique », Savoir/Agir, n° 33, 2015.

Doc. 2 La certification « B Corp »

Nature et Découvertes fait [...] partie de la cinquantaine d'entreprises françaises à avoir décroché la certification de « Benefit Corporation » ou « B Corp ». Un club très sélect de sociétés qui revendiquent avoir des effets bénéfiques sur le monde, sans renoncer à leur rentabilité. Bref, qui font le bien... [...]

Très en vogue en France depuis quelques années, la certification B Corp déboule tout droit des États-Unis. À l'origine, en 2006, trois créateurs d'entreprise qui voulaient s'assurer que les valeurs sociales et environnementales qui leur étaient chères seraient préservées en cas de rachat. Ils fondent alors B Lab, l'ONG qui décerne les certificats, et sont parvenus depuis à créer une véritable communauté de 2 504 sociétés à travers le monde. Aux États-Unis, leur lobbying a même amené une trentaine d'États à reconnaître aux B Corp un statut juridique particulier, qui leur impose de rendre des comptes à tous leurs partenaires – clients, fournisseurs et salariés – et pas seulement à leurs actionnaires. Ce qui leur permet de tenir tête à ces derniers s'ils se montrent trop gourmands, ou même d'attaquer une collectivité, voire l'État, si un bien public est en danger.

L. Martinet, « Les "B Corp" veulent changer le monde », *L'Express*, 24 mai 2018.

Vocabulaire

- **Mise à l'agenda politique :** concept de sociologie de l'action publique, qui correspond au passage d'un problème du domaine de la nature ou du privé à un problème public.

FICHE 2

L'action publique pour l'environnement

De quoi s'agit-il ?

L'action publique pour l'environnement articule différentes échelles.

1 L'action publique pour l'environnement à l'échelle supranationale

- L'environnement et les ressources naturelles sont des **biens communs mondiaux** (Doc. 1). Ce statut justifie une action concertée des États et une gestion supranationale.
- **À l'échelle mondiale**, la gouvernance environnementale est relativement réduite en dépit d'accords environnementaux.
- **À l'échelle européenne**, la référence au développement durable s'impose dès le traité de Maastricht comme principe fondateur des politiques européennes.
- Plusieurs **engagements chiffrés** ont été pris par l'UE pour l'horizon 2030 : réduire les émissions de gaz à effet de serre (GES) de 40 % par rapport à 1990, porter à 32 % la part des énergies renouvelables dans la production d'énergie, et améliorer l'efficacité énergétique de 32,5 % par rapport aux projections faites en 2007.

2 L'action publique pour l'environnement à l'échelle nationale

- Dès 1971, un ministère de l'Environnement est créé. Nommé depuis 2017 **ministère de la Transition écologique et solidaire**, il est aujourd'hui chargé de préparer et mettre en œuvre la politique environnementale du gouvernement par le biais de plusieurs instruments, dont la réglementation.
- L'action publique nationale française en matière environnementale s'effectue aujourd'hui conformément aux **recommandations de l'OCDE**.

Définition

La réglementation désigne l'ensemble des obligations juridiques (normes européennes, lois, règlements administratifs) qui s'imposent aux agents économiques.

3 L'action publique pour l'environnement à l'échelle locale

- Les **collectivités territoriales** ne sont reconnues qu'assez tardivement (en 2004) dans les stratégies nationales comme « **chefs d'orchestre** » et **relais majeurs** pour démultiplier les actions (Doc. 2).
- Malgré les injonctions formelles, la tendance semble rester à l'**incitation**, les prescriptions législatives n'apparaissant guère contraignantes, au-delà des objectifs de moyens fixés par la loi.

Remarque

La taxation, système correspondant à l'institution d'un impôt ou d'une taxe, est une incitation.

LA BOÎTE À DOCS

Doc. 1 L'Amazonie, bien commun universel

À qui appartient l'Amazonie ? Aux neuf pays d'Amérique latine sur les territoires desquels s'étend cette immense forêt vierge ? Au Brésil, qui en abrite 60 % ? Ou à la planète, dont le sort environnemental est lié à sa santé ? La multiplication alarmante des incendies dans la forêt amazonienne, ces dernières années, a donné une nouvelle acuité à cette interrogation.

La crise a pris un tour diplomatique. À la veille de l'ouverture du sommet du G7 [...], Emmanuel Macron s'est emparé de l'affaire. « Notre maison brûle, a-t-il tweeté. Littéralement. L'Amazonie, poumon de la planète qui produit 20 % de notre oxygène, est en feu. » [...]

L'Amazonie est-elle un bien commun universel, comme l'affirme la France [...] ? Ou bien est-elle « à nous, le Brésil », comme le revendique le président Bolsonaro ? Les conséquences de la destruction progressive de la forêt amazonienne pour le reste des habitants du monde donnent clairement raison aux pays européens : l'Amazonie est une source importante d'oxygène, d'eau et de biodiversité dont dépend l'ensemble de la planète. Sans même parler de son impact sur les populations indigènes, la déforestation massive par brûlis s'inscrit dans le dérèglement global du système climatique. Elle entraîne une hausse des émissions de gaz à effet de serre ; détruits, les arbres ne peuvent plus capter l'eau des sols pour produire de la pluie.

« L'Amazonie, bien commun universel », *Le Monde*, 24 août 2019.

Doc. 2 Un exemple d'action des pouvoirs publics en faveur de l'environnement

Vocabulaire

• **Bien commun :** bien rival et non excluable. La consommation de ce bien par un usager entraîne une réduction de la consommation des autres usagers et il est impossible d'exclure quiconque de la consommation de ce bien.

FICHE 3

Les instruments de la politique climatique

De quoi s'agit-il ?

L'existence d'externalités justifie la mise en place d'une politique climatique. Quels en sont les instruments ?

1 Les externalités négatives justifient une politique climatique

- Les **externalités négatives**, par exemple lorsque la production d'une entreprise génère des émissions de gaz à effet de serre ou épuise du capital naturel, ne sont pas prises en compte par le marché : le prix de marché n'intègre pas la totalité des coûts sociaux engendrés par l'action des individus ou des entreprises.
- Afin de prendre en compte ces externalités négatives, les pouvoirs publics mènent une **politique climatique** qui doit amener les agents économiques à modifier leurs comportements.

2 Les différents instruments

- La **réglementation** (**Doc. 1**) repose sur la **contrainte** et consiste à imposer des **limites quantitatives** à l'émission de rejets polluants ou à l'émission de certains produits. Les **normes** d'émissions fixent ces quantités. On impose par exemple aux logements neufs des niveaux d'isolation thermique de plus en plus élevés, et aux véhicules des seuils d'émission de CO_2 de plus en plus bas. L'**interdiction** pure et simple de l'utilisation d'un produit peut aussi être décidée, comme ce fut le cas pour le glyphosate en janvier 2019 (utilisé pour désherber).
- La **fiscalité écologique** repose sur la taxation et les subventions. La **taxation**, mise en avant par **A. C. Pigou** en 1920, appliquée aujourd'hui sous la forme d'« écotaxe », repose sur le principe du « **pollueur payeur** » et vise à inciter les agents économiques à réduire les atteintes à l'environnement en leur donnant un prix. Elle permet d'**internaliser les coûts** liés aux externalités en les faisant payer à ceux qui les engendrent. La fiscalité écologique consiste aussi à **subventionner** les **innovations vertes** afin de les orienter vers les technologies moins polluantes ou énergivores.
- Le **marché de quotas d'émissions** (**Doc. 2**), appelé dans l'Union européenne « échange de quotas d'émission de gaz à effet de serre », existe depuis 2005. Il s'applique à environ 12 000 installations à qui sont allouées, durant une année, une quantité maximum d'émission de GES. Des quotas d'émission correspondants (1 quota = 1 tonne de CO_2) sont vendus. Il est alors possible d'acheter ou vendre ces permis. La quantité de quotas d'émissions diminue avec le temps, afin d'inciter à la dépollution. La quantité de quotas émis en 2020 est ainsi inférieure de 21 % à celle de 2005.

LA BOÎTE À DOCS

Doc. 1 Un exemple de réglementation : le système Crit'Air ?

Afin de réguler la circulation routière les jours de grands pics de pollution, des règles de circulation alternée étaient auparavant mises en place dans certaines grandes villes.

[...] Ces règles de régulation de trafic ont changé. Certaines villes sont ainsi devenues des zones à faibles émissions mobilité (ZFE ou « ZFE-m »). Les autorités se fondent désormais sur les pastilles « Crit'Air » (déployées au niveau national) pour autoriser ou non certains véhicules à circuler les jours où les taux de pollution augmentent (et non uniquement en cas de « grands pics »). En fonction du niveau de pollution, les véhicules dont les pastilles indiquent les taux les plus polluants (les véhicules diesel les plus anciens par exemple) peuvent avoir interdiction de circuler. [...]

Ces vignettes sont en fait des certificats actuellement répartis en 6 catégories, chacune correspondant à un niveau d'émission de polluants.

M. Blanc, « Vignette Crit'Air 2022 : réglementation et sanction », *droit-finances.commentcamarche.com*, jan. 2022.

Doc. 2 Le marché des quotas d'émission

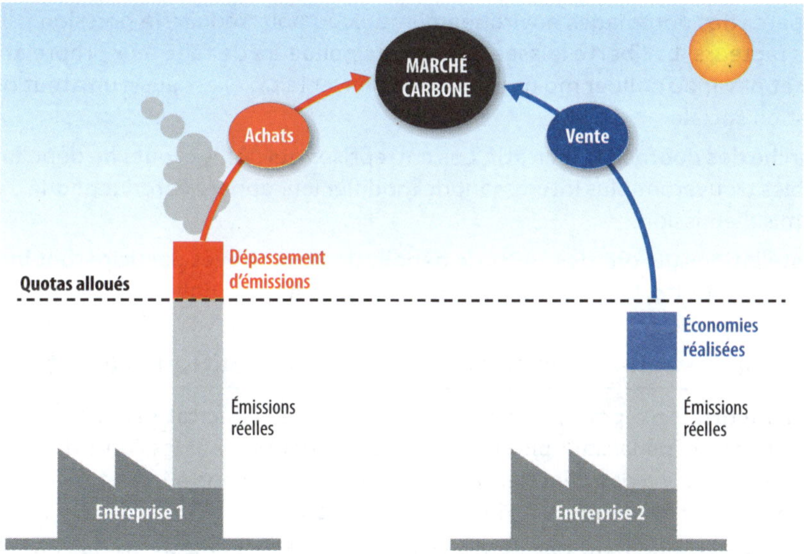

Caisse des dépôts

Vocabulaire

- **Innovation verte :** favorise le développement économique et humain en s'assurant que les ressources naturelles continuent de produire ce dont nous avons besoin pour notre bien-être.
- **Marché des quotas d'émissions :** marché mondial de permis d'émissions négociables, qui permet aux entreprises ou États d'échanger des droits d'émissions, afin de remplir leurs engagements de réduction.

FICHE 4

Avantages et limites des instruments de la politique climatique

De quoi s'agit-il ?

Les instruments de la politique climatique sont combinés, car chacun possède des avantages et inconvénients.

1 Les avantages des instruments de la politique climatique

- La **réglementation** est la pratique la plus utilisée, car les **normes** sont faciles et rapides à instaurer. Elle est très efficace pour les pollutions les plus dangereuses. Elle incite aussi à l'**innovation**, qui doit permettre de se conformer aux normes.
- Les **taxes environnementales** entraînent une hausse des prix (**Doc. 1**), ce qui a pour effet de réduire la demande de biens préjudiciables à l'environnement. Elles encouragent le recours à des **innovations vertes**, d'autant que celles-ci sont subventionnées, ce qui favorise la diffusion du **progrès technique**.
- Elles sont aussi une source de **recettes fiscales** pour les États, qui peuvent les utiliser pour réparer des dommages environnementaux ou pour réduire la pression fiscale sur d'autres facteurs. La liberté laissée aux agents pollueurs de faire leur propre **arbitrage** (polluer et payer ou polluer moins pour ne pas payer la taxe) est aussi un atout pour son acceptation sociale.
- Le **marché des quotas** est **incitatif**. Les entreprises qui ont les coûts de dépollution les plus faibles trouveront plus intéressant de modifier leur appareil productif que d'acheter des permis d'émission.
- Les installations qui ont des coûts de dépollution trop élevés participeront indirectement aussi à cet effort, en payant pour obtenir des droits à polluer.

2 Les inconvénients des instruments de la politique climatique

- La **réglementation** a pour inconvénient de ne **pas** être **incitative**. Elle s'applique de manière **uniforme**, pénalisant plus lourdement les agents ayant les coûts de dépollution les plus élevés. Il n'y a pas d'incitation à faire mieux que la norme, dont il est difficile de fixer le seuil et qui est soumise à l'influence des **lobbys**.
- Les **taxes environnementales** peuvent avoir des **effets négatifs sur la compétitivité** de certains secteurs et sur le **pouvoir d'achat** des ménages.
- La réglementation et la taxation, si elles sont adoptées à une échelle uniquement nationale, risquent de conduire à des **délocalisations**.
- Sur le **marché des quotas**, la principale **difficulté** est de **fixer le nombre de quotas**, et par conséquent leur prix. De façon plus générale, les **variations du prix du carbone** (**Doc. 2**) brouillent les anticipations des entrepreneurs.

LA BOÎTE À DOCS

Doc. 1 L'impact des réglementations environnementales

Les réglementations environnementales comme les taxes environnementales, les standards technologiques, les permis d'émission échangeables, etc., forcent les entreprises à réallouer leurs ressources afin de réduire la pollution. Ainsi, du point de vue des entreprises, les réglementations imposent des coûts supplémentaires, ce qui peut affecter leur compétitivité. Porter et Van der Linder (1995), à travers des études de cas, soulignent [toutefois] que la pollution constitue souvent une perte de ressources et qu'une réduction de la pollution permettrait une amélioration de la productivité. Ainsi, une réglementation stricte mais bien conçue peut favoriser l'innovation, ce qui permet non seulement d'améliorer la performance environnementale mais aussi de couvrir partiellement ou totalement les coûts de la réglementation.

L. Tran-Dieu, M.-F. Vernier, « La prévention des déchets : une analyse empirique des déterminants du comportement des entreprises », *Revue d'économie industrielle*, vol. 159-3, De Boeck Supérieur, 2017.

Doc. 2 L'évolution du prix du quota de CO_2

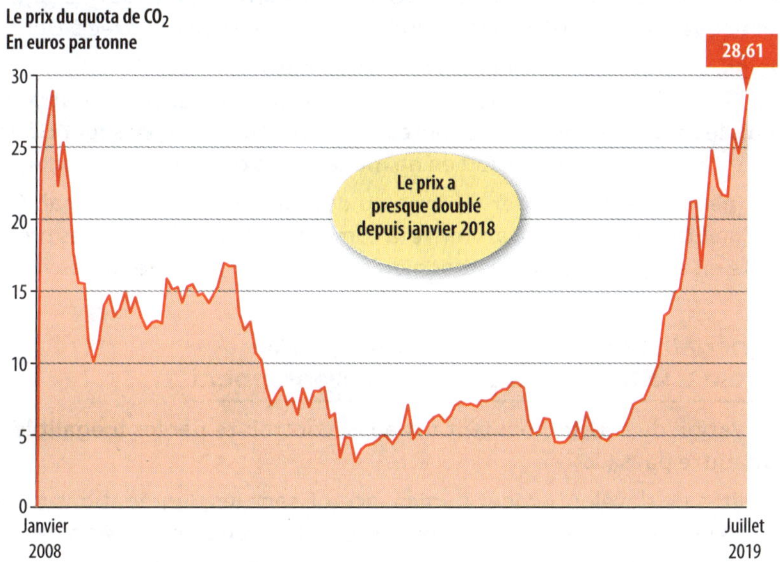

Vocabulaire

• **Lobby :** appelé aussi « groupe de pression », un lobby tente d'influencer les réglementations, et plus généralement les décisions politiques, pour favoriser ses propres intérêts.

FICHE 5

Le climat, un enjeu international

De quoi s'agit-il ?

Les négociations et accords internationaux en matière de préservation de l'environnement sont contraints par l'existence de comportements de passager clandestin et d'inégalités.

1 Les stratégies de passager clandestin et leurs conséquences

- Les conséquences du réchauffement climatique (élévation du niveau des mers, disparition d'espèces, sécheresses...) touchent l'ensemble de la planète, ce qui justifie une action concertée des États et une **gestion supranationale**. Elle prend la forme de négociations et d'**accords internationaux**.
- La coordination internationale se manifeste lors de **sommets** et/ou de **conférences** pour le climat, à l'image du sommet de la Terre de Rio en 1992 dont les objectifs seront consacrés par le protocole de Kyoto en 1997 : il prévoyait une réduction d'au moins 5 % des émissions de GES sur la période 2008-2012, par rapport à 1990. L'objectif a été atteint collectivement. Une seconde période d'engagement a été fixée à Doha en 2012.
- Néanmoins, l'environnement et les ressources naturelles sont des **biens communs mondiaux** (**Doc. 1**). Chacun peut ainsi profiter de l'air sans empêcher les autres d'en faire autant. Mais les agents peuvent être tentés de se comporter en **passager clandestin** en ne participant pas aux accords et/ou en ne menant pas de politique climatique.
- Les États peuvent ainsi décider de faire du **dumping environnemental**. Il s'agit de l'attitude d'un État qui cherche à accroître la compétitivité des entreprises présentes sur son territoire en allégeant les dispositions législatives visant à protéger l'environnement.

2 Les inégalités de développement, un frein à la préservation de l'environnement

- La préservation de l'environnement est aussi contrainte par les **inégalités de développement** entre pays (**Doc. 2**).
- Les inégalités de développement humain accroissent les dégradations de l'environnement dans les pays en voie de développement. Le **manque d'accès à l'éducation et à la santé** pèse sur le progrès technique et la capacité de ces pays à développer des infrastructures productives.
- Faute d'accès au capital physique ou humain, la pauvreté conduit les populations des pays les moins développés à **exploiter le capital naturel** (forêts, poissons, minerais). Cela aboutit à de graves **dégradations** environnementales dont elles sont les premières victimes.

LA BOÎTE À DOCS

Doc. 1 « La tragédie des communs »

Considérons, dit le biologiste américain Gerrett Hardin (1915-2003), un pâturage possédé en commun par des éleveurs. [...] Que se passe-t-il lorsqu'un éleveur achète une nouvelle bête au marché et la rajoute sur le pâturage commun ? Une fois engraissée, il peut la vendre et récolter une certaine somme. Il s'enrichit de +1. Toutefois [...] en ajoutant une vache au pâturage, il exploite un peu plus ses ressources en herbe. Donc chaque vache a un peu moins de nourriture et maigrit un peu. Mais – et c'est le point crucial – cet effet négatif est partagé entre toutes les vaches, alors que la vente de la vache supplémentaire ne profite qu'à son propriétaire. Ce dernier gagne +1 mais perd seulement une fraction de –1 et son bénéfice reste supérieur à sa perte. Il a donc intérêt à rajouter une bête. Mais d'ajout en ajout, le pâturage est surexploité et finalement détruit. Même s'ils sont conscients de la catastrophe à venir, explique Hardin, les éleveurs sont pris dans une logique inexorable qui les conduit à détruire la ressource qui les fait vivre. [...]

La conclusion est sans appel : il y a incompatibilité entre la propriété commune d'une ressource et sa durabilité. Pour éviter la destruction, assène Hardin, il n'y a que deux solutions : soit la diviser en parcelles possédées par des acteurs individuels, soit la faire gérer par une administration supérieure. C'est la propriété privée ou l'État.

F. Locher, « La "tragédie des communs", une idée tragique », *Libération*, jan. 2018.

Doc. 2 La courbe de Kuznets environnementale

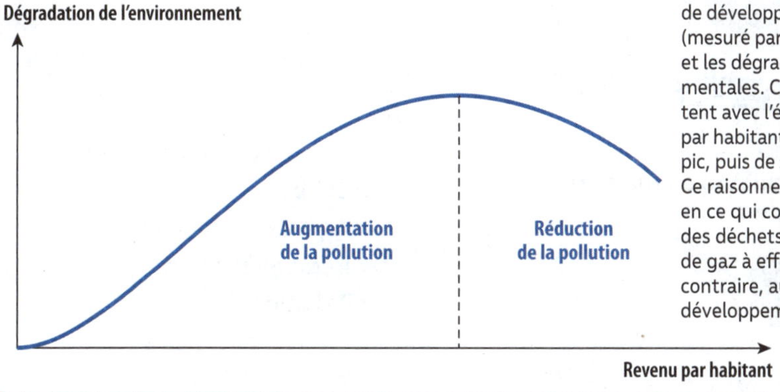

La « courbe de Kuznets environnementale », relie le niveau de développement économique (mesuré par le PIB par habitant) et les dégradations environnementales. Ces dernières augmentent avec l'élévation du revenu par habitant avant d'atteindre un pic, puis de se réduire.
Ce raisonnement est à nuancer en ce qui concerne le volume des déchets et des émissions de gaz à effet de serre qui, au contraire, augmente avec le développement.

Vocabulaire

- **Passager clandestin :** personne, ou groupe de personnes, qui bénéficie d'un avantage résultant d'un effort collectif, tout en y contribuant peu ou pas du tout.
- **Inégalités de développement :** elles sont principalement mesurées par l'IDH (indice de développement humain). IDH > 0,9 : pays développés ; IDH compris entre 0,7 et 0,9 : pays émergents ou nouveaux pays industrialisés (NPI) ; IDH compris entre 0,5 et 0,7 : pays en développement (PED) ; IDH < 0,5 : pays les moins avancés (PMA).

Révision Express

POINTS IMPORTANTS À RETENIR

- La **mise à l'agenda politique** des problèmes environnementaux est le fait de différents acteurs. Les entreprises, **lobbys**, ONG, experts sur le climat et pouvoirs publics portent la question environnementale. Les décisions qui en découlent sont à la fois le produit de leur coopération et de conflits qui les opposent parfois.
- L'action publique en matière environnementale s'exerce à différentes échelles. Les caractéristiques de l'environnement justifient une action supranationale. Elle prend appui et est complétée par des actions aux échelles nationale et locale.
- Différents instruments sont utilisés pour modifier les comportements des **agents économiques**. La **réglementation**, la **taxation** et le recours au **marché des quotas d'émissions** visent ainsi à diminuer les externalités négatives de la production. La taxation incite à ne pas polluer, mais génère aussi des recettes fiscales qui permettent de financer des **innovations vertes**. Ces instruments sont combinés entre eux, car chacun possède des avantages et limites. La réglementation est contraignante, alors que la taxation et le recours au marché des quotas sont incitatifs.
- Le climat revêt un enjeu international, car les ressources naturelles et l'environnement sont des **biens communs** mondiaux. Afin d'éviter les comportements de **passager clandestin**, une coordination internationale est nécessaire. Les **inégalités de développement** freinent par ailleurs la préservation de l'environnement, puisque les pays les plus pauvres n'ont pas les moyens de préserver leurs ressources naturelles.

APPRENDRE AUTREMENT

Comment fonctionne le système d'échanges de quotas d'émissions de CO_2 en Europe ?

Vidéo

LE COURS EN 10 MOTS-CLÉS

- Mise à l'agenda politique
- Lobby
- Agents économiques
- Réglementation
- Taxation
- Marché des quotas d'émissions
- Innovations vertes
- Biens communs
- Passager clandestin
- Inégalités de développement

CARTE MENTALE

> Quelle action publique pour l'environnement ?

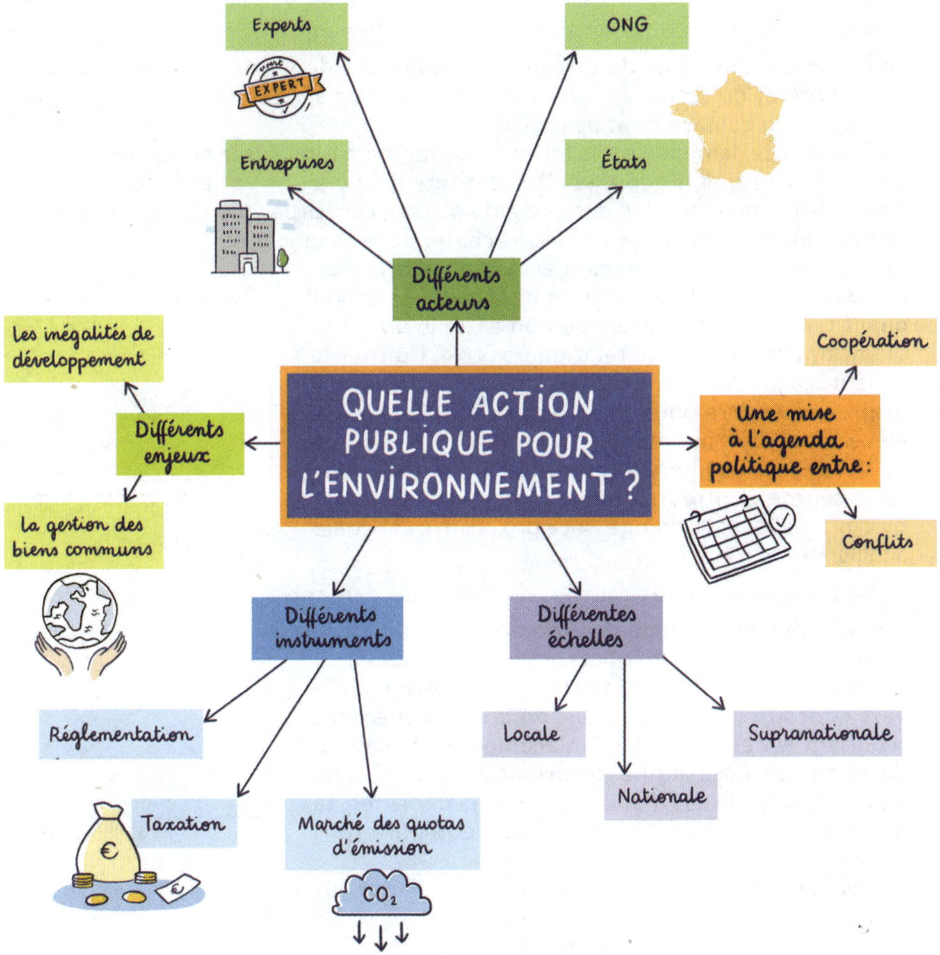

N'hésite pas à construire ta propre carte mentale

Représenter graphiquement des fonctions simples

MÉTHODE

1. Représenter graphiquement les courbes d'offre et de demande

- Les courbes d'offre et de demande permettent de visualiser une situation d'équilibre et de comprendre les effets d'un choc économique sur l'équilibre (induisant un déplacement des courbes).
- La **fonction de demande** est la formulation mathématique de la relation quantité/prix : elle exprime les couples Q/p dès lors qu'il y a une variation du prix. La demande est une fonction décroissante du prix, constituée par les quantités que les consommateurs sont disposés à acheter pour chaque prix.
- Comme pour la fonction de demande, la **fonction d'offre** est la formulation mathématique de la relation quantité/prix. Cette fois, la relation entre le prix et la quantité offerte est une relation positive. L'offre est constituée par les quantités que les producteurs sont disposés à vendre pour chaque prix : plus le prix est élevé, plus l'offre augmente.
- La **situation d'équilibre** s'observe à l'intersection des deux courbes. Offreurs et demandeurs satisfaits du prix (p*) réalisent l'échange. À ce prix, l'offre est égale à la demande (Fig.1).

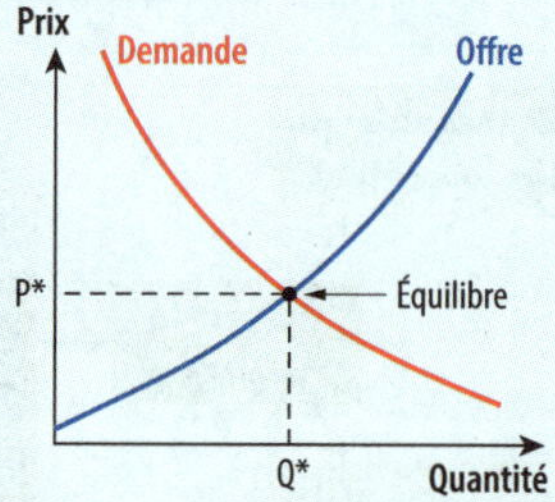

Figure 1

2. Les déplacements des courbes d'offre et de demande

- Un événement qui augmente la demande (variation du revenu, du nombre ou des goûts des consommateurs...), quel que soit le prix, déplace la courbe de demande vers la droite (et inversement en cas d'événement réduisant la demande). Le **déplacement de la courbe de demande** occasionne la formation d'un nouvel équilibre. Dans le cas d'une hausse de la demande, la quantité échangée (Q*') et le prix d'équilibre (p*') augmentent (Fig. 2).

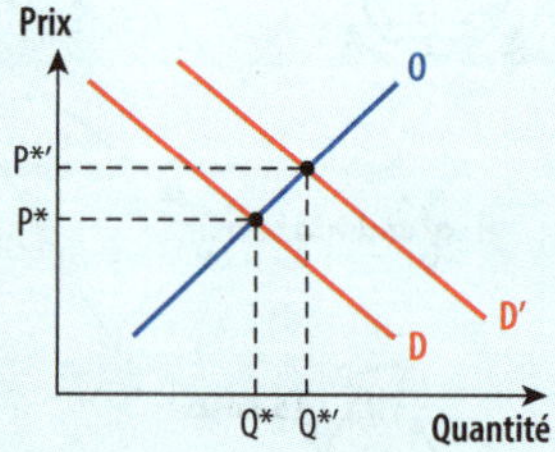

Figure 2

- Un événement qui augmente l'offre (variation du coût des facteurs de production, tels que le travail ou les matières premières, du nombre des producteurs...), quel que soit le prix, déplace la courbe d'offre ver s la droite (et inversement en cas d'événement réduisant l'offre). Le **déplacement de la courbe d'offre** occasionne la formation d'un nouvel équilibre. Dans le cas d'une hausse de l'offre, la quantité échangée (Q*') augmente et le prix d'équilibre (p*') diminue (Fig. 3).

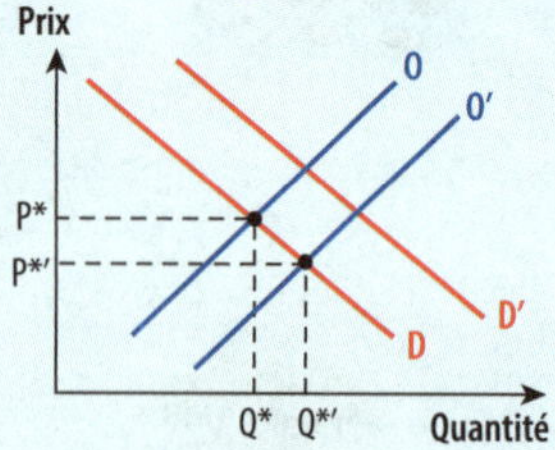

Figure 3

ÉNONCÉ

Sur le marché de la fraise de Plougastel, en Bretagne, la fonction d'offre est : $Q_o = 40p$ et la fonction de demande est : $Q_d = 810 - 50p$.

1. Représentez les courbes d'offre et de demande et déterminez graphiquement la situation d'équilibre (prix et quantité d'équilibre).

2. Vérifiez algébriquement les coordonnées de l'équilibre.

3. La consommation de fraises étant recommandée dans les menus diététiques, la demande augmente de 90 kg pour chaque niveau de prix. Représentez la nouvelle courbe de demande et interprétez le nouvel équilibre qui en résulte.

CORRIGÉ

1. Les courbes d'offre et demande étant des droites, il suffit de déterminer les coordonnées de deux points avant de les relier.

Courbe d'offre : $Q_o = 40p$	Courbe de demande : $Q_d = 810 - 50p$
Si p = 0, $Q_o = 0$. Si p = 10, $Q_o = 400$.	Si p = 0, $Q_d = 810$. Si $Q_d = 0$, p = 16,2.

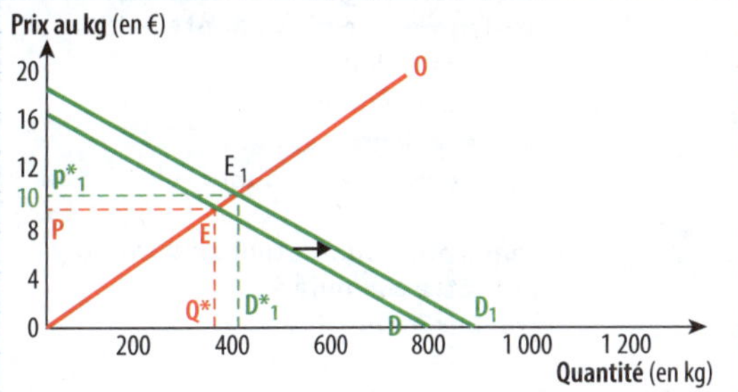

Attention
Les quantités sont toujours en abscisses et les prix en ordonnées.

Graphiquement, à l'intersection des deux courbes, on détermine que l'équilibre (E) se réalise pour un prix de 9 €/kg. À ce prix, les quantités échangées s'élèvent à 360 kg.

2. Algébriquement, on peut déterminer les conditions d'équilibre en égalisant l'offre et la demande, soit :

$Qd = Qo \qquad 810 - 50p = 40p \qquad 90p = 810 \qquad p = 9$

La quantité offerte et demandée est alors de $Q = 40 \times 9 = 360$ kg.

3. Nouvelle situation d'équilibre :
– déplacement de la courbe de demande vers la droite (hausse de la demande globale). Pour chaque niveau de prix, la demande augmente de 90 kg. Par exemple, pour le prix de 9 €/kg, la demande passe de 360 kg à 450 kg ;
– hausse du prix d'équilibre en p^*_1 (10 €/kg) et hausse des quantités échangées en Q^*_1 (400 kg). Le nouvel équilibre se situe donc en E^*_1.

Fiche test *Ce que je sais*

QCM

15 min

- ◯ À revoir
- ◯ Acquis

1 Cochez la bonne réponse.

1 La question environnementale suscite entre les acteurs :
- ◯ a. de la coopération.
- ◯ b. des conflits.
- ◯ c. de la coopération et des conflits.

2 L'action publique en matière environnementale :
- ◯ a. est le fait des États.
- ◯ b. s'exerce à différentes échelles.
- ◯ c. est imposée au niveau supranational.
- ◯ d. est locale.

3 Choisissez la ou les bonne(s) proposition(s).
- ◯ a. La réglementation est incitative.
- ◯ b. Le recours au marché des quotas d'émission est contraignant.
- ◯ c. La taxation est incitative.

4 Choisissez la ou les bonne(s) proposition(s).
- ◯ a. La réglementation s'applique de manière individualisée.
- ◯ b. La taxation favorise la compétitivité.
- ◯ c. Le prix des quotas est fixe.
- ◯ d. Les taxes environnementales encouragent les innovations vertes.

5 Le comportement de passager clandestin :
- ◯ a. nuit à la conduite d'une politique climatique commune à plusieurs pays.
- ◯ b. favorise la conduite d'une politique climatique commune à plusieurs pays.

6 Un des avantages majeurs des autres modalités d'action des pouvoirs publics en cas de problème environnemental par rapport à la réglementation est leur caractère :
- ◯ a. incitatif.
- ◯ b. contraignant.

7 La mise à l'agenda politique des problèmes environnementaux est un processus auquel plusieurs acteurs peuvent participer.
- ◯ a. Vrai
- ◯ b. Faux

8 Pour pouvoir agir rapidement sur un problème environnemental, notamment en cas de menace grave ou de dommages irréversibles, l'instrument le plus adapté est :
- ◯ a. la taxation.
- ◯ b. la subvention.
- ◯ c. la réglementation.
- ◯ d. les marchés de quotas d'émission.

9 L'environnement au niveau mondial peut être assimilé à :
- ◯ a. une externalité.
- ◯ b. un bien commun.
- ◯ c. un bien collectif.
- ◯ d. une asymétrie d'information.

10 Les négociations internationales pour la préservation de l'environnement font face à une difficulté liée à :
- ◯ a. l'articulation des différentes échelles.
- ◯ b. la multiplicité d'acteurs.
- ◯ c. les inégalités de développement entre pays.

SCORE : ___ / 10

EXERCICES D'ENTRAÎNEMENT

2 Texte à trous

À l'aide de vos connaissances, complétez le texte avec les termes suivants :
réglementation – niveau optimal – dumping – complète – adapter – supranational – fraude – délocalisation – contrôle.

La réglementation environnementale présente diverses limites. Une norme, uniforme, n'est pas toujours l'instrument le plus pertinent pour réduire la pollution. Il est difficile pour les pouvoirs publics de déterminer le .... de la norme. En effet, ceux-ci ne disposent pas d'une information .... sur le niveau de pollution de chaque entreprise. Les autorités doivent mettre en place une forme de .... permettant de vérifier le respect de la ....

D'autre part, si la norme est trop stricte, l'entreprise a le choix entre s'.. mais à un coût élevé, ou ne pas la respecter. La .... ou la .... des activités polluantes (dans un pays sans normes) compromettent son efficacité économique d'ensemble.

L'application d'une norme n'est donc pas adaptée pour tous les types de pollution et n'est efficace que si elle est décidée à un niveau .... pour éviter les risques de délocalisation d'entreprises vers des pays pratiquant un « .... environnemental ».

VERS LE BAC

3 Représenter graphiquement l'effet d'une taxe

Afin de lutter contre la pollution liée à la production d'un bien, l'État décide d'instaurer une taxe forfaitaire de 20 € aux producteurs de ce bien.

1. Sur le graphique proposé, représentez la nouvelle courbe d'offre suite à l'imposition de cette taxe.
2. Déterminez graphiquement la quantité de biens désormais échangés, ainsi que le prix perçu par le vendeur et le prix payé par l'acheteur.

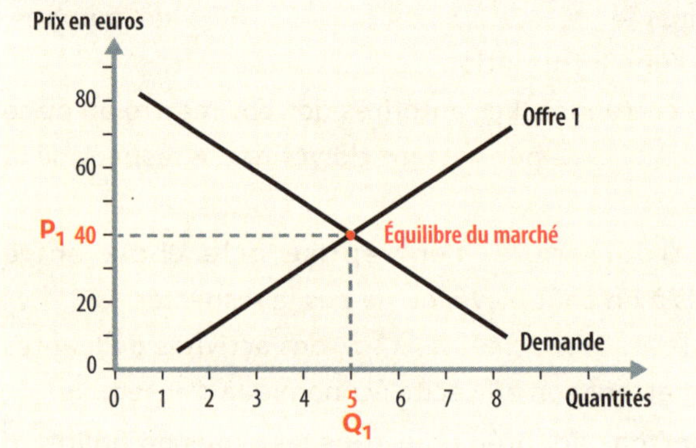

Astuce

La 2e courbe d'offre va se déplacer parallèlement à la première et vers la gauche, puisque le prix va augmenter, d'une distance égale au montant de la taxe.

4 Analyser un document en lien avec le cours

Doc. 1 La taxe carbone

Le Fonds monétaire international estime que cette taxe serait suffisante pour atteindre les objectifs de l'accord de Paris sur le climat.

Pour les pays empêtrés dans les débats sur la façon de tenir les objectifs de l'accord de Paris sur le climat, un rapport du Fonds monétaire international (FMI) apporte une réponse simple : une taxe carbone de 75 dollars la tonne de CO_2 d'ici 2030.

Des économistes du FMI ont calculé dans un rapport qu'une telle taxe instaurée dans tous les pays du G20 permettrait de réduire suffisamment les émissions pour limiter le réchauffement de la planète à 2 °C d'ici 2100, qui est la limite supérieure fixée par l'accord de Paris. Le monde en est à +1 °C par rapport à la fin du XIXe siècle, et est sur une trajectoire de +3 °C.

En taxant de façon ambitieuse les énergies les plus émettrices, les États accéléreraient les changements de comportements des consommateurs qui seraient incités à consommer moins d'énergie, à acheter des véhicules électriques ou des appareils ménagers plus économes en électricité... Un montant de 75 dollars, soit 68 euros au taux de conversion actuel, est un niveau supérieur au prix moyen actuel de la tonne de carbone dans le monde, d'environ 2 dollars.

44,60 euros en France

Mais la Suède impose une taxe équivalente à 127 dollars, compare le rapport, soit la plus élevée de la planète. Dans l'Union européenne, la tonne est échangée à environ 22 euros (25 dollars). La taxe carbone française est à 44,60 euros (environ 50 dollars). Mais l'augmentation programmée a dû être annulée en raison de la crise des « gilets jaunes ».

La taxe augmenterait le plus le prix du charbon, car c'est cette énergie qui contient le plus de carbone : en moyenne, il serait multiplié par trois dans les pays du G20. Mais le gaz naturel coûterait aussi plus cher, ainsi que l'essence à la pompe, de 14 % en moyenne.

Les prix de l'électricité augmenteraient plus ou moins selon les pays : en France, où la majorité vient de centrales nucléaires, l'impact serait minimal, de l'ordre de 2 %. Mais en Chine, en Australie et en Inde, qui dépendent aujourd'hui beaucoup du charbon, la hausse serait supérieure à 60 %.

Les experts du FMI calculent qu'une taxe carbone d'au moins 50 dollars en 2030 pour les pays avancés du G20, et de 25 dollars pour les économies émergentes, doublerait les réductions par rapport aux engagements actuels des pays.

Les recettes fiscales récoltées seront conséquentes, de 0,5 à 4,5 % de la richesse nationale selon les pays. Elles pourront servir à réduire d'autres impôts (sur le revenu...), ou être redistribuées aux ménages les plus pauvres, suggèrent les économistes du FMI.

AFP, « Face au réchauffement climatique, le FMI milite pour une taxe carbone internationale », *LaTribune.fr*, 14 octobre 2019.

1. Présentez la taxation comme instrument de politique climatique.
2. À quelles échelles l'action publique pour l'environnement s'exerce-t-elle dans les exemples du document ? Quelles difficultés cela pose-t-il ?
3. Les conséquences d'une taxe carbone seraient-elles identiques pour tous les pays ?

Fiche test *Ce que je sais*

1 **1. c.** Les acteurs (pouvoirs publics, ONG, entreprises, experts, partis, mouvements citoyens) qui participent à la construction des questions environnementales comme problème public et à leur mise à l'agenda politique entretiennent des relations de coopération et de conflit.

2. b. L'action publique pour l'environnement articule différentes échelles (locale, nationale, européenne, mondiale).

3. c. La taxation, fondée sur le principe du « pollueur payeur », incite à ne pas polluer.

4. d. La première proposition est fausse, puisque la réglementation s'applique de manière uniforme. La taxation nuit à la compétitivité, puisqu'elle renchérit les coûts de production : elle incite donc à innover.

5. a. En présence de biens communs, les négociations et accords internationaux liés à la préservation de l'environnement sont contraints par des stratégies de passager clandestin.

6. a. La taxation et le recours au marché des quotas d'émission laissent le choix aux agents économiques.

7. a. Les ONG, partis politiques, experts… sont autant d'acteurs qui permettent la mise à l'agenda politique des problèmes environnementaux.

8. c. La réglementation, en limitant ou interdisant, permet de limiter les pollutions les plus dangereuses.

9. b. Un bien commun est un bien non excluable et rival.

10. c. Les inégalités de développement freinent la préservation de l'environnement, puisque les pays les plus pauvres n'ont pas les moyens de préserver leurs ressources naturelles.

EXERCICES D'ENTRAÎNEMENT

2 Texte à trous

La réglementation environnementale présente diverses limites. Une norme, uniforme, n'est pas toujours l'instrument le plus pertinent pour réduire la pollution. Il est difficile pour les pouvoirs publics de déterminer le **niveau optimal** de la norme. En effet, ceux-ci ne disposent pas d'une information **complète** sur le niveau de pollution de chaque entreprise. Les autorités doivent mettre en place une forme de **contrôle** permettant de vérifier le respect de la **réglementation**.

D'autre part, si la norme est trop stricte, l'entreprise a le choix entre s'**adapter**, mais à un coût élevé, ou ne pas la respecter. La **fraude** ou la **délocalisation** des activités polluantes (dans un pays sans normes) compromettent son efficacité économique d'ensemble.

L'application d'une norme n'est donc pas adaptée pour tous les types de pollution et n'est efficace que si elle est décidée à un niveau **supranational**, pour éviter les risques de délocalisation d'entreprises vers des pays pratiquant un « **dumping** environnemental ».

VERS LE BAC

3 Représenter graphiquement l'effet d'une taxe

1. Sur le graphique, on observe que la courbe d'offre (O_2) se déplace vers la gauche, car pour chaque quantité produite, l'instauration de la taxe induit une hausse du coût de production.

2. Graphiquement, on détermine qu'à l'équilibre, le consommateur paiera 10 € de plus (50 € au lieu de 40 €) et le producteur percevra 10 € de moins (30 € au lieu de 40 €). Ici, la taxe, et donc la perte de surplus, est supportée de manière similaire par les consommateurs et les producteurs. Si la demande avait été peu élastique, la perte aurait été davantage supportée par les consommateurs. L'État empochera les 20 € de la taxe.

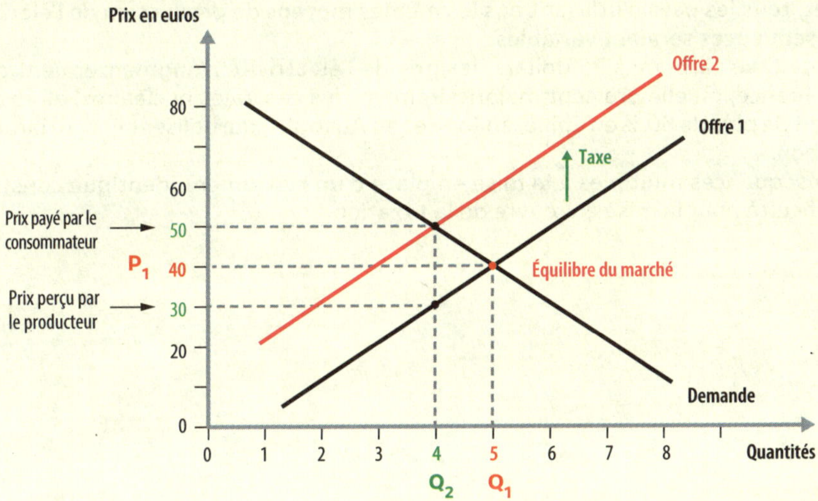

4 Analyser un document en lien avec le cours

1. La taxation désigne l'instauration par les pouvoirs publics d'une taxe sur les émissions polluantes ou sur un flux les représentant (exemple : carburant).

Les taxes constituent pour le pollueur un coût supplémentaire qui s'ajoute au coût privé marchand, ce qui modifie son calcul de production optimale. Les pouvoirs publics vont ainsi internaliser le coût des externalités afin de modifier le comportement des agents. La fiscalité environnementale est donc mise en place pour internaliser les effets externes, c'est-à-dire faire supporter aux pollueurs les coûts qu'ils génèrent.

À court terme, le producteur est ainsi incité à moins produire, donc à réduire les émissions polluantes. À moyen et long termes, il est encouragé à utiliser des technologies de production moins polluantes (innovation verte) pour minimiser sa taxe.

Le prélèvement de la taxe se traduit aussi par de nouvelles recettes fiscales, qui peuvent être affectées à la réparation, même partielle, des dommages causés.

2. L'action publique pour l'environnement s'exerce à l'échelle mondiale, comme en témoigne l'organisation de conférences des Nations unies sur le climat. L'action publique pour l'environnement s'exerce aussi à l'échelle nationale.

Les décisions prises à l'échelle internationale sont parfois difficiles à transposer et à appliquer nationalement. Cela s'explique par la prise en compte des lobbies et des groupes de pression, mais aussi des particularismes locaux. Les inégalités de développement sont aussi un frein : « Dans les pays en développement, on comprend mal pourquoi on devrait polluer moins aujourd'hui que les grands pays industrialisés l'ont fait eux-mêmes il y a cinquante ou cent ans pour en arriver au niveau de vie qui est celui de leur population aujourd'hui… ».

D'autre part, dans le cadre de la taxation, il n'y a pas de coordination sur le niveau de la taxe.

3. La mise en place d'une taxe carbone augmenterait les prix de l'énergie mais dans des proportions différentes selon les pays.

En effet, tous les pays n'utilisant pas les mêmes moyens de production de l'électricité, les conséquences seraient variables.

Avec une taxe carbone à 75 dollars, les prix de l'électricité n'augmenteraient que de 2 % en France, où elle provient majoritairement des centrales nucléaires, alors qu'elle bondirait de plus de 60 % en Chine, en Inde et en Australie, qui utilisent encore largement le charbon.

Ces conséquences multiples à la mise en place d'un instrument identique constituent une difficulté pour la mise en œuvre de la taxation.

Cahier Spécial BAC

Description de l'épreuve

1 Épreuve écrite

• **Durée :** 4 heures.

Deux sujets de nature différente, une dissertation s'appuyant sur un dossier et une épreuve composée de trois parties distinctes, sont proposés au choix du candidat. Ils sont déterminés de façon à couvrir plusieurs dimensions du programme :

– le sujet de dissertation et celui de la troisième partie de l'épreuve composée portent sur des champs différents du programme (science économique ; sociologie et science politique ; regards croisés) ;

– les sujets de la dissertation et ceux de chaque partie de l'épreuve composée portent sur différentes questions issues du programme.

Dissertation s'appuyant sur un dossier documentaire

• **Objectifs de l'épreuve : compétences et connaissances évaluées**

Il est demandé au candidat :

– de répondre à la question posée par le sujet ;

– de construire une argumentation à partir d'une problématique qu'il devra élaborer ;

– de mobiliser des connaissances et des informations pertinentes pour traiter le sujet, notamment celles figurant dans le dossier ;

– de rédiger en utilisant le vocabulaire économique et social spécifique approprié à la question et en organisant le développement sous la forme d'un plan cohérent qui ménage l'équilibre des parties.

Il sera tenu compte, dans la notation, de la clarté de l'expression et du soin apporté à la présentation.

• **Structure de l'épreuve**

Le libellé du sujet de la dissertation invite le candidat à poser et à traiter, d'une façon organisée et réfléchie, un problème exigeant un effort d'analyse économique et/ou sociologique et politique.

Pour aider le candidat à asseoir son travail sur des informations précises, un dossier est mis à sa disposition. Il comporte 3 ou 4 documents de nature strictement factuelle. Il s'agit principalement de données statistiques (graphique, tableau, carte, radar, etc.) ; un document texte peut figurer dans le dossier documentaire à condition qu'il soit lui aussi strictement factuel (chronologie, extrait d'entretien, monographie, récit de vie, compte rendu d'enquêtes, etc.).

Épreuve composée

Cette épreuve comprend trois parties portant sur trois questions différentes et au moins deux champs du programme (science économique ; sociologie et science politique ; regards croisés).

- **Partie 1** Mobilisation des connaissances (4 points)

Cette première partie de l'épreuve, sans document d'appui, est composée d'une question notée sur 4 points.

Il est demandé au candidat de répondre à la question en faisant appel à ses connaissances acquises dans le cadre du programme.

- **Partie 2** Étude d'un document (6 points)

Cette deuxième partie de l'épreuve est une étude d'un document statistique (graphique, tableau, carte, radar, etc.).

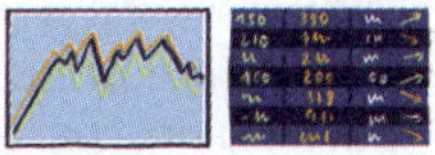

Il est demandé aux candidats de répondre aux questions en mobilisant ses connaissances acquises dans le cadre du programme et en adoptant une démarche méthodologique rigoureuse, de collecte et de traitement de l'information.

- **Partie 3** Raisonnement s'appuyant sur un dossier documentaire (10 points)

Le libellé du sujet invite le candidat à développer un raisonnement, à rassembler et mettre en ordre des informations pertinentes issues du dossier documentaire et de ses connaissances personnelles. Il comporte 2 ou 3 documents de nature différente (texte, graphique, tableau statistique, schéma, etc.).

Il est demandé au candidat de traiter le sujet :
- en développant un raisonnement ;
- en exploitant les documents du dossier ;
- en faisant appel à ses connaissances personnelles ;
- en composant une introduction, un développement, une conclusion.

Il sera tenu compte, dans la notation, de la clarté de l'expression et du soin apporté à la présentation.

2 Épreuve orale de contrôle

- **Durée :** 20 minutes.
- **Temps de préparation :** 30 minutes.

Cette épreuve orale porte sur la même partie du programme que l'épreuve écrite.

Le candidat a le choix entre deux sujets dont les questions principales portent sur des champs différents du programme (science économique ; sociologie et science politique ; regards croisés).

La question principale, notée sur 10 points, prend appui sur deux documents courts, simples, et de nature différente. Le sujet comporte également trois questions simples, notées sur 10 points. Les deux premières questions sont notées sur 6 points et permettent de vérifier la connaissance par le candidat des notions de base figurant dans deux champs différents du programme (science économique ; sociologie et science politique ; regards croisés). La troisième question, en lien avec un des deux documents, porte sur la maîtrise des outils et savoir-faire, elle est notée sur 4 points.

ÉPREUVE ÉCRITE

DISSERTATION

Sujet **Vous vous demanderez si une croissance économique soutenable est possible.**

Doc. 1 **Émissions de CO_2 dans le monde entre 1990 et 2016 (en millions de tonnes de CO_2)**

	1990	2016	Évolution 1990-2015 (en %)
États-Unis	4 956	5 012	+ 1,1
Chine	2 305	10 433	+ 352,5
Inde	655	2 534	+ 286,5
France	377	332	– 12
Monde	22 450	35 753	+ 59,3

D'après la base de données EDGAR*
(Emissions Database for Global Atmospheric Research), 2017.

Doc. 2 **Pénurie de sable**

Les ressources en sable, longtemps considérées comme illimitées, sont en réalité de plus en plus réduites. La population mondiale a quasiment triplé en 60 ans et le sable est la deuxième ressource la plus utilisée après l'eau. [...] L'humanité extrait 50 milliards de tonnes de sable et granulats par an, pour une valeur évaluée à 70 milliards de dollars.

Si longtemps le sable n'a pas été considéré comme une matière commercialement intéressante, sa raréfaction a changé la donne. Les carrières de sable se sont épuisées sous les projets immobiliers et routiers de plus en plus importants et il est aujourd'hui difficile d'en extraire du sol dans de nombreux pays. La solution a donc été d'aller le chercher sur les plages ou dans les océans et les mers, le plus près des côtes possibles pour des raisons de coûts et d'efficacité, [...] [et] dans les pays plus regardants il faut... le dessaler. Les quantités d'eau douce nécessaires à cette opération sont énormes et accentuent encore un peu plus le problème environnemental généré par cette ressource sous-marine. L'extraction de sable dans les mers et océans est devenue une activité à très grande échelle et commence à poser de nombreux problèmes. Le principal est celui de l'érosion des côtes. Les études actuelles estiment qu'entre 75 et 90 % des plages du monde reculent. L'exemple de la Floride — ou 9 plages sur 10 sont en voie de disparition — est inquiétant, mais pas autant que celui de l'Indonésie ou 25 îles ont déjà disparu sous l'effet des extractions massives de sable. La technique est simple : des bateaux traînent des appareils sous-marins le long des côtes pour aspirer le sable des dunes sous-marines et le rejeter sur le pont. Au delà de l'érosion engendrée, cette aspiration crée des remous qui assombrissent l'eau, ce qui abîme la flore sous-marine, sans compter les petits poissons tués par l'engin aspirant.

P. Hérard, « Pénurie de sable : un enjeu planétaire environnemental et économique », TV5MONDE-Informations, 12 août 2017, mise à jour le 11 février 2020.

Doc. 3 **Évolution des dépenses nationales[1] de recherche et développement (R&D) relatives à la protection de l'environnement en France**

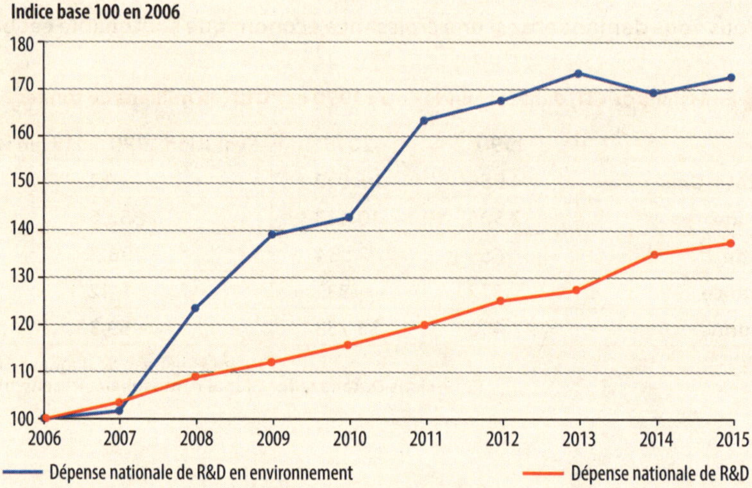

Statistiques.developpement-durable.gouv.fr, 2018.

1. Dépenses nationales : dépenses publiques et privées.

Doc. 4 **Évolution du nombre de brevets dans les technologies vertes déposés dans le monde**

	2003	2006	2010	2013
Qualité de l'eau et gestion de la rareté	9 751	9 936	16 165	22 961
Recyclage et gestion des déchets	1 604	4 109	6 425	9 551
Biocarburants	454	1 015	1 948	756
TGV du futur	288	514	1 816	2 094
Borne électrique de recharge	45	85	987	262

INPI, 220.

ÉPREUVE COMPOSÉE

- **Partie 1** Mobilisation des connaissances (4 points)

Sujet **Qu'est-ce qui justifie le recours au protectionnisme ?**

- **Partie 2** Étude d'un document (6 points)

Doc. **Salaire mensuel net moyen des hommes et des femmes**

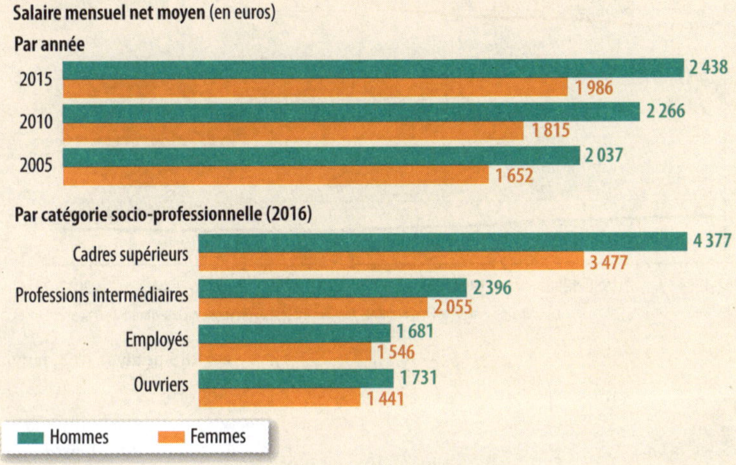

Insee, Observatoire des Inégalités, 2019.

Questions

1. Mesurez l'évolution des écarts salariaux hommes-femmes entre 2005 et 2015.
2. Caractérisez les inégalités de salaires par catégorie socio-professionnelle.

● **Partie 3** Raisonnement s'appuyant sur un dossier documentaire (10 points)

Sujet **Vous montrerez comment a évolué la structure socio-professionnelle en France.**

Doc. 1 **Évolution de l'emploi par statut entre 1982-1984 et 2012-2014**

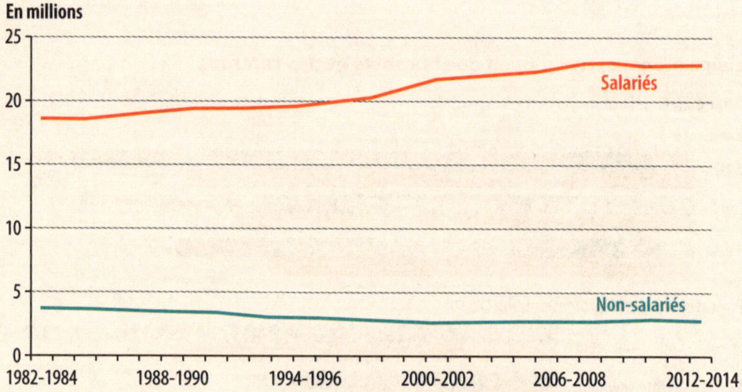

Champ : enquête Emploi, Insee, données lissées par moyenne mobile d'ordre 3 ; traitement Dares.

DARES analyse n° 3, janvier 2017.

Doc. 2 **Évolution du nombre de personnes en emploi par niveau de diplôme entre 1982-1984 et 2012-2014**

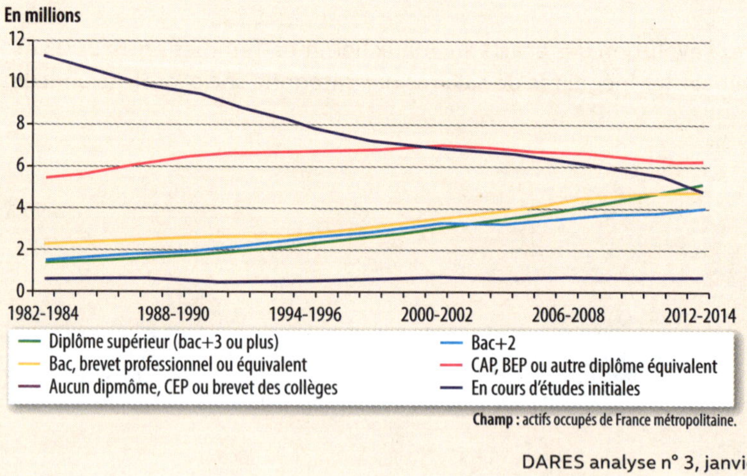

Champ : actifs occupés de France métropolitaine.

DARES analyse n° 3, janvier 2017.

Doc. 3 **Féminisation des emplois**

Plus d'emplois dans le secteur tertiaire et davantage d'emplois occupés par les femmes

À l'horizon 2022, les femmes devraient continuer à tirer parti de leur bonne réussite scolaire et accroître leur présence dans les professions les plus qualifiées. Elles seraient ainsi plus nombreuses à être cadres, profitant du départ en retraite des générations anciennes, moins féminisées. Ce serait le cas à la fois dans les métiers où elles sont majoritaires ou à parité avec les hommes (communication, administration, médecine, professions juridiques...) et ceux où elles demeurent encore minoritaires (cadres des transports, de la logistique, du bâtiment, architectes, ingénieurs ou chercheurs dans l'industrie...).

L'emploi des femmes serait également porté par des créations d'emplois toujours dynamiques dans le secteur du soin et de l'aide à la personne, déjà très féminisé. Ces tendances devraient compenser la baisse des postes d'employés administratifs et d'ouvriers peu qualifiés, où les femmes accomplissent traditionnellement des tâches affectées par l'automatisation et les délocalisations. Ce double mouvement devrait contribuer à la poursuite de la féminisation des emplois.

La poursuite de la tertiarisation s'appuierait sur une expansion des métiers du commerce et des services à la personne, qui compenserait le recul des emplois administratifs dans la fonction publique et ceux de secrétariat. Les métiers industriels se stabiliseraient, avec une baisse moins forte que par le passé des postes d'ouvriers non qualifiés et une augmentation du personnel qualifié. Le repli des professions agricoles semblerait inéluctable, à l'exception des techniciens et cadres de l'agriculture.

Cette croissance devrait s'accompagner d'une augmentation moins marquée des emplois peu qualifiés, essentiellement soutenue par des métiers spécifiques comme les services à la personne. Entre les deux, les métiers moyennement qualifiés d'ouvriers ou d'employés régresseraient très légèrement. On observerait ainsi une relative polarisation des emplois et des qualifications, toutefois moins prononcée que dans d'autres pays européens ou de l'OCDE.

« Les métiers en 2022 (Prespective des métiers et des qualifications) – Fiche : Féminisation des emplois », © France Stratégie, 28 avril 2015.

CORRIGÉ

DISSERTATION

À quelle partie du cours le sujet fait-il référence?

Question portant sur la partie « Science économique » et plus précisément sur le chapitre 1.

Le sujet fait référence à l'objectif d'apprentissage suivant :

« Comprendre qu'une croissance économique soutenable se heurte à des limites écologiques (notamment l'épuisement des ressources et la pollution) et que l'innovation peut aider à reculer ces limites. »

Introduction

En Floride, 9 plages sur 10 sont en voie de disparition, victimes de la surexploitation des sables marins, utilisés pour la construction des routes ou des bâtiments, et la satisfaction des besoins, sans cesse croissants, de la production. La croissance économique (augmentation durable et soutenue de la production de richesses), dans les pays développés mais aussi émergents, utilise massivement les ressources naturelles et impacte durablement l'environnement et les écosystèmes. Si elle permet de satisfaire les besoins humains présents, on peut légitiment s'interroger sur la capacité des générations futures à assurer leur propre développement, compte tenu de la rareté de certaines ressources, et de ses effets négatifs, en termes de pollution notamment. La question des conditions d'une croissance soutenable est donc posée. Les innovations « vertes » peuvent-elles aider à repousser les limites écologiques et environnementales de la croissance ?

> Entrée en matière (« accroche » du lecteur)

> Centrage (définition du ou des mots clefs, contextualisation)

> Problématisation du sujet (le sujet interroge sur les limites écologiques des croissances et sur les solutions pour les repousser)

Nous montrerons en premier lieu les impacts négatifs de la croissance sur l'environnement, avant d'envisager dans un second temps les solutions pour contourner les limites écologiques de la croissance.

> Annonce du plan (les grandes parties qui seront développées)

Développement

> Constitué d'un plan structuré en parties ou trois sous-parties

I. La croissance économique soutenable se heurte à des limites écologiques

La surexploitation des ressources naturelles, dont certaines ne sont pas renouvelables (reproductibles), et la production d'externalités négatives, comme la pollution des sols ou de l'air, constituent de sérieuses limites à une croissance soutenable.

> Une sous-partie est un paragraphe argumenté « AEI » :

A. La soutenabilité environnementale n'est pas assurée, car la croissance économique épuise les ressources naturelles.

Affirmation de l'idée

• Définissez ce qu'est une **croissance soutenable**.

• Expliquez que la croissance soutenable se heurte aux limites écologiques, notamment l'épuisement de certaines ressources naturelles (Doc. 2).

Explication en mobilisant des connaissances issues du cours, ici le mécanisme explicitant la « tragédie » des biens commun

B. La pollution excessive dégrade l'environnement et augmente notre empreinte écologique.

• Introduisez la sous-partie avec la notion d'**externalités négatives**.

• Présentez les conséquences sur le **réchauffement climatique**, la gestion des déchets (Doc. 2). Approfondissez avec la présentation de l'indicateur de dégradation de l'environnement, l'**empreinte écologique**.

Illustration prenant appui sur le(s) document(s)

La croissance soutenable se heurte à ces limites écologiques, car elle devrait permettre la transmission d'un capital global assurant aux générations futures un niveau de bien-être au moins identique au nôtre. On peut cependant envisager le progrès technique et les innovations qui en découlent comme une solution pour reculer les limites écologiques

Conclusion partielle et transition, qui résume ce qui vient d'être montré et annonce la partie suivante

II. La soutenabilité de la croissance peut-être assurée par les innovations technologiques

Si l'on admet que les différentes formes de capitaux sont **substituables** (notamment le capital naturel par le capital humain et physique), cela signifie que la destruction d'une forme de capital peut être compensée par l'utilisation d'une plus grande quantité d'un autre capital, ne compromettant pas ainsi la durabilité du développement.

A. Les capitaux peuvent être substituables

• Présentez les différentes formes de capitaux.

• Expliquez le principe de **substituabilité des capitaux** permettant de compenser la perte de **capital naturel** par une hausse du **capital physique, humain et technologique** (selon le courant libéral). Exemple : les connaissances sur l'énergie solaire vont permettre de substituer l'énergie fossile (pétrole, charbon…) par l'énergie solaire, par exemple.

B. L'innovation contribue alors à une croissance soutenable

• Énoncez l'idée que les mécanismes du marché, et surtout l'**innovation**, vont ainsi contribuer à garantir un développement durable.

• Expliquez que les **innovations technologiques** sont le résultat des dépenses d'investissement en R&D et favorisent une croissance soutenable (Doc. 3, Doc. 4).

Conclusion

La croissance économique occasionne des dégâts importants à l'environnement parce qu'elle épuise les ressources (renouvelables ou non) et génère de la pollution, ce qui est défavorable au bien-être actuel mais surtout futur des populations. Les innovations « vertes » peuvent repousser ces limites et contribuer à une croissance soutenable. Pour cela, il est nécessaire d'orienter les dépenses de recherche dans des technologies qui économisent les ressources naturelles ou qui réduisent les pollutions liées à la production.

Réponse au sujet reprenant les idées des sous-parties

ÉPREUVE COMPOSÉE

• PARTIE 1

À quelle partie du cours le sujet fait-il référence ?

Question portant sur la partie « Science économique » et plus précisément sur le chapitre 2.

Le **protectionnisme** désigne l'ensemble des mesures visant à protéger un pays de la concurrence étrangère. Il est le plus souvent mis en œuvre par des barrières tarifaires (exemple : droits de douanes) et non tarifaires (exemple : norme sanitaire ou technique).

Méthode
Votre réponse doit comporter la définition du ou des terme(s) du sujet.

Dès le XVIe siècle les mercantilistes, qui considéraient l'excédent commercial comme source de richesse pour la nation, préconisaient de protéger les activités nationales contre la concurrence des autres grandes puissances en limitant les importations et en favorisant les exportations.

Méthode
Il convient aussi de mobiliser différents arguments (ou mécanismes, selon les questions).

Au milieu du XIXe siècle, Friedrich List justifie le recours à un protectionnisme sélectif et temporaire afin de protéger **les industries naissantes**. Ce protectionnisme aussi qualifié d'éducateur vise à permettre aux entreprises de devenir suffisamment compétitives avant d'affronter la concurrence. Le protectionnisme permettrait alors aux entreprises de réaliser des économies d'échelles impossibles à atteindre pour les entreprises entrant sur le marché. Les entreprises peuvent, grâce à ce protectionnisme temporaire, se spécialiser afin de se constituer un avantage comparatif, ce qui ne serait pas possible si elles devaient directement affronter la concurrence internationale.

Le protectionnisme peut aussi avoir un objectif défensif. Il peut viser à protéger **les industries vieillissantes**. N. Kaldor a ainsi montré qu'il protège l'emploi et facilite la reconversion des industries vieillissantes face à la concurrence internationale.

M. Allais (prix Nobel en 1988) affirme que le protectionnisme est le seul moyen d'éviter le chômage ou la baisse des salaires des moins qualifiés. Il vise aussi à lutter contre les pratiques de dumping, voire de dumping social, et de sous-évaluation monétaire. Ce protectionnisme défensif est à l'œuvre dans les mesures prises par l'administration de D. Trump à l'encontre de la Chine et de l'UE.

Le protectionnisme peut être **offensif** voire **stratégique**, en instaurant notamment des zones commerciales privilégiées où règne le libre-échange, tandis que le protectionnisme s'applique envers le reste du monde. J.-M. Jeannenney préconise ainsi un protectionnisme à l'échelle européenne.

En conclusion, malgré le discours globalement libre-échangiste, le **protectionnisme** est aujourd'hui encore mis en pratique car différents objectifs et/ou situations le justifient.

Méthode

Rédigez une phrase de conclusion dans laquelle on retrouve le mot clé du sujet.

• PARTIE 2

À quelle partie du cours le sujet fait-il référence ?

Question portant sur la partie « Regards croisés » et plus précisément sur le chapitre 11.

Conseil

Dressez un constat en gardant bien à l'esprit la question posée.

1. Entre 2005 et 2015, les salaires mensuels nets moyens ont augmenté quel que soit le sexe.

En effet, en 2005, le salaire mensuel net moyen d'une femme s'élevait à 1 652 € contre 1 986 € en 2015, soit une augmentation de 334 €. Sur la période, le salaire mensuel net moyen d'une femme a augmenté de 20,2 %. De la même manière, le salaire mensuel net moyen d'un homme est passé de 2 037 € à 2 438 € entre 2005 et 2015. Il a donc été multiplié par 1,19 sur la période, ce qui signifie que le salaire mensuel net moyen des hommes a augmenté de 19 %.

Conseil

Illustrez ce constat en lisant des données chiffrées. Puis effectuez de petits calculs afin d'interpréter les données.

On peut donc affirmer que **le salaire mensuel net moyen a augmenté plus vite pour les femmes que pour les hommes.**

Remarque

En gras, figurent ici explicitement les réponses à la question.

On peut aussi constater qu'en 2005, le salaire mensuel net moyen d'un homme était supérieur de 23,3 % à celui d'une femme et qu'en 2015 cet écart était de 22,7 %, soit en baisse de 0,6 point.

Cela confirme bien la légère réduction des écarts de salaire entre hommes et femmes.

2. Une inégalité salariale est une différence de salaire entre individus ou groupes sociaux qui est socialement perçue comme injuste ou illégitime.

Méthode
Définissez la (ou les) notion(s) figurant dans la question.

On constate qu'en 2016, quelle que soit la catégorie socio-professionnelle, les salaires mensuels nets moyens sont supérieurs pour les hommes, il y a donc des inégalités salariales hommes-femmes.

On constate ainsi que le salaire mensuel net moyen d'un ouvrier (1 731/1 441) est 1,20 fois plus élevé que celui d'une ouvrière. De la même manière on constate ainsi que le salaire mensuel net moyen d'un homme cadre supérieur (4 377/3 477) est 1,26 fois plus élevé que celui d'une femme cadre supérieur.

Conseil
Donnez une caractéristique, puis illustrez cette caractéristique en effectuant une (ou des) lecture(s) de données et/ou des petits calculs, comme ici avec les coefficients multiplicateurs.

• PARTIE 3

À quelle partie du cours le sujet fait-il référence ?

Question portant sur la partie « Sociologie et science politique » et plus précisément sur le chapitre 6.

Le sujet fait référence à l'objectif d'apprentissage suivant : « Comprendre les principales évolutions de la structure socioprofessionnelle en France depuis la seconde moitié du xxe siècle (salarisation, tertiarisation, élévation du niveau de qualification, féminisation des emplois) ».

Introduction

La structure socioprofessionnelle désigne la répartition de la population en groupes socioprofessionnels. Pour rendre compte de cette répartition on utilise généralement, en France, la nomenclature des professions et catégories socioprofessionnelles (PCS). Cet outil, développé par l'Insee, regroupe les actifs au sein de catégories sociales présentant chacune une certaine homogénéité sociale.

Définition du ou des mots clés

Nous montrerons comment a évolué la structure socioprofessionnelle en présentant différentes transformations sociales à l'œuvre.

Reprise du sujet

Nous montrerons ainsi qu'il y a eu une salarisation de la population active. Cette salarisation s'est accompagnée d'une tertiarisation et d'une féminisation. Enfin, nous verrons qu'il y a aussi eu une hausse des qualifications.

Annonce des paragraphes qui seront développés

Développement

Constitué de plusieurs paragraphes

I. La salarisation des emplois

La salarisation de la population active désigne la hausse de la part des emplois salariés (au détriment de la part des indépendants) dans la population active.

Explicitez le mécanisme ou la notion.

On constate en effet qu'en 1982 il y avait environ 18 millions de salariés contre 23 millions en 2012-2014 et que, dans le même temps, le nombre d'indépendants est passé environ à 3 millions (**Doc. 1**).

Illustrez en prenant appui sur le(s) document(s).

Cette évolution s'explique par un déclin du nombre d'agriculteurs exploitants et d'artisans commerçants qui sont des emplois non salariés, c'est-à-dire des indépendants. À l'inverse, les emplois salariés ont progressé dans de nombreux domaines : soin, aide à la personne, métier du commerce (**Doc. 3**).

II. La tertiarisation des emplois

Cette salarisation s'est accompagnée d'une progression des emplois situés dans le secteur des services. On parle de tertiarisation de l'économie. Aujourd'hui, environ 75 % de la population active occupe un emploi dans le secteur des services. Cette évolution s'explique par l'essor des catégories socioprofessionnelles suivantes : cadres et professions intellectuelles supérieurs et employés et, à l'inverse, par le déclin de l'industrie et des effectifs ouvriers et en particulier des ouvriers peu qualifiés (**Doc. 3**). Enfin, le secteur primaire, c'est-à-dire l'agriculture, représente désormais moins de 5 % de la population active.

Mobilisez des connaissances issues du cours.

Conseil

Prenez ici appui sur le **Doc. 3**, dans lequel le terme « tertiarisation » figure explicitement.

III. La féminisation des emplois

Les emplois se sont aussi féminisés, depuis les années 1950, avec l'entrée massive des femmes sur le marché du travail. Aujourd'hui, les femmes représentent 48 % de la population active.

La féminisation des emplois s'observe en particulier aux deux extrêmes de la hiérarchie sociale sous l'impulsion de la tertiarisation (**Doc. 3**).

D'une part, la PCS « Employé », constituée d'emplois peu ou pas qualifiés, est majoritairement féminine. En effet, l'expansion des métiers du commerce et des services à la personne a contribué à la féminisation des emplois (**Doc. 3**).

D'autre part, et à l'opposé, la bonne réussite scolaire des filles (Doc. 3) a contribué à donner un accès de plus en plus ouvert aux emplois les plus qualifiés situés dans la PCS « Cadres et professions intellectuelles supérieures ».

IV. L'élévation du niveau de qualification

Enfin, et de manière plus large que ce qui concerne l'emploi féminin, on assiste aussi à une hausse des qualifications.

L'élévation de la durée des études et leur accès à l'ensemble des catégories sociales est appelé processus de démocratisation scolaire.

Il a permis d'accroître le nombre de personnes en emplois diplômées et, à l'inverse, de diminuer le nombre de personnes en emplois peu ou pas diplômées. Ainsi, en 1982-1984, environ 11 millions d'actifs occupés n'avaient aucun diplôme (ou le CEP ou le brevet des collèges), contre environ 5 millions (soit plus de deux fois moins) en 2012-2014 (Doc. 2). De la même manière, on constate que sur cette période de 30 ans, le nombre d'actifs titulaires d'un diplôme supérieur (Bac + 3 au plus) a été multiplié par environ 5 (Doc. 2).

Conclusion

En conclusion, la structure professionnelle française a connu et connaît encore de nombreuses évolutions qui interagissent entre elles. Les emplois, de plus en plus féminisés et dans les secteurs des services, sont aussi plus qualifiés et majoritairement salariés.

Proposez une réponse au sujet reprenant les idées des paragraphes.

Le Grand Oral

• **Cette épreuve, d'une durée de 20 minutes**, se réalise devant un jury et porte sur les spécialités choisies par l'élève.

• **Elle se déroule en trois parties :** l'élève présente une question portant sur un (ou les deux) enseignement(s) de spécialité, puis le jury interroge l'élève sur ces enseignements, afin d'évaluer la capacité de l'élève à analyser et mobiliser des connaissances. S'ensuit enfin un échange à propos du projet d'orientation de l'élève.

1 Tout au long de l'année

• **Préparer ses questions :** Vous devez choisir **deux questions** portant sur les enseignements de spécialité soit pris isolément, soit abordés de manière transversale. **Toute l'année, vous préparez ces questions** avec les professeurs de spécialité et éventuellement d'autres élèves.

• **S'entraîner aux techniques de l'oral :** Vous devez travailler **la prise de parole en public** grâce à des exercices d'élocution, de débit de la parole, de rythme à l'oral, etc. Vous pouvez également travailler votre posture : gestes expressifs, regards, sourires, etc.

2 Le Jour J

• **Présentation d'une question**

Temps de préparation : Vous préparez votre présentation en fonction de la question choisie par le jury. Il est possible de préparer un support sur une feuille que vous remettrez au jury : ce support ne fait pas l'objet d'une évaluation, il est facultatif !

Présentation : Présentation orale de votre travail, en réponse à la question choisie.

• **Échange avec le candidat :** Il s'agit d'**approfondir votre travail**. Le jury peut vous poser des questions sur toutes les parties du programme du cycle terminal.

• **Échange sur le projet d'orientation du candidat :** Réflexion autour de vos choix de spécialités et de votre projet d'orientation. Il s'agit de **partager l'évolution de votre cheminement**, à la fois dans le cadre scolaire et dans le cadre personnel (vos activités, vos centres d'intérêt).

SUJET TYPE GRAND ORAL

- **Spécialités :** « Sciences économiques et sociales », à laquelle pourrait être associée « Langues, littératures et cultures étrangères ou régionales ».
- **Sujet :** Quel est l'impact du coronavirus sur l'économie mondiale ?
- **Objectif du sujet :** montrer que la mondialisation des économies les a rendues extrêmement interdépendantes les unes des autres et expliquer comment un choc, tel que l'apparition d'un virus dans une zone *a priori* circonscrite de Chine, a pu impacter l'ensemble de l'économie mondiale.

1 Préparer son exposé

Introduction

« Le coronavirus met l'économie mondiale en danger. » C'est ainsi que l'OCDE a décrit les conséquences de l'épidémie, en révisant ses prévisions de croissance mondiale à la baisse pour 2020.

La mondialisation a provoqué une fragmentation des chaînes de valeur. Cela signifie que les diverses opérations de conception, de logistique, de production et de services nécessaires à la fabrication d'un produit final peuvent être réparties dans un très grand nombre de pays. En 20 ans, la Chine est devenue le centre névralgique de la mondialisation, dont dépend très fortement l'économie mondiale. Aujourd'hui, elle réalise 20 % de la production mondiale.

Quelles fragilités de la mondialisation l'épidémie a-t-elle révélé ? Par quels canaux l'épidémie, apparue dans une région chinoise, a-t-elle pu affecter l'ensemble de l'économie mondiale ?

Nous verrons que si l'épidémie de coranavirus a d'abord constitué un choc d'offre pour l'économie mondiale par le ralentissement de l'activité productive qu'elle a entraîné, elle s'est rapidement transformée en choc de demande lors de sa généralisation.

Développement

I. Le coronavirus a d'abord constitué un choc d'offre…

La mondialisation s'est traduite par une extension et une délocalisation des chaînes d'approvisionnement. La Chine est encore « l'atelier du monde » : des entreprises dans tous les pays dépendent des composants « made in China » pour leur production. C'est particulièrement important pour les secteurs de la chimie, du transport, du textile et de l'électronique. Or, le coronavirus a conduit à l'arrêt de certaines usines, ou du moins au ralentissement de la production de ces usines, dans les zones de confinement. Cela s'est traduit par des ruptures d'approvisionnement. Ainsi Apple, dont les téléphones sont assemblés en Chine, a été confronté à des goulots d'étranglements. Au Japon, Honda et Nissan, qui ont délocalisé une bonne partie de leur production dans la province chinoise du Hubei, ont subi des ruptures d'approvisionnement. Certaines usines automobiles situées en Europe ont été confrontées à des pénuries de pièces détachées. Sur toute la planète, les chaînes de production mondiales ont dû se réorganiser dans l'urgence.

Dans certains secteurs stratégiques (production d'appareils médicaux par exemple), les autorités chinoises ont interdit à certains fournisseurs d'exporter, ce qui là encore a entraîné des ruptures d'approvisionnements dans les pays partenaires.

L'extension des mesures de confinement dans la plupart des grands pays industriels a conduit à mettre à l'arrêt un certain nombre d'unités de production ou en tout cas à réduire fortement l'activité : ainsi, les compagnies aériennes ont supprimé jusqu'à 80 % de leurs vols.

II. ... qui s'est rapidement transformé en choc de demande

Le marché intérieur chinois est un des principaux moteurs de la croissance mondiale.

L'industrie allemande, en particulier, très dépendante des acheteurs d'automobiles chinois, a été fortement impactée. L'Europe a vu le secteur du tourisme subir une baisse de la fréquentation des touristes chinois.

En Asie, les pays sous-traitants de l'industrie chinoise, comme la Corée du Sud, le Vietnam et la Malaisie, ont été contraints de réduire leur production du fait de l'arrêt de la production chinoise.

Les exportateurs de matières premières vers la Chine ont aussi vu la demande qui s'adresse à eux diminuer : baisse des exportations de produits agricoles américains et européens vers la Chine, baisse de la demande mondiale de pétrole du fait du ralentissement de l'activité économique mondiale. De la même façon, la Chine, qui est le plus gros acheteur de cuivre, a annulé ou reporté une grande partie de ses achats.

D'une façon plus générale, l'extension des mesures de confinement a limité les possibilités de consommation : moins de déplacement signifie une demande de carburant en baisse ; la fermeture des magasins et des lieux de loisirs se traduit par une baisse de la consommation, qui est un des moteurs fondamentaux de la croissance.

Conclusion

L'épidémie de Covid-19 est un phénomène exceptionnel qui n'a peut-être pas altéré profondément et durablement les données de base de la mondialisation. Cependant, en mettant en évidence les interdépendances et les fragilités qui découlent de la mondialisation, elle a influencé durablement les choix des entreprises et des États. La crise sanitaire a été de grande ampleur : à différents égards, elle a été aussi une crise de la mondialisation.

2 Préparer l'entretien

Voici quelques questions que pourrait vous poser le jury.

- Définissez un choc d'offre, un choc de demande.
- Illustrez le phénomène de la division internationale du processus de production (DIPP).
- Pourquoi les entreprises occidentales ont-elles choisi de délocaliser tout ou partie de la production en Chine (ou en Asie) ?
- Distinguez compétitivité-prix et compétitivité hors-prix (ou structurelle).

N° éditeur : 10278754 - Dépôt légal : juin 2022
Achevé d'imprimer en France en mai 2022 par Clerc à Saint-Amand-Montrond

MIXTE Papier issu de sources responsables FSC® C022030

Nathan est un éditeur qui s'engage pour la préservation de son environnement et qui utilise du papier composé de fibres naturelles, renouvelables, fabriquées à partir de bois provenant de forêts gérées de manière responsable et contrôlée.